I0597732

UN REFUGE POUR EMBER

DELTA FORCE DEUX, TOME 7

SUSAN STOKER

DU MÊME AUTEUR

Autres livres de Susan Stoker

Delta Force Deux

Un refuge pour Gillian

Un refuge pour Kinley

Un refuge pour Aspen

Un refuge pour Jayme

Un refuge pour Riley

Un refuge pour Devyn

Un refuge pour Ember

Un refuge pour Sierra (1 Mai)

Sauvetage à Eagle Point

Un sauveteur pour Lilly

Un sauveteur pour Elsie

Un sauveteur pour Bristol

Un sauveteur pour Caryn (4 Avril)

Un sauveteur pour Finley

Un sauveteur pour Heather

Un sauveteur pour Khloe

Le Refuge

Un soutien pour Alaska

Un soutien pour Henley

Un soutien pour Reese (30 May)

Un soutien pour Cora

Un soutien pour Lara

Un soutien pour Maisy

Un soutien pour Ryleigh

Silverstone

Pour la confiance de Skylar (1 Juillet)

Pour la confiance de Taylor (1 Septembre)

Pour la confiance de Molly (1 Décembre)

Pour la confiance de Cassidy (1 Mars 2024)

Hawaï : Soldats d'élite

Un paradis pour Élodie

Un paradis pour Lexie

Un paradis pour Kenna

Un paradis pour Monica

Un paradis pour Carly

Un paradis pour Ashlyn

Un paradis pour Jodelle

Mercenaires Rebelles

Un Défenseur pour Allye

Un Défenseur pour Chloé

Un Défenseur pour Morgan

Un Défenseur pour Harlow

Un Défenseur pour Everly

Un Défenseur pour Zara

Un Défenseur pour Raven

Ace Sécurité

Au Secours de Grace

Au Secours d'Alexis

Au Secours de Bailey

Au Secours de Felicity

Au Secours de Sarah

Forces Très Spéciales Series

Un Protecteur Pour Caroline

Un Protecteur Pour Alabama

Un Protecteur Pour Fiona

Un Mari Pour Caroline

Un Protecteur Pour Summer

Un Protecteur Pour Cheyenne

Un Protecteur Pour Jessyka

Un Protecteur Pour Julie

Un Protecteur Pour Melody

Un Protecteur pour l'avenir

Un Protecteur Pour Les Enfants de Alabama

Un Protecteur Pour Kiera

Un Protecteur Pour Dakota

Forces Très Spéciales : L'Héritage

Un Sanctuaire pour Caite

Un Sanctuaire pour Brenae

Un Sanctuaire pour Sidney

Un Sanctuaire pour Piper

Un Sanctuaire pour Zoey

Un Sanctuaire pour Avery

Un Sanctuaire pour Kalee

Un Sanctuaire pour Jane

Merci à LaTonja King et Renita McKinney d'avoir veillé à ce que je ne fasse pas d'erreur avec le personnage d'Ember. Merci pour vos commentaires aussi précieux que rassurants.

CHAPITRE UN

Craig « Doc » Warner était assis à la table de la cafétéria dans la résidence qui leur avait été assignée au Village olympique. Cela faisait des mois que les gars attendaient cette mission avec impatience. Certaines équipes de la Delta Force étaient appelées en renfort de la sécurité locale le temps des Jeux. Leur tâche ne consistait pas seulement à protéger les athlètes américains ; ils devaient assurer la protection de tous ceux qui vivaient ou travaillaient sur place pour toute la durée des Jeux, soit un peu plus d'un mois.

Cette année, les Jeux d'été avaient lieu à Séoul, en Corée du Sud, et la proximité de la Corée du Nord forçait les membres de la Delta Force à rester particulièrement vigilants. Les rapports des services de renseignements alertaient sur le fait que le dirigeant du pays communiste rêvait d'une occasion de prouver sa puissance au monde. Et quelle meilleure manière pour cela qu'une attaque pendant les JO ? Le monde entier avait les yeux rivés sur Séoul, et une attaque terroriste ferait la une de tous les journaux.

— Tu as l'air tendu, dit Trigger à Doc alors qu'ils déjeunaient.

— Les conditions de sécurité ne sont pas optimales, répondit Doc à son chef d'équipe en haussant les épaules.

— Le système de sécurité du Village des athlètes est l'un des meilleurs de tout le complexe, dit Lefty. Personne ne peut entrer sans passer le contrôle d'identité. Ni les parents ni la presse. Seuls les athlètes et leurs entraîneurs.

— Oui, et personne ne penserait à fabriquer de faux papiers, ironisa Doc.

La résidence dans laquelle ils étaient logés était essentiellement un immense hôtel de luxe. Plusieurs bâtiments du même genre avaient été construits dans le Village olympique, pensé pour pouvoir accueillir les milliers d'athlètes qui avaient convergé à Séoul le temps de la compétition. Le gouvernement sud-coréen s'était dépassé lors de la construction des logements. Trente étages par immeuble, les différents pays et équipes répartis à chaque niveau. Mettre deux équipes hautement compétitives côte à côte n'étant pas très prudent, l'attribution des quartiers avait été planifiée avec soin.

Les chambres de Doc et de son équipe se situaient au vingtième étage, avec les équipes américaines de water-polo et de pentathlon moderne. Les Deltas compris, cela faisait vingt-six personnes, déjà installées pour la plupart.

Trigger avait fait le tour des chambres, pour se présenter aux athlètes, les informer que son équipe assurerait leur sécurité, et leur demander de signaler immédiatement tout élément suspect. Ils n'avaient pas révélé qu'ils appartenaient à la Delta Force, seulement qu'ils faisaient partie de l'armée américaine et qu'ils étaient là en renfort des équipes locales.

— Quelqu'un a vu Ember Maxwell ? demanda Lucky.

— Non. Mais est-ce qu'elle loge vraiment ici ? s'interrogea Grover. Je pensais qu'elle et son entourage prendraient plutôt des chambres dans un des hôtels cinq étoiles de la ville.

— Elle est sur la liste des résidents qu'on m'a donnée, l'informa Trigger.

— J'arrive pas à croire qu'elle sera *ici*. Au même étage que nous, dit Lefty, la voix pleine d'excitation.

— C'est qui, Ember Maxwell ? demanda Doc.

Cinq paires d'yeux se tournèrent vers lui, pleines de choc et de surprise.

— Sérieux, tu ne la connais pas ? demanda Trigger.

— J'n'aurais pas posé la question, sinon, répondit Doc en secouant la tête.

— C'est *juste* l'influenceuse la plus populaire de tous les réseaux sociaux. Il paraît que si tu peux la convaincre de poster un de tes produits sur son compte Instagram, la demande pour ce produit augmentera de 400 %, quel qu'il soit. C'est te dire si son image est puissante, expliqua Brain.

— Comment ça se fait que vous sachiez tous ces trucs à propos des réseaux sociaux ? On n'a même pas le droit d'avoir de compte, fit remarquer Doc.

— Comment ça se fait que tu ne saches pas qui est Ember Maxwell ? répliqua Lucky, pince-sans-rire.

— Parce que je me fous de ce genre de choses. Je vais pas rôder sur Instagram ou n'importe quel autre réseau. C'est une perte de temps, et je préfère *parler* à mes amis pour prendre de leurs nouvelles, pas voir ce qu'ils ont posté sur un putain d'ordinateur, grommela Doc.

— Ah, t'as des amis ? Enfin, à part nous ? le taquina Lefty.

— Ferme-la, répondit Doc, froissant sa serviette en papier avant de la lancer sur son coéquipier.

En vérité, il n'avait pas *vraiment* de vie en dehors de son équipe de Deltas. Mais ça lui allait très bien. Il aimait ces hommes comme des frères, et maintenant que la plupart d'entre eux étaient mariés et avaient leur propre famille, il était heureux d'avoir étendu son cercle d'amis à leurs femmes et petites amies.

— Plus sérieusement, Ember Maxwell est une vraie star, rappela Trigger. Tout le monde espère se faire remarquer, ou qu'elle les mentionne sur ses réseaux, et elle est belle, en plus de ça. Et puis, c'est une athlète incroyable. L'équipe olympique du pentathlon moderne est composée de seulement deux femmes et deux hommes, et elle en fait partie.

— Certains disent qu'elle a juste payé pour obtenir sa place, commenta Brain.

Doc ne perçut aucune critique dans le ton de voix de son ami.

— Et c'est vrai ? demanda-t-il avec curiosité.

— Je n'y crois pas, intervint Lucky. Je l'ai vue dans des compétitions. L'escrime n'est pas son fort, mais elle se débrouille en natation et en équitation, et elle est excellente en course et au tir. Le pentathlon moderne est un sport intéressant justement parce qu'un athlète peut avoir des faiblesses dans une discipline et gagner quand même, puisqu'ils sont jugés par un système de points.

Doc ne s'était jamais vraiment intéressé à cette discipline olympique méconnue. Il était plus du genre à suivre le baseball, le basket et le foot.

— Tout ça pour dire qu'elle est bien censée loger ici, reprit Trigger. Comme il n'y a que quatre athlètes dans l'équipe de pentathlon, ils ont chacun leur chambre. Elle est la seule à ne pas avoir participé aux cérémonies d'ouverture l'autre jour, et la seule à ne pas être arrivée.

Doc hocha la tête distraitement. Les conditions de logement douillettes des athlètes lui étaient franchement égales. Il était là pour s'assurer que des cinglés de terroristes n'allaient pas s'infiltrer dans le Village pour y causer la pagaille.

— C'est quand même un truc de dingue, cet endroit, fit remarquer Grover en secouant la tête. C'est comme une foire du sexe.

— T'as vu ça ? Il y a des conteneurs entiers de préservatifs partout. Dans toutes les salles communes, dans l'entrée de l'immeuble, et j'en ai même vu un sac accroché dans l'ascenseur, dit Lefty.

— C'est fou. Enfin, je veux dire, on pourrait croire que les athlètes seraient plus concentrés sur la qualité de leur sommeil et les préparations à la compétition... pas sur leur prochain coup, commenta Brain.

— Pour certains, le sexe est une manière d'évacuer, dit Trigger avec un haussement d'épaules. Ça leur permet de se débarrasser du stress et du trop-plein d'énergie.

— Et puis, une fois la compétition achevée, tout est possible, ajouta Lefty.

Doc décrocha de la conversation et se concentra sur son déjeuner. Honnêtement, il se fichait royalement de savoir si les athlètes couchaient ensemble. Il fallait pourtant accorder une chose à cette mission, c'est que la nourriture y était bien meilleure que ce dont ils avaient l'habitude. Pas de rations de survie à Séoul. Ils pouvaient choisir à peu près ce qu'ils voulaient. Repas riches en glucides, en protéines, sans gluten. Et le tout issu d'une variété de cuisines, dont des spécialités asiatiques évidemment. Le soir, un petit stand McDonald's faisait même son apparition dans un coin de la cafétéria.

Leur résidence accueillait les athlètes américains, canadiens et britanniques, ce qui donnait un mélange plutôt homogène. Les sportifs passaient leur temps à aller et venir au gré de leur programme. D'un point de vue de la sécurité, le Village aurait dû être un vrai cauchemar, mais la police et l'armée sud-coréennes faisaient un bon travail, et personne n'entrait sans autorisation. Plusieurs postes de contrôle s'assuraient de l'identité des résidents à intervalles réguliers.

Demain, Doc et le reste de l'équipe feraient le tour des installations sportives auxquelles ils avaient été assignés, et avec un peu de chance, la sécurité y serait tout aussi stricte. Il savait que quelqu'un pourrait toujours réussir à s'infiltrer dans une zone interdite au public, ou bien à faire passer des explosifs ou des armes à l'intérieur des stades en dépit de la sécurité, mais il espérait que cela ne serait pas le cas cette année.

— Quelqu'un sait comment trouver Shin-Soo Choo, pour Logan ? demanda Lucky.

Ils secouèrent tous la tête.

— Les joueurs de baseball ont un dortoir ici, mais ils n'y sont pas. Ils logent tous dans un hôtel pas loin, dit Trigger.

— Merde, jura Grover. On va galérer.

— On y arrivera, affirma Brain. On a promis à Oz et à Logan qu'on ne quitterait pas la Corée sans avoir son autographe.

Oz, le septième membre de leur équipe, avait été autorisé à rester aux États-Unis avec sa femme enceinte, qui devait accoucher bientôt. Logan était son neveu, et Shin-Soo Choo était l'idole du petit. Quand Choo avait intégré l'équipe américaine de baseball pour les JO, Logan avait supplié les hommes de le trouver et de lui demander un autographe pendant qu'ils étaient sur place. Mais même s'ils faisaient partie de la sécurité, les Deltas n'avaient pas carte blanche dans leurs déplacements, et il allait falloir être créatif pour trouver un moyen d'approcher les joueurs de baseball, tous très populaires.

À ce moment-là, une certaine agitation s'éleva dans la cafétéria. Doc regarda en direction de la porte et vit qu'une femme était entrée, et que tout le monde, littéralement, la dévisageait. Quant à elle, on aurait dit qu'elle n'avait rien remarqué. Elle se dirigea vers le buffet, attrapa un plateau, et fit son chemin dans la queue.

Doc se tortilla sur sa chaise. Il n'avait pas la moindre idée de qui était cette femme, mais le simple fait de la regarder le mettait mal à l'aise.

Tout d'abord, parce qu'elle était superbe. Sa peau brune aux chauds reflets rouge orangé lui rappelait les pièces de monnaie qu'il collectionnait quand il était enfant. À l'époque, il adorait passer ses mains sur le cuivre… et à sa grande surprise, il éprouvait le besoin de faire la même chose sur *elle*. Les cheveux noirs crépus de la jeune femme étaient rassemblés en chignon dans sa nuque, laissant exposés les muscles de ses épaules et de son dos, mis en valeur par le débardeur qu'elle portait. Son jean moulait ses cuisses musclées et son arrière-train rebondi.

Tout en elle attirait irrésistiblement Doc.

Malgré cela, l'attention dont elle faisait l'objet, même sans le vouloir, étira ses lèvres en une grimace.

Depuis son plus jeune âge, il avait toujours essayé de passer inaperçu. Il avait trop souvent été l'objet de regards curieux ou méprisants en grandissant. Dans sa famille, il sortait du lot, et encore aujourd'hui, il préférait se fondre dans le décor. Son travail dans les forces spéciales convenait à son besoin de ne pas se faire remarquer. Entrer, faire son boulot, ressortir. C'était sa manière de vivre.

Contrairement à lui, cette femme ne serait jamais le genre de personne à passer inaperçue. On aurait dit que sa seule arrivée pouvait illuminer la pièce entière. Elle attirait automatiquement tous les regards. La seule pensée d'être la cible de ce genre d'attention mettait Doc extrêmement mal à l'aise.

— Elle est encore plus belle en vrai qu'en photo, si c'est possible, commenta Grover avec un léger sifflement d'admiration.

— Pour ta gouverne, Doc, c'est elle, Ember Maxwell, dit Lucky en souriant, donnant un coup de coude à son ami.

Doc étudia la jeune femme avec curiosité, celle que tout le monde semblait connaître à part lui. Il s'attendait à ce qu'elle soit jolie, et elle l'était. Il s'attendait à ce qu'elle soit musclée, et sa force physique était évidente. Et, il l'admettait, il s'attendait à ce qu'elle savoure la célébrité obtenue grâce à ses réseaux sociaux.

Au lieu de quoi, Doc remarqua que ses yeux étaient fixés

sur le sol… comme si cela lui suffirait pour ignorer tous ces gens qui la fixaient.

Plus il la regardait, plus il était curieux. Il reconnaissait certains tics dans le comportement d'Ember Maxwell que lui-même avait adopté dans son enfance pour ne pas se faire remarquer. Elle ne regardait personne dans les yeux, pas même les serveurs. Dans la queue, quand quelqu'un lui parlait, elle baissait encore plus la tête et se contentait d'un haussement d'épaules. Elle n'agissait pas comme Doc l'aurait cru, et cela le surprenait.

Lorsqu'un homme à la table près de la leur sortit son téléphone portable, appela le nom d'Ember et la prit en photo quand elle se retourna, Doc la vit se recroqueviller un peu en détournant le regard.

Cette femme n'aimait pas être le centre de l'attention.

Une fois arrivée au bout de la queue, elle se tourna vers la cafétéria et se mordit la lèvre, l'air mal à l'aise, en balayant la salle du regard. Avant même de savoir ce qu'il faisait, Doc avait reculé sa chaise et s'était levé.

Ce genre de comportement n'était pas dans ses habitudes, mais il ne s'arrêta pas pour y réfléchir.

Doc s'avança jusqu'à Ember, et, sans un mot, lui prit le plateau des mains. Elle le regarda avec surprise.

— Tu peux t'asseoir avec nous, lui dit-il à voix basse, désignant sa table d'un geste de la tête.

— Euh… d'accord, répondit Ember.

Sa chaude voix de miel n'arrangea rien à l'inconfort que ressentait Doc en sa présence. Tout ce qui avait trait à cette femme le déstabilisait, mais il était trop tard pour retourner en arrière et faire semblant de rien. Il se retourna sans un mot et la conduisit vers la table où ses amis étaient assis.

Les amis en question qui le regardaient, clairement choqués, se demandant probablement ce qui avait bien pu lui passer par la tête.

En plus de ça, tous les regards de la cafétéria s'étaient tournés vers eux.

Grimaçant intérieurement tout en se reprochant d'avoir fait ce qu'il détestait le plus au monde, à savoir attirer l'attention sur lui-même, Doc fut encore plus brusque qu'à son habitude en se tournant vers Ember.

— Tu peux t'asseoir ici, dit-il, déposant son plateau entre Trigger et Brain.

— Euh, ça marche, merci, marmonna-t-elle.

En se retournant, Doc vit que *tous* les hommes de la table à côté avaient sorti leurs portables. Il marcha vers eux d'un pas raide et se pencha sur la table.

— Si vous ne rangez pas vos putains de caméras, vous allez le regretter, les menaça-t-il à voix basse.

En matière de menace, ce n'était pas terrible, mais Doc ne les aurait pas blessés de toute façon, même s'il l'avait voulu.

Les trois hommes baissèrent immédiatement leurs téléphones.

— Merci, grogna-t-il. On dirait bien que vous avez fini de manger, alors je vous suggère de débarrasser le plancher.

Muets, les hommes attrapèrent leurs plateaux avant de se diriger vers la poubelle, puis la sortie.

Doc aurait dû se sentir mieux, mais il sentait que la majorité des gens présents continuaient à regarder dans sa direction. Il se retourna vers la table où il avait déposé Ember et vit qu'elle le dévisageait de ses grands yeux couleur chocolat. Elle avait l'air nerveuse et confuse.

Il savait qu'il ne serait pas capable de s'asseoir avec elle et d'avoir une conversation normale. Pas si tout le monde les regardait comme ça. Son estomac se soulevait à la seule pensée de finir son déjeuner.

Sans un mot, il marcha à grandes enjambées vers sa place, attrapa son plateau, et se dirigea vers la sortie.

CHAPITRE DEUX

Ember continua de fixer du regard le dos de l'inconnu tandis qu'il quittait la cafétéria aussi abruptement qu'il l'avait déposée à sa table. Elle n'était pas idiote, elle savait que les apparences ne faisaient pas tout… mais cela faisait longtemps qu'on ne l'avait pas rejetée d'emblée comme ça. Elle ne pouvait s'empêcher de se sentir un peu offensée. Et confuse.

Un des hommes à sa table se racla la gorge. L'attention d'Ember passa de l'homme bourru qui venait de partir à celui qui était assis à côté d'elle.

— Je m'appelle Trigger, dit-il en tendant la main.

— Ember, répondit-elle en la serrant.

— Je sais, sourit-il.

Son sourire n'était ni condescendant ni lubrique. Il était… doux. Pour autant qu'un sourire puisse être doux.

— Moi, c'est Brain, se présenta son autre voisin. Eux, c'est Lefty, Lucky, et Grover, ajouta-t-il en désignant les autres tour à tour.

— Le connard mal luné qui vient de partir, c'était Doc, termina Trigger.

— Ouah, et moi qui pensais avoir un prénom inhabituel, murmura Ember.

Cela les fit rire.

— Ce sont des surnoms, expliqua Lucky. Nous faisons partie des équipes employées pour assurer la sécurité.

Ember hocha la tête. Cela avait du sens.

— J'imagine que vous êtes dans l'armée, dit-elle.

— Qu'est-ce qui te fait dire ça ? demanda Grover.

Il avait une certaine carrure. Aussi grand que musclé. Ember aurait pu être intimidée, mais ses parents avaient employé beaucoup de gardes du corps pour elle au cours des années, ce qui faisait qu'elle avait l'habitude des hommes musclés.

— Les surnoms. Votre manière de bouger. C'est un tout, vraiment.

Nouveaux rires.

— Autant pour la discrétion, rit Lefty. On pourrait être des lutteurs pro, ajouta-t-il avec un haussement de sourcil.

Ember n'était pas sûre de savoir pourquoi, mais elle n'était pas mal à l'aise en compagnie de ces hommes, alors qu'elle l'était avec presque tout le monde. Peut-être à cause des anneaux que la plupart portaient à leur main gauche, indiquant qu'ils étaient mariés. Peut-être parce qu'ils n'avaient pas l'air rêveur de ceux qui rencontrent leur idole. Peut-être parce qu'ils la regardaient dans les yeux quand ils lui parlaient. Quelle qu'en soit la raison, elle sentit ses muscles se détendre.

Elle s'était battue contre ses parents et avait insisté pour dormir au Village des athlètes plutôt que dans la suite de luxe qu'ils louaient dans un hôtel voisin. Elle avait besoin de prendre ses distances. Ses parents n'avaient pas de mauvaises intentions, mais plus les années passaient, plus ils prenaient le contrôle de sa vie. Prenaient des décisions qu'elle aurait dû prendre par elle-même. Sans jamais lui demander ce qu'*elle* voulait faire, considérant toujours qu'ils le savaient mieux qu'elle.

Ils étaient intelligents, avaient construit son image publique en ligne à partir de rien, avaient engagé les meilleurs entraîneurs pour l'aider à participer aux JO, et avaient gagné tellement d'argent grâce à son nom que c'en était obscène. Mais rien de tout cela n'avait été son choix à elle. Elle n'avait fait que suivre leurs décisions.

Jusqu'à maintenant.

Ils avaient râlé, mais rien n'y avait fait. Elle voulait se sentir normale, pour une fois. N'être qu'une athlète parmi les autres.

Elle aurait dû se douter que ce ne serait pas aussi simple.

À son arrivée, elle se sentait bien. Elle était passée par sa chambre pour y poser ses affaires avant de venir chercher de quoi manger. Dès son premier pas dans la cafétéria, elle s'était souvenue de qui elle était. Elle n'était pas Ember Maxwell, pentathlète. Elle était Ember Maxwell, star des réseaux sociaux. Celle qu'on dévisageait quand on la croisait. Constamment sous examen.

Elle vivait dans une cage, et l'avait oublié un instant.

Lorsque cet homme s'était approché, alors qu'elle se demandait où elle allait bien pouvoir s'asseoir, elle avait été prise de court, s'était préparée à devoir le repousser. Mais il n'avait pas eu l'air d'être entiché d'elle. Ni même d'être excité à l'idée de rencontrer la fameuse Ember Maxwell. Non, il avait semblé presque... irrité. Pas contre elle, mais de manière générale.

Elle n'avait pas raté sa menace aux hommes de la table voisine.

Elle aurait pu lui dire qu'elle ne remarquait même plus quand les gens la filmaient. Cela faisait partie de sa vie, tout simplement. Elle n'aimait pas ça, mais elle avait appris à vivre avec, du moins quand elle était en public. Mais elle n'avait même pas eu le temps de le remercier. Dès que ces hommes étaient partis, lui aussi.

— Ember ? l'appela Lucky. Tout va bien ?

Mentalement, elle prit une inspiration. Elle s'était détachée de la conversation, s'était retranchée dans son esprit, comme elle le faisait souvent. Trop souvent, pour quelqu'un qui était constamment entouré. Mais c'était qu'aucun n'essayait vraiment de la connaître.

— Ça va, merci, répondit-elle.

Ils hochèrent tous la tête, avant de commencer à discuter comme si elle n'était pas là.

Non, pas vraiment. Ils l'incluaient dans leur conversation. Seulement, elle n'en était pas le sujet. C'était...

Incroyable.

— Comment va Chance ? demanda Lucky à Brain, qui se redressa sur sa chaise.

— Impeccable. J'ai parlé à Aspen hier soir. Il a dormi pendant cinq heures d'un coup, elle était si heureuse. Il paraît que ce n'est pas normal pour un nouveau-né, mais on profite, raconta-t-il.

— C'est super. Quelqu'un a des nouvelles d'Oz ? s'enquit Lefty.

— Il m'a envoyé un message hier soir, répondit Grover. En disant que Riley était en forme. Il pense qu'elle aura accouché avant qu'on rentre, donc heureusement qu'il n'est pas venu.

La conversation continua, et Ember écouta tout en mangeant, heureuse de les entendre parler de leurs familles de manière aussi ouverte. Elle avait essayé de faire connaissance avec quelques-uns des hommes qui avaient été engagés pour la protéger quand elle sortait de chez elle, mais aucun n'avait eu l'air d'apprécier ses tentatives de conversation.

Elle était intriguée par le paradoxe de ces hommes, entièrement dévoués à leurs femmes tout en ayant l'air de pouvoir terrasser quelqu'un en un seul coup. Ils ne l'intimidaient pas. Au contraire, Ember avait toujours été attirée par les mecs un peu solides. Peut-être parce que les gars avec lesquels elle avait grandi à Beverly Hills se préoccupaient plus de la finesse de leurs traits que de tout le reste.

— Et toi, c'est quoi, ton histoire ? lui demanda Lucky.

— Qu'est-ce que tu veux dire ? répondit-elle après avoir avalé sa bouchée et s'être essuyé les lèvres sur sa serviette en papier.

— D'où tu viens, comment tu en es arrivée à faire du pentathlon moderne, quel âge tu as, ce que tu fais dans ton temps libre, comment tu arrives à gérer le fait que le monde entier connaisse ton visage... ce genre de choses, quoi, clarifia-t-il avec un grand sourire.

Ember savait qu'elle aurait dû sortir le bouclier qu'elle employait généralement quand les gens lui posaient des questions que ses parents estimaient trop personnelles. Elle devrait glousser et changer de sujet... mais elle était à l'aise avec ces hommes. Et ses parents n'étaient pas là, à guetter son moindre mouvement.

— Beverly Hills. J'étais forte en natation et en course, mais pas non plus au moins de gagner une médaille, alors mes parents ont décidé que le pentathlon, ce serait parfait, puisque je pouvais être seulement moyenne dans une discipline et arriver première quand même. J'ai vingt-cinq ans. Je n'ai *pas* de temps libre, et j'essaie de ne pas trop penser au fait que tout le monde me connaît, répondit-elle.

— Je ne suis pas sûr que tu sois moyenne en quoi que ce soit, répliqua Grover.

Ember se tourna vers lui. Il ne la regardait pas d'un air vicelard, ou même moqueur. Il semblait simplement faire une remarque générale.

— Merci, mais crois-moi, je suis plutôt ennuyeuse. Sur les réseaux, n'importe qui peut passer pour la personne la plus fascinante au monde, répondit-elle.

Grover ne rit pas. Les autres non plus. À la place, il la regarda droit dans les yeux.

— Tu as une armure plutôt épaisse, tu ne laisses personne s'approcher. Ce n'est pas surprenant, avec vingt-cinq millions d'abonnés sur Instagram et ta vie entière en images, affichées aux yeux du monde entier. Tu me fais penser à Doc, dit-il après un moment.

Ember était étonnée de sa perspicacité. Mais elle était surtout curieuse d'en apprendre plus sur leur ami.

— C'est quoi, son problème ? Il aime pas les noirs, ou quoi ? demanda-t-elle.

Sa question ne rencontra que du silence, et pour la première fois depuis le début de leur conversation, Ember fut mal à l'aise.

Elle savait que beaucoup de gens étaient encore racistes. Jugeaient encore les gens à la couleur de leur peau. Elle avait peut-être grandi à Beverly Hills, avec des parents riches et capables de lui procurer tout ce que son cœur pouvait désirer, cela n'effaçait pas pour autant la haine et le dégoût dans les yeux et le cœur de certains. Ils se fichaient qu'elle soit une bonne personne. Une athlète accomplie, participant aux JO. Ils traverseraient quand même la rue plutôt que de risquer de la croiser, comme si elle allait leur voler leur sac s'ils s'approchaient trop. En plus de ça, il y avait ceux qui trouvaient qu'elle était trop blanche pour faire partie de la communauté noire, ou trop noire pour faire partie de la communauté blanche.

Trigger écarta son plateau et appuya ses coudes sur la table devant lui. Il étudia Ember d'un regard qu'elle ne sut déchiffrer.

— Doc est vraiment la dernière personne qui te jugerait à ta couleur de peau. Vous avez plus de choses en commun que ce que tu crois, tous les deux, dit-il.

— Bien sûr. Il a, quoi, dix ans de plus que moi ? Et il est

blanc. Et militaire. Qu'est-ce qu'on pourrait bien avoir en commun ? répondit Ember avec un petit rire.

Quand personne ne répondit, Ember eut l'impression soudaine qu'elle aurait dû se taire.

Elle s'était laissé aller, s'était sentie à sa place parmi ces hommes. Elle avait oublié que tous ceux qui lui parlaient désiraient quelque chose. Un autographe. Une mention sur Instagram. Une photo. Une fellation. Il y avait toujours *quelque chose*.

Elle se demandait désormais ce que voulaient ces hommes-là. C'était Doc qui l'avait conduite à leur table, mais peut-être que cela faisait partie de la ruse. Peut-être qu'ils avaient menti à propos de leurs femmes et leurs enfants.

Comme s'ils avaient tous perçu son trouble en même temps, les cinq hommes s'appuyèrent nonchalamment sur le dossier de leurs chaises, comme pour lui laisser plus d'espace.

— N'aie pas peur de nous, dit Grover à voix basse. De tout ce foutu complexe, c'est avec nous que tu es le plus en sécurité. Physiquement, et émotionnellement. Pour répondre à ta question, Doc a trente-quatre ans. C'est le plus vieux de notre équipe. Sa vie n'a pas été facile. Oui, il est blanc et toi noire, mais à ses yeux, ça n'a strictement aucune importance.

Ember n'en était pas si sûre. Les gens avaient beau dire qu'ils ne voyaient pas la couleur, elle savait d'expérience que ce n'était pas toujours vrai.

— Tu verras, conclut Brain.

Il avait l'air si confiant qu'Ember fut encore plus curieuse de connaître l'histoire de Doc. Mais elle n'eut pas le temps de poser plus de questions.

— Ta chambre est à notre étage. Tu es déjà montée ? demanda Lucky.

— J'ai déposé mes affaires et je suis venue ici directement, confirma Ember.

— Leila, Nick et Aiden sont partis faire un tour en ville ce matin, en disant qu'ils seraient de retour après le déjeuner.

Ember hocha la tête. Leila Mason était l'autre femme qui composait l'équipe américaine de pentathlon moderne. Elle la connaissait de leurs compétitions passées. Aiden Covington et Nick Hodge formaient l'équipe masculine.

— L'équipe de water-polo est arrivée avant les cérémonies d'ouverture, et si j'ai bien compris, leurs épreuves ne commencent pas avant la semaine prochaine. Les tiennes, c'est quand ? demanda Lefty.

— Les épreuves du pentathlon s'étendent sur deux jours, expliqua-t-elle. D'abord, premier tour d'escrime. Trente-cinq matchs, tous les participants s'affrontent en duel, avec des assauts en une seule touche gagnante. On nous donne un rang en fonction du nombre de victoires.

— La vache, ça fait beaucoup de matchs ! s'exclama Trigger.

— Oui. Ça prend quasiment toute la journée. Le lendemain, on passe au deuxième tour d'escrime. Les deux participants les plus bas dans le classement commencent. Celui qui gagne ce match affronte la personne au-dessus, et ainsi de suite jusqu'à ce que tout le monde soit passé, détailla Ember.

— Et la partie natation, ça se passe comment ? Vous êtes classés selon votre temps ? demanda Grover.

Ember était heureuse de voir qu'ils semblaient tous réellement intéressés par son sport.

— Non, ce n'est pas comme une compétition de natation classique. Nous n'avons pas de finale et techniquement, on ne s'affronte même pas entre nous. On doit nager deux cents mètres, et notre score dépend de notre temps. Deux cent cinquante points pour deux minutes et quarante secondes au chronomètre. Chaque dixième de seconde au-dessus ou en dessous de cette référence-là équivaut à un point de plus ou de moins. Du coup, évidemment, plus on nage vite et plus on a de points, ce qui est le but.

— Intéressant. Je ne m'étais jamais demandé comment ça marchait. Je me disais que le gagnant de cette épreuve-là avait juste plus de points que les autres, remarqua Brain.

— Dans un sens, c'est le cas, répondit Ember. Plus on gagne de points à l'escrime, à la natation, et à l'équitation, plus on a d'avance sur les autres lors des épreuves combinées de course et de tir. Et là, quand la course commence, le gagnant est celui qui passe la ligne d'arrivée en premier, alors c'est crucial d'avoir le plus d'avance possible.

— Donc on pourrait arriver en dernier, mais remporter l'épreuve quand même, dit Brain.

— Techniquement, oui. Mais, d'expérience, c'est vraiment difficile. Il faudrait toucher toutes les cibles de la partie tir, sans en manquer une seule, pour avoir une chance, leur expliqua Ember.

— La discipline que tu préfères, c'est laquelle ? l'interrogea Grover.

Ember adorait ça. Elle adorait apprendre aux gens ce qu'était le pentathlon. Ne pas devoir parler d'autres influenceurs, ou de marques, ou de toutes ces choses que ses *parents* adoraient et dont elle-même se fichait complètement.

— Le tir, répondit-elle sans hésiter.

Tous les hommes firent un grand sourire.

— Quoi ? leur demanda-t-elle.

— Dommage qu'on n'ait pas de stand de tir ici, je t'aurais demandé de nous accompagner, dit Trigger.

— Je ne voudrais pas vous mettre la honte, le taquina Ember.

Ils rirent tous, même si elle avait le sentiment que c'était pour lui faire plaisir.

— Le tir au pistolet laser comme celui de la compétition n'a rien à voir avec un tir à balles réelles, dit Lefty.

— Je sais, convint Ember. Même si je me débrouille bien.

— Ça, je n'en doute pas. Tu as des projets pour le dîner ? demanda Trigger.

Ember cligna des yeux. Il la draguait, là ?

— Je n'essaie pas de te faire des avances. J'aime ma femme plus que tout au monde et il ne me viendrait jamais à l'idée de la tromper, la rassura Trigger. Je me disais juste que si tu voulais manger ailleurs qu'à la cafétéria, nous, on travaille pas ce soir, et c'est le seul soir qu'on a tous en commun. Si tu veux te joindre à nous.

— Oh, merci, c'est très gentil. Mais je préfère ne pas sortir du Village olympique. Et il faut que je me lève tôt demain matin pour m'entraîner. Mais merci. Vraiment.

Elle le pensait sincèrement. Elle les aimait beaucoup, tous. Ils étaient pragmatiques et drôles, et ils la faisaient se sentir... normale. Pour eux, elle le sentait, elle n'était pas Ember Maxwell, coqueluche des médias. Elle était Ember l'athlète... ce qu'elle appréciait.

— D'accord, mais si jamais tu changes d'avis, n'hésite pas. Nos chambres sont réparties dans tout l'étage, le même que toi. Tu y es déjà montée, tu as sûrement remarqué le S sur nos portes, pour « Sécurité ». Tu peux frapper, ou glisser un mot sous une des portes, et on passera te chercher en partant.

— Ça marche, merci.

— Pas de souci.

— Et... Trigger ?

— Oui ?

— Tu remercieras Doc de ma part ?

— Pour quoi ?

— Pour m'avoir amenée à votre table. Je ne savais pas où m'asseoir, et même si ça pouvait sembler un peu cavalier de sa part, j'ai été soulagée qu'il prenne la décision à ma place.

— Bien sûr, je m'en occupe. Et, pour info, sache que ce genre de choses, ce n'est pas dans ses habitudes.

— Qu'est-ce que tu veux dire ?

— Oh, simplement que Doc *déteste* être le centre de l'attention. Marcher jusqu'à toi, la fameuse Ember Maxwell, dans une salle bondée, avant d'amener à notre table, c'est vraiment pas son style.

— Eh bien... je lui en suis reconnaissante. Pour ça, et pour avoir empêché les mecs de la table d'à côté de me filmer, si c'était bien ça qu'ils faisaient.

— Ça t'arrive souvent ? voulut savoir Brain.

Ember haussa les épaules, s'efforçant de minimiser la chose.

— Assez souvent.

— OK. Tout le temps, quoi, marmonna Brain.

— Passé un certain nombre d'abonnés, on a plus vraiment droit au respect de sa vie privée, expliqua Ember.

— Faux, répliqua Grover. Tu ne devrais pas avoir à t'inquiéter du risque que quelqu'un te filme pendant que tu manges. Ou pendant que tu fais quoi que ce soit de privé. Tu es aux JO, putain. Les autres athlètes devraient te soutenir, pas ajouter à ton stress.

Ses mots lui firent du bien.

— Pour ce que ça vaut... Doc est un gars bien. Il peut être intense, mais c'est aussi l'un des hommes les plus loyaux que j'aie jamais rencontrés. C'est pas facile d'apprendre à le connaître, mais s'il décide que tu es digne de son amitié, il ferait tout pour toi, lui dit Trigger.

— Euh... d'accord, lâcha-t-elle après une longue pause.

Ember appréciait qu'il essaie de la rassurer, mais elle n'était pas sûre de comprendre pourquoi Trigger lui disait ça, à elle. Il était évident que son collègue n'avait pas été impressionné, si on se basait sur sa fuite hâtive. Ses amis avaient beau dire que sa couleur de peau n'avait rien à voir, ce genre de réaction ne lui était que trop familière. Elle y avait fait face toute sa vie, dans le monde blanc de Beverly Hills où elle avait grandi. Ses parents étaient très doués pour ignorer toute trace de racisme, mais elle n'arrivait pas à être aussi blasée.

Elle appréciait ces hommes, et l'amitié qu'ils lui manifestaient, mais son séjour en Corée serait bref. Il valait mieux ne pas trop créer de liens. Dans quelques jours à peine, elle devrait retourner à sa vie américaine. Certes, s'entraîner quatorze heures par jour, ce n'était pas vraiment une vie, mais c'était ce qu'elle avait toujours connu. Ses parents l'avaient retirée du lycée pour la faire suivre des cours en ligne, libérant plus de temps pour son entraînement. Après quoi il était hors de question qu'elle aille à la fac, car cela aurait demandé trop de son attention. Elle avait raté de peu la qualification aux derniers Jeux olympiques, le rêve de ses parents s'était donc reporté sur les Jeux actuels.

— Nous avons tous appris qu'il ne faut jamais se fier aux apparences, continua doucement Trigger. L'enfant le plus adorable pourrait servir de distraction pour que son père fasse détoner une bombe artisanale près de notre zone de patrouille. La plus belle femme de la pièce pourrait être aussi la plus dangereuse. Noir, blanc, brun, jaune... On voit la couleur, bien sûr, mais pour nous, ça ne veut rien dire. On lit dans les pensées des gens par d'autres moyens, moins superficiels. Ce qui s'est passé, c'est que Doc a repéré ton malaise et a voulu t'aider, malgré son besoin de discrétion. Et ça n'arrive pas souvent.

— Et alors ? Vous êtes là pour vous occuper de la sécurité, et moi pour concourir. Après, je retournerai en Californie, à ma vie, et vous... là d'où vous venez.

— Texas, lui glissa Lucky. Fort Hood, pour être exact, près de Killeen.

— Voilà, vous retournerez au Texas, et moi à ma vie.

Trigger la regarda pendant un long moment, sans qu'Ember arrive à déchiffrer ce qui se déroulait derrière son visage à l'expression neutre.

— Tout ce que j'essaie de dire, c'est qu'il a beau détester l'attention, Doc ne laissera pas ta célébrité l'empêcher de te protéger... toi, ou n'importe qui d'autre. Et nous, pareil, dit-il enfin.

Ses mots rassurèrent Ember.

Trigger se leva sans lui laisser la chance de répondre, et les autres le suivirent. Ember se leva à son tour, craignant de rester seule à table.

— Allez, on te raccompagne à notre étage. Que tu saches où sont nos chambres. Après, on te laissera à tes bagages et aux activités habituelles des athlètes d'élite la veille de leur participation aux JO, fit-il.

Ember suivit le groupe jusqu'aux poubelles, où ils déposèrent leurs plateaux. Ils montèrent tous ensemble dans l'ascenseur spacieux qui les amenait à leur étage. Les hommes lui dirent au revoir et qu'ils avaient été ravis de faire sa connaissance avant de disparaître dans leurs chambres respectives.

Trigger resta avec elle un peu plus longtemps.

— On a fini pour la journée. On va sûrement tous appeler nos femmes. Le décalage horaire nous pourrit la vie, alors on saisit toutes les chances qu'on a. Ce soir, on ira dîner ensemble, comme je le disais tout à l'heure, dit-il.

— Vous semblez tous très proches, commenta Ember.

— On l'est. Je ferais tout pour ces gars. Ou pour leurs familles.

Ember ne comprenait pas ce genre d'amitié, tout simplement parce qu'elle-même n'avait jamais rien connu de pareil.

— Ma chambre est là, dit Trigger en désignant une porte qu'ils dépassaient en chemin vers la sienne. Si tu changes d'avis pour ce soir, préviens-moi.

— J'aurais aimé venir, dit-elle, et elle le pensait.

Aller dîner avec ces hommes lui semblait bien plus intéressant que de rester dans sa chambre à se cacher du public… et de sa propre famille.

— Si je ne te revois pas avant ta compétition… bonne chance, lui dit Trigger.

— Merci.

Trigger fit un signe de tête respectueux avant de repartir vers sa propre chambre. Ember ferma la porte derrière elle et s'y appuya, épuisée, en fermant les yeux.

Elle devrait être pleine d'énergie. Excitée à l'idée de participer aux JO, de peut-être remporter une médaille. Tout le monde attendait de voir si elle y parviendrait. Si elle pouvait être médaillée aux JO. Et elle voulait vraiment obtenir un bon score, elle était compétitive, après tout. Et elle avait des fans qui la soutenaient à fond.

Même s'il y avait aussi des gens qui voulaient la voir échouer.

Ses parents avaient engagé des professionnels pour gérer ses réseaux sociaux, elle ne voyait donc que rarement les commentaires que laissaient les gens sous ses publications à la mise en scène parfaite… Cependant, elle ne pouvait pas toujours résister à la tentation, et il lui arrivait de se connecter elle-même pour voir ce qui se disait.

Presque chaque fois, elle le regrettait. Les gens pouvaient se montrer incroyablement cruels. Ils la dénigraient parce qu'elle était jolie. Ou à cause de ses connexions avec d'autres célébrités et athlètes connus. Ou parce qu'elle était riche. Elle savait bien que la plupart des commentaires méchants n'étaient que le résultat de la jalousie des gens, envieux de ce qu'ils pensaient qu'elle avait et pas eux. Les commentaires qui la blessaient le plus étaient ceux qui portaient sur sa couleur de peau.

Certains disaient qu'elle desservait la cause de la communauté noire en se comportant comme une blanche sans reconnaître son héritage ethnique. D'autres menaçaient carrément sa vie, en disant que tous les noirs devraient mourir. Beaucoup pensaient qu'elle n'avait rien à faire aux Jeux olympiques, qu'il était impossible qu'une jeune noire fasse partie de l'équipe de pentathlon moderne sans verser de pots-de-vin. Ils débitaient des conneries comme quoi les noirs ne savaient pas nager, mais que par contre ils n'étaient pas surpris qu'elle se débrouille aussi bien au tir. Comme si la couleur de sa peau avait une importance dans ce genre de choses.

Elle avait aussi des vrais fans, qui la soutenaient, bien sûr. Qui semblaient vouloir qu'elle réussisse. Qui ne postaient que des messages positifs. La mère d'Ember lui avait donné quelques lettres lors de l'atterrissage, et toutes lui souhaitaient bonne chance. Beth lui disait qu'elle était la plus jolie de tous les Jeux. Thomas, qu'il priait pour sa victoire. Christine lui avait écrit un très beau poème sur la confiance qu'elle pouvait avoir en ses capacités. Alex lui avait envoyé une lettre écrite à la main, de deux pages entières, qui détaillait les raisons pour lesquelles il l'admirait et pour lesquelles elle finirait forcément par remporter la médaille d'or.

La dernière lettre était la plus mignonne. Une petite fille avait dessiné Ember tout en haut du podium, un grand sourire sur son visage.

Elle se dirigea vers son lit et s'assit, fixant du regard ses sacs, par terre. Elle devait finir de ranger ses affaires, mais ses pensées s'emballaient.

Ember était à la croisée des chemins. Sa décision de se loger au Village avait énervé ses parents, mais elle avait vraiment besoin d'une pause. Ils l'aimaient, bien sûr, mais ils l'étouffaient aussi. Ils décidaient du moindre aspect de sa vie. Ils avaient tous les deux démissionné pour gérer leur fille à plein temps. Entraînements, apparitions publiques, séances photo, marketing... tout, ils avaient tout repris. Elle avait été contre ce stupide programme de télé-réalité il y a quelques années, mais ils avaient fini par la convaincre, malgré ses réticences. Cela avait été une épreuve, et elle avait détesté avoir une caméra braquée sur elle à chaque instant, mais sa popularité avait monté en flèche et la somme d'argent sur son compte en banque avait suivi.

Tout ça, c'était n'importe quoi. Au fond, Ember voulait quelque chose de plus. Ou plutôt... de différent. Mais quoi ?

Pendant ce temps, ses parents commençaient déjà à parler des prochains Jeux, dans quatre ans.

Ember ne voulait pas passer les quatre prochaines années à s'entraîner à longueur de journée, tous les jours. Elle voulait vivre. Voyager. Tomber amoureuse. Avoir une famille.

Et ne pas être le centre de l'attention. Si elle pouvait supprimer son compte Instagram aujourd'hui, avec ses vingt-cinq millions d'abonnés, elle le ferait. Ses parents auraient une crise cardiaque ; c'était son réseau social le plus suivi. Peu importe. Elle approchait rapidement le stade où elle n'en avait rien à faire.

Elle avait vingt-cinq ans et vivait encore chez ses parents. Elle ne faisait pas ses propres courses, ses repas, son ménage. Chez ses parents, sa chambre était plus grande que certaines maisons. Elle savait que ce n'était pas normal, or elle rêvait d'être normale.

Tant qu'elle vivrait sous le toit de ses parents et qu'elle les laisserait diriger sa vie, elle ne le serait jamais.

Elle n'avait jamais vécu ailleurs qu'en Californie. Elle avait voyagé pour des compétitions, sans jamais s'éloigner vraiment des hôtels et des stades. Elle rêvait d'aventure. Pour ça, il lui faudrait décevoir ses parents, et survivre à la plus écrasante culpabilité.

Elle ne décevrait pas seulement ses parents, mais aussi ses entraîneurs, Sergei, Helen et Lonnie, qui étaient incroyables. Sévères quand il le fallait, mais encourageants.

Et les athlètes avec lesquels elle s'entraînait. Et ses fans, et ses abonnés.

D'un coup, elle eut l'impression de porter tout le poids du monde sur ses épaules. De tous, c'était elle qui désirait le moins sa propre victoire. C'était délirant. C'était de la folie.

Qu'est-ce qu'elle faisait là ? Et comment pouvait-elle s'en sortir ?

Assise au centre d'une chambre à peine meublée dans un dortoir plein d'athlètes, aucune réponse ne lui vint. Elle entendit plusieurs personnes discuter dans le couloir et se dit que ce devait être les membres de l'équipe de water-polo, de retour de leur entraînement. Ils avaient l'air heureux et excités. Et avec raison. Ils étaient aux JO, non ?

Ember soupira et termina de ranger ses affaires. Le sous-sol du bâtiment abritait une salle de sport dernier cri. Elle descendrait pour courir sur un tapis de course, et ça l'aiderait à se vider la tête et à revenir à l'état d'esprit dont elle avait besoin pour la compétition. Elle adorait courir. Elle mettrait ses écouteurs et se perdrait dans sa musique.

CHAPITRE TROIS

Doc jeta un coup d'œil à sa montre. 23h10. Lui et le reste de son équipe étaient revenus il y a environ une heure, après avoir dîné dans un restaurant du coin, hors du Village. Ils y étaient restés plus tard qu'à leur habitude, puisque c'était la seule soirée de libre qu'ils avaient tous en commun avant un bon moment. Les jours suivants, ils passeraient leur temps à surveiller les foules, patrouiller les lieux, et s'assurer que les athlètes qui avaient voyagé jusqu'en Corée du Sud étaient en sécurité pendant toute la durée des compétitions visant à déterminer les meilleurs de leurs sports respectifs.

Trigger et les autres avaient parlé d'Ember Maxwell pendant la majeure partie du dîner. Lui répétant ce qu'elle leur avait raconté sur elle-même et sur son sport, sans oublier de le charrier pour s'être enfui pendant le déjeuner.

Doc n'aurait pas vraiment su dire pourquoi elle le troublait autant. Ce n'était pas seulement qu'elle était jolie et visiblement toujours au centre de l'attention. C'était... plus que ça. Plus profond que ça.

On aurait clairement dit qu'elle avait besoin d'un ami. Quand il l'avait vue hésiter après s'être servie, à fouiller la salle du regard à la recherche d'une place, il avait vu une jeune femme mal à l'aise. Il ne savait pas pourquoi, d'autant qu'elle devait avoir l'habitude d'être entourée d'une foule de gens. Mais son expression et son langage corporel ne trompaient pas, et il s'était immédiatement levé pour lui venir en aide.

C'était un sentiment qui lui était familier. Celui de ne pas être dans son élément. Peu importe sa célébrité, ou sa popularité, le malaise qu'elle dégageait avait trouvé un écho en Doc. D'où ses actions.

Après coup, il s'était senti agacé envers lui-même de s'être laissé affecter par ces connards avec leurs portables, et confus par sa réaction face à une femme qui possédait visiblement tout ce qu'elle désirait et plus encore.

Toujours rempli d'agitation après le dîner, et peu désireux de rester dans sa chambre à se repasser en boucle ses actions, Doc avait décidé de se promener dans la résidence, pour s'assurer que tout était en ordre. Il avait inspecté tous les étages sans rien repérer de suspect, et retournait donc à sa chambre. Il avait entendu plusieurs fêtes bruyantes pendant son tour des lieux, ce qui le fit secouer la tête d'admiration. De ce qu'il entendait, ces Jeux semblaient bien plus dingues que ceux auxquels lui et son équipe avaient été affectés auparavant. Comment ces athlètes pouvaient-ils se préparer à la plus importante compétition de leur carrière en faisant la fête ? Cela lui échappait complètement.

En arrivant à son étage, Doc fut reconnaissant d'entendre que les habitants du vingtième semblaient dormir. Du moins, ils n'avaient pas l'air de faire la fête ici. Il dépassa la salle commune avant de s'arrêter net.

Il recula d'un pas.

Ember Maxwell était assise dans un fauteuil qu'elle avait approché autant que possible de la minuscule fenêtre dans le coin. La fenêtre n'était à vrai dire qu'une fente dans le mur, elle ne devait pas y voir grand-chose. Mais ce n'était pas la vie nocturne qu'elle regardait passer. Elle avait les yeux tournés vers le ciel.

— Ember ? appela-t-il.

Son nom lui avait échappé avant même qu'il y pense. Il ferait mieux de la laisser tranquille, mais il détestait la voir aussi... seule. Ses pieds étaient posés sur le coussin du siège et elle entourait ses genoux de ses bras. Ses épaules étaient recroquevillées vers l'avant, même alors que son menton était levé.

En entendant son nom, elle tourna brusquement la tête et le fixa un moment.

— Pardon. Je te dérange ? finit-elle par dire.

Bizarrement, cela irrita Doc.

— Bien sûr que non. Tu es plus discrète qu'une souris, ce qui n'est pas le cas de tout le monde ici. Tout va bien ?

Elle cligna des yeux.

— Non, dit-elle en hochant la tête de haut en bas.

Doc eut un rire.

— Oui ou non ? Ça va ou pas ?

Ember soupira et posa sa joue sur son genou, regardant par la fenêtre, se détournant ainsi de lui.

— Tout va bien, dit-elle doucement.

Doc savait qu'il devrait partir. Retourner dans sa chambre et dormir un peu avant son service du matin. Mais tout ce que ses amis lui avaient raconté au dîner tournait dans sa tête.

Ils avaient particulièrement insisté sur combien Ember semblait perdue. Alors qu'elle aurait dû être surexcitée à l'idée de participer aux JO, son comportement était machinal, presque automatique.

Brain avait aussi sorti son téléphone pour lui montrer les images sur compte Instagram. La plupart la représentaient riante et apparemment en train de s'éclater ; citations inspirantes sous les photos d'elle en plein entraînement, clichés où elle posait avec toute une variété de produits, très visiblement pour en faire la promotion, et chaque fois on aurait dit qu'elle sortait à peine de chez le styliste. Ses cheveux étaient impeccables. Ses dents brillaient. Ses boucles d'oreilles pendantes étaient charmantes. Sa peau et son maquillage sans défauts.

Mais *cette* Ember lui semblait bien plus attirante. C'était la vraie Ember, pas une pauvre caricature sur les réseaux sociaux. Ses cheveux étaient un peu décoiffés, le jogging qu'elle portait était clairement vieux, et la manche de son T-shirt avait une petite déchirure. Elle n'était plus la version d'Ember auquel le monde entier avait accès, et elle n'en paraissait que plus humaine.

Doc jeta un œil dans le couloir et vit qu'il était vide. Il distinguait encore vaguement le bruit d'une fête qui avait lieu à l'étage au-dessus, mais à ce moment-là, ils étaient seuls.

— Je suis désolé d'être parti si brusquement, tout à l'heure, commença-t-il.

— Ce n'est rien, répondit Ember sans lever les yeux.

— C'était malpoli de ma part, insista Doc.

— Vraiment, ce n'est pas grave, lui assura-t-elle, regardant toujours pas la fenêtre. Tu n'es pas le premier à ne pas m'aimer au premier abord, et tu ne seras pas le dernier.

— Ce n'est pas que je t'aime pas. Je ne te *connais* même pas. Comment est-ce que je pourrais déjà ne pas t'aimer ? demanda-t-il en fronçant les sourcils.

Ember leva la tête pour le fixer d'un regard si intense que Doc dut se retenir de reculer.

— Il y a des tas de gens qui ne m'aiment pas à cause de ce qu'ils voient sur Internet.

Doc ne se laissa pas démonter.

— Une bande d'imbéciles ignorants, répliqua-t-il.

Ember le fixa encore un instant.

— Tu le penses vraiment, hein ?

— Oui. Écoute, je sais que je n'ai pas fait la meilleure des impressions tout à l'heure, mais si je n'aime pas quelqu'un, ce ne sera pas à cause de ce que j'ai vu sur Internet. Ce sera parce que c'est quelqu'un d'impoli. De fermé d'esprit. Ou qui mâche la bouche ouverte.

Elle eut un petit sourire.

— Pourquoi tu es parti, alors ?

Doc envisagea de lui mentir. De lui dire qu'il n'avait pas eu faim, qu'il avait un appel à passer. Mais il ne put s'y résoudre. La tristesse dans ses yeux lui parlait. L'attirait, comme un papillon à une flamme. Il savait qu'elle serait peut-être capable de percer l'armure mentale qu'il portait en toutes circonstances, mais il ne pouvait pas lui résister.

— Parce que je ne suis pas à l'aise près de toi.

— Ah bon ? demanda-t-elle, sourcils légèrement froncés.

— Oui.

— Désolée.

Doc haussa les épaules.

— Ne t'excuse pas. Ce n'est pas toi, c'est moi.

Elle eut un nouveau sourire.

— On dirait une excuse toute prête, l'informa-t-elle.

— Ce n'en est pas une. Tu me fais... ressentir des choses que je ne veux pas ressentir. Je suis mal à l'aise face à l'attention que tu reçois. J'ai l'habitude de rester dans l'ombre, et toi, tu es comme une lumière vive, étincelante. Tous ceux qui s'approchent se retrouvent plongés dedans.

À ses mots, elle eut l'air encore plus triste, ce qui n'avait pas été son intention.

— C'est vrai. Et puisqu'on en est là, pour être honnête, je ferais tout pour éteindre cette lumière. Juste une fois. Pour me cacher dans l'ombre avec toi.

Ils échangèrent un long regard, plein d'intimité. Il sut qu'elle était sincère.

Il n'aurait jamais pensé en voyant son compte Instagram qu'Ember Maxwell n'était pas à l'aise sous les feux des projecteurs, mais il aurait dû s'en douter. Les réseaux sociaux racontaient n'importe quoi. Les gens y disaient des choses pour faire partie d'un groupe, pour paraître plus populaires et plus intéressants qu'ils ne l'étaient. Ils affirmaient être un certain genre de personne, mais étaient complètement différents en réalité. Ember en était la preuve... seulement, pas de la façon qu'il pensait.

— Qu'est-ce que tu fais ? lui demanda-t-il.

— J'essaie de voir les étoiles, répondit-elle en haussant les épaules.

Il ne s'attendait pas à ça.

— Pardon ?

— Les étoiles. Chaque soir, avant de me coucher, je m'assieds à ma fenêtre pour les regarder. Le monde est immense, et voir la lueur des étoiles me rappelle qu'il y a bien plus dans l'univers que ma petite vie. Mais on ne les voit pas depuis ma chambre. Il y a un autre immeuble juste en face et la lumière qui s'en dégage empêche de distinguer quoi que ce soit. Du coup, je suis venue ici, mais la vue n'est pas vraiment meilleure.

— De ma chambre, on les voit bien, laissa échapper Doc.

Elle le fixa à nouveau.

— Écoute... tu ne me connais pas, d'accord, mais je jure sur mon honneur de soldat américain que tu n'as rien à craindre. Si tu veux venir dans ma chambre un moment, regarder les étoiles, ça ne me dérangera pas.

Doc savait qu'on aurait dit une lamentable tentative de drague, mais il ne regrettait pas d'avoir proposé.

— J'imagine que ma chambre est de l'autre côté, par rapport à la tienne, continua-t-il. Elle donne sur le stade et la piste de course. Quand il y a un jeu ou un match, on n'y voit rien à cause des lumières, mais ce soir, c'est calme et il n'y a pas de nuages, donc tu devrais bien y voir.

— Pourquoi tu ferais ça ?

Sa méfiance n'était pas surprenante.

— Parce que malgré mes actions de tout à l'heure, je n'ai pas pour habitude de fuir ce qui me met mal à l'aise. Et heureusement, parce que j'ai souvent été mal à l'aise dans ma vie. Te laisser t'installer dans ma chambre un moment, ce n'est pas grand-chose dans l'ordre du monde. Et si ça peut t'aider à dormir, et donc à être au top de ta forme pour la compétition de demain, tant mieux. Si tu veux, je peux même rester ici pour ne pas te gêner.

Ember fronça le nez, et Doc ne put s'empêcher de trouver ça adorable.

— Je ne vais pas te virer de ta propre chambre. Certains ont beau penser que je suis une diva, c'est faux.

Doc prit une grande inspiration et tendit la main vers elle, l'invitant à se lever.

— Alors, allons-y, pour que tu puisses dormir un peu. Je ne me le pardonnerais jamais si tu ratais une médaille juste parce que tu étais restée debout jusqu'à tard.

Elle sourit timidement.

— Crois-moi, ce ne serait pas ma première nuit blanche. Surtout la veille d'une compétition. Si je n'ai pas de médaille, ce ne sera pas à cause de ça.

Doc resta où il était, bras tendu, retenant presque sa respiration alors qu'elle se dirigeait vers lui. Il eut soudain l'impression que l'instant où elle le toucherait changerait sa vie pour toujours.

Ce changement serait-il positif ? Il ne le savait pas.

Leurs doigts se frôlèrent, avant de s'entrelacer.

En se retournant vers sa chambre, la main d'Ember dans la sienne, Doc sut qu'il avait raison. Sa vie venait de changer.

C'était ridicule. Il ne connaissait pas Ember, et elle ne le connaissait pas non plus. Sa vie correspondait à tout ce qu'il voulait éviter : célébrité, richesse, popularité. Mais il n'aurait pas plus été capable à ce moment-là de s'éloigner d'elle qu'il n'aurait pu abandonner sa propre famille.

Il avait aperçu la vraie Ember Maxwell cachée sous les paillettes et le maquillage auxquels le monde avait droit. Et elle l'avait intrigué. Il voulait en savoir plus. Il voulait *tout* savoir d'elle.

Cela n'avait aucun sens... et pourtant, être avec elle à ce moment-là avait plus de sens pour lui que tout le reste de sa vie.

Il avait gardé sa main dans la sienne et l'avait guidée à l'intérieur de sa chambre, ne la lâchant qu'à regret pour pousser le seul fauteuil de la pièce jusqu'à la fenêtre. Il passa dans la salle de bain y allumer la lumière avant d'éteindre la lampe de chevet. Il serait plus facile de voir les étoiles dans une pièce complètement obscure, mais il pensait qu'elle serait plus à l'aise d'être seule avec lui s'ils n'étaient pas dans le noir total. Enfin, il retourna à la fenêtre, remonta les rideaux et recula d'un pas, désignant le fauteuil.

— Votre trône, Majesté.

Ember leva les yeux au ciel, mais s'installa dans le fauteuil. Elle tourna la tête vers les étoiles et eut un soupir de contentement.

— Oh, oui. Pile ce dont j'avais besoin, dit-elle.

Elle se pencha en avant, comme si cela la rapprocherait du ciel qu'elle admirait.

Doc recula encore. Pendant un moment, ils ne dirent rien. Ember savourait ce que lui offraient les étoiles, et Doc savourait la beauté de la jeune femme assise dans sa chambre.

D'un point de vue objectif, il savait qu'elle était belle. Son corps d'athlète était fort, au meilleur de sa forme. Mais ce n'était pas cela qui l'attirait. C'était les petites choses, celles qu'il était sûrement le seul à remarquer. La façon dont elle se mordillait la lèvre en regardant le ciel. Le fait qu'une partie de son corps était toujours en mouvement, comme si elle avait tant d'énergie en réserve qu'elle devait bouger sans cesse pour ne pas exploser. Un de ses pieds tapait contre le sol. Puis ses doigts, sur sa cuisse. Puis elle tortillait sa jambe d'un côté à l'autre.

En la regardant à ce moment-là, Doc n'aurait jamais deviné qu'elle était une influenceuse de renommée mondiale. Elle aurait pu être simplement l'amie de sa sœur. À tout instant, Mama Luisa pourrait débarquer dans la chambre pour lui dire qu'il était tard, et qu'il ferait mieux d'aller dormir.

Mais il n'était pas en Géorgie. Et clairement, sa sœur n'avait jamais ramené une fille comme ça chez eux.

Combien de temps elle resta là, à regarder les étoiles, Doc n'aurait pas su dire. Ça lui était complètement égal ; il la laisserait rester autant qu'elle voulait. Mais elle finit tout de même par se tourner vers lui. Doc ne savait pas si elle le distinguait vraiment, dans la pénombre, d'autant qu'il était appuyé contre le mur de l'autre côté de la pièce.

— Tes amis ont dit des choses qui m'ont intriguée, commença Ember.

Doc se raidit. Merde. Il ne savait pas ce qu'ils avaient bien pu raconter. Il adorait ses amis, mais maintenant qu'ils étaient globalement tous mariés, et follement heureux, ils cachaient de moins en moins leur objectif de leur trouver une copine, à lui et Grover.

— Ah oui ? demanda-t-il.

— Oui. Ils ont dit qu'on avait bien plus en commun que ce que je pensais, nous deux. Sur le coup, j'ai trouvé ça ridicule. Maintenant, je n'en suis plus si sûre. Je sais que tu n'es pas à l'aise avec moi, mais pour moi, c'est le contraire, et je ne sais pas pourquoi. Normalement, jamais de la vie je ne serais allée dans la chambre d'un homme que je venais de rencontrer. Mais il y a quelque chose chez toi qui me donne envie de te faire confiance. C'est bizarre.

— Ce n'est pas bizarre. Je ne te ferai jamais de mal, ni à toi ni à aucune femme.

— Je sais. Mais *comment* je le sais ? Je te connais à peine.

Doc haussa les épaules, même si elle ne pouvait sûrement pas le voir.

— Peut-être qu'on devrait reprendre de zéro. Sans idées préconçues sur l'autre.

— Bonne idée.

— Salut, mon nom est Craig Wagner, mais tout le monde m'appelle Doc.

— Moi, c'est Ember Maxwell. Et tout le monde m'appelle Ember. Pourquoi « Doc » ? Tu es médecin ? demanda-t-elle en souriant.

— Non, même si Mama Luisa aurait adoré. Pendant ma formation, on s'entraînait au combat au corps-à-corps. Un des soldats a fait preuve d'un peu trop d'enthousiasme et a frappé son partenaire en plein visage. Ça l'a assommé direct. J'étais le plus proche et j'ai plus ou moins assuré la prise en charge du gars jusqu'à l'arrivée de l'ambulance. En réalité, je n'ai pas fait grand-chose, mais un des sergents instructeurs a commencé à m'appeler Doc... et c'est resté.

— J'imagine que tu aurais pu avoir pire, comme surnom.

— Tout à fait.

— J'ai une autre question.

— Vas-y.

— Mama Luisa ?

— Oui. C'est ma mère. Pas ma mère biologique, mais je l'aime plus que tout, répondit Doc en hochant la tête.

Il réfléchit un instant à l'idée de lui raconter toute l'histoire, et décida de se lancer. Ses amis avaient raison : ils avaient réellement plus en commun que ce qu'on pouvait penser.

— Quand j'avais cinq ans, mes parents sont morts dans un incendie. Je dormais chez mon ami Deiondre, ce soir-là. Il n'habitait pas très loin, ses parents étaient les meilleurs amis des miens. L'incendie a été classé accidentel. Les plaques avaient un défaut, ou un truc du genre. En tous cas, j'étais dévasté, évidemment. Mais Mama Luisa et son mari n'ont même pas hésité à faire une demande d'adoption. Ils ont dû se battre pendant des années pour obtenir ma garde, et il leur a fallu se battre sans relâche pendant cinq ans et d'innombrables sessions au tribunal avant d'avoir enfin le droit de m'adopter.

— Je ne comprends pas. Qu'est-ce qui était si difficile ? Si c'étaient les amis de tes parents, et que tu voulais habiter chez eux, où était le problème ?

Au lieu de répondre, Doc attrapa son portefeuille dans sa poche arrière avant d'en sortir une photo. Il la regarda un instant en souriant, au souvenir de sa sœur, Michelle, qui s'était donné tellement de mal pour l'organisation. Ils portaient tous des vêtements aux couleurs assorties, et même si son père et Deiondre avaient beaucoup râlé, leurs grands sourires démentaient leurs propos. Doc possédait une plus grande version de la photo, dans un cadre au mur de sa maison au Texas.

Sa famille était ce qui comptait le plus pour lui. Rien n'obligeait Jaime et Luisa à l'accueillir sous leur toit. Leurs vies auraient été plus faciles sans lui, même.

Il s'écarta du mur et s'approcha d'Ember, lui tendant la photo.

— Ma famille, lui dit-il avant de reculer à nouveau.

Ember fixa le cliché qu'elle tenait pendant un long moment.

— Ils sont noirs, finit-elle par lâcher en croisant son regard.

— Ouaip.

— J'imagine que c'est ça qui a posé problème.

— Pas pour moi, mais pour tous les autres, oui. Quand on y regarde pas de trop près, on peut se dire que les États-Unis se débrouillent bien face au racisme, mais dans les faits, ce n'est pas le cas. Mama Luisa et Jaime ont enchaîné les galères quand j'étais petit. Je ne saurais pas compter le nombre de fois où des gens ont appelé la police en nous voyant dans la rue parce qu'ils pensaient que j'avais été kidnappé. Ils ne pouvaient pas se faire à l'idée qu'un enfant blanc soit élevé par des parents noirs. Mince, un jour, on était à Disney World, à vivre notre vie, à passer une bonne journée, et on a *tous* été retenu par la sécurité. Ils m'ont séparé des gens que j'aimais le plus au monde pour me faire passer un interrogatoire, ou presque. Je me rappelle que j'étais terrifié, je pensais qu'ils allaient les emmener et les jeter en prison, alors qu'ils n'avaient rien fait. Les vigiles pensaient qu'ils me manipulaient, et j'étais quasiment cinglé quand ils nous ont enfin laissé partir. Autant te dire qu'après ça, on passait nos vacances au camping, et plutôt près de chez nous.

— C'est n'importe quoi, dit Ember doucement.

— Oui. Ce genre de choses est arrivé pendant toute mon enfance. Quand je traînais avec Deiondre et Nichelle, mon frère et ma sœur, on me disait qu'ils allaient m'entraîner dans leurs problèmes ou que je finirais en prison à cause d'eux. Un soir, on était à une fête et les flics sont arrivés. Le jardin était rempli de lycéens ivres. Deiondre et moi, on était vers l'arrière, à essayer de faire les choses bien et de ne pas s'enfuir en les voyant débarquer. Il y en a un qui a dépassé au moins une douzaine d'autres élèves et qui a visé spécifiquement mon frère. Lui, il ne faisait rien, il était vraiment juste debout dans le jardin, et ce connard l'a jeté par terre et lui a crié d'arrêter de résister. Évidemment, je n'allais pas le laisser faire ça, donc je l'ai poussé de Deiondre. Et tu sais ce qui s'est passé ?

— Non, quoi ?

— *Deiondre* a passé la nuit au poste, et moi, j'ai été renvoyé à la maison avec un avertissement.

Doc secoua la tête, enragé au souvenir de l'événement. Il prit une grande inspiration, conscient que le racisme auquel ses parents, son frère et sa sœur étaient confrontés le mettait en colère dès qu'il y pensait.

— Ceux qui disent qu'ils ne voient pas la couleur de peau des autres se mentent à eux-mêmes. C'est la nature humaine, on ne peut pas s'en empêcher. Ce qu'on peut faire, par contre, c'est adapter notre réaction face à ça. Est-ce qu'ils traversent la rue en voyant un homme noir marcher dans leur direction ? Est-ce qu'ils ignorent la candidature d'une femme asiatique ou arabe en considérant qu'elle sera moins intelligente qu'une personne blanche ? Tout ça, ça doit s'arrêter.

Ember baissa les yeux vers l'image qu'elle tenait toujours et la contempla pendant un long moment.

— Un jour, quand j'étais adolescente, je suis sortie courir dans Beverly Hills. Je savais que j'aurais dû aller à la salle de sport, mais j'étais en colère contre mes parents et j'avais besoin d'air. Je n'avais pas couru un quart d'heure quand une voiture de police s'est arrêtée près de moi et qu'un policier m'a demandé ce que je faisais dans ce quartier. Je n'avais pas mes papiers, et je voyais bien qu'il ne me croyait pas quand je lui disais que j'habitais ici. Il m'a raccompagnée chez moi et ce n'est qu'en voyant mes parents qu'il m'a laissée tranquille. J'ai retenu la leçon. Je sais que j'ai été élevée avec beaucoup de privilèges que n'ont pas toutes les personnes noires, mais on me juge quand même à ma couleur de peau.

— J'ai regardé les commentaires sur ton compte Instagram, dit Doc. Dans le monde entier, il y a des gens qui t'aiment et t'admirent, et pourtant on trouve encore le genre de connards ignorants qui ressentent le besoin de faire des commentaires aussi méchants que stupides.

Ember hocha la tête.

Ils se regardèrent, et Doc pouvait presque sentir la connexion entre eux s'intensifier.

— Ta couleur de peau n'a aucune importance à mes

yeux. Si je suis parti ce midi, c'est à cause de ta célébrité. Mais ça, c'est mon problème, pas le tien, dit-il sincèrement.

— Pour ce que ça vaut... Je n'ai jamais voulu être *cette* Ember Maxwell. Quand ma mère a engagé quelqu'un pour s'occuper de mes réseaux sociaux, je m'en fichais. J'étais trop occupée à essayer de faire plaisir à mes entraîneurs, à faire mes devoirs, à rendre heureux mes parents. J'ai fait ce qu'ils me disaient de faire, je ne voulais pas leur causer d'ennuis. J'ai pris la pose pour les photos quand on me disait de le faire, me suis fait faire les ongles et coiffer comme on me l'ordonnait. J'ai souri comme on me demandait. Je ne me suis même pas défendue quand on a signé ce satané contrat pour l'émission de télé-réalité. J'ai travaillé dur pour arriver là où je suis aujourd'hui. Je suis fière de participer aux JO, mais ça n'a jamais été *mon* rêve. C'était celui de mes parents. Et de mes fans. Bien sûr, ça ne veut pas dire que je ne veux pas de médaille. Je suis compétitive, et j'ai travaillé trop dur ces dernières années pour être aux JO sans vouloir obtenir un bon score, pour moi et pour mon pays. Si je pouvais faire ce que je veux, je gagnerais une médaille, et puis je disparaîtrais des réseaux pour toujours. Fini les séances photo, les pubs pour les produits. Grâce à mes parents, j'ai gagné une somme d'argent que deux vies ne suffiraient pas à dépenser. Je sais que c'est idiot, parce qu'avec autant d'argent, j'aurais pu partir il y a longtemps, mais je pense que c'était plus facile de suivre le mouvement. De faire ce qu'ils voulaient que je fasse, puisque je ne savais pas quoi faire d'autre.

— Et maintenant, tu le sais ? lui demanda-t-il, sans aucun jugement.

— Je sais que je veux *vivre*. Pas passer chaque seconde de ma vie à m'entraîner. Je veux déménager quelque part où personne ne me connaît, et vivre ma vie tranquillement. Peut-être que je deviendrai faiseuse de puzzles profession- nelle. Ou que je serai une ermite et que je ne sortirai de chez moi que pour crier sur les gamins qui osent poser un pied dans son jardin.

Doc sourit. Bon sang, elle était adorable.

— Et pourquoi pas ?

— Pourquoi pas quoi ? demanda-t-elle en penchant la tête sur le côté.

— Supprimer tes comptes. Déménager. Faire ce que tu veux de ta vie.

Elle le fixa en silence.

— Tu es une adulte, Ember, reprit-il. Je comprends que tu ne veuilles pas décevoir tes parents, mais tu devrais aussi faire ce que toi, tu veux faire.

— Je ne sais pas si ce serait si simple, murmura Ember.

— Oh, c'est sûr qu'il y aura beaucoup de larmes et de douleur, acquiesça Doc. Mais ce qui est important n'est jamais simple.

— C'est vrai que je connais mes mots de passe pour Insta et Facebook, commenta Ember.

Doc eut un nouveau sourire.

— Mince alors. Je suis vraiment en train d'y réfléchir ? Ma mère pèterait les plombs. Elle, et les quatre managers qu'elle a engagés pour s'occuper de mes réseaux. Mon père comprendrait, lui... peut-être. Il sait qu'elle peut être un peu trop autoritaire.

— Chaque chose en son temps, championne. Tu as d'abord deux jours de compétition intense devant toi. Pourquoi ne pas d'abord te concentrer sur ça, avant de prendre des décisions radicales ?

Ember se leva et se dirigea vers lui.

Le corps de Doc se tendit. Un instinct fou lui criait de l'attirer près de lui et de la prendre dans ses bras. De voir s'ils iraient aussi bien ensemble que ce qu'il pensait. Elle n'était pas tellement plus petite que son propre mètre quatre-vingts. Et elle était solide. Il n'aurait pas à craindre de l'étouffer.

Il avait aussi le sentiment qu'une fois qu'elle se serait libérée de ce qui la retenait, elle ne laisserait plus jamais personne lui dicter sa conduite.

Il retint sa respiration alors qu'elle pénétrait dans son espace personnel. Elle ne le toucha pas, mais elle se tenait clairement plus près de lui qu'elle ne devrait normalement se tenir près de quelqu'un qu'elle avait rencontré seulement quelques heures plus tôt.

— Ta famille a l'air super sympa, dit-elle en lui tendant la photo qu'il lui avait passée.

— Merci, dit-il en la reprenant.

— Désolée de t'avoir mis mal à l'aise.

— Mon problème, pas le tien.

— Quand même. Merci de m'avoir laissé ta fenêtre.

— Quand tu veux. Sérieusement. Si tu veux revenir demain regarder les étoiles, pas de souci.

— Ça ne t'embêterait pas ?

— Nope.

— Tu termines à quelle heure, demain ?

— Cinq heures.

— Tu veux qu'on se rejoigne pour le dîner ? À la cafétéria, clarifia-t-elle immédiatement. Je ne suis pas encore tout à fait prête à lâcher Ember Maxwell sur la Corée du Sud. Il paraît que j'ai pas mal d'abonnés ici, et je ne voudrais pas compliquer la vie des autres athlètes.

— Je ne suis pas sûr que les autres influenceurs fassent attention à ce genre de choses. Ils profiteraient plutôt de toute cette publicité gratuite.

— Je pense qu'on a bien établi que je ne suis pas comme eux, dit Ember en fronçant le nez.

— C'est vrai. Dans ce cas, oui, je serais ravi de dîner avec toi. Je devrai sûrement me doucher d'abord, mais je peux venir frapper à ta porte quand je serai prêt. Comme ça, tu n'auras pas besoin de m'attendre en bas et de courir le risque de te retrouver dans une situation gênante si quelqu'un te reconnaît.

Elle le fixa un moment.

— Quoi ? finit-il par demander.

— Pour quelqu'un qui n'est pas à l'aise avec ma célébrité, tu as l'air de bien savoir comment la gérer.

— J'en sais que dalle, admit Doc avec un certain sarcasme. Par contre, je sais comment passer inaperçu.

Ember pencha la tête.

— Tu n'es pas un soldat comme les autres, hein ?

— Non, se contenta de répondre Doc.

Trop tôt pour développer. En plus, ils suivraient leurs chemins respectifs d'ici une semaine ou deux. Elle n'avait aucune raison de savoir qu'il faisait partie de l'équipe Delta.

— Bon, dit-elle avec une grande inspiration, avant de reculer.

Doc fit de son mieux pour contenir la déception qui le traversa.

— C'est quoi ton programme, demain ?

— Entraînement. Je suis censée retrouver Leila, Nick et Aiden pour qu'on s'entraîne et pour faire quelques interviews avec la presse. On a aussi des photos à prendre. Samer, un de mes managers, nous a accompagnés, et il a prévu des tas de trucs. Il est surexcité à l'idée de prendre de nouvelles photos et des vidéos live pour tous mes comptes. L'après-midi, il me semble que ma mère a prévu d'autres interviews. Et je suis certaine qu'il y aura d'autres photos à prendre.

Doc eut une grimace.

— Oui. Je crois que je dois aussi lire à voix haute certaines lettres d'encouragement que mes fans m'ont envoyées. Et répondre à quelques commentaires sur mon Insta. Les abonnés adorent ce genre de choses, soupira Ember.

— Ça, je n'en sais rien, dit Doc avec un haussement d'épaules.

— Tu n'as pas de compte Instagram ou Facebook ? demanda Ember.

— Ah, ça non, répondit Doc. Ni le temps ni l'envie pour ces conneries. Tu as rencontré mes amis, les gens que j'aime, ce midi. Je les vois quasiment tous les jours, et on se retrouve chez les uns ou les autres au moins une fois par semaine. Je n'en ai rien à foutre de ce que font les gens avec qui j'étais au lycée. S'ils n'ont pas voulu de mes nouvelles après le bac, ce qui est leur cas à tous, alors je n'ai aucune envie de voir des photos de leurs familles ou leurs vacances ou toutes les bêtises qu'ils veulent montrer aux autres.

— Ouah, surtout n'hésite pas, dis-moi ce que tu penses vraiment, dit Ember en riant.

— Désolé, fit Doc en se passant la main dans les cheveux.

— Non, ne t'excuse pas. À vrai dire, ça fait du bien. Les gens ont surtout tendance à me lécher les bottes et à me dire seulement ce qu'ils pensent que j'ai envie d'entendre.

— Je ne raconte pas de conneries, lui dit Doc avec franchise. Jamais.

— C'est bon à savoir.

Jetant un œil à sa montre, Doc fut surpris du temps qu'ils avaient passé à discuter.

— Il est tard. Tu as besoin de sommeil. Je frapperai à ta porte vers 17 h 15 demain. Ça me laissera assez de temps pour rincer la sueur de la journée avant qu'on descende à la cafétéria.

— Parfait. À demain.

— Fais attention à toi.

— Ça marche. Toi aussi.

Ember lui lança un dernier regard avant de se diriger vers la porte. Doc la suivit à une distance respectueuse et se tint dans l'encadrement, la regardant remonter le couloir jusqu'à sa chambre. Il attendit qu'elle soit bien rentrée à l'intérieur pour fermer sa propre porte à clé.

Il resta là, debout dans le noir, pendant quelques minutes. Repensant à leur conversation.

Il appréciait vraiment Ember. Il ne pouvait rien y faire. Il aurait préféré croire qu'elle n'était qu'une autre star des réseaux, aussi agaçante que les autres. D'ailleurs, il ne s'était pas attendu à ce que ce voyage soit plus qu'une simple mission.

Pourtant, il n'arrivait pas à se sortir Ember de l'esprit, ce qui lui fit prendre conscience qu'il jouait à un jeu dangereux. Il aurait sûrement dû lui dire qu'il travaillait demain soir, et qu'il ne pouvait pas dîner avec elle. Pourquoi se lancer là-dedans alors qu'elle vivait en Californie et lui au Texas ? Il y avait bien trop d'obstacles pour qu'ils aient une relation, quelle qu'elle soit.

Alors pour quelle raison avait-il déjà hâte d'être au lendemain soir ? De savoir comment s'était passée sa journée ? Et pourquoi ressentait-il l'envie de sortir son téléphone et de se créer un compte Instagram dans le seul but de s'abonner et de pouvoir regarder les *lives* qu'elle avait prévu de faire ?

Dégoûté par son propre comportement, Doc secoua la tête. Il sortit son portefeuille et son portable de sa poche et les jeta sur le bureau. Il se déshabilla ensuite jusqu'à ne porter que son caleçon, et se glissa entre les draps du lit, petit et étroit. Fermant les yeux, il tenta de se convaincre qu'il n'était gentil avec Ember que parce qu'elle avait l'air d'avoir besoin d'un ami.

Si Mama Luisa avait été là, elle lui aurait mis une petite claque sur la tête et lui aurait dit d'arrêter de se mentir à lui-même. Il était gentil avec Ember parce qu'elle le fascinait, l'intriguait. Et parce qu'il voulait désespérément en savoir plus sur sa vie.

Merde. Il était foutu.

Il avait vu comment ses amis étaient tombés amoureux de leurs femmes, chaque fois d'une manière aussi rapide qu'irrévocable. Les signes ne trompaient pas. La différence était que lui finirait avec le cœur brisé. Ember était une putain de star.

Reconnue dans le monde entier, avec sûrement plus de connexions que le fameux Tex lui-même.

Jamais de la vie elle ne voudrait d'un simple soldat comme lui.

CHAPITRE QUATRE

Cela faisait longtemps qu'Ember n'avait pas été aussi excitée. Pas à l'idée de participer aux Jeux olympiques le lendemain, non… mais parce qu'elle reverrait bientôt Craig. Elle ne pouvait pas se résoudre à l'appeler Doc ; ça sonnait un peu faux.

La journée avait été longue. Elle aurait dû être en train de méditer ou de visualiser ses techniques pour les duels d'escrime qui auraient lieu dans environ dix-sept heures ; au lieu de quoi, elle était incapable de penser à autre chose qu'à son rendez-vous avec Craig.

Elle voulait vérifier si l'étincelle qu'elle avait ressentie entre eux la veille serait toujours là.

Peut-être qu'il l'attirait seulement parce qu'elle n'était sortie avec personne depuis… elle ne savait même plus combien de temps. Peut-être qu'elle était seulement intriguée d'avoir appris qu'il avait été élevé par une famille noire. Ou alors, peut-être était-ce parce que lorsqu'elle parlait, il concentrait toute son attention sur *elle*. Pas sur les gens autour. Ni sur ses seins. Il la regardait droit dans les yeux, comme s'il n'avait jamais rien entendu de plus important que ce qu'elle lui disait.

Son instinct lui chuchotait qu'il n'attendait rien en retour. Il ne voulait pas qu'elle vende un de ses produits, ni être mentionné sur son compte Instagram. Au contraire, elle soupçonnait qu'il serait horrifié de se retrouver dessus. Avec Craig, elle pouvait être elle-même. Ember.

Peut-être que ce n'était pas une raison pour s'enticher de quelqu'un, mais Ember en voulait encore. Elle voulait savourer chaque seconde du temps qu'ils passaient ensemble. Elle voulait conserver précieusement en elle la manière dont elle se sentait à ses côtés, ce sentiment d'être une femme comme les autres, pour pouvoir le ressortir à l'avenir et ressentir l'effet de sa présence réconfortante.

Son entraînement du jour s'était déroulé sans aucun souci. Elle se sentait bien. Super en forme. Leila avait été heureuse de la voir, et elles avaient discuté et ri avec une sorte d'énergie nerveuse. Elles concouraient l'une contre l'autre, mais toutes deux représentaient les États-Unis et voulaient faire de leur mieux. Nick et Aiden aussi étaient de bonne humeur. Ils avaient tous échangé des blagues pendant les photos avec la presse. Le pentathlon moderne n'était pas vraiment le sport le plus suivi des JO, mais la présence d'Ember dans l'équipe avait décuplé leur popularité.

Même ses parents n'avaient pas réussi à la déprimer. Samer avait pris une tonne de photos pour son compte et avait parlé avec entrain de ce qu'il comptait poster dans les jours à venir. Il avait sélectionné quelques commentaires, et bien qu'elle se soit sentie stupide en les lisant à voix haute, Ember n'avait pas protesté. Elle avait l'impression que le pays entier la regardait, et elle était décidée à faire le maximum. Certes, ce n'était pas son rêve, mais plus la compétition se rapprochait, plus elle était excitée.

Peut-être parce que, pour la première fois de sa vie, elle voyait la ligne d'arrivée.

Ember savait que ses parents désapprouveraient son

choix de quitter sa carrière de sportive, mais elle était décidée. Prête à changer de vie.

Sa conversation avec Craig l'avait aidée à prendre sa décision. Elle avait vingt-cinq ans, pas quatorze. Il était temps qu'elle parte de chez ses parents et qu'elle fasse son propre chemin. D'un côté, elle serait toujours reconnaissante envers ses parents de l'avoir poussée à travailler, d'avoir mis assez d'argent sur son compte pour qu'elle puisse faire absolument ce qu'elle voulait... ou bien rien du tout. De l'autre, elle avait commencé à leur en vouloir plus qu'autre chose. Elle devait échapper à leur contrôle avant que leur relation ne puisse plus être réparée.

Elle était prête à renoncer à Ember Maxwell, star des réseaux sociaux, et à utiliser sa plateforme pour quelque chose qui en valait la peine.

Une idée lui était venue la veille, quand elle était retournée dans sa chambre. Elle avait réfléchi à ce qu'elle allait bien pouvoir faire du reste de sa vie. Elle n'était pas allée à la fac, mais elle pouvait toujours obtenir un diplôme. Elle avait pensé à Craig, à ce qui lui était arrivé. Perdre ses parents dans un incendie, à cet âge. Il avait dû être si perdu, si effrayé ; il avait eu de la chance que Mama Luisa et son mari soient là pour s'occuper de lui. Ça n'avait pas dû être facile, pour les uns comme pour les autres. Dans ce pays, les relations interraciales, quelles qu'elles soient, n'étaient jamais évidentes.

Elle aurait voulu pouvoir réconforter l'enfant qu'il avait été. Et cela la faisait penser aux autres enfants qui traversaient des épreuves similaires. Le sport lui avait donné un sentiment d'appartenance, quand elle était en primaire... Peut-être qu'elle pourrait travailler avec des enfants. Des enfants qui n'auraient jamais rêvé de pouvoir faire un sport aussi typiquement bourgeois que l'escrime. Ou l'équitation. Elle pourrait construire une espèce de mini-salle de pentathlon, dans laquelle les enfants pourraient faire de l'escrime, de la natation, de l'équitation, de la course et du tir au laser. Plutôt pour s'amuser et se faire des amis que pour concourir sérieusement.

Elle avait presque la tête qui fumait devant toutes ces possibilités. Plus elle y pensait, plus elle aimait ce projet.

Elle avait assez d'argent, et son nom pourrait servir à recruter des employés, voire des participants. Idéalement, ce serait gratuit pour les enfants les moins aisés, et même pour les autres, les frais seraient symboliques.

Pour la première fois de sa vie, elle attendait son avenir avec impatience. Et elle savait que c'était grâce à Craig.

C'était en l'entendant parler de sa haine de l'attention qu'elle s'était rendu compte que la plupart des hommes étaient sûrement comme lui. Et qu'elle ne voulait de toute façon pas des autres. Si elle voulait un jour avoir sa propre famille, elle devait s'opposer à ses parents, et faire ce qu'*elle* voulait, pour une fois.

Les séances photo qu'ils avaient prévues s'étaient déroulées comme elle s'y attendait. Elle avait souri et pris la pose selon les directives. Ses parents étaient ravis de l'attention qu'on lui prêtait, et Ember savait que ces photos étaient sûrement déjà publiées sur ses réseaux. Pour la première fois depuis longtemps, elle s'en fichait.

La fin des JO serait accompagnée de nombreux changements, et elle avait hâte.

Son excitation semblait lui avoir donné un regain d'énergie. Elle était encore plus impatiente de concourir et, pourquoi pas, de tout déchirer. De terminer sa carrière à son apogée. De faire de son mieux, et peut-être de ramener une médaille dans son pays.

Cette excitation s'étendait à Craig. Être avec lui la faisait se sentir différente. Comme une personne qu'elle appréciait vraiment.

Au premier coup à sa porte, Ember bondit du matelas où elle était assise et sautilla presque pour aller ouvrir.

— Salut ! dit-elle joyeusement.

Craig cligna des yeux. Puis il sourit, et Ember faillit fondre sur place.

— Salut. Dis donc, tu es en forme.

— Absolument. J'ai passé une super journée, et je suis prête à concourir.

Craig pencha la tête et l'observa un moment.

— Quelque chose a changé, chez toi, observa-t-il.

Ember rayonnait. Elle était tellement ravie qu'il ait remarqué que c'en était presque ridicule.

— Oui. Notre conversation d'hier m'a bien fait réfléchir.

— En bien, j'espère ?

— Bien sûr.

— Tu as faim ?

— Je meurs de faim.

— Moi aussi. La journée a été longue.

Ce fut au tour d'Ember de dévisager l'homme qui se tenait devant elle. Elle était tellement accaparée par ses propres pensées et son excitation qu'elle ne l'avait pas immédiatement remarqué, mais... elle constatait qu'il avait l'air un peu stressé. Aux rides sur son front, on aurait dit qu'il avait gardé les sourcils froncés toute la journée.

— Tout va bien ?

— Oui, oui. Je suis juste un peu tendu.

— Je peux faire quelque chose ?

— Oui. Tu peux être très prudente. Reste vigilante, où que tu sois, et ne te déplace pas toute seule. Si Nick et Aiden pouvaient vous accompagner, toi et Leila, ce serait idéal.

Ember le regarda.

— Qu'est-ce qui se passe ?

Il se passa la main dans les cheveux, jetant un œil dans le couloir, puis avança d'un pas vers elle, la forçant à reculer. Il referma la porte derrière lui, mais ne se rapprocha plus. Malgré son air intense, Ember n'avait pas peur de lui.

— Tu sais que je suis là pour gérer la sécurité.

Elle acquiesça.

— Je fais partie des Forces spéciales américaines. De la Delta Force. Mon équipe et moi avons fait le tour des lieux aujourd'hui, avant une longue réunion sur les protocoles de sécurité mis en place, et pour être honnête, on pense tous qu'ils pourraient être plus stricts. Les Jeux olympiques sont une opportunité parfaite pour tous les groupes terroristes du monde, et ils sont nombreux.

— Tu penses vraiment que quelque chose se prépare ?

— Les groupes terroristes préparent *toujours* quelque chose, répondit Craig avec un haussement d'épaules.

— Comme quoi ?

— Piéger des voitures à la bombe. Ou des tuyaux. Ou une attaque coordonnée de certains athlètes, dit-il d'un ton presque automatique.

Ember avait la tête qui tournait.

— Sérieusement ?

— Oui.

— Est-ce qu'on est en danger ?

Sa question sembla traverser les réflexions internes de Craig, qui avança d'un pas vers elle et posa sa main sur son épaule.

— J'espère que non. Contente-toi de rester attentive en dehors des compétitions. Garde un œil sur ton entourage. Si tu vois quelqu'un de suspect, éloigne-toi le plus possible.

— OK, dit Ember immédiatement.

Craig lui pressa l'épaule dans un geste rassurant avant de laisser retomber sa main.

— Désolé de t'avoir effrayée. Ce n'était pas mon intention.

— Ce n'est pas grave. La plupart des gens parlent comme si je n'étais pas là. Ils font des projets sans m'en parler, organisent des rendez-vous, des séances photo, et pratiquement ma vie entière sans demander mon opinion.

Que tu ne me caches pas la situation... ça veut dire beaucoup, pour moi. Merci.

— Fais bien attention à ce qui se passe autour de toi, Em.

Ember cligna des yeux. Avait-elle déjà eu un surnom ? Un surnom *affectueux* ? Elle n'en avait pas le souvenir. Ses parents l'avaient toujours appelée Ember, disant qu'ils avaient choisi ce prénom parce qu'ils en aimaient les sonorités, et que le raccourcir serait inapproprié.

— Je ferai attention, lui assura-t-elle.

— Bien. Quand même, pour info, sache que tu n'as rien à craindre quand tu es avec moi ou l'équipe. Tu ne devrais pas avoir à t'inquiéter d'autre chose que de la compétition.

— Alors comme ça, tes amis... Forces spéciales, eux aussi ?

Craig hocha la tête, et Ember sourit.

— Quoi ? demanda-t-il.

— Rien. C'est juste... C'est cool.

Un peu de tension quitta les épaules de Craig, et Ember fut heureuse de voir qu'elle pouvait avoir cet effet-là sur lui.

— C'est un boulot comme un autre.

Ember eut un petit rire.

— Oui, c'est ça. Et moi, je suis Présidente des États-Unis.

Ils échangèrent un sourire.

— Allez, viens. J'ai aussi faim que toi.

— Tu es sûr qu'on n'a rien à craindre ?

— Tu es avec moi. Rien à craindre, répondit-il simplement.

Ember n'en doutait pas.

— Plutôt dîner de glucides ce soir ? Ou tu préfères charger en protéines avant de concourir ? demanda Craig.

Ember savait qu'il essayait de changer de sujet, mais ça lui allait. Elle avait bien l'intention d'aller faire un tour sur Internet pour chercher un maximum d'informations sur la Delta Force plus tard. Elle en savait assez pour savoir que c'était un truc de dingue, mais c'était tout.

— Un peu de chaque, répondit-elle alors qu'il lui ouvrait la porte.

Elle s'avança dans le couloir avant lui et le regarda vérifier que sa porte était bien fermée, après quoi il l'invita d'un geste à continuer vers l'ascenseur.

Elle remarqua que ses yeux étaient toujours en mouvement, qu'ils balayaient le couloir du regard, à l'affût de quelqu'un ou quelque chose qui n'aurait rien à faire là. En y réfléchissant, elle se fit la réflexion que ses amis avaient fait la même chose la veille au déjeuner. Visiblement, être toujours conscients de leur environnement leur était aussi naturel que respirer.

Dans l'ascenseur, il se tint près d'elle, et lors d'un arrêt à un étage en dessous, il se mit devant elle, comme pour la protéger de ceux qui monteraient. C'était un peu excessif, mais Ember ne pouvait nier le sentiment de sécurité qu'elle ressentait. Elle avait eu des gardes du corps qui n'étaient pas aussi attentifs et vigilants que Craig.

— J'espère que ça ne te dérange pas, mais Trigger et Lefty vont se joindre à nous, lui dit-il alors qu'ils entraient dans la cafétéria.

— Pas de souci.

— Enfin, j'aurais préféré te garder pour moi, mais avec tout ce qui se passe, je me suis dit que ça ne ferait pas de mal d'avoir quelques paires d'yeux en plus pendant que tu étais dans le coin.

Ember aimait ça. Pas les paires d'yeux en plus, mais qu'il ait voulu la garder pour lui. Elle fut parcourue d'un léger frisson.

— Pas de problème.

Craig l'arrêta et posa sa main sur son coude, la tournant jusqu'à ce qu'elle soit face à lui.

— Je suis sérieux, quand tu sors de la résidence, sois vigilante. Tu es une cible importante, Em. Pour une organisation terroriste, blesser ou tuer Ember Maxwell pendant les JO serait un énorme coup de pub.

Elle en avait conscience. Probablement même plus que lui. Mince, si elle mangeait une barre chocolatée en public, pour certains, c'était une nouvelle d'importance capitale. Alors si elle se faisait tirer dessus, ou tuer ? Les gens deviendraient fous. Ce n'était pas une question d'ego, mais un simple constat. Ses parents étaient très malins et ils avaient un excellent sens du business. Ils avaient fait d'elle une star de renommée mondiale, au-delà de leurs attentes. Elle en souffrait, et elle savait que certaines personnes ne l'aimaient pas, et que ceux-là pourraient la prendre pour cible pour leurs propres ambitions.

— D'accord, dit-elle doucement.

Craig avait l'air de vouloir en dire plus, mais quelqu'un se racla la gorge près d'eux.

Sa réaction fut instantanée. Il se déplaça immédiatement de manière à placer son corps entre elle et la personne qui approchait.

— Ce n'est que moi, dit Trigger.

Craig hocha la tête et se tourna vers Ember.

— Viens. Trigger s'occupe de garder tes arrières pendant qu'on fait la queue.

Ember suivit Craig en direction du buffet. Heureusement, la salle était plutôt calme. Elle sentait qu'on la regardait, mais avec la manière dont Craig et Trigger l'encadraient, personne ne fut assez courageux pour l'approcher.

Elle n'avait jamais ressenti une telle impression de sécurité qu'à ce moment-là, debout entre les deux hommes. C'était d'ailleurs pour cela qu'elle s'était de plus en plus isolée au cours de l'année passée. Dès qu'elle sortait de chez elle, on la regardait, on s'approchait, on la prenait en photo. Être célèbre était nul, globalement, et Ember était extrêmement mal à l'aise. Elle avait donc pris l'habitude de rentrer directement chez elle après l'entraînement. Elle avait perdu tout contact avec les quelques amis qu'elle s'était fait au collège, des années plus tôt. Les seules personnes à qui elle parlaient encore régulièrement étaient les autres athlètes du complexe où elle s'entraînait. Bobby, Julio, Shawn, Lori, Megan, Marie et Becci étaient habitués à sa présence. Elle n'était qu'une athlète parmi les autres, et pas la célèbre Ember Maxwell. Exception faite des fans qui lui envoyaient des lettres, elle n'avait que peu de contact avec le monde extérieur.

Son père ne comprenait pas qu'elle veuille lire ces lettres, lui disant qu'ils employaient des gens pour s'occuper de ce genre de choses, mais même les lettres vulgaires ou méchantes la faisaient se sentir plus humaine, loin de la version d'elle qui existait en ligne, et qui n'était qu'une caricature. Les images postées sur ses réseaux étaient toutes retouchées pour que sa peau, son maquillage et ses cheveux soient sans défauts, et que ses dents soient d'un blanc immaculé.

— Em ?

Elle sursauta et leva la tête vers Craig.

— Oui, pardon, quoi ?

Il lui sourit.

— Putain, tu es adorable, murmura-t-il. Je te demandais si tu voulais une assiette à salade, ajouta-t-il ensuite plus fort.

Ember rougit, reconnaissante à sa peau foncée de cacher sa réaction.

— Je veux bien, s'il te plaît.

Ils ne firent pas la queue très longtemps, et Craig les mena ensuite vers une table près du mur au fond de la pièce. Elle ne s'en était pas aperçue sur le coup, mais la veille aussi, ils avaient choisi une table à l'écart.

— Est-ce qu'on pourrait être encore plus loin de la nourriture ? plaisanta-t-elle.

— Ici, personne ne peut nous surprendre, expliqua Trigger en s'asseyant à côté d'elle.

Craig était de l'autre côté ; tous les trois faisaient face à la pièce, et Lefty était assis au bout de leur table rectangulaire.

Ember hocha la tête. Elle commençait à soupçonner que chacune de leurs actions était délibérée et effectuée pour des raisons de sécurité.

Au début, ils parlèrent peu. Ember était gênée, ne savait pas trop quoi dire. Craig était plutôt silencieux, c'étaient donc Trigger et Lefty qui faisaient la conversation.

— Alors, tu as pu rencontrer les autres athlètes ? lui demanda Lefty.

Ember haussa les épaules.

— Quelques-uns. La plupart restent entre eux. J'imagine qu'une fois leurs compétitions achevées, ils seront plus détendus, et plus amicaux.

— Oui, il y a comme une tension bizarre, approuva Trigger.

— Comment leur en vouloir ? Ils sont aux JO. C'est sûrement la plus importante compétition de leur carrière, dit Lefty.

— Ouah, merci de m'aider à calmer mes nerfs, blagua Ember.

Lefty et Trigger la dévisagèrent avec inquiétude.

— Merde, jura Lefty.

— Imbécile, le réprimanda Trigger.

Craig eut un rire. Lui et Ember échangèrent un sourire.

— Tu te fiches de moi ? demanda Lefty.

Ember haussa les épaules.

— Un peu, dit-elle.

— Mince, soupira Lefty. J'ai eu peur d'avoir merdé.

—Tu n'es pas nerveuse ? voulut savoir Trigger.

— Oh, si, mais pour être honnête, je suis bien moins stressée aujourd'hui que je ne l'étais hier, répondit Ember.

— Pourquoi ? Qu'est-ce qui a changé ? demanda Lefty.

Involontairement, Ember jeta un coup d'œil vers la gauche, et vit que Craig la regardait avec attention. Elle attrapa son verre d'eau pour se donner le temps de réfléchir.

— Être loin de mes parents, ça a aidé, déjà. Ils sont assez extrêmes et ils voudraient que je vive et respire le pentathlon et mon image sur les réseaux. Comprenez bien, je les aime et j'apprécie tout ce qu'ils ont fait pour moi, mais ça m'a beaucoup aidé de ne pas devoir être Ember Maxwell, la star, ces dernières heures, répondit-elle après avoir bu.

— Je ne peux pas m'imaginer à quel point ça doit être difficile d'être constamment surveillé, dit Trigger.

— C'est pas facile, approuva Ember.

— Pas facile. Un euphémisme, j'imagine, commenta Lefty.

— Un peu. Enfin bref, jusqu'à hier, j'avais l'impression de porter le monde entier sur mes épaules. Que si je ne gagnais pas, ou ne remportais pas de médaille, je serais un échec total et que je décevrais chacun de mes abonnés. Mais je commence à prendre conscience du fait que je ne leur dois *rien*. Je ne peux que faire de mon mieux, et si j'arrive dernière, tant pis. Je reste une athlète olympique, ça ne changera pas.

— Tout à fait, convint Trigger.

— Quelles sont tes chances d'avoir une médaille ? demanda Lefty.

Trigger se tourna pour lui donner une claque à l'arrière du crâne.

— Demande pas ça, idiot ! Tu l'as pas entendue dire qu'elle s'en fichait ?

— Si, mais je suis curieux, persista Lefty.

Ember ne l'avait pas mal pris. Elle aimait bien ces gaillards. Ils étaient presque trop honnêtes, ce qui était un trait bienvenu. Elle avait tellement l'habitude que les gens soient gentils quand ils étaient en face d'elle, avant d'aller l'insulter sur les réseaux. Elle avait beau bien s'entendre avec les athlètes qui s'entraînaient avec elle, leur relation était au mieux superficielle.

— Pas de souci. Pour être honnête, je dirais que c'est du cinquante-cinquante. Je me débrouille à l'escrime, et un peu moins à l'équitation, mais je suis super forte en course et au tir, en toute modestie. Si j'arrive à obtenir assez de points pour être vers le milieu dans l'ordre des départs, j'aurai une chance.

— Et qu'est-ce que ça te ferait d'avoir des spectateurs ? demanda Craig.

Ember se tourna vers lui. C'était sa première intervention depuis le début de la conversation.

— Qu'est-ce que tu veux dire ?

Il haussa les épaules.

— Avec tout ce qui se passe, j'ai réussi à être affecté à l'équipe de sécurité de ton gymnase de demain.

— C'est vrai ? demanda-t-elle en haussant les sourcils.

— C'est vrai, confirma Trigger. Nous autres, on sera au stade où ont lieu les premiers matchs de basket, mais lui, il a échangé avec un membre d'une autre équipe.

Ember ne pouvait détacher les yeux de Craig.

— Les spectateurs ne me dérangent pas. De toute façon, une fois que je suis dedans, je n'ai plus conscience du reste.

— Parfait. Je serai déjà au gymnase quand tu arriveras, mais j'ai demandé à ce que toi et les autres membres de ton équipe soyez escortés depuis le dortoir demain matin.

— C'est vraiment nécessaire ?

— Oui, répondirent les trois hommes à l'unisson.

— Écoute, lui dit Trigger. On sait que Doc t'a parlé de notre mécontentement par rapport aux mesures de sécurité. Prudence est mère de sûreté, tout ça.

Ember acquiesça immédiatement.

— Je suis d'accord. Et j'accepte volontiers d'avoir une escorte. Merci.

— Je serai là pour te raccompagner au dortoir à la fin de la journée, lui dit Craig.

— Encore une fois, merci.

Il hocha la tête.

— Et donc... Tu connaîtrais pas Shin-Soo Choo, par hasard ? demanda Lefty.

Ember leva les sourcils, surprise du changement brutal de sujet.

— Le joueur de baseball ? Si, à vrai dire, je le connais. Pourquoi ?

Les trois hommes écarquillèrent les yeux d'une manière assez comique.

— Vraiment ? Je faisais juste la blague. Mais c'est super ! s'exclama Lefty.

— On s'est rencontrés il y a quelques années. Pendant une séance photo dédiée aux athlètes issus de minorités. Il est venu à Los Angeles, et j'ai rencontré aussi sa famille. Ils sont tous géniaux. J'étais tellement contente qu'il soit dans l'équipe olympique. C'est un des joueurs les plus vieux, raconta Ember.

— On a besoin d'un autographe. Enfin, pas *nous*, mais pour Logan, dit Trigger.

— Logan ? demanda Ember, qui se souvenait vaguement du nom, qu'ils avaient évoqué la veille.

— Ce que n'expliquent pas ces deux crétins, c'est qu'Oz, le dernier membre de notre équipe, celui qui n'est pas venu parce que sa femme va accoucher, a un petit qui est absolument fan de Choo. Il a des posters de lui sur tous ses murs, et vient de commencer à jouer au baseball lui aussi. C'est son idole, donc on a plus ou moins promis qu'on essaierait de trouver Choo et de lui demander un autographe pour Logan.

— Ah, d'accord. Ça devrait être faisable. Même si on ne peut pas lui parler ici, puisque la plupart des joueurs de baseball et de basket ne sont pas logés au Village, je peux toujours lui envoyer un message en rentrant. Je suis sûre qu'il serait ravi d'envoyer quelques trucs à Logan.

— Putain, ce serait tellement cool, dit Lefty avec un grand sourire.

— On veut pas non plus que ça te prenne la tête, modéra Craig.

— Ferme-la ! Si, franchement, coupa Trigger en riant. J'ai hâte de dire à Lucky que ce n'est pas lui qui aura eu de la chance, cette fois, ha !

Ember regarda d'un air amusé les adultes qui l'entouraient se transformer en gamins, qui ne tenaient plus en place à l'idée d'avoir un coup d'avance sur leur ami. Elle prit une note mentale de demander à Shin-Soo d'envoyer quelques produits au jeune garçon. Elle devait admettre qu'elle était heureuse que ce ne soit pas à *elle* de le faire. Elle avait hâte que cette étape-là de sa vie soit derrière elle. Et même si elle savait bien qu'Internet et ce fichu programme de télé-réalité lui interdisaient un anonymat total, elle se disait que la plupart des gens l'oublieraient bien assez vite.

Pendant leur conversation, Ember avait conscience de regards tournés vers leur table, mais elle avait l'impression que ce n'était pas tant à cause d'*elle* qu'à cause des trois hommes très beaux avec lesquels elle était assise. Ils continuèrent à blaguer et à rire tout au long du repas, et Ember était encore plus détendue lorsqu'ils se levèrent pour rapporter leurs plateaux. Elle n'avait pas du tout pensé à sa compétition du lendemain, ce qui la stressait d'autant moins.

Trigger dit qu'il devait se rendre à une réunion, et elle repéra un échange de regards intenses entre lui et ses amis, mais Craig et Lefty se contentèrent de hocher la tête et de dire qu'ils se retrouveraient plus tard. Ils la raccompagnèrent jusqu'à son étage, et Lefty repartit vers sa chambre tout en la remerciant encore de son aide avec l'autographe de Shin-Soo Choo pour Logan. Craig et elle se dirigèrent ensuite vers leurs chambres, sur la droite.

— Tu veux revenir regarder les étoiles, ce soir ? demanda Craig. Tu es plus que la bienvenue, continua-t-il sans attendre sa réponse. Il faut que je sorte parler avec Trigger bientôt, donc tu serais tranquille. Tu pourras visualiser ou méditer ou faire ce qu'il te faut pour être prête demain.

— Je pense que je ne pourrais pas être plus prête que je le suis, admit Ember. Je suis plus en forme que jamais. J'ai bien mangé, et je me sens plutôt sereine. Mais... si ça te va... je voudrais bien rester dans ta chambre un moment. Je ne suis pas très superstitieuse d'habitude, mais bon, je préfère ne pas tenter la chance à ce stade. Je vais juste me changer avant.

Craig lui sourit. Ils se tenaient devant sa porte, et la déverrouillèrent à l'aide de la carte d'accès, qu'il lui tendit ensuite.

— Tiens. Je repars dans environ un quart d'heure. Si tu as besoin de quoi que ce soit, Lucky et Grover restent à cet étage, pour surveiller. Je leur dirai que tu utilises ma chambre, pour qu'ils gardent un œil sur toi.

— Vous êtes *vraiment* proches, toi et tes amis, hein ?

Craig hocha la tête.

— Ils sont plus que des amis, pour moi. Ils sont ma bouée de sauvetage quand on est en mission. On peut limite lire dans l'esprit les uns des autres.

Ember ressentit un éclair de jalousie, qu'elle ignora. D'ici une semaine, avec un peu de chance, elle aurait trouvé sa propre tribu d'amis. Peut-être pas des soldats d'unité spéciale qui sauvaient le monde de terroristes et autres dangers, mais peut-être, peut-être qu'elle trouverait des gens avec qui former ce genre de lien.

— Je suis heureuse que vous ayez cette relation-là, lui dit-elle.

— Merci. Moi aussi.

— Tout est OK pour moi. Tu vas patrouiller ?

— Non. Juste rejoindre quelques autres membres d'unités spéciales qui sont ici aussi. Comparer nos notes, essayer d'identifier les points faibles, ce genre de choses.

Ember se sentait plus en sécurité de savoir que Craig et ses amis prenaient leur mission autant au sérieux.

— D'accord. Qu'est-ce que je fais de ta clé ?

— Reste ici jusqu'à mon retour, dit Craig d'un ton sans appel.

— C'est-à-dire combien de temps ?

— Je sais pas.

Ember le fixa. Tout à coup, il se montrait un peu autoritaire.

— Et si je ne veux rester que, genre, vingt minutes ?

— La réunion va durer plus longtemps que ça, répondit Craig.

Ember poussa un soupir qui touchait à l'exaspération.

— OK, et si je ne veux rester que vingt minutes ? répéta-t-elle.

Craig passa la main dans ses cheveux, et Ember se fit la remarque qu'il devait faire ça quand il était frustré ou incertain.

— J'aimerais bien te voir en revenant, admit-il à voix basse. On était pas tous seuls au dîner, donc je me disais qu'on pourrait discuter un peu. Mais c'est vrai que c'est idiot. Il faut que tu dormes pour être en forme demain. Laisse la carte sur le bureau, et j'en demanderai une autre avant de remonter.

Ember sentit son cœur fondre. Il ne voulait rien de particulier… enfin, à part sa compagnie. Elle ne se souvenait plus de la dernière fois que cela s'était produit.

— Je t'attendrai.

Mais Craig secoua la tête.

— Non. C'était stupide de ma part.

Tentant sa chance, Ember posa la main sur son bras. Elle se rendit compte pour la première fois à quel point il était bronzé. Sa peau à elle était plus sombre, bien sûr, mais le contraste n'était pas si saisissant. Les couleurs se mariaient parfaitement.

— Je serais contente de te voir un peu. J'aime beaucoup tes amis, mais moi aussi, j'avais hâte de te voir... en tête-à-tête.

— D'accord. J'essaierai de ne pas trop tarder. Mais si tu es fatiguée, va dormir. On parlera demain, après ton épreuve, acquiesça Craig.

Ember hocha la tête. Ils se regardèrent un moment, jusqu'à ce qu'elle se rende compte qu'elle tenait toujours son bras. Elle le lâcha avec réticence et recula d'un pas.

Craig ne bougea pas, se contentant de la fixer du regard.

— Tu vas me regarder marcher jusqu'à ma chambre ? demanda nerveusement Ember.

— Oui.

C'est tout. Seulement « oui ».

— Je suis sûre qu'aucun terroriste ne risque de me sauter dessus pendant que je me change, plaisanta Ember.

— S'il y en a, je m'en occuperai, lui répondit Craig d'un air tout à fait sérieux, avant de soupirer. Fais-moi plaisir, Em. C'est dans mon ADN de m'assurer que tu arrives saine et sauve dans ta chambre.

Comme c'était elle qui avait sa clé, il ne pouvait quitter l'encadrement de sa porte sans se retrouver enfermé en dehors, elle marcha donc à reculons sur quelques pas, sans le lâcher des yeux, avant de finalement se retourner et se diriger vers sa propre chambre. Elle tritura sa carte un moment avant de parvenir à la faire fonctionner. Elle jeta un œil dans le couloir, vit que Craig la fixait toujours, et lui fit un geste maladroit de la main. Il eut un petit sourire et lui fit un signe du menton, et enfin elle ferma sa porte en soupirant.

Merde. Elle était en train de tomber amoureuse. D'un homme qu'elle connaissait depuis, quoi, une journée ? C'était n'importe quoi. C'était ridicule.

Mais ça faisait tellement de bien.

Craig était un mec incroyable des Forces spéciales, sublime, et ses amis l'adoraient, c'était facile à voir. Elle aurait pu tomber sur pire, c'était certain. Est-ce qu'il était intéressé par plus qu'une conversation ? Les relations longue distance, ça ne marchait jamais.

Mais est-ce qu'elle ne venait pas juste de décider qu'elle en avait marre que ses parents contrôlent sa vie ? Qu'elle cesserait d'être Ember Maxwell, star des réseaux, pour être sa propre personne ?

Elle pouvait vivre où elle le souhaitait. Elle était adulte, et elle était riche. Si elle voulait déménager à l'autre bout du monde, elle le pouvait. Mais elle serait cinglée de traverser le pays juste pour un mec… n'est-ce pas ?

Ember savait que ce n'était pas le moment de penser à tout ça. Pas le moment de prendre des décisions sur un coup de tête.

Repoussant l'idée de sortir avec Craig, une idée qui était de toute façon ridicule, elle décida d'attendre environ une demi-heure avant d'aller regarder les étoiles depuis la chambre de Craig. Quand il reviendrait, ils discuteraient un peu, puis elle retournerait dans sa chambre et irait se coucher.

Un frisson lui parcourut la colonne vertébrale à l'idée que demain, elle participerait aux *Jeux olympiques*. Elle espérait qu'elle s'en sortirait. Pas pour ses parents. Pas pour ses fans. Ni ses entraîneurs, ou tous ceux qui l'avaient aidée. Mais pour elle-même. Elle *voulait* obtenir une médaille. Elle s'était tuée au travail pendant des années, elle méritait au moins ça.

Tout à coup, le temps semblait bien long jusqu'au matin.

Souriante, Ember se dirigea vers le placard où elle avait rangé ses vêtements les plus confortables.

*
**

Alex faisait les cent pas dans sa chambre avec excitation. C'était presque l'heure. Bientôt, Ember concourrait.

Elle allait tout déchirer et cela attirerait l'attention sur tous les autres athlètes de pentathlon moderne. Le sport aurait enfin la reconnaissance qu'il méritait.

Et vu leur connexion spéciale, Alex n'aurait pas de mal à se qualifier pour les prochains JO.

Alex et Ember étaient comme les deux moitiés d'une seule âme. Connectés à un niveau profond, très profond. Demain, Alex s'approchait un peu plus de la gloire.

Au cours des années, Alex avait envoyé de nombreux cadeaux à Ember, pour qu'elle sache à quel point elle était spéciale. Le cadeau qu'elle aurait quand elle ramènerait une médaille olympique était déjà prêt. Même pas forcément la médaille d'or... celle d'argent ou de bronze ferait tout aussi bien l'affaire.

Alex sourit et jeta un œil au poste de télévision. Plus tôt, il y avait eu un programme spécial sur Ember et sa famille, accompagné d'une courte histoire du pentathlon moderne. Des millions de spectateurs l'avaient sûrement regardé, et déjà Alex *savait* que la popularité du sport était en train de grimper.

Il était tard, presque trois heures du matin, mais Alex ressentait trop d'excitation pour s'endormir. Bientôt, Ember prouverait au monde entier qu'elle était une excellente athlète... et changerait le destin d'Alex au passage.

Sa vie avait été une torture pendant bien trop longtemps. Il était temps que ça change.

Et en effet, tout changerait... dès qu'Ember rapporterait sa médaille aux États-Unis !

CHAPITRE CINQ

Doc jura à voix basse. Sa réunion avec l'autre équipe Delta avait duré plus de quatre heures. Ils étaient tous d'accord pour dire que la sécurité des installations était bien trop laxiste. Ils n'avaient pas connaissance d'une menace spécifique, mais les Deltas étaient particulièrement conscients que les événements mondiaux importants comme les Jeux olympiques attiraient inévitablement les terroristes. Les deux équipes avaient étudié les plans du complexe et identifié les endroits les plus vulnérables, s'accordant en passant à dire que la sécurité au niveau des entrées dans le Village laissait à désirer, avant de s'efforcer de parvenir à un plan pour maîtriser un éventuel danger. Trigger et le chef de l'autre équipe se réuniraient avec les chefs de la sécurité locale et la police pour déterminer s'ils pouvaient débusquer des menaces spécifiques, et voir s'ils pouvaient leur envoyer du personnel.

Pour une raison qu'il ignorait, Doc était mal à l'aise. Les poils de sa nuque se hérissaient, mais il ne pouvait rien faire de plus pour ce soir.

Ils étaient tous d'accord pour dire que les athlètes ne craignaient rien tant qu'ils étaient dans l'enceinte du

Village. Il fallait prouver son identité pour entrer, puis à nouveau dans chaque bâtiment. Mais le lendemain, quand les athlètes s'aventureraient à l'extérieur pour aller jusqu'aux diverses installations, ils seraient une proie idéale. Tout comme les employés, les bénévoles, les spectateurs, les fans. Un groupe terroriste pouvait frapper à tout moment, et ils devaient tous se tenir à l'affût.

Doc jeta un œil à sa montre et eut un soupir. Il était 23 h 30, et Ember dormait certainement à poings fermés dans sa propre chambre. Il passa à la réception demander une nouvelle clé avant de monter. Toute la journée, il avait attendu de pouvoir lui parler un peu plus. De pouvoir la connaître mieux. Ce qu'il avait appris sur elle jusqu'ici lui avait plu. Beaucoup plu. Le malaise qu'il avait ressenti en la voyant pour la première fois n'avait pas entièrement disparu, mais ce n'était désormais dans sa tête plus qu'une pulsation distante, au lieu d'un vacarme inconfortable.

Rien n'avait changé... elle était toujours célèbre. Toujours sous le feu des projecteurs. Et si, non, *quand* elle remporterait une médaille dans deux jours, ce serait encore pire. Mais en dépit de cette pensée, il ne pouvait s'empêcher d'être intéressé. Elle avait beau avoir été élevée à Beverly Hills par des parents riches qui avaient fait tout ce qu'ils pouvaient pour en faire la femme qu'elle était devenue, il voyait qu'elle s'efforçait désespérément d'échapper à leur contrôle. Et il voulait l'aider, d'une manière ou d'une autre.

Mais c'était idiot. Elle n'avait pas besoin de son aide. Lui, qui était-il ? Personne. Un admirateur comme les autres, c'est tout. Elle pouvait avoir n'importe quel homme. Pourquoi est-ce qu'elle le voudrait, lui ?

Et pourtant, s'il pouvait l'aider en la laissant s'asseoir à sa fenêtre pour regarder le ciel, il le faisait avec plaisir. Il ferait de son mieux pour la protéger et la détendre pour que sa performance reflète tout son potentiel. Et après, elle l'oublierait dès qu'elle rentrerait chez elle.

Le dortoir était plus calme que les autres soirs, et Doc en fut soulagé. Il voulait qu'Ember et ses coéquipiers aient tous les avantages possibles pour être au meilleur de leur forme le lendemain lors de la première épreuve d'escrime.

Il déverrouilla la porte avec sa carte magnétique et entra, avant de s'arrêter net. Il perçut immédiatement qu'il n'était pas seul, mais alors que sa main s'approchait de l'arme contenue dans le holster caché dans le bas de son dos, il réalisa de qui il s'agissait.

Ember.

Elle était étendue sur son lit, profondément endormie.

Doc posa son arme sur le bureau sans un bruit et s'avança tout aussi silencieusement dans la pièce. Il était heureux de ne pas avoir allumé la lumière, ce qui l'aurait sûrement réveillée. Elle avait laissé les rideaux ouverts, et il vit qu'elle avait rapproché le lit de la fenêtre. Elle devait pouvoir voir les étoiles depuis l'endroit où elle avait posé sa tête.

La dernière chose que voulait Doc, c'était la déranger. Elle le fascinait encore plus quand elle se reposait. Il ne pouvait le nier. Elle semblait si parfaitement détendue, comme si elle n'avait aucun souci.

Il avait cherché « Ember Maxwell » sur Internet plus tôt dans la journée, et il avait vu une succession de photos d'elle trop maquillée, souriante, riante. Elle posait clairement sur la plupart. Et bien qu'elle soit magnifique sur toutes ces photos, Doc la préférait largement comme ça. Visage démaquillé, cheveux désordonnés sur l'oreiller. En jogging et T-shirt.

Il se souvenait des quelques photos prises sur le vif aperçues pendant ses recherches. Elles lui avaient toutes paru extrêmement intrusives. Sur l'une, elle était assise contre le mur d'une salle de sport, sûrement celle où elle s'entraînait, les épaules basses comme si elle était fatiguée ou contrariée. La légende disait « L'Échec de la Princess d'Ébène ».

Certains commentaires étaient méchants, rabaissants, ou racistes, mais la majorité était positive et encourageante. Il était évident que la plupart des fans d'Ember l'aimaient et n'hésitaient pas à la défendre.

Sur une autre de ces photos, on voyait Ember habillée d'une superbe robe verte lors d'un quelconque événement formel. La photo était prise de loin, alors qu'elle était seule, à l'écart des groupes de jolies jeunes femmes qui se tenaient près d'elle, semblant l'exclure volontairement. Il ne se souvenait plus exactement de la légende, mais c'était un commentaire mesquin et plein de rancune comme quoi Ember estimait qu'elle était trop bien pour se mêler aux autres.

Il avait fermé son navigateur après avoir vu quelques autres photos accompagnées de commentaires et légendes désagréables. Bien sûr, elle avait des défenseurs, mais certaines personnes la détestaient aussi.

Doc ne comprenait que trop bien ce genre de haine. Il avait vécu assez longtemps avec sa famille et ses amis noirs pour assister de près aux effets de la discrimination. Cela l'agaçait à l'époque, et cela l'agaçait maintenant. Il n'avait jamais compris pourquoi la couleur de peau était un facteur dans le jugement du genre de personne qu'on avait en face. Les connards n'avaient pas de couleur. Il avait appris très tôt à juger les gens en fonction de leurs paroles et de leurs actes, pas de leur couleur de peau.

Cependant, il était conscient que beaucoup de gens dans son pays, et partout ailleurs, considéraient encore qu'il fallait rester entre soi. Que les noirs devraient sortir avec, puis épouser des noirs. Que les blancs devraient sortir avec puis épouser des blancs. Que les Asiatiques ne devraient être qu'avec des personnes d'origine asiatique. Encore et toujours, peu importe où, peu importe les cultures et les religions de chacun, la croyance qu'il valait mieux rester avec ceux qui nous ressemblaient avait encore de beaux jours devant elle. La discrimination envahissait *tout*, et était un facteur majeur de déclenchement des guerres. D'où l'utilité d'équipes comme la Delta Force.

La lecture des commentaires sous les publications d'Ember l'avait à parts égales, énervé et réjoui. Il était heureux du soutien de tant de gens, et énervé par la haine que certains crachaient tout en restant bien à l'abri derrière leur clavier.

S'appuyant contre le mur, Doc se laissa lentement glisser au sol, les yeux toujours fixés sur Ember endormie, admettant en son for intérieur ce qu'il n'était pas prêt à avouer à voix haute.

Il la voulait. C'était aussi simple que ça... et aussi compliqué. Il savait qu'elle était trop bien pour lui, mais cela n'enlevait rien à son désir. Il voulait la voir sourire et la rendre heureuse. Il voulait lui offrir tout ce qu'elle désirait... mais qu'avait-il à lui donner qu'elle n'ait pas déjà, ou ne pouvait obtenir ? Elle était intelligente, une athlète incroyable qui avait réussi dans la vie. Elle avait plus d'argent qu'il ne pouvait s'imaginer. Elle était belle et populaire, et inspirait tant de gens.

Elle méritait de vivre à la lumière. De rayonner et d'inspirer autant de gens que possible. Si elle était un aigle, lui n'était qu'une taupe. Elle volait, et lui rampait dans la face cachée du monde, au milieu de la nuit.

Mais Doc ne pouvait se résoudre à rester loin d'elle.

Il s'imprégnerait de sa lumière autant qu'il le pourrait.

Ember bougea, mais n'ouvrit pas les yeux. Elle se tourna sur le côté, lui faisant face, et Doc ne put détacher ses yeux d'elle. Il aurait dû la réveiller et la ramener dans sa chambre. Mais elle avait une compétition le lendemain, et il ne voulait pas prendre le risque qu'elle soit embarassée et incapable de se rendormir une fois dans son propre lit.

Il resta donc assis. Le dos contre le mur, la surveillant pendant son sommeil.

Au bout d'un moment, les paupières lourdes, Doc reposa sa tête contre le béton solide derrière lui. Sa position n'était pas vraiment confortable, mais il avait déjà dormi dans des conditions bien pires. Au moins, il n'était pas dans la boue, sous la pluie, et il était quasi sûr que personne n'allait lui tendre d'embuscade au milieu de la nuit. Cela lui suffit pour s'endormir.

Ember se tourna sur le dos et prit une grande inspiration. Elle avait toujours été du matin ; c'était venu à force d'entraînements de natation à cinq heures, quand elle était plus jeune. Sa chambre était encore plongée dans la pénombre, mais elle avait laissé la lumière de la salle de bain allumée, et elle éclairait la pièce d'une faible lueur.

Jetant un œil à sa montre, elle vit qu'il était presque l'heure de se lever. Aujourd'hui, c'était le jour de la compétition ; cette pensée la fit sourire.

En tournant la tête, elle se figea.

Elle n'était pas dans sa chambre du Village olympique.

Craig était allongé par terre, oui, *par terre*, de l'autre côté de la pièce. Il n'y avait même pas de tapis sur le sol carrelé. Il était sur le dos, une main sous la tête, tout habillé et profondément endormi.

Ember se souvint immédiatement de ce qui était arrivé. Elle était en train de regarder les étoiles quand elle avait commencé à somnoler. Se disant que Craig serait bientôt de retour, elle avait approché son lit de la fenêtre et s'était allongée avec l'intention de faire une courte sieste en attendant.

Apparemment, elle était plus fatiguée qu'elle ne le pensait, et était tombée dans un sommeil si profond qu'elle n'avait même pas entendu Craig rentrer. Et visiblement, il n'avait pas voulu la réveiller.

Elle était incroyablement gênée par toute l'histoire. Une multitude d'émotions tournoyait en elle. Gratitude. Embarras. Inquiétude pour lui. Affection.

Ember soupira. Elle était déjà en train de tomber amoureuse de lui… un homme qu'elle connaissait à peine… et en dépit du fait qu'il était quasiment impossible qu'il se passe quelque chose entre eux.

Espérant réussir à se faufiler hors de la pièce sans avoir à gérer ses émotions soudainement déchaînées, Ember se déplaça jusqu'à poser ses pieds par terre. Elle se leva, et se figea une nouvelle fois quand les yeux de Craig s'ouvrirent d'un coup pour la fixer depuis l'autre bout de la pièce.

— Quelle heure est-il ? grogna-t-il, encore à moitié endormi.

— Tôt. Je suis tellement désolée de m'être endormie dans ton lit. Je retourne dans ma chambre, tu vas pouvoir dormir un peu.

Craig bâilla avant de se redresser. Il s'étira, et Ember entendit ses os craquer.

— Bien dormi ? lui demanda-t-il.

Ember, surprise, ne put qu'acquiescer.

— Super bien, à vrai dire.

— Tant mieux.

— Pourquoi tu ne m'as pas réveillée ? Je n'avais pas l'intention de dormir ici.

— Tu étais complètement K. O. Je me suis dit que tu devais avoir besoin de sommeil, si tu ne m'avais même pas entendu rentrer. Et que si je te réveillais, tu serais trop gênée pour te rendormir une fois dans *ta* chambre, à force de réfléchir à ce que j'avais dû penser en te trouvant endormie dans mon lit. Donc j'ai décidé de te laisser te reposer.

Ember ouvrit la bouche pour répondre, mais la referma, ne sachant finalement pas quoi dire. Il avait raison à cent pour cent. Elle était déjà gênée *là*, alors si elle avait dû retourner dans sa chambre la veille… elle aurait fait exactement ce qu'il avait prédit, tourné et retourné la situation dans sa tête.

Craig se redressa jusqu'à être assis dos au mur. Il plia une jambe et posa un bras sur son genou. Il avait beau être à l'opposé de la pièce, être assise dans le noir avec lui créait une certaine intimité.

— Alors, impatiente de concourir ?

— Oui et non, répondit Ember avec honnêteté.

La pénombre, et Craig lui-même, l'encourageaient. Elle savait qu'il ne la jugerait pas.

— Que je sois athlète olympique, ça a toujours été le rêve de mes parents. Ils m'ont fait travailler dur quand j'étais ado, et encore plus après mon bac. Ils ont aussi fait beaucoup de sacrifices pour que je puisse avoir les meilleurs entraîneurs et entrer dans les meilleurs programmes. Mais j'ai l'impression d'avoir raté tellement de choses ces dix dernières années. Mon existence entière s'est concentrée sur l'entraînement et la façade que je devais afficher aux yeux du monde. J'ai hâte d'avoir fini et de pouvoir passer à autre chose.

— Tu ne comptes pas participer aux prochains JO ? demanda Craig.

Ember fronça le nez.

— Seigneur, non. Je sais bien que c'est ce que tout le monde voudrait, mais moi, je ne veux pas.

— Alors, évite.

Sa réponse était brève, mais c'était si agréable que quelqu'un soit de son côté.

— D'un autre côté, je me rends enfin compte que je participe aux JO. Il n'y a que trente-cinq femmes *dans le monde entier* qui représentent mon sport ici. J'ai travaillé d'arrache-pied, même si c'était à force de piques et d'intimidations de la part de mes parents. Je suis impatiente de voir ce dont je suis capable. Est-ce que je suis la meilleure ? Je ne sais pas. Mais dans un sens, j'ai hâte de le découvrir.

— Tu vas tout déchirer, dit Craig doucement.

— Merci.

— À quelle heure commencent les duels, ce matin ?

— Dix heures. La fin est prévue vers seize heures. Bien sûr, on a du temps entre chaque match pour se reposer et reprendre des forces. Personne n'est capable de faire de l'escrime pendant six heures d'affilée. Et il se passe aussi beaucoup de trucs administratifs et d'organisation.

— Ton premier match, c'est quand ?

— Vers midi et demi, quelque chose comme ça.

— Ça ne te dérange vraiment pas que j'y assiste ?

— Bien sûr que non. Ça... ça me ferait même plaisir.

— Parfait. J'y serai, alors.

— Craig ?

— Oui, Em ?

Elle ouvrit la bouche pour parler, mais la referma. Incertaine de la meilleure manière d'exprimer ses pensées.

Craig se releva avant de s'approcher. Il s'assit sur le matelas, près d'elle ; sans la toucher, mais proche. Ses cheveux étaient ébouriffés et formaient des petites touffes sur sa tête. Elle distinguait le début d'une barbe de trois jours sur son menton. On aurait dit qu'il tombait du lit... et c'était super sexy.

— Tu m'impressionnes, dit-il.

Ember cligna des yeux.

— Pourquoi ça ? laissa-t-elle échapper.

Il sourit, et le blanc de ses dents parut étincelant dans la lueur émanant de la salle de bain, le reste de la pièce sombre.

— Ton attitude est extrêmement positive. D'autres seraient amers à l'idée de faire quelque chose dont ils n'ont pas envie à cause d'une pression extérieure. Je ne sais rien de ce que tu as vécu dans ton enfance, mais la femme assise près de moi aujourd'hui est quelqu'un que j'admire énormément.

— Merci, murmura Ember.

La plupart du temps, elle ne se sentait pas comme le genre de personne qu'on admire. Elle n'avait pas trouvé de remède au cancer, n'avait rien fait de notable. Elle avait la chance d'avoir hérité de bons gènes et d'être jolie, d'être née dans une famille assez riche pour ne pas devoir se battre contre la pauvreté en plus du reste, et ses parents avaient des contacts à Hollywood qui avaient contribué à lancer sa popularité. Mais entendre Craig dire qu'elle l'impressionnait lui fait vraiment du bien.

— Allez, je suis sûr que tu as plein de choses à faire ce matin. Reste zen, ne te laisse pas perturber par les regards méchants, et fais ce que tu as passé ta vie à faire. D'accord ?

— D'accord, répondit Ember.

Craig se leva et lui tendit la main. Ember l'attrapa, et il la tira vers lui. Sans même y penser, Ember s'avança dans son espace personnel. Elle le prit dans ses bras pour une longue étreinte. Ses bras à lui vinrent immédiatement l'entourer, et il la serra contre lui.

Ils se tinrent ainsi un long moment.

— J'ai vraiment bien dormi, hier, lui dit-elle.

— Tant mieux.

— Les draps avaient ton odeur.

Ember grimaça dès que les mots lui échappèrent. Mon Dieu, mais quelle idiote. Elle sentit son rire, plus qu'elle ne l'entendit.

— Et maintenant, ils ont la tienne. J'ai comme l'impression que je vais apprécier, moi aussi.

Ember se dégagea un peu, mais n'enleva pas ses bras. Ils se regardèrent.

— Qu'est-ce qui nous arrive ? murmura-t-elle.

— De la magie, répondit doucement Craig.

Il leva sa main et caressa sa joue du bout des doigts. Il joua brièvement avec une de ses boucles, avant de sourire.

— Allez, c'est l'heure de retourner dans ta chambre.

Ember hocha la tête, et se laissa traîner par la main jusqu'à la porte. Elle enfila les claquettes qu'elle avait enlevées et laissées à l'entrée la veille. Craig la raccompagna jusqu'à sa chambre et attendit patiemment qu'elle ait passé sa carte dans la fente et ouvert la porte.

Elle entendit des gens qui bougeaient dans les pièces voisines et leva les yeux vers Craig.

— Bonne chance, pour tout à l'heure, lui dit-il.

— Merci.

Il la contempla un instant, avant de se pencher.

— Et puis merde, murmura-t-il.

Ember était plus que prête, et elle se dressa sur la pointe des pieds pour le rencontrer à mi-chemin. Leurs lèvres se trouvèrent, et elle sentit un frisson la parcourir jusqu'aux orteils.

Ember avait déjà été embrassée auparavant, mais cette fois, c'était différent. Plus intense.

Craig ne perdait pas de temps non plus. Sa langue chercha l'entrée de sa bouche, et elle l'ouvrit immédiatement, lui laissant libre accès. Elle ne pensait ni à sa mauvaise haleine du matin, ni à ses cheveux décoiffés, ni au fait qu'elle ne portait pas de soutien-gorge et qu'elle était en jogging et T-shirt.

Elle ne pouvait penser qu'à la manière dont cet homme la faisait se sentir : adorée. Il ne l'embrassait pas pour le bénéfice des caméras ou parce qu'elle était célèbre. Ils n'étaient qu'un homme et une femme qui s'assuraient que les étincelles qu'ils avaient senti voler entre eux depuis leur rencontre étaient bien réelles.

Il recula avant qu'elle ne soit prête, et Ember se passa la langue sur les lèvres, y sentant son goût. Elle s'accrocha à ses biceps et leva les yeux vers lui, nerveuse.

Craig se pencha à nouveau et embrassa son front, avant de faire un pas en arrière. Ember fut traversée d'un tremblement en perdant la chaleur de son corps.

—Mets-leur la pâtée, Em. Je crois en toi.

Elle hocha la tête.

— Je ferai de mon mieux. Merci. Fais attention, toi aussi. Si tu croises des terroristes, ne te mets pas dans le chemin des balles, d'accord ?

Il eut un sourire narquois.

— Oui, chef. On se voit après ta compétition. Ne quitte pas le dortoir sans ton escorte.

— Oui, chef, dit-elle en écho.

— Je crois que Trigger était censé dire à Nick, Aiden et Leila que vous iriez tous au gymnase ensemble, mais si tu les vois, assure-toi qu'ils ne partent pas sans toi.

Ember était impressionnée qu'il se préoccupe de leur sécurité à tous. Pas seulement la sienne, ou celle des athlètes des sports les plus connus.

— OK.

— Tout va bien se passer. Ton job, c'est de te concentrer sur tes épreuves. Laisse-moi m'occuper de te protéger.

Ember acquiesça à nouveau.

— Merci encore de m'avoir laissée emprunter ton lit.

— Quand tu veux.

Les mots étaient plutôt innocents, mais son regard fit s'emballer le cœur d'Ember.

Craig recula d'un pas. Puis d'un autre. Comme s'il ne pouvait supporter de détacher ses yeux d'elle.

Ember était euphorique. Heureuse. Excitée. Et pas à cause de la compétition à venir. En tous cas, pas entièrement.

— À plus tard, dit-elle avec maladresse.

— À plus, sourit Craig.

Il lui fit un petit signe du menton, puis se retourna et repartit vers sa chambre.

Ember ferma sa porte et s'y adossa, fermant les yeux. Ses lèvres formaient un petit sourire et elle leva la main pour les toucher. Elle y sentait encore le fantôme de celles de Craig.

C'était de la folie, de s'engager dans une relation avec le beau soldat des forces spéciales, surtout qu'ils vivaient dans des états différents et avaient des vies complètement opposées. Mais elle ne pouvait nier qu'ils avaient une connexion.

Souriante, elle se dirigea vers la salle de bain. La journée allait être longue. La compétition, encore des photos pour ses réseaux sociaux, quelques interviews... mais à la fin, elle pourrait passer plus de temps avec Craig. C'était surprenant, mais elle devait admettre qu'elle avait presque plus hâte de le revoir que de participer aux JO.

CHAPITRE SIX

Doc était un peu perdu pendant les poules d'escrime, mais ce n'en était pas moins fascinant. Une fois qu'il eut repéré Ember parmi les autres participantes, ce qui n'était pas évident puisqu'elles étaient toutes couvertes de la tête aux pieds par leur tenue, masque protecteur compris, il ne put détacher ses yeux d'elle.

Elle était superbe. Il ne disait pas ça seulement parce qu'il était en train de tomber éperdument amoureux d'elle. Elle était pleine de force et de grâce. Il apprit qu'elle aimait frapper en premier pendant les duels, n'attendant pas que son adversaire bouge pour tenter de marquer des points. Parfois, cette agressivité s'avérait payante, parfois non, mais, à ses yeux de novice, elle semblait largement efficace.

Un certain temps s'écoulait entre chaque match et la plupart des spectateurs semblaient s'ennuyer, mais Doc en profitait pour examiner ceux qui l'entouraient. Il était constamment à l'affût du moindre élément susceptible de perturber la compétition. Il n'était pas très satisfait de la pseudo-prise en charge de la sécurité des spectateurs. Les vigiles regardaient à peine à l'intérieur des sacs, et il n'était pas certain que le détecteur de métaux fonctionne. Il avait montré les papiers prouvant qu'il était autorisé à porter une arme, et l'équipe de sécurité y avait à peine jeté un œil avant de le laisser passer, sans même demander qui il était et ce qu'il avait sur lui.

On repérait facilement l'entourage d'Ember. Ses parents étaient assis au premier rang et encerclés par plusieurs personnes qui portaient des caméras dernier cri. L'homme assis près de sa mère levait à peine les yeux de son téléphone, sur lequel il était resté penché pendant toute la compétition. Doc se rappelait qu'Ember lui avait parlé de ses managers de réseaux sociaux, et il se doutait bien que c'était l'un d'entre eux. Il était sûrement en train de poster des images d'Ember en pleine compétition pour éveiller autant d'intérêt que possible.

Au terme de la compétition, Ember arriva en dixième place. Il ne savait pas si elle en serait heureuse ou non, mais lui était sacrément fier d'elle. Grâce à sa position, Doc avait accès aux zones réservées aux participants, mais il ne voulait pas interférer avec les habitudes d'Ember. Il lui avait dit qu'il la retrouverait au niveau de la sortie des athlètes une fois qu'elle aurait parlé à ses parents et fait le nécessaire pour être prête à concourir le lendemain.

Il savait que ce serait encore plus long pour elle qu'aujourd'hui. Et bien plus intense. Elle aurait un autre tour d'escrime, puis équitation et natation sur 200 mètres. Et enfin, point culminant de l'épreuve, la course et le tir dans l'après-midi.

Deux heures après la fin de l'épreuve, Doc vit enfin Ember s'avancer vers lui. Elle avait l'air épuisée, mais elle souriait.

— Hey, dit-il lorsqu'elle fut suffisamment près.

— Salut. Je suis désolée, ça a pris si longtemps, répondit-elle, les mots se bousculant comme si elle ne pouvait s'excuser assez vite. Mes parents ont organisé une interview vidéo avec Oprah, je ne pouvais pas partir. Après j'ai dû poser pour d'autres photos, et ils avaient prévu une séance de dédicaces avec quelques fans et supporters. Samer avait besoin de plus de photos et Sergei, mon coach, voulait parler de quelques mouvements d'escrime pour que je sois prête demain.

— Em, respire. Tout va bien.

Elle ferma les yeux un instant et expira lentement.

— Alors ? T'en as pensé quoi ? demanda-t-elle ensuite en levant les yeux vers lui.

— J'en ai pensé que tu étais extraordinaire. Dixième place. C'est super, non ?

Ember rayonnait.

— Oui ! C'est super. Je n'aurai pas autant de matchs demain, ce qui est un avantage vu la journée qui m'attend. Et les points en plus vont m'être d'une grande aide, puisque la partie équitation n'est pas ma spécialité. En natation, je devrais me débrouiller. Donc, si tout se passe bien demain, j'espère pouvoir partir dans le premier tiers pour la course. J'ai peut-être mes chances d'avoir une médaille, Craig, termina-t-elle en baissant la voix.

Il adorait l'excitation et la fierté dans sa voix, il ne pouvait s'en empêcher. Il l'attira vers lui et la serra dans ses bras. Elle lui rendit son étreinte et rien n'aurait pu le rendre plus heureux.

— Je suis fier de toi, Em. T'as faim ?

— Je suis affamée, répondit-il en se détachant de lui.

Doc lui prit son sac et le jeta par-dessus son épaule.

— Je peux le porter moi-même, protesta-t-elle.

— Je sais. Mais cette fois, je suis là, dit-il naturellement.

Ember passa son bras dans le sien et posa sa tête contre son épaule un instant, avant de se redresser.

— Merci d'être là, lui dit-elle.

— Je n'aurais raté ça pour rien au monde. J'ai vu tes parents.

Elle fronça le nez.

— Je vois d'où tu tiens ta beauté, commenta Doc.

— Merci.

— Et ils avaient un sacré entourage. Je comprends pourquoi tu préférais être logée à la résidence.

— Oui. Ils sont pas mal, entre mes trois entraîneurs, Samer et Alexis, un autre de mes managers de réseaux, qui est venu aussi apparemment. Ils veulent tous bien faire, mais toutes les photos et discussions sur ce qui aura le plus d'impact sur les réseaux, c'est un peu beaucoup, dit Ember après un petit rire.

— J'imagine. Mais on dirait que la plupart de tes vingt-cinq millions d'abonnés sont heureux de tes résultats d'aujourd'hui.

— Tu as Instagram ? s'exclama-t-elle en levant les yeux vers lui.

— Eh bien... Il se peut que j'aie créé un compte avec un faux nom pour pouvoir te suivre en douce.

— Merci ? Je crois, dit-elle en riant.

— Il t'arrive d'être inquiète des gens qui commentent tes publications ? Certains me semblent un peu... déséquilibrés.

— Je suis sûre qu'ils le sont. J'essaie de ne pas trop y penser. Enfin, je ne peux pas me le permettre. Beaucoup de gens ne m'aiment pas à cause de mon aspect. D'autres parce qu'ils pensent que ma vie est parfaite. D'autres encore parce qu'ils n'aiment pas le fait que je sois une bonne athlète. Et d'autres enfin parce qu'ils n'aiment pas le rouge, et que j'ai porté un chemisier rouge un jour. Je ne peux pas me laisser influencer par ce genre de choses. Je ne lis plus vraiment les commentaires. Avant, je le faisais tout le temps, mais ça me mettait dans un tel état que j'ai dû arrêter. Je lis certaines lettres que les gens m'envoient. Ceux qui ne m'aiment pas s'échinent nettement moins souvent à écrire leur haine sur papier et à l'envoyer par la poste. Mais en ligne ? Les gens sont beaucoup trop méchants. Ils n'hésitent pas à dire qu'ils aimeraient que je meure, ou à quel point ils me détestent... alors qu'ils n'oseraient jamais me le dire en face. C'est difficile, parce que c'est grâce aux réseaux sociaux que j'ai assez d'argent pour être tranquille jusqu'à la fin de mes jours, mais à mes yeux c'est un fléau. Dire que j'ai des sentiments contradictoires à ce propos, ce serait un euphémisme.

— Et si on n'y pensait plus pour ce soir ? Je dois encore te raccompagner au dortoir pour que tu puisses manger et te reposer. Demain est un grand jour, lui dit Doc.

Ils sortirent par une porte arrière de la salle dans laquelle avait eu lieu la compétition, évitant ainsi la majorité de la foule qui traînait en espérant apercevoir un athlète connu. Des navettes étaient censées transporter les athlètes vers le Village olympique, mais à cause des photos et des interviews d'Ember, ils avaient raté la dernière.

Il était assez tard pour que le soleil ne brille plus aussi fort, mais pas assez pour qu'il fasse entièrement noir. Il y avait un peu moins d'un kilomètre de marche jusqu'à l'entrée du Village, et de là ils pourraient prendre une navette jusqu'à leur immeuble. La plupart des magasins dans ce quartier de la ville vendaient des souvenirs des JO, et tous les gens qu'ils croisaient semblaient de bonne humeur.

Doc avait conscience qu'ils n'étaient pas vraiment discrets. Il était plus grand que la plupart des habitants et Ember était... Ember. Elle était superbe. La foule autour d'eux était faite de touristes et d'habitants du coin, ce qui donnait à toute la zone un air très international.

Rassuré quant à leur sécurité, Doc profitait simplement du temps passé avec Ember, qui savourait toujours la satisfaction de sa performance, lorsque son téléphone sonna. En voyant qu'il s'agissait de Trigger, il décrocha immédiatement.

— Que se passe-t-il ?

— Où es-tu ? demanda son chef sans préambule.

— 800 mètres de l'entrée du Village. Pourquoi ?

— Ça chauffe devant les portes, lui dit Trigger.

— À quel point ? demanda Doc, attrapant le bras d'Ember pour qu'elle s'arrête.

— Tu te rappelles les manifestants qui campaient devant plusieurs installations depuis notre arrivée ? Eh bien, ça prend une mauvaise tournure. Maintenant, il y a toute une foule devant l'entrée du Village et quelques manifestants essaient d'entrer de force. On est en train de confiner tout le monde, mais bien trop d'athlètes sont encore en chemin après leurs épreuves du jour.

— Merde. Je déteste quand on a raison. La sécurité aurait clairement dû être plus stricte. On se dépêche, et dès que j'ai raccompagné Ember, je vous rejoins.

— Fais attention, Doc. Si vous ne trouvez pas un moyen de rentrer, allez vous cacher quelque part.

— Ça marche. Reste en contact, dit Doc.

— Bien sûr. Dis-moi quand tu seras rentré.

— Bien reçu, fit Doc avant de raccrocher et de ranger son portable dans sa poche arrière.

— Qu'y a-t-il ?

— Rien, j'espère. Mais on dirait bien que notre promenade tranquille jusqu'à la résidence vient de passer au mode marche rapide. Ça ira ?

— Bien sûr. Mais qu'est-ce qui se passe ? répéta-t-elle.

— Les manifestants aux portes du Village s'agitent. Trigger craint que ça ne tourne à la violence. Reste près de moi, *tout* près de moi.

Elle écarquilla les yeux, et hocha la tête.

Doc ne voulait pas l'effrayer, mais il ne comptait pas prendre de risques. Ils pouvaient faire un détour jusqu'à l'entrée ouest, plus petite, mais rien ne garantissait que les manifestants n'y étaient pas aussi. Et ça prendrait deux fois plus de temps. Il voulait ramener Ember au dortoir, où elle serait en sécurité. Ensuite, il retrouverait son équipe et réfléchirait à un moyen de calmer la situation.

Ils commencèrent à marcher d'un pas vif en direction du Village, mais il sut avant même de voir la grande cour devant l'entrée qu'ils arrivaient trop tard. Des gens arrivaient en courant à contresens. Les magasins fermaient leurs portes à clé.

— Merde, marmonna Doc.

Son téléphone sonna, mais il ne pouvait pas s'arrêter pour décrocher. Il était plus inquiet pour la sécurité d'Ember. Il déplaça son sac à dos de manière à le porter sur ses deux épaules, libérant ses mains. Il attrapa la main d'Ember et la sentit serrer ses doigts autour des siens. Elle ne dit pas un mot, comprenant clairement la gravité de la situation.

Doc avança avec précaution, réticent à débarquer en plein milieu d'une situation dont il ne connaissait pas toutes les facettes.

— Dégagez l'oppresseur ! cria quelqu'un près d'eux.

— Ouvrez les portes ! fit quelqu'un d'autre.

Le volume était de plus en plus fort au fur et à mesure que d'autres personnes se joignaient aux cris. Tout à coup, plus de gens couraient *en direction* de la manifestation que dans le sens inverse.

Doc et Ember furent emportés dans le chaos, jusqu'au milieu de la foule.

— Ne me lâche pas, cria Doc, levant la voix pour être entendu.

Ember hocha la tête, et il sentit à nouveau ses doigts se serrer.

Doc ne pouvait pas prendre le risque de sortir son arme au milieu de la foule. Jusqu'ici, les manifestants n'étaient pas violents, mais il savait que cela pouvait basculer en un instant. On aurait dit que plusieurs faisaient de leur mieux pour exciter la foule, provoquer leur colère et les incitant à se faire entendre.

— Le communisme, c'est l'oppression !

— Libérez Hong Kong !

— Le pouvoir absolu corrompt !

— Interdit aux communistes !

Doc ne savait pas exactement contre quoi était la manifestation. On aurait dit qu'il s'agissait de plusieurs choses, dont le fait que les athlètes de pays apparemment communistes étaient autorisés à prendre part aux JO.

À l'instant, cependant, cela n'avait pas d'importance. La foule commençait à s'énerver, et la paisible manifestation avait évolué en quelque chose de bien plus dangereux. Lui et Ember se faisaient remarquer ; Doc, parce qu'il était grand et blanc, Ember, parce qu'elle était plutôt célèbre. La plupart des gens qui les entouraient étaient Asiatiques. Doc ne savait pas si c'était seulement des Coréens du coin, ou si des terroristes se cachaient parmi eux.

Quelqu'un le poussa, et Doc fit de son mieux pour rester sur pied, mais les gens autour se mirent tous à les bousculer.

Le seul objectif de Doc était de sortir Ember et lui de la foule. Il regarda désespérément autour de lui, cherchant une sortie. Il n'hésiterait pas à blesser quiconque oserait toucher la femme qui l'accompagnait.

Il enroula ses bras autour de la taille d'Ember, la fixant à ses côtés tandis que la bousculade continuait. La situation se dégradait de plus en plus, et il devait les sortir d'ici. Maintenant.

Puis, un bref instant, le regard de Doc croisa celui d'un homme qui se tenait presque en plein milieu de la foule. Il portait un sac à dos dans ses bras… et il souriait. D'un sourire froid et mauvais.

Et Doc sut à ce moment-là que la manifestation n'avait servi qu'à couvrir ce que lui et son équipe avaient craint depuis le début. L'attaque d'une organisation terroriste.

— Non ! cria Doc ; mais c'était trop tard.

L'homme activa la bombe qu'il portait dans son sac.

L'explosion balaya tous ceux qui se tenaient à proximité, tuant sur le coup une douzaine d'hommes et de femmes. Doc se laissa tomber au sol, écrasant presque Ember.

Les cris se changèrent en hurlements tandis que les gens comprenaient ce qui se passait.

Alors que tous s'éloignaient en courant de l'endroit où avait explosé la bombe, une autre détonation retentit en bordure de la foule.

Si Doc avait trouvé la situation chaotique avant, là, c'était encore pire. Personne ne savait où aller pour être à l'abri et une troisième explosion retentit parmi la foule paniquée à proximité des portes du Village.

Doc n'allait pas attendre qu'une quatrième bombe se déclenche. Il se releva et attrapa le bras d'Ember, la soulevant jusqu'à lui sans délicatesse. Sa seule pensée était de les éloigner au maximum du danger.

Slalomant dans la foule pétrifiée de choc, poussant les gens figés qui portaient encore des pancartes, le visage rempli d'horreur, il traîna Ember derrière lui, en direction de la deuxième bombe. Son instinct lui soufflait que s'il restait des terroristes équipés d'explosifs, ils les feraient sauter à des endroits qui n'avaient pas encore été affectés.

Le carnage autour d'eux était immense, et Doc avait la nausée en pensant à ceux qui gémissaient et pleuraient sur le sol. Il allait falloir beaucoup de temps pour que tous ceux qui avaient besoin de soins médicaux puissent être amenés jusqu'à l'hôpital. Ember n'avait pas fait un bruit durant tout ce chaos, ce que Doc appréciait. Il ne lui en aurait pas voulu, mais son respect pour elle grandissait chaque seconde. Elle gardait la tête froide, sans paniquer.

Un grondement puissant fit se retourner Doc.

Une camionnette blanche dévalait à toute vitesse la

route qui menait à la cour. Deux personnes furent balayées, sans que le véhicule ralentisse.

Il se dirigeait droit vers les portes du Village olympique.

S'il les fracassait, et créait un point d'entrée pour les terroristes, qui sait combien d'autres personnes seraient blessées ou tuées ? Si une organisation terroriste voulait créer un incident de portée internationale et donner de la visibilité à sa cause, blesser ou tuer des athlètes du monde entier était une très bonne manière de s'y prendre.

Hors de question. Pas tant que Doc serait là. Ils avaient déjà tué bien trop de gens ; il n'allait pas les laisser franchir les portes pour en tuer encore plus.

La camionnette ne ralentissait pas, et il savait qu'elle atteindrait les portes avant l'arrivée des renforts. Il devait agir. *Maintenant.*

S'arrêtant au milieu d'une zone inoccupée, Doc posa un genou à terre et attrapa son arme. Il aurait aimé avoir son fusil, à la portée plus longue. Mais il ferait avec ce qu'il avait.

— Tu en as une autre ?

La question venait d'Ember, accroupie près de lui.

En n'importe quelles autres circonstances, Doc aurait dit non, aurait dit qu'il n'avait pas besoin d'aide. Qu'il ne voulait pas mêler de civil à cette affaire. Mais ce n'était pas n'importe quelle civile. C'était une pentathlète. Le tir était sa spécialité.

Sans un mot, il sortit un deuxième pistolet de l'étui à sa cheville. Elle l'attrapa et retira la sécurité d'un geste expert.

Après avoir approuvé d'un hochement de tête, Doc reporta son attention sur la camionnette qui approchait à grande vitesse. Il se concentra sur le conducteur. Il aurait pu tirer sur les pneus, mais rien ne garantissait que cela arrête-rait le véhicule. Il devait éliminer le conducteur. L'empêcher d'appuyer sur les pédales, et d'atteindre les portes.

Il devait juste attendre qu'il se rapproche un peu.

Le conducteur croisa son regard et ne détourna pas les

yeux. Ils jouaient à un jeu dangereux, et le terroriste pensait qu'il gagnerait.

Il avait tort.

Doc attendit la dernière seconde avant de vider son chargeur. Une balle après l'autre. Prêt à tout pour arrêter la camionnette.

Il entendait comme un bruit de tir au-dessus de sa tête, et se rendit compte qu'Ember, debout derrière lui, tirait aussi. Il aurait voulu lui dire de se baisser immédiatement, mais il n'avait pas le temps.

Les secondes s'écoulèrent, presque au ralenti.

Il savait qu'il avait touché le conducteur. Ou peut-être était-ce Ember. Dans tous les cas, l'homme était certainement mort. Mais la camionnette allait toujours aussi vite. Le pied du conducteur était toujours sur la pédale.

Le véhicule n'était qu'à quelques mètres, lancé directement sur eux. Ils n'avaient plus le temps de s'écarter du passage.

Cependant, Doc devait tenter le coup.

Il se retourna et entoura des bras les cuisses d'Ember tout en les projetant tous les deux sur le côté.

La camionnette passa si près que pendant un bref instant, Doc crut qu'ils avaient été écrasés et qu'il ne le sentait simplement pas encore. Mais, par miracle, il était parvenu à les éloigner de la trajectoire du véhicule. Lorsqu'il heurta les portes du Village olympique, il avait perdu assez de vitesse pour ne pas les casser... mais de justesse.

Doc savait qu'ils n'étaient pas encore hors de danger. Si le véhicule contenait des explosifs, ce serait le chaos total.

Il se releva du bitume avec difficulté, et, encore une fois, attrapa le bras d'Ember d'une poigne ferme. Il ne savait pas où étaient ses pistolets, mais, à l'instant, il était plus préoccupé de savoir comment les sortir de cet enfer.

Doc porta presque Ember hors du carnage. Il ne savait pas où il allait, seulement qu'ils devaient s'éloigner.

Un mouvement lui fit tourner la tête. Une Coréenne mince lui faisait de grands signes depuis un magasin en bordure de la place. Doc fonça droit vers elle, et elle claqua porte avec force dès qu'il l'eut passée.

— Kamsahamnida, dit-il, la remerciant en coréen.

Elle répondit quelque chose, mais il se tournait déjà vers Ember.

— Tu vas bien ? Tu es blessée ? Putain, parle-moi, Em !

— Je vais bien, répondit-elle d'une voix tremblante.

— Merde, marmonna Doc, avant de le répéter plus distinctement.

Il avait du mal à réaliser ce qui venait de se passer.

Son téléphone sonna, et c'est alors qu'il se rendit compte qu'il sonnait sans interruption depuis que tout était parti en vrille.

D'une main tremblante, il le sortit de sa poche et l'amena à son oreille.

— Oui ?

— Putain de merde, Doc ! Tu vas bien ? Tu es où ? Ember, elle va bien ?

Tout en prenant une grande inspiration, Doc ne put s'empêcher de sourire. L'imperturbable Trigger était clairement secoué. C'était rare.

— On va bien, le rassura Doc avec un regard vers la femme qui se tenait près de lui.

Ses yeux étaient grands ouverts, et il voyait la pulsation de son cœur dans la veine de son cou. Elle tenait son bras gauche près du corps, le soutenant du bras droit. Il fronça les sourcils.

— OK. On est coincés de ce côté des portes, dit Trigger. On monte la garde au cas où ils arriveraient à traverser, pour pouvoir les éliminer directement et protéger les athlètes.

— On est en sécurité là où on est pour l'instant. Une dame nous a laissés nous réfugier dans son magasin.

— Encore heureux, bordel. Pour info, mec… Ember, elle

déchire. On n'a pas pu tout voir, mais comme tu ne répondais pas au téléphone, on s'est dit que tu devais être en plein dans cette merde. On a vu la camionnette se diriger vers les portes et compris que ça devait être leur objectif depuis le début. Et puis, tout à coup, à travers la fumée, on te voit à genoux, à viser le conducteur, et Ember debout derrière toi, le bras étendu, à décharger ce foutu pistolet comme si elle était en pleine compétition ! Sérieux, mec. Putain ! C'était impressionnant.

Doc n'était pas surpris. Il avait le sentiment qu'Ember pouvait accomplir absolument ce qu'elle voulait. Mais là, il y avait un problème avec son bras, et il devait s'en occuper.

— On va bien. On reste discrets pour l'instant. Tu me diras quand ça ira mieux ?

— Reçu. Doc ?

— Oui ?

— Content que tu n'aies rien.

— C'est pas fini. Ces connards ont peut-être d'autres bombes ou d'autres voitures. Restez vigilants, dit Doc.

— Évidemment. Les Coréens ont l'air de reprendre le contrôle, mais ça va prendre un moment d'aider tous les blessés. Restez cachés, et je te tiens au courant.

— À plus.

— À plus.

Dès la seconde où il raccrocha, Doc tendit la main vers Ember.

— Qu'est-ce que tu t'es fait au bras ?

Elle eut un sursaut quand il toucha son biceps gauche.

— Rien, je vais bien, dit-elle.

— Pff, conneries. Qu'est-ce qu'il y a ? Tu as été touchée ?

Doc n'y avait même pas pensé. Il ne voyait pas de sang, mais ça ne voulait pas dire que sa manche ne dissimulait pas une plaie.

— Non. Tu m'as protégée quand la bombe a explosé. Je n'ai pas été touchée.

— Mais... ? demanda Doc.

Elle soupira et ses yeux couleur de chocolat, remplis de douleur, croisèrent enfin les siens.

— Je crois que je me suis déboîté l'épaule.

Doc la fixa d'un regard vide, avant que les implications de ses propres actions ne lui tombent dessus comme cinq kilos de briques.

— Putain ! jura-t-il. Je t'ai blessée !

— Tu n'as pas fait exprès, dit-elle doucement.

Il ne se sentait pas mieux.

— Je me suis blessée à l'épaule en tombant d'un cheval, quand j'étais petite. Ça n'a jamais complètement guéri, donc elle se déboîte régulièrement, ajouta-t-elle rapidement.

— C'est arrivé quand je t'ai relevée, c'est ça ?

Ember acquiesça.

— Mais ce n'est pas ta faute, Craig. Sérieusement.

— Bien sûr que si, dit-il, désespéré.

— C'est mon bras gauche. Ça va. Heureusement que je suis droitière, hein ?

Merde. Il n'avait même pas pensé au fait qu'elle avait une compétition le lendemain. Il était déjà très affecté par le fait de l'avoir blessée, mais de savoir qu'il avait peut-être ruiné ses chances d'avoir une médaille ? Il se sentait vraiment comme une merde. Il n'arrivait pas à croire qu'il l'avait relevée comme ça, en la tirant tellement fort qu'il avait décroché son bras de son articulation.

— Craig, dit Ember avec douceur, posant la main sur sa joue. Tout va bien. Tu m'as sauvé la vie. C'est ça, le plus important.

Ember se tenait près de Craig, la main sur sa joue, et

faisait de son mieux pour le réconforter. Son épaule la lançait, mais elle avait tellement d'adrénaline dans le sang qu'elle le remarquait à peine.

Cet homme lui avait sauvé la vie. Elle en était aussi certaine que de son propre nom. Non seulement ça, mais en plus, il n'avait pas hésité à lui donner un pistolet. Il lui avait fait confiance. À ce moment-là, elle n'était pas une influenceuse, dorlotée et dans sa bulle. Elle était sa *partenaire*.

Elle avait été absolument terrifiée quand les explosions avaient commencé, et quand la camionnette se dirigeait vers eux, mais elle avait mis à l'œuvre tout ce qu'elle avait appris ces dernières années pour garder la main stable et ignorer le tumulte de son esprit au moment de tirer.

L'instant où Craig avait déboîté son épaule, elle avait su. C'était quand il l'avait relevée après la première explosion, en essayant de les sortir de la ligne de feu.

Il secoua la tête et ferma les yeux.

— Je suis désolé, Em. Je suis si désolé, putain.

Elle serra les lèvres de frustration, une touche de colère teintant ses mots.

— Désolé de quoi ? De m'avoir sortie de là ? De m'avoir protégée ? De m'avoir fait confiance pour t'aider ? De quoi es-tu désolé, exactement ?

Ses yeux s'ouvrirent, et il la regarda un long moment.

— Tu es blessée à cause de moi, lâcha-t-il enfin.

— Sans toi, je serais *morte*, dit-elle.

— Tu n'en sais rien.

Ember haussa une épaule.

— Je sais que je m'en suis bien mieux sortie avec toi que si j'avais été seule. Tu comptes m'aider à la remettre en place, ou quoi ?

Craig pâlit, et elle ne put s'empêcher de rire.

— Je sais que tu as vu et pris en charge des blessures bien plus graves qu'une épaule déboîtée, plaisanta-t-elle.

— Ce n'était pas toi qui étais blessée, dit doucement Craig.

— J'ai besoin de toi. Je ne peux pas faire ça toute seule, lui dit-elle.

Cela sembla fonctionner. Il se redressa et hocha la tête. Le magasin dans lequel ils s'étaient réfugiés était une sorte de traiteur. Les tables seraient parfaites pour ce dont elle avait besoin. Craig semblait savoir exactement comment l'aider. Il poussa les chaises d'un côté de la table la plus proche et lui fit signe de s'allonger.

Il enleva son sac à dos et se dirigea vers la cuisine. La Coréenne plus âgée n'essaya pas de l'arrêter. Elle se contentait de les regarder avec curiosité.

Ember était soulagée que Craig ne soit pas là pour la voir s'installer. Elle grimaça de douleur en laissant pendre son bras gauche de la table. Elle s'efforça de détendre ses muscles, sachant que ce serait bien plus facile si elle n'était pas crispée.

Craig revint avec une grande bouteille d'huile.

Ember en aurait ri si elle n'avait pas su à quel point les minutes qui allaient suivre seraient douloureuses.

S'asseyant, Craig délaça sa botte et attacha la bouteille à son bras avec le lacet. Le poids de l'huile et la gravité suffiraient de justesse à remettre l'articulation de son épaule bien à sa place dans sa cavité. Elle devrait se replacer quasiment toute seule.

— Pas ta première fois, je vois, commenta Ember.

Craig hocha la tête.

— Prête ? demanda-t-il en s'agenouillant près d'elle, tenant la bouteille pour ne pas ajouter de pression avant qu'elle y soit préparée.

Ember prit une grande inspiration et ferma les yeux.

— Oui. Vas-y.

Lentement, Craig lâcha la bouteille et appliqua sur son bras une pression constante vers le bas. Ses actions, avec le poids de l'huile, firent ce qu'elles devaient faire : trente secondes plus tard, son épaule avait coopéré et s'était remise en place.

Avec un soupir de soulagement au relâchement de la pression et à l'amoindrissement immédiat de sa douleur, Ember ouvrit les yeux, pour trouver ceux de Craig qui la fixaient avec intensité.

— Est-ce que tu pourras concourir demain ? demanda-t-il.

Elle entendait l'agonie et l'inquiétude dans sa voix.

— Oui, dit-elle sans hésitation.

— Tu n'as même pas essayé de bouger pour voir si ça faisait mal.

— Craig, je suis une athlète professionnelle. Ce n'est pas la première fois que mon épaule se déboîte, et ce ne sera pas la dernière. Je prendrai des antidouleurs et tout ira bien. Mais attends, tu penses que les compétitions vont reprendre après ce qu'il s'est passé ?

— Oui. Personne ne veut qu'une attaque terroriste fasse effet. Je suis quasi certain que tout se déroulera comme prévu.

— J'espère qu'aucun athlète n'a été tué, dit Ember doucement. Enfin, je déteste le fait que des gens aient été blessés ou tués, quels qu'ils soient, mais l'idée que quelqu'un qui voulait juste représenter son pays ait pu mourir me rend vraiment triste.

— Je sais, dit Craig.

Elle voyait le chagrin dans ses propres yeux. Elle avait le sentiment qu'il pensait encore à son épaule et au fait qu'il l'avait blessée. Elle n'avait pas menti ; elle serait vraiment en état de concourir demain, mais ça allait faire un mal de chien, surtout l'épreuve de natation. Comme elle était droitière, elle s'en sortirait à l'escrime et au tir. L'équitation serait déjà un pari risqué, mais elle avait besoin de son bras gauche pour nager. Et elle ne pouvait pas prendre de médicaments trop violents à cause des règles très strictes sur le dopage et le test auquel elle devrait se soumettre après les épreuves.

Ember intérioriserait n'importe quelle douleur pour que l'homme devant elle cesse de s'en vouloir. Elle était réellement convaincue qu'il lui avait sauvé la vie, et elle préférait largement une épaule déboîtée à une mort définitive.

Au bout d'une dizaine de minutes, Ember s'assit et la Coréenne lui fabriqua une attelle à partir de quelques serviettes en tissu. Craig et elle la remercièrent à nouveau, et elle ne manqua pas le geste de Craig, qui sortit tous les wons coréens que contenait son portefeuille pour les glisser sous un livre sur le comptoir.

Ils restèrent tapis dans le petit café pendant encore une vingtaine de minutes, avant que Trigger n'appelle pour leur dire que tout était réglé et que la voie était libre jusqu'aux portes du Village olympique. Lorsqu'ils s'aventurèrent à l'extérieur, on aurait dit qu'ils étaient dans un autre monde. Craig attrapa une casquette de baseball qui traînait par terre et la posa sur la tête d'Ember, la tirant bas sur son front.

— La dernière chose dont on a besoin, c'est d'une photo de toi avec une attelle sur les réseaux, marmonna-t-il.

Ember n'était pas certaine que la casquette suffise à la rendre incognito, mais elle ne dit rien. Quelques personnes étaient encore là, l'air en état de choc, mais la zone avait été évacuée dans l'ensemble. Le soleil se couchait, et il ferait nuit d'ici peu.

En quelques minutes, ils avaient franchi la sécurité et Lefty, Brain et Trigger les attendaient dans une voiturette de golf. Les trois hommes la prirent dans leurs bras chacun à leur tour, la serrant contre eux longtemps, mais avec précaution, en lui disant qu'ils étaient heureux qu'elle n'ait rien. Trigger mentionna aussi à quel point il était impressionné par sa performance au tir et n'arrêtait pas de la qualifier de superhéroïne.

Craig l'aida à s'installer sur la banquette arrière, et elle se retrouva prise en sandwich entre son corps massif et celui de Trigger. Elle était bien entourée et se sentait complètement en sécurité alors qu'ils retournaient en silence jusqu'à la résidence.

En arrivant, tandis que Brain repartait elle ne savait où, Trigger, Lefty et Craig l'escortèrent jusqu'à leur étage. Les hommes de l'équipe de water-polo étaient rassemblés dans la salle commune, à commenter les événements, mais Craig la pressa de continuer sans s'arrêter lorsque les athlètes les repérèrent et tentèrent de leur poser des questions. Trigger resta avec eux, pour leur répondre et les rassurer sur le fait que le danger était passé.

Ember fut soulagée de ne pas croiser Leila, Nick ou Aiden. Elle ne voulait pas de leur pitié... ni d'une potentielle curiosité morbide sur ce qui s'était passé.

Elle ne fut pas surprise quand Craig la raccompagna jusqu'à sa chambre avant d'y entrer derrière elle.

— Tu as besoin d'aide pour te doucher ? lui demanda-t-il.

Ember releva brusquement la tête de surprise. Mais ce n'était visiblement pas une tentative de drague, il était seulement très inquiet pour son bien-être.

— Ça ira, dit-elle.

— Tu es sûre ?

— Certaine.

— OK. Je serai là quand tu auras fini. Tu as un débardeur ? Ce sera peut-être plus simple à mettre pour ce soir.

Ember le contempla un instant, puis hocha la tête.

— Oui, j'en ai un.

— Où ça ? Je te l'apporte.

Ember lui expliqua, puis le regarda d'un air amusé fouiller ses tiroirs pour en sortir aussi des sous-vêtements et un short. Elle aurait dû être énervée par la manière dont il manipulait ses affaires personnelles, mais c'était plutôt agréable d'avoir quelqu'un qui s'occupait d'elle.

Il alla déposer la pile de vêtements dans la salle de bain, avant de se tourner vers elle.

— Qu'est-ce que je peux faire d'autre ?

— Reste ?

La question sortit avant qu'elle ait pu y réfléchir. Dès que les mots quittèrent sa bouche, Ember fit une grimace. Il avait déjà dit qu'il serait là quand elle aurait fini.

— Bien sûr, répondit-il. Pendant que tu te douches, je vais aller me changer. Je serai revenu dans cinq minutes. Si tu as besoin d'aide, attends-moi et je serai là dès que possible. Ne te blesse pas plus.

Il était évident qu'il faudrait du temps à Craig pour se pardonner de ce qui lui était arrivé. Ember avança jusqu'à ce qu'ils soient collés l'un à l'autre des pieds à la tête. Elle posa son front contre lui et eut un soupir de contentement lorsqu'il l'entoura de ses bras avec précaution.

Ils restèrent ainsi quelques minutes, sans parler, se contentant d'exister dans un même espace.

— Je vais bien, Craig, je te jure. Et, pour être honnête, je suis plutôt fière de moi. Je ne sais pas quelle balle a touché ce conducteur, mais faire ma part pour protéger les autres, c'est tellement plus important que d'arriver première ou de remporter une fichue médaille. Peut-être que je suis sur Terre parce que je devais devenir une sportive du pentathlon et apprendre à tirer, pour être exactement où j'étais ce soir. Je ne sais pas. Mais peu importe ce qui m'arrive demain, je ne regrette pas de t'avoir rencontré, d'être avec toi, ni rien de ce qui s'est passé aujourd'hui.

Elle le regarda dans les yeux :

— D'accord ?

— Dis comme ça, comment ne pas être d'accord ? demanda-t-il.

— Pas le choix, dit-elle avec un petit sourire. Maintenant, va te changer. Et prendre une douche, peut-être. J'ai eu assez d'odeur de fumée pour un bon moment.

— À vos ordres, madame. Et pour info ? Trigger a raison. Tu déchires, dit Craig avant de l'embrasser doucement et de se diriger vers la porte.

Ember se tint là où elle était quelques instants, souriante, avant de se diriger vers la petite salle de bain.

CHAPITRE SEPT

Doc était assis près de Grover dans les gradins, à examiner Ember. Il n'avait pas pu assister aux autres épreuves du jour, mais pour rien au monde il n'aurait raté la course-tir. C'était la dernière épreuve… et son cœur se serrait pour elle. Au vu de sa place de départ, il était clair qu'Ember n'avait pas obtenu de très bons scores. Elle partait de la vingt-neuvième place. À six places de la dernière participante.

Il se sentait horriblement coupable. Elle avait beau avoir minimisé la gravité de sa blessure, il savait qu'il serait responsable de l'échec de ses rêves olympiques. Il n'avait pas eu l'intention de la traiter avec autant de violence, mais, sur le coup, assurer sa sécurité avait pris le pas sur la délicatesse.

— C'est impressionnant qu'elle ait réussi à nager, commenta Grover à voix basse.

Doc hocha la tête. Il pensait la même chose. L'équitation n'avait pas dû être une épreuve très agréable pour son épaule, l'escrime non plus, mais elle pouvait encore s'en sortir. La natation, par contre ? Oui, ça, ça avait dû faire un mal de chien. Et il était évident qu'elle avait eu du mal, à en juger par sa position actuelle.

— Trigger m'a appelé juste avant qu'on se retrouve pour me donner les dernières nouvelles sur ce qui s'est passé hier soir.

— Ah oui ? demanda Doc, distrait.

— L'Armée rouge japonaise a revendiqué la responsabilité de l'attaque.

Doc soupira. La JRA avait surtout été active dans les années 1970, mais elle tentait de faire son grand retour ces jours-ci. Il savait qu'il s'agissait d'une organisation militante communautaire dont l'objectif était de renverser le gouvernement japonais et la monarchie. Ils voulaient aussi lancer une révolution mondiale, ce qui expliquait leur attaque sur les JO.

— Il y a quelques semaines, un homme ayant des liens avec l'Armée rouge a été arrêté au Japon, et il possédait sur son ordinateur des documents qui détaillaient leur projet de perturber les Jeux, continua Grover.

Cette information retint l'attention de Doc.

— Tu te fous de moi ? Pourquoi on a pas été prévenus ?

— J'imagine que les pouvoirs en place à Séoul n'ont pas pris la menace au sérieux, ou qu'ils ne voulaient pas risquer un désistement des athlètes ou une baisse des ventes de tickets.

Doc ne put que secouer la tête devant la stupidité de cette décision.

— Trigger m'a aussi dit que, par miracle, l'explosion n'a fait que deux victimes, sans compter les terroristes. Mais si cette camionnette avait réussi à franchir les portes, les autorités pensent qu'environ deux douzaines de sympathisants de l'Armée rouge se tenaient prêts à entrer et à tuer autant de gens que possible, reprit Grover.

— Pourquoi est-ce qu'ils n'ont pas commencé à tirer dès l'explosion des bombes ? Ou essayé de nous éliminer, Ember et moi ? voulut savoir Doc.

— Aucune idée. Peut-être qu'ils étaient censés conserver

leurs munitions jusqu'à ce qu'ils soient à l'intérieur du Village en position de tuer des athlètes, au lieu de les gâcher pour des civils ? dit Grover en haussant les épaules.

Doc eut un grognement.

— Ces connards. Et maintenant, ils sont où, ces sympathisants ? demanda Doc avec un regard à son ami.

— En voyant que la camionnette n'avait pas réussi à franchir les portes, on pense qu'ils se sont barrés. Sûrement retournés se planquer dans le terrier duquel ils étaient sortis.

— On doit s'attendre à plus d'ennuis, alors ?

— Trigger et les autres pensent que non. Ils pensent que c'était leur grand plan, un truc qu'ils avaient passé des mois à organiser. Au moins, maintenant, la sécurité va être plus stricte. Mieux vaut tard que jamais, j'imagine. La police et l'armée sud-coréennes ont bloqué le trafic sur quasi un kilomètre autour de chaque installation et du Village olympique. Et personne n'est autorisé à pénétrer dans les quartiers des athlètes sans passer par au moins deux détecteurs de métaux. Qu'on assassine un athlète sur leur territoire, c'est vraiment la dernière chose que veut le gouvernement.

Doc hocha la tête. Ces bonnes nouvelles le soulageaient. Néanmoins, il était toujours contrarié pour Ember. Il savait sans aucun doute qu'il avait été au bon endroit au bon moment, mais il détestait l'idée qu'elle se soit blessée au passage. Elle avait tant sacrifié dans sa vie pour arriver jusqu'ici, et à cause de lui, elle s'était retrouvée en plein cœur de l'action, la veille.

— Trigger et les autres surveillent les vidéos de l'attaque d'hier qui sont publiées sur Internet, et heureusement, la plupart sont filmées de loin. On ne te reconnaît pas du tout.

— Parfait. Et Ember ?

— Vu la qualité de merde des images, elle devrait s'en sortir aussi.

Doc poussa un soupir de soulagement. Il s'était inquiété.

— Par ailleurs, j'ai pensé que ça t'intéresserait de savoir que le légiste a fini son autopsie du corps du conducteur. C'est une balle à la tête qui l'a achevé, continua Grover d'une voix plus basse.

Doc hocha la tête, sans surprise.

— T'as passé ton deuxième pistolet, c'est ça ? Celui avec les balles à pointes creuses ? demanda Grover.

— Oui, pourquoi ?

— C'est *sa balle à elle* qui l'a descendu. Il s'est pris plein de tes balles aussi, mais celle qui l'a arrêté, en plein milieu du front, c'était pas une des tiennes, dit doucement Grover.

Doc fixa son ami avec intensité.

— Personne ne lui dit. *Jamais.* La dernière chose dont elle a besoin, c'est de savoir qu'elle a tué quelqu'un. Même si lui était tout à fait décidé à tuer des innocents. Compris ?

Grover acquiesça d'un air solennel.

— Trigger s'est douté que tu dirais ça. Il s'occupe de notre rapport pour ne pas risquer que ça s'ébruite.

— Il modifie le rapport ? demanda Doc avec surprise.

— Seulement la partie sur quelle arme était chargée de balles à pointes creuses, dit Grover.

Doc était surpris. Leur chef d'équipe était très à cheval sur les règles et sur l'exactitude des informations que comportaient ses rapports. Du genre à dire qu'il valait toujours mieux être honnête qu'essayer de passer les choses sous silence. Il lui en devait une.

— Vu que la Corée du Sud compte noyer la zone des JO de militaires, on nous renvoie aussi à la maison plus tôt que prévu.

— Plus tôt que prévu ? demanda Doc, que cette nouvelle ne réjouissait absolument pas.

— Quelques jours seulement. On part dans quatre jours au lieu de six.

Doc hocha la tête. Il savait qu'Ember repartait le surlendemain, donc il ne manquerait pas de temps passé avec elle. Le fait qu'il pensait à elle en premier lieu en disait long.

— D'ailleurs… Devyn récupère mon courrier pendant mon absence, dit Grover.

— Ah oui ? fit Doc, désorienté par le brusque changement de sujet.

— Oui. Elle dit que j'ai reçu une lettre. De Sierra.

— La contractuelle d'Afghanistan ? Mais c'est super ! On pensait qu'elle avait peut-être été kidnappée. Si elle t'a écrit, c'est qu'elle va bien.

— La lettre était datée d'il y a un an, continua Grover d'une voix plate.

Doc n'était pas sûr de savoir quoi répondre.

— Oh. C'est à peu près l'époque où tu l'as vue pour la dernière fois, non ?

— Oui. Je n'ai pas demandé à ma sœur de l'ouvrir, mais je n'arrête pas d'y penser. On sait tous que le système postal n'est pas très fiable à l'étranger, donc peut-être que la lettre s'est juste perdue.

— Enfin, pendant *un an* ? demanda Doc, sceptique.

— Oui, je sais, ça paraît peu probable. Mais pour les besoins de la discussion, disons qu'elle s'est perdue dans un système postal étranger particulièrement mal organisé, jusqu'à ce que quelqu'un la trouve et qu'elle reprenne son chemin. Je ne peux pas m'empêcher de penser à ce qu'elle dit. Peut-être que cette lettre explique pourquoi personne n'a eu de ses nouvelles depuis si longtemps.

Doc hocha la tête. Grover s'était de plus en plus inquiété pour cette femme qu'il avait rencontrée dans une cantine lorsqu'ils étaient en Afghanistan l'année passée. Malgré leurs débuts un peu houleux, ils avaient voulu rester en contact. Grover lui avait envoyé un mail qui était resté sans réponse… et toute l'équipe savait à quel point cela l'affectait. Le plus inquiétant, c'était les rapports qu'ils avaient reçus sur des contractuels qui étaient apparemment kidnappés par Shahzada, le pire terroriste que la région avait connu depuis une bonne décennie. Il était sans pitié et n'hésitait pas à exprimer sa haine des Occidentaux. Il gagnait de plus en plus de pouvoir depuis leur dernière mission en Afghanistan, et il devenait évident qu'ils devraient s'en occuper un jour ou l'autre.

— Bientôt, on sera rentrés et tu pourras lire la lettre toi-même, lui assura Doc, espérant se montrer réconfortant.

— Tu sais, tout ce qui a changé pour notre équipe récemment, ça m'a un peu contrarié au début. J'avais peur que ça affecte notre dynamique à tous. Mais je ne pourrais pas être plus heureux pour les gars. Et pour toi, dit Grover avec un hochement de tête.

— Pour moi ?

— Oui, toi. Regarde-nous, mec. On est assis dans un stade à moitié vide, à suivre le pentathlon moderne au lieu d'un match de basket. Avant d'arriver ici, on ne connaissait même pas cette épreuve, dit Grover en riant.

Doc rit à son tour. Son ami n'avait pas tort.

— Pour info, on adore tous Ember. Que toi, tu sois concentré pendant qu'une camionnette te fonce dessus, c'est normal... mais elle était hyper impressionnante, elle aussi, debout derrière toi, les jambes bien plantées, le bras tendu, entièrement concentré sur la camionnette. Je sais que tu as déjà parlé de vouloir une femme qui soit heureuse de rester dans l'ombre avec toi. Contente de traîner à la maison et d'avoir une vie tranquille. Mais ce n'est pas ce dont tu as besoin. Tu as besoin de quelqu'un qui te sorte de ta zone de confort. Qui te provoque, qui te fasse rire, et qui te rendes fou en même temps.

— Et... quoi ? Tu penses que cette femme, c'est Ember ? Grover, elle habite à Beverly Hills. Elle a plus d'argent que je ne peux m'imaginer. Elle est quasiment la reine d'internet. En plus, on ne se connaît que depuis quelques jours.

— Tu sais aussi bien que moi que parfois, on n'a pas

besoin de plus. Tu l'as vu avec nos amis. Quand ça colle avec quelqu'un, ça colle. Et toi et Ember, ça colle, clairement. Je sais que je suis sûrement le moins bien placé pour te donner des conseils, puisque je suis le seul à être encore célibataire, mais ne la laisse pas partir, Doc. Elle a besoin de toi autant que tu as besoin d'elle. Tu penses vraiment qu'elle est heureuse, à vivre dans sa cage dorée ?

Doc pinça les lèvres et secoua la tête. Il savait qu'elle ne l'était pas. Elle le lui avait dit. Pourtant, il ne pouvait imaginer Ember vivre à Killeen, Texas. Elle sortirait tellement du lot. Pas à cause de sa couleur de peau, mais parce qu'une fois qu'elle échapperait au contrôle de ses parents, elle brillerait d'un éclat plus fort que jamais.

— Je pense à Sierra chaque putain de jour. Je me demande ce qu'elle fait, si elle va bien. Je m'inquiète à l'idée qu'elle se soit fait tuer, et que je n'aie jamais l'occasion de la connaître vraiment. J'ai des regrets, Doc, et je ne veux pas que tu en aies, dit Grover.

Doc regarda *réellement* son ami. L'équipe savait que Grover s'intéressait à la contractuelle, mais aucun n'avait compris *à quel point.*

— Tu as parlé à Trigger de la lettre ?

— Non. Mais selon ce qu'elle dit, je le ferai. Elle a des ennuis. Plus qu'à cause des autres contractuels qui disparaissent et des mails sans réponse, je le sens, mon instinct me le dit. Mais je ne peux pas juste me barrer en Afghanistan pour chasser des chimères. On a besoin d'une raison pour y aller. Je sais que c'est mal, mais… je ne peux pas m'empêcher d'espérer que Shahzada fasse quelque chose, juste pour qu'on soit déployés et que je puisse essayer de la retrouver. Bordel, peut-être qu'elle a épousé un habitant du coin et qu'elle vit une vie tranquille loin des outils du monde moderne genre internet. Mais bon, d'un autre côté, peut-être qu'elle est captive depuis tout ce temps. Ou morte. Dans tous les cas, je dois savoir, Doc, s'exprima Grover à voix basse.

Doc leva la main pour donner une tape dans le dos de son ami. Il n'avait pas les mots justes pour le réconforter, mais il n'en avait pas besoin. Grover savait qu'il était là pour lui.

Il se tourna et regarda Doc droit dans les yeux.

— Si ce que tu nous as dit sur les parents d'Ember est vrai, s'ils sont vraiment intenses et autoritaires, en plus de la méchanceté de certains de ses abonnés, elle aura besoin du plus de soutien possible, dit-il.

Doc hocha la tête.

— J'ai jeté un œil à son compte quand on s'est assis, et son foutu manager a publié une photo d'elle, assise sur le côté de la piscine, la tête basse et l'air déprimé, avec une légende qui disait « Oups, ça ne s'est pas passé comme prévu ». Qui fait ce genre de choses ? Et évidemment, ça a provoqué une vague de commentaires violents. Putain, je déteste vraiment les gens, Grover.

— Je sais. Je suis sûr que Gillian, Kinley, Aspen, Riley et Devyn la soutiendraient, par contre.

— Oh, subtil, ça... Ou pas, dit Doc sans pouvoir s'empêcher de rire.

— Je dis juste, mec. Ember aurait bien besoin d'amis qui soient là pour la soutenir sans se préoccuper de si elle arrive première ou dernière, qui l'aiment pour ce qu'elle est, pas pour ce qu'elle peut faire pour eux. Et les femmes de notre cercle... sont ce genre de personnes.

— Elle a plus besoin d'un soutien inconditionnel que quiconque. Je ne sais pas comment elle s'est débrouillée sans pendant tout ce temps, dit Doc.

Une annonce retentit à travers les haut-parleurs, prévenant du départ de l'épreuve et mettant un terme à la conversation entre lui et Grover.

Doc balaya le champ du regard avant de retourner à

Ember, à l'arrière du peloton. Il se souvenait de ses explications sur le fait que leur place lors de la course était déterminée par leurs scores dans les autres disciplines. Visiblement, elle partait avec un certain handicap. Il savait que c'était dans cette épreuve qu'elle était la plus performante, et heureusement, qu'elle tirait de la main droite, mais son épaule devait toujours la faire souffrir et cela affecterait sa course.

— Allez, Em, tu peux le faire, murmura-t-il.

Les premières participantes partirent.

Doc garda les yeux sur Ember. Elle gigotait en assistant au départ des autres, qui sprintaient vers la station de tir. Elle devait attendre son tour, ce qui devait être incroyablement éprouvant.

Lorsque ce fut enfin à elle, elle démarra rapidement. Elle avait l'air de bien s'en sortir, l'air puissante. Doc plissa les yeux lorsqu'elle tira ses premiers coups. Elle devait atteindre cinq cibles, avec un temps de pseudo-rechargement après chaque tir. Elle pouvait tirer autant de fois qu'elle voulait, mais évidemment, si elle ratait trop, ça lui prendrait plus de temps avant de pouvoir reprendre la course.

Doc trouva qu'elle avait touché les cibles très vite.

— C'est ça. Continue, dit-il.

Pendant les huit cents premiers mètres, tandis qu'elle faisait le tour de la piste avant de revenir vers la station de tir, elle avait l'air en forme. Elle lui avait expliqué que pendant cette épreuve, la gagnante serait la première à passer la ligne d'arrivée. Ember était toujours plutôt loin à l'arrière du groupe, mais rien n'était perdu.

On aurait dit qu'elle avait manqué quelques tirs lors du second tour.

— Du calme, Em. Concentre-toi sur la cible, oublie tout le reste.

Elle dépassait les autres avec une certaine régularité, mais il restait quand même un certain nombre de participantes devant elle. Il était évident qu'elle ne rattraperait pas les premiers du lot, mais Doc était fier d'elle quand même.

Lors du dernier tour, Ember toucha les cinq cibles sans manquer un seul tir.

— Putain, elle est forte. Tu m'étonnes qu'elle tire mieux que toi, commenta Grover.

Doc ne s'offusqua même pas de la pique de son ami. Ember était *réellement* une excellente tireuse.

Les exclamations de la foule se changèrent en clameur lorsque la première femme franchit la ligne d'arrivée. Puis la deuxième. Et la troisième. Leila arriva en dixième place, et Ember, en quinzième, n'était pas bien loin.

Doc était incroyablement fier. Bien sûr, ce n'était pas le résultat qu'elle aurait espéré, mais elle avait dépassé au moins dix personnes au cours de l'épreuve. Dix personnes qui étaient parties avant elle. Il garda les yeux sur elle tandis qu'elle souriait et saluait la foule. Elle se dirigea ensuite vers Leila et son cœur se gonfla de fierté quand elle attira sa coéquipière dans une étreinte sincère. Elle faisait un grand sourire à son amie, pour laquelle elle était visiblement ravie.

Doc perdit Ember de vue quand elle se fondit dans la foule de participantes et d'entraîneurs qui bordaient la piste.

— Tu descends la voir ? demanda Grover.

— Pas de suite. Après la cérémonie de remise des médailles, dit Doc en secouant la tête.

— Tu crois qu'elle va rester ?

— Oh, oui. Elle est peut-être déçue de sa place, mais elle est vraiment heureuse pour les autres.

— C'est pas un comportement de diva gâtée, ça.

— Ce n'est pas une diva.

— Je plaisantais. Depuis hier soir, on s'en doute bien, dit Grover en levant les yeux au ciel.

La cérémonie était émouvante, et Doc ne put se défaire de la déception qu'il ressentait pour d'Ember. Pourtant, chaque fois qu'il l'apercevait, elle souriait et applaudissait les autres athlètes.

Quand les choses se calmèrent et que les gens commencèrent à quitter le stade, Doc se dirigea vers l'endroit où il avait vu Ember pour la dernière fois. Grâce à son rôle d'agent de sécurité, il n'eut aucun mal à accéder au terrain. Il la vit avec ses parents un peu plus loin, et il partit la rejoindre. En se rapprochant, il entendit sa mère la réprimander. Tous ceux qui se tenaient à proximité devaient eux aussi pouvoir profiter du spectacle.

— Je ne sais pas ce qui t'est arrivé aujourd'hui, mais ça faisait mal à voir. Pathétique ! Tu étais presque dernière en natation. Si tu avais fait mieux, tu aurais commencé la course en dixième place. Et j'ai calculé, avec ton temps de course, tu serais arrivée troisième si tu n'avais pas tout gâché dans la piscine !

— Sérieusement, Ember, tu déçois *tout le monde*, ajouta son père en secouant la tête.

Doc en avait assez entendu.

Il s'avança jusque derrière Ember et passa les bras autour de sa taille, l'attirant vers lui en prenant garde à ne pas toucher son bras gauche, qui devait être sacrément douloureux.

— Tu as été incroyable, lui dit-il après avoir embrassé sa tempe.

— Excusez-moi ! Vous n'avez aucun droit de toucher ma fille ! fulmina sa mère.

Ember se tourna dans ses bras, et il vit la douleur dans ses yeux. Elle lui sourit quand même ; Doc savait que c'était un sourire factice, mais il n'était pas surpris qu'elle cache ses sentiments. Il y avait encore trop de gens autour.

— Hey. Merci.

— Prête à partir ?

— Elle ne retournera pas dans cette résidence, interjeta son père. Elle revient avec nous à l'hôtel, qu'on trouve une solution pour rattraper ce fiasco. Il faut qu'on réfléchisse à quoi dire sur Insta pour tourner tout ça en notre faveur.

— Désolée, Papa. Je pars avec Craig, dit Ember.

— C'est hors de question, insista sa mère.

— Si, Maman. Je t'aime, et j'apprécie tout ce que vous avez fait pour moi, mais ce soir, j'ai besoin de me détendre. Je suis désolée de vous avoir déçus. Je passerai à l'hôtel demain, et on pourra en discuter.

— Ce n'est pas suffisant, jeune fille ! En plus, je ne vois pas pourquoi tu aurais besoin de décompresser. Il faut qu'on trouve ce qui s'est mal passé pour éviter que ça se reproduise pendant les prochains Jeux olympiques. On a beaucoup de travail devant nous.

— *Nous* ? Je ne t'ai pas vu courir, ce soir, fit Ember.

Ses parents la fixèrent un moment, bouche bée, avant que sa mère ne plisse les yeux.

— C'est faux. Nous avons sacrifié nos *vies* pour toi. Pour ce moment. Et tu as tout gâché !

— Je ne vous avais rien demandé, dit Ember avec calme.

En dépit de son ton, Doc sentit qu'elle tremblait dans ses bras, et il resserra son étreinte en signe de soutien.

— Je le répète, je suis désolée de vous avoir déçus. Vous deux. Tous mes entraîneurs. Et tous ceux qui m'ont aidée à m'entraîner. Mais j'ai fait de mon mieux, et le fait que vous ne puissiez même pas vous réjouir que je sois là, que j'aie participé aux *Jeux olympiques*, en dit plus long sur vous que sur moi. Je passerai à l'hôtel, et on pourra parler quand on sera tous moins sur les nerfs.

— Alors comme ça, tu vas célébrer ton échec en couchant avec *lui* ? cracha sa mère. Mais il est blanc !

Doc se raidit.

— J'ai vingt-cinq ans, Maman. Je couche avec qui je veux. Mais au-delà de ça, je n'arrive pas à croire que tu parles de couleur de peau. Si je veux coucher avec un blanc, un noir, ou un alien violet à deux têtes, ça me regarde. Je suis une adulte, et il est grand temps que vous me traitiez comme telle.

— Quand tu te comporteras en adulte, on y réfléchira, l'interrompit son père.

— Ça suffit, dit Doc.

Il n'allait pas rester là à écouter les parents d'Ember l'insulter plus longtemps. Il était horrifié par la manière dont ils lui parlaient. Il savait que c'était surtout dû à leur déception, mais il devait éloigner Ember avant d'en arriver au point où leur relation serait ruinée à jamais.

Il se retourna, Ember toujours dans ses bras, et garda la main dans le bas de son dos en l'emmenant loin de ses parents, qui ne dirent pas un mot. Doc leur en fut reconnaissant.

— Les gens risquent de nous prendre en photo, lui dit Ember à voix basse.

Doc s'arrêta net avant de changer de direction. Au lieu de sortir par la porte principale, il se dirigea vers l'entrée qu'il avait empruntée, réservée aux athlètes et aux officiels. Il sortit son téléphone et appela Grover.

— Qu'est-ce qui se passe ? Tout va bien ? demanda Grover en guise de salut.

— Tu es loin ? Tu peux revenir nous chercher, Ember et moi ?

— Bien sûr. Dix minutes ?

— On t'attend à l'entrée des athlètes. Trop de monde à l'entrée principale.

— Reçu. Je prends une voiturette chic avec les vitres teintées.

— Merci, mec.

— À tout de suite.

Doc raccrocha. Le gouvernement coréen avait fourni des douzaines de voiturettes de golf pour les Jeux, et il était reconnaissant à Grover d'avoir pensé à en prendre une.

Il s'arrêta non loin de la sortie pour ne pas partir avant l'arrivée de Grover, au cas où des fans seraient à l'extérieur.

— Tu vas bien ? demanda-t-il à Ember. C'était plutôt intense.

— Je vais bien, lui dit-elle avec un nouveau sourire factice.

Elle n'allait pas bien, aucun doute là-dessus. Mais il n'allait pas la forcer à en parler.

— Pour info... Je pense bien que Grover voudrait te recruter. Peu importe ce qu'il te promet, ne le crois pas.

Son sourire s'adoucit, et il constata qu'il était un peu plus sincère.

— Plus sérieusement, tu étais incroyable, lui dit-il.

— C'est drôle. J'ai toujours eu du mal à rester concentrée sur ma cible. C'est pas facile de faire abstraction des bruits des autres participantes, surtout quand tu sais qu'elles ont touché toutes les cibles et qu'elles peuvent partir. Mais aujourd'hui, je les ai à peine entendues. Je savais que je n'aurais pas de médaille, ça m'a aidé. Et puis, je ne pouvais pas m'empêcher de penser à hier soir, quand c'était une question de vie et de mort, littéralement. Alors que ça ? Ce sont les JO, mais... c'est pas pareil. Avec cette comparaison, c'était bien plus facile de ne pas être tendue et de me contenter de faire ce pour quoi je me suis entraînée.

— Tu as manqué, quoi, trois tirs sur vingt ?

— Quelque chose comme ça, dit-elle avec modestie.

— J'adorerais t'emmener à un stand de tir. Tu pourrais servir d'appât, un peu. On pourrait convaincre quelqu'un de se mesurer à toi. Ils se diraient que tu es trop jolie pour savoir bien tirer, et puis BAM ! Tu toucherais toutes les cibles de l'autre côté du hangar sans le moindre souci et tu leur mettrais une énorme raclée, rêva Doc.

— Ce ne serait pas très sympa, dit Ember en riant.

— Je m'en fiche. Ça vaudrait le coup, rien que pour voir leurs expressions quand tu tirerais mieux qu'eux.

Doc était soulagé de voir que leurs plaisanteries l'avaient un peu calmée.

— J'adorerais aller tirer avec toi. Vous vous entraînez tous les jours, avec ton équipe ?

— On essaie. C'est important, qu'on reste en forme.

— J'adore courir. C'est une des choses que je préfère au monde. Mon esprit peut s'envoler et oublier le reste. Peut-être que c'est les endorphines, l'ivresse du coureur ou quoi, mais j'ai toujours adoré une bonne course.

— Tu es du matin ? lui demanda Doc.

— Carrément. En général, je me couche vers huit heures et demie ou neuf heures, ce qui est assez ridicule, j'en conviens. Mais c'est que je me lève vers quatre heures et demie pour aller m'entraîner. Je commence toujours par nager, expliqua Ember.

— Un autre point commun, lui dit Doc en souriant. Je n'ai pas besoin d'autant de sommeil que toi, mais j'aime aussi me lever et commencer ma journée tôt. J'adorerais aller courir avec toi. Ou nager, d'ailleurs. On forme une bonne paire.

Ember le regarda, et il soutint son regard. Il avait tant de choses à dire, mais ce n'était ni le lieu ni le moment. Il leva lentement la main pour la poser sur sa joue.

— Tu as été impressionnante, dit-il avec douceur.

Les larmes lui montèrent immédiatement aux yeux, mais Ember secoua la tête, refusant de les laisser couler.

— Pas maintenant. S'il te plaît.

— D'accord, Em, tout va bien, je comprends, dit-il en hochant la tête.

Et il comprenait vraiment. Elle gardait son sang-froid de justesse, et la dernière chose qu'elle souhaitait était de le perdre en public. Par chance, il vit Grover arriver en voiturette au niveau de l'entrée. Il remit sa main dans le bas du dos d'Ember et la guida vers la porte.

— Bravo pour votre épreuve, lança un des vigiles à Ember.

— Merci, répondit-elle.

— J'espère qu'on vous reverra dans quatre ans. Vous allez tous les écraser, je le sais !

Ember sourit et lui fit un signe, laissant Doc la conduire jusqu'à leur véhicule. Il releva la vitre teintée pour qu'elle se faufile à l'arrière. Il la suivit, et dès qu'il fut assis, Grover appuya sur la pédale.

Ils retournèrent vers le Village en silence. L'entrée principale était fermée, ils se dirigèrent donc vers une des autres. Dix minutes plus tard, ils s'étaient arrêtés devant le dortoir et Doc descendit de la voiturette, Ember sur ses talons.

Sans y penser, il prit sa main dans la sienne.

— Patrouille dans trois heures, lui rappela Grover.

Doc hocha la tête. Il avait échangé ses heures de service avec un autre membre des forces spéciales pour pouvoir assister à l'épreuve de course et de tir. Ce n'était pas un service entier, puisqu'il avait déjà travaillé quelques heures ce matin, mais il n'aurait raté son épreuve finale pour rien au monde. Grover avait proposé de l'accompagner. Ses amis étaient les meilleurs.

— Tu as faim ? demanda Doc tandis qu'ils entraient.

Elle secoua la tête.

Doc n'était pas certain d'y croire, mais il ne dit rien. Ember vibrait presque de tension. Elle salua les athlètes qu'ils croisèrent et remercia ceux qui la félicitaient, mais ne dit pas grand-chose d'autre.

Sans qu'ils en aient parlé, Doc la mena vers sa propre chambre et déverrouilla la porte. Elle se tint au milieu de la pièce, immobile, et Doc ne put s'empêcher d'aller vers elle comme si sa vie en dépendait. Il la fit se retourner et aperçut les larmes qu'elle avait désespérément retenues, qui coulaient enfin.

Un sanglot la secoua, et son cœur se brisa. Il l'attira contre lui et sentit ses jambes se détacher sous son corps. Il les guida tous les deux lentement jusqu'au carrelage et la serra dans ses bras tandis qu'elle pleurait comme si sa meilleure amie venait de mourir. Doc ne lui dit pas de se calmer, ne lui promit pas que tout irait bien. Il se contenta de la laisser exprimer son chagrin.

Elle avait travaillé si dur, pendant si longtemps, dans l'attente de ce jour, et rien ne s'était passé comme elle l'espérait. Il haïssait que sa mère ait mentionné le fait qu'elle aurait eu une médaille si elle avait fait mieux en natation. Ça ne faisait que remuer le couteau dans la plaie. C'était insensible et blessant, et Doc était furieux qu'Ember ait dû entendre ça.

Elle avait certainement conscience de la place qu'elle aurait pu obtenir si son épaule n'avait pas été déboîtée, ce qui devait rendre sa position finale encore plus difficile.

— Je suis désolé. Je suis si désolé, Em, murmura Doc, la berçant pendant qu'elle trempait sa chemise de larmes. Si je pouvais revenir en arrière et changer les événements d'hier, je le ferais. Je n'aurais pas dû être aussi brutal. C'est de ma faute. Putain, je suis si désolé...

— N... Non... dit-elle en secouant la tête contre son torse.

— Si, insista-t-il, l'interrompant. Je suis aussi tellement fier de toi que les mots ne suffisent pas. Est-ce que tu sais à combien de gens j'aurais fait confiance pour assurer mes arrières comme tu l'as fait hier ? Six. Trigger, Lefty, Brain, Lucky, Grover et Oz... que tu ne connais pas encore. C'est tout. N'importe qui d'autre, et j'aurais eu peur qu'ils tirent sur *moi*, et pas sur le méchant. Ou qu'ils se cassent et laissent mon dos vulnérable. Et jusqu'à hier, je n'avais jamais, *jamais* prêté mon arme de secours à un civil. Je n'ai même pas réfléchi avant de te la passer. J'ai foutu en l'air ton rêve olympique, et je m'en voudrais toute ma vie, mais je n'ai jamais été aussi impressionné qu'avec toi hier soir.

Ember sembla pleurer encore plus fort à ces mots, et Doc décida donc de la fermer et de se contenter de la tenir dans ses bras. De lui donner le soutien qu'elle aurait dû recevoir de ses parents.

Cela prit un certain temps, mais ses sanglots finirent par laisser place à des reniflements plus espacés.

— J'ai des fourmis dans les fesses, marmonna-t-elle enfin.

Doc sourit et se redressa, commençant par se mettre à genoux avant de se redresser complètement, Ember dans ses bras. Elle ne paniqua pas, n'eut pas l'air de craindre qu'il la lâche, et entoura simplement son cou de ses bras tandis qu'il l'apportait jusqu'à son lit. Il s'assit, laissant ses jambes retomber sur le côté, et leva la main jusqu'à son visage. Il essuya les larmes d'une de ses joues, puis de l'autre.

— Tu te sens mieux ?

— Un peu, dit-elle avec un haussement d'épaules.

— Bien. Tu veux en parler ?

Ember soupira.

— L'escrime s'est bien passée. J'étais un peu en déséquilibre, mais je m'en suis sortie. En équitation, j'ai eu de la chance, je suis tombée sur un super cheval, et j'ai compensé mon épaule avec mon bras droit, mais comme j'étais assise un peu de travers, le cheval avait du mal à suivre. Mes parents et mon coach de natation, Lonnie, se sont rendu compte que quelque chose n'allait pas, mais je ne leur ai pas raconté ce qui s'était passé. Ils ont parlé de l'attaque, ce matin, et je ne leur ai pas dit que j'y étais.

— Pourquoi pas ? demanda Doc.

— Parce que tu fais partie de la Delta Force, et que j'en sais suffisamment pour savoir que ce que tu fais est top secret, dit-elle en croisant son regard.

Doc ferma les yeux et tenta de contrôler ses émotions.

Cette femme était parfaite... et il n'avait aucune idée de comment ça pourrait marcher entre eux. Leur situation était impossible.

Apparemment, elle ne se rendait pas compte de l'effet qu'elle lui faisait, parce qu'elle continua à parler.

— Je savais que j'allais galérer en natation. Dans les autres sports, je pouvais m'en sortir sans trop utiliser mon épaule, mais en nage libre, on a besoin des deux bras. Ça m'a fait mal. Vraiment mal. Mais je n'ai pas lâché. Par contre, mon temps en a bien souffert.

— Honnêtement, tu es impressionnante.

— À l'instant, j'ai surtout l'impression d'être un échec. Je suis sûre que mes abonnés sont en train de péter un câble devant ma performance ratée.

— Qu'ils aillent se faire foutre ! s'exclama Doc.

Ember eut l'air surprise un instant, puis ses lèvres se relevèrent.

— Enfin, je veux dire, c'est facile de juger quand on est derrière son clavier, mais ce n'est pas eux qui ont passé une décennie entière à s'entraîner. Ce n'est pas eux qui devaient nager avec une épaule fraîchement déboîtée. Ce n'est pas eux qui faisaient face à un terroriste au volant d'une camionnette potentiellement remplie d'explosifs, sans autre arme qu'un pistolet.

— Je sais bien.

— Vraiment ? Sérieusement, Em, tu es tellement plus qu'un profil sur les réseaux. Les cons seront toujours cons. Même si tu avais remporté la médaille d'or, ils auraient sûrement dit que tu avais triché. Ou qu'on t'avait traité différemment à cause de ta couleur de peau, ou que tu avais payé quelqu'un pour gagner. Toi, tu sais ce que tu as accompli. Moi aussi. Et je n'ai pas les mots pour exprimer à quel point je suis fier de toi.

— Tu as raison.

— Bien sûr que j'ai raison, plaisanta Doc.

Elle sourit, et cette fois, son sourire était sincère. Il se détendit un peu.

— À vrai dire, ça rend plus facile la décision sur ce que je vais faire de ma vie. Si j'avais eu une médaille, tout le monde aurait voulu que je continue. Mais maintenant, avec un peu de chance, je peux prendre ma retraite et disparaître à l'horizon.

Doc éclata de rire.

Ember frappa légèrement son bras.

— Qu'est-ce qui te fait rire ?

— Toi ! À penser que les gens vont t'oublier. Em, tu es si belle, ton aspect et ton âme, que tu attires les gens à toi. Comment tu as obtenu tous ces abonnés, à ton avis ?

— Parce que mes parents les ont payés ? proposa-t-elle d'un air pince-sans-rire.

— Non. Parce que tu es une lueur d'espoir pour tant de gens. Même si tu ne publies pas tes propres photos. Et même si tu poses sur la plupart... tes abonnés te voient quand même comme quelqu'un de spécial. Quelqu'un dont ils aimeraient être proches, avec qui ils voudraient être amis. Je ne doute pas que, quoi que tu décides de faire de ta vie, tu y excelles.

Ses yeux se remplirent à nouveau de larmes.

— Merde, pardon, je ne voulais pas te rendre triste, s'excusa Doc.

— Je ne suis pas triste. Je suis... heureuse. Ou reconnaissante. Peu importe.

— Alors, c'est quoi ton plan ? voulut-il savoir.

— Demain, j'irai parler à mes parents, leur dire que j'ai besoin d'une pause. De tout ça. Du pentathlon, des réseaux. Tout.

— Et tu penses qu'ils vont réagir comment ?

— Ils vont péter un câble. Mais je m'en fiche, dit Ember avec honnêteté.

— Si les choses deviennent trop intenses… tu peux toujours venir au Texas, dit Doc.

Il comptait avoir l'air nonchalant, mais il savait que c'était raté.

— Vraiment ? dit Ember, le fixant du regard.

— Vraiment, lui assura-t-il. Je t'emmènerais au stand de tir, et tu pourras mettre la pâtée à l'équipe. Tu ferais la connaissance d'Oz et de son bébé, qui ne devrait plus tarder à naître. Et des femmes des gars, bien sûr. Je sais que tu les adorerais, et elles aussi. On pourrait aller courir… même s'il fait plus chaud au Texas que ce dont tu as l'habitude, et qu'il y a moins de jolies plages. Les couchers de soleil sont super, par contre.

Doc savait qu'il bafouillait, mais il ne voulait pas s'arrêter de parler pour qu'elle le rejette en douceur en lui disant qu'il était hors de question qu'elle quitte Beverly Hills.

— J'adorerais, dit-elle doucement.

Elle n'avait pas dit qu'elle viendrait, mais elle ne l'avait pas traité de taré non plus.

Doc aurait été bien incapable d'empêcher sa tête de se pencher pour l'embrasser. Il avait besoin de ses lèvres plus que tout, à ce moment-là. Il n'avait pas oublié leur premier baiser ni sa perfection.

Elle le rencontra à mi-chemin, levant le menton et agrippant sa nuque. Fermant les yeux, Doc poussa un soupir de soulagement lorsque leurs lèvres se touchèrent. Il n'était pas pressé, et il voulait montrer à Em à quel point il tenait à elle.

Ils passèrent quelques minutes sur son lit, à s'embrasser. Doc faisait bien attention à ne pas laisser ses mains se balader, malgré son envie de la plaquer sur le matelas pour lui faire l'amour.

Elle était faite pour lui. Il aimait tout d'elle. Ses muscles, sa façon de se laisser aller lorsqu'il l'embrassait, de le laissait avoir le contrôle au début, avant d'insister pour prendre les choses en main. Il se sentait à l'aise avec Ember comme il ne l'avait jamais été avec aucune autre femme.

L'une de ses mains soutenait sa tête, l'autre agrippait sa cuisse, juste au-dessus du genou. Sa queue s'était durcie dès le moment où leurs lèvres s'étaient jointes, il n'avait pu s'en empêcher, mais elle n'avait pas l'air offensée par son excitation évidente.

Lorsqu'ils se séparèrent, tous deux respiraient fort.

Les pupilles d'Ember étaient dilatées, sans plus aucune trace de larme. Ses yeux étaient encore un peu rouges d'avoir trop pleuré, mais il n'émanait plus d'elle que du désir.

Doc s'apprêtait à suggérer qu'ils aillent explorer la douche ensemble lorsque l'estomac d'Ember gargouilla. Bruyamment.

— Oh, mon Dieu. C'est si gênant, gémit-elle en laissant tomber sa tête sur l'épaule de Doc.

— Tu as brûlé beaucoup de calories, aujourd'hui, dit Doc en souriant, profitant de la sensation de la tenir dans ses bras. Et si tu prenais une douche pendant que je descends à la cafétéria voir ce que je peux te trouver ?

— Ici ?

— Quoi, ici ?

— Je peux me doucher dans ta chambre ?

— Putain, oui. Tu peux faire absolument ce que tu veux dans ma chambre.

Elle sourit, puis redevint sérieuse.

— Craig ?

Il adorait la manière dont son prénom sonnait quand elle le disait. Jusqu'alors, il n'avait jamais vraiment compris pourquoi ses amis préféraient que leurs femmes les appellent par leurs vrais noms, mais il comprenait désormais. C'était spécial, rien qu'à eux.

— Oui ?

— Je ne sais pas ce qui m'attend à l'avenir, mais je ne

veux pas te laisser.

— Alors ne me laisse pas, dit-il simplement. Mais il faut que tu saches que je ne peux pas déménager en Californie. J'ai une obligation envers mon équipe, l'armée et mon pays. Je ne peux pas les lâcher.

— Je comprends tout à fait, et je respecte ça.

Elle n'en dit pas plus, et Doc n'avait pas la force sur le coup de demander ce que ça signifiait pour leur relation.

— Lève-toi, et je pars te chercher à manger.

Ember ne bougea pas, le regardant seulement dans les yeux. Elle dut enfin prendre une décision, car elle acquiesça avant de se laisser lentement glisser de ses genoux. Elle jeta un œil vers le bas et sourit.

— Tu vas pouvoir sortir comme ça ?

Doc se leva et fit une grimace.

— Ça va se calmer... j'espère.

Ember fit un pas vers lui et le prit dans ses bras.

— Tu m'aides pas, là, lui dit-il avec honnêteté.

Lorsqu'Ember se dégagea, Doc vit qu'elle était entièrement détendue, pour la première fois depuis la fin de la compétition.

— Je sais que je l'ai déjà dit, mais je vais le répéter, parce que je pense que c'est encore plus important maintenant. Je ne regrette pas ce qui est arrivé hier soir. Je ne peux pas nier que j'ai été déçue de ne pas obtenir un meilleur score aujourd'hui, mais d'être à tes côtés, à protéger les autres, c'était tellement plus important pour moi qu'une stupide médaille.

— Personne ne saura ce que tu as fait, dit Doc, solennel.

— Honnêtement, ça me va. J'étais triste, déçue, et contrariée. J'ai pleuré. Mais ça va mieux. On a sauvé des vies.

— C'est vrai, approuva Doc.

— C'est bien plus important, à l'échelle du monde. Je me suis toujours plainte d'être connue sans avoir jamais rien fait. Il y a tellement de gens sur Terre qui font des choses incroyables. Et tout ce que j'ai, c'est cet argent que j'ai gagné sans rien faire de plus que me faire prendre en photo avec un certain produit ou parler d'une entreprise ou d'une autre. Alors qu'hier ? J'ai fait quelque chose. *On* a fait quelque chose. De bien. Ça fait un bien fou.

Doc ne put résister. Il l'embrassa à nouveau. La serra contre lui tandis qu'il dévorait sa bouche un moment. Lorsqu'il recula, il embrassa son nez, puis son front.

— C'est vrai, que ça fait un bien fou. *Tu* fais un bien fou. Maintenant, va te doucher avant que ton estomac n'essaie de te bouffer de l'intérieur. Je reviens dans environ vingt minutes. Ça te laisse assez de temps ?

— Largement, dit Ember.

Doc hocha la tête avant de la lâcher à regret. Il se retourna et se dirigea vers la porte, en sachant que s'il ne partait pas maintenant, il ne la laisserait plus jamais.

Deux heures et demie plus tard, Ember se tenait dans l'encadrement de la porte de sa chambre, Craig devant elle. Elle s'était douchée, il lui avait apporté bien trop de nourriture de la cafétéria, et ils avaient discuté et ri jusqu'à ce qu'il doive se préparer à partir patrouiller.

Ember était un zombie. Il lui avait donné plus d'antidouleurs, et avec tout ce qui s'était passé, elle était prête à s'écrouler. Il l'avait raccompagnée jusqu'à sa chambre et posé son sac à l'intérieur. Maintenant, ils devaient se dire au revoir. Ils ne se connaissaient que depuis quelques jours, mais on aurait dit une vie. Tant de choses s'étaient passées ; leur amitié s'en était retrouvée plus forte... leur amour aussi.

— Sois prudent, dit-elle.

— Bien sûr. Ça ira, même sans les étoiles ? s'inquiéta-t-il.

— Oui, je risque de m'endormir avant même d'atteindre l'oreiller, sourit Ember.

— OK. Et, juste pour info, on a une vue incroyable sur les étoiles, au Texas. Moins de pollution lumineuse, tout ça.

Le sourire d'Ember s'agrandit. Il était adorable. Elle n'avait pas encore entièrement décidé ce qu'elle allait faire de sa vie, mais elle ne pouvait nier qu'elle était emballée. Elle avait quelques idées en tête, qu'elle était prête à mettre en pratique. Elle espérait pouvoir inclure Craig dans ses projets, mais elle ne voulait pas encore lui faire de promesses ou lui parler de plans concrets. Pour ça, elle devait d'abord parler à ses parents et remettre un peu d'ordre dans sa vie.

— Je garde ça en tête, lui dit-elle en souriant.

— Je compte sur toi. Tu as mon adresse, mon numéro, et mon mail, lui rappela-t-il. N'hésite pas à t'en servir.

— OK. N'hésite pas à me contacter non plus.

— Oh, pour ça, ne t'inquiète pas.

Aucune hésitation dans sa réponse ; Ember adorait ça.

— Tu me diras comment ça s'est passé avec tes parents ? reprit-il.

— Bien sûr.

— Ne les laisse pas te rabaisser. Tu as été super.

— J'essaierai.

— Rappelle-toi que je suis fier de toi. Et que Trigger a dit que t'avais tout déchiré. Et que les autres gars sont tout aussi impressionnés. Tu es incroyable, Em. Ne l'oublie pas.

Ember ne pouvait lui résister. Quelque chose en lui l'attirait irrémédiablement. Elle se dressa sur la pointe des pieds pour l'embrasser. Avec force. Les larmes menaçaient, mais elle les retint.

— Ce n'est pas un adieu, dit-elle d'un ton décidé.

— Bien sûr que non. Je parlerai à mon commandant, pour voir si je peux avoir quelques jours de permission pour venir te voir en Californie.

— Vraiment ?

— Oui, vraiment. Je ne sais pas comment on va s'en sortir, mais je ferai de mon mieux.

Ember n'avait pas besoin de plus. Soudain, tous ses projets semblaient plus nets.

— D'accord, dit-elle simplement.

— D'accord, répéta Craig, dévorant son visage du regard comme s'il voulait l'imprimer dans sa mémoire.

— Oh ! Je n'ai même pas de photo de toi. Tu prendrais un selfie avec moi ? Je promets de ne pas le poster, c'est juste pour moi.

— Bien sûr, répondit Craig.

Il la retourna pour qu'ils soient côte à côte, et Ember fouilla sa poche pour en sortir son portable. D'un glissement de doigt, elle ouvrit l'appareil photo et leva le téléphone. Pour la première fois depuis longtemps, elle n'avait pas à s'inquiéter de l'état de son maquillage ou de l'angle de la lumière. Elle voulait seulement une photo d'elle et Craig.

Elle appuya sur le bouton pour prendre la photo et rit en voyant la brève image qui s'affichait.

— Tu ne regardes même pas au bon endroit ! s'exclama-t-elle.

— Pardon, recommence, demanda Craig.

Elle recommença, et fut satisfaite de les avoir cette fois-ci capturés alors qu'ils regardaient tous les deux l'objectif.

— On se parle bientôt, dit Craig.

Le moment était venu. Il devait partir.

— Oui.

Craig laissa retomber ses bras et recula d'un pas dans le couloir.

— Tu vas me manquer, dit-il doucement.

— Tu vas me manquer aussi, dit Ember, son cœur se serrant dans sa poitrine.

— Sois forte, Em. Tu es une femme incroyable.

— J'essaierai.

— C'est pas un adieu, répéta Craig.

— À plus tard, dit Ember.

— À plus tard, fit Craig en écho.

Il se retourna et s'éloigna dans le couloir.

Incapable de le regarder partir, Ember entra dans sa chambre et ferma la porte. Elle baissa les yeux vers son portable et fit défiler les photos qu'elle venait de prendre.

La dernière était mignonne. Ils souriaient tous les deux d'un air niais, et même si ses cheveux étaient carrément ébouriffés et que le front de Craig luisait sous les lumières du plafond, elle l'adorait.

Elle fit glisser son doigt pour voir la première photo, celle où Craig ne regardait pas l'objectif, et se figea.

Craig la regardait avec une expression d'intimité si intense qu'elle sut qu'elle chérirait cette photo toute sa vie. Elle souriait à l'appareil, et ses yeux à lui étaient fixés sur *elle*. Il avait un petit sourire et tant d'admiration dans son regard qu'il en coulait presque de l'écran.

Seigneur. Est-ce qu'on l'avait déjà regardé comme ça ? Si c'était le cas, elle ne s'en souvenait pas.

Elle voulait cet homme. Fin de l'histoire. Point final. Elle ne comprenait pas pourquoi il était encore célibataire. Peut-être que c'était un porc. Ou qu'il avait des problèmes d'alcool. Ou qu'il se comportait en gros connard une fois qu'il avait appris à connaître une femme. Mais elle n'y croyait pas.

Ils s'étaient retrouvés au bon endroit, au bon moment, pour se rencontrer, sauver des vies, et se toucher.

Ember était prête à changer sa vie, et le Texas apparaissait de plus en plus comme l'endroit parfait pour mettre ses plans à exécution.

D'abord, elle devait régler les problèmes de sa vie en Californie. Ce ne serait pas facile, mais elle était déterminée à cesser d'être Ember Maxwell, star des réseaux, et de commencer à être simplement... Em.

⁎⁎

Alex fronça les sourcils en regardant son téléphone. Ember Maxwell avait craqué !

Impensable.

Elle était censée être une athlète incroyable, et pourtant, à la première trace de pression, elle s'était écroulée. Une honte pour le sport, et pour tous les entraîneurs et athlètes qui s'étaient entraînés avec elle et l'avaient soutenue toutes ces années.

Plus que ça, son échec signalait la fin du rêve d'Alex.

La performance d'Ember était une vraie gifle après tous les encouragements qu'Alex lui avait envoyés !

Alex était toujours là pour défendre Ember quand les gens l'insultaient sur internet. Recevait à son tour leurs insultes et leurs menaces par message pour avoir posté des commentaires encourageants à l'intention de la superbe athlète, avait dépensé des centaines de dollars en cadeaux pour cette femme qu'Alex admirait, qui l'inspirait.

Alex voulait être comme elle... elle qui était célèbre, adulée, populaire... et qui avait fait preuve d'un soutien inconditionnel toutes ces années.

Tout ça pour *quoi* ? Pour qu'elle *craque* ? C'était ignoble ! Méprisable !

Sa rage explosa à la pensée de toutes les années de messages de soutien gâchées sur cette salope. *Quinzième place* ? L'autre femme de l'équipe américaine n'arrivait pas à la cheville d'Ember, et elle était arrivée onzième !

En une seconde, des années d'admiration se changèrent en haine.

Ember ne méritait *aucun* soutien. Ne méritait aucun compliment. Ne méritait surtout pas qu'Alex la défende.

En y réfléchissant... Ember n'avait *jamais* répondu à ses messages ou à ses commentaires. Pas une fois.

Elle n'était qu'une putain de *salope*, et elle allait regretter d'avoir rejeté l'amitié d'Alex !

Si Ember pensait jusqu'ici que les gens étaient méchants, elle n'avait encore rien vu. Son échec lors des JO était une énorme démonstration de manque de respect et de trahison... et Alex ne la laisserait pas s'en sortir comme ça. *Pas. Moyen.*

Ember ferait face à sa colère et elle regretterait de ne pas avoir fait mieux. De ne pas avoir *gagné*.

La deuxième place, c'était pour les perdants... et la quinzième ?

C'était un arrêt de mort.

CHAPITRE HUIT

Doc contemplait son jardin à travers la vitre et remarquait à peine les lapins qui y gambadaient. Il avait acheté la maison lors de son arrivée à Killeen. Elle était dans un quartier ancien à la population variée, et il l'adorait. La maison avait encore besoin de beaucoup de retouches. Qu'il effectuait lui-même. Ça lui permettait d'occuper son esprit quand il n'était pas en mission, et de tenir ses démons à l'écart.

Globalement, Doc n'était pas hanté par des cauchemars, ou par un stress post-traumatique dû à ses anciennes missions. Mais au cours de la semaine qui venait de s'écouler, il avait été incapable de sortir leur séjour en Corée de son esprit.

Il détestait le fait d'avoir blessé Ember. Au-delà de ça, s'ils étaient arrivés deux minutes plus tôt ou plus tard, l'attaque de la JRA aurait pu avoir de telles conséquences. Ember aurait pu être tuée.

C'était cette vision d'elle à l'agonie, se vidant de son sang au milieu de la rue, qui le hantait.

Il lui avait parlé chaque jour depuis son retour. Ce n'était pas la même chose que de l'avoir en face. D'abord, il avait l'impression qu'elle ne lui disait pas tout ce qui se passait de son côté. D'un point de vue rationnel, il comprenait pourquoi. Ils ne se connaissaient que depuis quelques jours, après tout, même s'ils s'étaient beaucoup rapprochés durant cette courte période.

Mais même en appel vidéo, il ne pouvait pas lire ses expressions aussi aisément qu'en personne. Elle disait que tout se passait bien, mais il entendait... quelque chose qui sonnait faux dans le ton de sa voix. Il aurait aimé être avec elle, à la soutenir et l'encourager.

Elle lui avait raconté qu'elle avait changé les mots de passe de tous ses comptes, et que, comme elle s'en doutait, ni ses parents ni ses managers n'en étaient très heureux. Elle avait laissé entendre que d'autres changements se préparaient, et Doc, bien que ravi qu'elle reprenne le contrôle sur sa vie, n'en était pas moins inquiet pour elle.

Il voulait prendre le premier vol pour la Californie, mais il était très occupé ici. Riley avait accouché d'une petite fille parfaite, toute potelée, qu'ils avaient appelée Amalia. Logan et Bria étaient surexcités d'accueillir leur petite sœur, et Oz était incroyablement fier, en plus d'être soulagé que tout le monde se porte bien.

Le téléphone de Doc sonna alors qu'il était plongé dans ses pensées. Il le sortit de sa poche et sourit en voyant s'afficher le nom d'Ember.

— Hé, Em.

— Salut.

Doc sentit immédiatement que quelque chose n'allait pas. Il se détourna de la fenêtre et se dirigea vers le canapé. Il voulait être entièrement concentré sur Ember.

— Que se passe-t-il ?

— Pourquoi est-ce que tu penses toujours que quelque chose ne va pas quand je t'appelle ? Je peux pas juste appeler pour te dire bonjour ? demanda-t-elle en riant.

— Si, bien sûr, et je suis heureux de pouvoir parler

autant que possible. Mais je te connais. Je vois bien qu'il se passe quelque chose.

— Comment c'est possible qu'on se soit rencontrés il y a si peu de temps et que tu me connaisses mieux que les gens avec qui j'ai grandi ? soupira-t-elle.

Doc n'avait pas la réponse. Ou en tous cas, pas de réponse rationnelle.

— Dis-moi, Em.

— La journée a été… longue.

— Attends, tu es où, là ?

— À l'hôtel. J'avais besoin d'une pause, loin de mes parents… loin de tout.

— Qu'est-ce que je peux faire pour t'aider ? demanda Doc, de plus en plus inquiet.

— Ça. Parle-moi. Écoute-moi.

— Bien sûr. Tu devais avoir une bonne discussion avec tes parents aujourd'hui. J'en déduis que ça s'est mal passé ?

— À vrai dire, ça s'est passé comme je m'y attendais. Ils ne sont pas ravis que j'arrête les compétitions. Ils m'ont dit que je jetais aux orties une décennie entière de travail. Que ma place aux JO était le résultat de mon propre entêtement et de ma stupidité, et de ma décision de loger au Village plutôt qu'avec eux à l'hôtel. En gros, ils m'ont accusée d'être égoïste et de me comporter comme une gamine. Ils voulaient que je continue encore pour au moins quatre ans. Pour racheter mon « échec », comme ils disent. J'ai refusé. Ils m'ont crié dessus. Ma mère a pleuré. Mon père a sorti son expression déçue… Mais c'est vraiment quand je leur ai dit que c'en était fini d'Ember Maxwell, influenceuse star, qu'ils sont *vraiment* devenus fous.

— Tu échappes à leur contrôle, et ils n'aiment pas ça.

— C'est sûr, mais je pense qu'ils sont aussi inquiets. J'ai gagné beaucoup d'argent grâce à eux. De l'argent qu'ils ont mis dans des comptes à mon nom. Ils y ont accès, oui, mais l'argent est à moi, et ils le savent. Je pourrais clairement leur faire un sale coup, et je pense qu'ils ont peur de perdre ce revenu-là.

Doc hocha la tête. C'était une peur compréhensible.

— Tu leur as dit que tu ne les laisserais jamais sans le sou ?

Il fronça les sourcils quand Ember garda le silence.

— Em ?

— Oui, je suis là. Comment tu sais que je ne le ferai pas ?

— Quoi, partir avec tout l'argent ? Tu es trop gentille pour faire ça. OK, tes parents t'ont surmené, ils t'ont brusqué et obligé à faire des choses que tu ne voulais pas faire. Mais tu les aimes. Je le vois. Et tu as dit et répété que tu leur étais reconnaissante de cette pression, même sans être d'accord avec toutes les décisions qu'ils ont prises à ta place. Tu ne pourrais pas plus laisser tes parents sans un sou que passer à côté d'une personne qui souffre sans essayer de lui venir en aide.

— Tu vois ? Tu me connais mieux que mes propres parents ! Ils ont vraiment cru que je pourrais emporter tout mon argent et les laisser en plan. C'était *de la folie*. Je leur ai dit que je ne ferais jamais ça. Que je prendrai soin d'eux pour le restant de leurs jours, même si je fermais tous mes comptes pour disparaître à l'autre bout du monde, murmura Ember.

— C'est ce que tu comptes faire ? Fermer tes comptes ? ne put s'empêcher de demander Doc.

— Non. J'y ai seulement pensé. J'ai pensé au soulagement que ça m'apporterait, mais j'ai fini par décider que ce serait idiot. J'ai une plateforme immense, que mes parents ont créée à partir de rien. Vingt-cinq millions de gens ont accès à ce que je publie. Au lieu de mettre des photos de moi, je pourrais essayer de parler des injustices sociales. Je veux changer les choses, Craig, et je crois que je peux utiliser ma plateforme pour ça.

— Je le crois aussi. Tu es capable de faire tout ce que tu veux. Je le sais. Tu es une femme incroyable.

— Merci. J'ai aussi longtemps parlé avec Alexis, Harris, Betty et Samer, ceux qui étaient en charge de mes réseaux sociaux. Ils étaient tous assez choqués quand j'ai changé mes mots de passe, puisque ça les a empêchés d'accéder aux comptes. Surtout Alexis. Il a vraiment pété un câble, à me dire que je ne savais pas ce que je faisais et que j'allais ruiner ses années de travail.

— Qu'est-ce qui va leur arriver, à eux ?

— Je vais sûrement les payer plusieurs mois d'indemnités et voir si mes parents peuvent leur trouver un autre boulot.

— Comment ils ont pris cette partie-là ?

Ember soupira.

— Plutôt mal. J'imagine que c'était plutôt cool de travailler pour moi, globalement. Alexis est sorti en claquant la porte, Harris et Betty m'ont traité de quelques noms d'oiseaux à voix basse, mais sont partis plus calmement.

— Et Samer ? Il était aux JO, c'est ça ?

— Oui. Lui, il m'a souhaité bonne chance et m'a dit que si quelqu'un pouvait faire de bonnes choses avec un réseau social, c'était moi. Il a aussi dit que si j'avais des questions, je ne devais pas hésiter à le contacter, ce que j'apprécie.

— C'est plutôt prometteur. Est-ce que les autres risquent de poser problème ?

— J'espère que non, dit Ember avec emphase. Mais on verra bien. Bref, après avoir parlé à mes parents et à mes managers, je suis allée au gymnase voir mes entraîneurs et mes camarades d'entraînement, que je connais depuis des années. Je me suis excusée pour ma performance aux JO et...

— Conneries, interrompit Doc. Tu n'as pas à t'excuser d'avoir fait de ton mieux.

— Tu ne m'as pas laissé finir, rétorqua Ember en riant. Ils ont tous plus ou moins dit la même chose. Je leur ai dit que je m'étais déboîté l'épaule, sans trop rentrer dans les détails. Ils avaient l'air de me soutenir, mais j'ai l'impression qu'ils risquent de se plaindre de ma démission dans mon dos.

— Pourquoi ?

— Eh bien... ma présence attire l'attention sur le sport et sur ce centre. Et de l'argent, grâce aux sponsors. Mes parents payaient plutôt grassement mes entraîneurs pour qu'ils fassent de moi la meilleure, et maintenant que je pars, ils perdent cet argent. On en revient toujours au dollar tout-puissant, termina Ember en soupirant.

— Je suis désolé que ta journée se soit passée comme ça.

— Merci. Mais tu sais quoi ?

— Quoi ?

— Je me sens plutôt bien par rapport à tout ça.

— Tant mieux.

— C'est assez terrifiant de changer tous les aspects de ma vie des dix dernières années, mais c'est une perspective excitante en même temps.

— Je suis heureux de l'entendre. Je n'ai aucun doute que tu déchires tout, quoi que tu décides de faire.

— Merci, dit-elle en riant. Et toi... comment ça se passe, de ton côté ?

Doc soupira à son tour.

— Je t'ai parlé de la femme qu'a rencontrée Grover en Afghanistan, hein ?

— Oui. Sierra.

— C'est ça. Grover nous a apporté la lettre qu'elle lui a envoyée. Ce n'est pas bon signe, Em.

— Pourquoi ? Qu'est-ce qu'elle disait ?

— Le timbre est daté d'il y a un an. Elle explique à Grover à quel point elle a hâte d'apprendre à le connaître, que si ça lui va, elle préférerait échanger par lettre plutôt que par mail. Elle aimait l'aspect un peu à l'ancienne. Elle savait que leur correspondance serait plus erratique, mais elle espérait que ça rendrait leurs conversations plus importantes.

— Elle n'a pas tort. Je pense que l'art de la correspondance s'est perdu, petit à petit. Un truc que j'adore, c'est lire les lettres envoyées pendant la guerre. Elles sont si poignantes et touchantes, et pas aussi... superficielles ? Je ne sais pas si c'est vraiment le mot que je cherche.

— Je vois ce que tu veux dire, et je suis d'accord.

— Et donc... quoi ? Grover se sent mal de ne pas lui avoir écrit en pensant qu'elle n'était pas intéressée ?

Doc n'avait pas vraiment évoqué ce sujet avec Ember. Pour Grover, c'était une question personnelle, en plus d'être liée à une affaire top secrète de l'armée. Mais il lui faisait suffisamment confiance pour lui en dire autant qu'il était autorisé à le faire.

— Dans un sens... Mais on s'est aussi rendu compte que personne ne l'avait vue depuis des mois. Et maintenant, ça fait presque un an. Elle a disparu sans laisser de trace juste après avoir envoyé la lettre.

— Sérieusement ? s'exclama Ember.

— Oui. Et tu as raison, Grover n'est clairement pas content de s'être juste dit qu'elle n'était pas intéressée ; maintenant qu'on dirait que ce n'est pas le cas, et si Grover avait su plus tôt ce qu'il sait maintenant, il aurait insisté pour qu'on se penche sur sa disparition. Dans sa lettre, elle dit que les choses sont « tendues » dans sa base, sans expliquer ce qu'elle veut dire par là.

— Donc, où est-elle ? Que lui est-il arrivé ?

— Personne ne sait. Mais ce n'est pas la première fois qu'un contractuel disparaît dans la zone où elle travaillait depuis sa rencontre avec Grover.

— Merde alors. Elle a été kidnappée ?

— Peut-être. C'est possible.

— Mais ça fait *un an* ! C'est horrible !

Doc ne mentionna pas le fait qu'il était peu probable qu'elle soit toujours en vie. Shahzada n'était pas réputé pour sa clémence. Si elle avait réellement été kidnappée, et c'était bien l'explication la plus logique à sa disparition, elle avait certainement été torturée puis tuée.

— Grover est fou d'inquiétude, dit-il.

— Oui, j'imagine bien. Peut-être que... J'ai des abonnés partout dans le monde, Craig. Tu penses que ça aiderait si je postais quelque chose ? Sa photo, peut-être, en demandant si quelqu'un a des informations, et s'ils peuvent contacter les autorités ?

Doc adorait son grand cœur.

— Je ne sais pas si les gens qui te suivent sur les réseaux viennent de la région où elle a disparu, dit-il avec douceur.

— Tu n'en sais rien. Craig, elle était dans une base américaine. Je parie que les soldats y avaient des comptes sur les réseaux. Peut-être qu'ils sont rentrés entre-temps, mais s'ils ont vu ou entendu quelque chose, ils pourraient s'en souvenir en voyant ma publication. Peut-être qu'elle a été déplacée, ou emportée de l'autre côté de la frontière, ou vendue au trafic de prostituées. Peut-être que quelqu'un s'est vanté d'avoir capturé une Américaine. Tu l'as dit toi-même, vous ne savez pas ce qui lui est arrivé, ni où elle est. Ça ne peut pas faire de mal.

— Tu as raison. C'est une très bonne idée, approuva finalement Doc.

— Je pourrais faire la même chose pour les autres personnes portées disparues. Dans les médias, on voit surtout les enfants et les femmes blanches, mais je pourrais attirer l'attention sur les autres adultes. Les gens de couleur. Les hommes en plus des femmes. Chaque fois, ça me fend le cœur... et je pourrais aider.

À nouveau, le cœur de Doc se serra de fierté. Ember

faisait partie des gens les plus sensibles qu'il ait jamais rencontrés.

— Je pense que c'est une super idée.

— Craig ?

— Oui ?

— Tu me manques.

— Tu me manques aussi, Em. Je t'ai envoyé quelque chose hier, ça ne devrait pas tarder à arriver.

— Ah oui ? Qu'est-ce que c'est ?

Doc eut un rire. Il avait appris qu'Em adorait et détestait les surprises à la fois. Il aurait volontiers laissé planer le mystère, mais il devait lui donner quelques explications.

— La troisième plus haute distinction personnelle qui peut être obtenue pour bravoure en opération est la Silver Star. On la décerne aux membres des Forces armées américaines pour bravoure en action contre l'ennemi. J'en ai reçu quelques-unes au cours de ma carrière, et mon commandant a dit qu'il me nommerait pour en recevoir une autre après Séoul. Je ne sais pas si sa demande sera approuvée ou non, et même si elle l'est, personne ne le saura à part moi et mon équipe. Mais je me suis dit que c'était injuste que je reçoive un tel honneur et toi non. Ce n'est pas une médaille olympique, bien sûr, mais... j'ai ressorti une de mes Silver Stars de la boîte sous mon lit, je l'ai nettoyée, et je te l'ai envoyée.

— Je... Je ne sais pas quoi dire, murmura Ember.

— Il n'y a rien à dire. Je sais ce qui s'est passé à ce moment-là, et sans toi à mes côtés, tout ne se serait peut-être pas aussi bien terminé. Tu as sauvé beaucoup de gens ce jour-là, Em, et je veux que tu saches à quel point je t'admire et te respecte.

— J'en prendrai soin.

— Je suis désolé qu'on ne puisse pas dire au monde entier que tu es une héroïne.

— Je n'en suis pas une, dit-elle avec un petit rire. Si j'avais pu, je serais partie en courant.

— C'est faux. Un héros fait ce qui doit être fait, même quand ses genoux tremblent et qu'il a la nausée.

— C'est ce qu'il t'arrive ?

— Tout le temps, admit Doc.

— Merci pour tout.

— De rien. Maintenant... tu as mangé ? Je sais que tu as deux heures d'avance, mais n'oublie pas de manger, même si tu es planquée dans ton hôtel.

— Promis. J'ai déjà regardé le menu du roomservice.

— Parfait.

— Tu sais ce que j'ai hâte de faire, aussi ?

— Quoi ?

— Faire la cuisine moi-même. C'est idiot, mais on a toujours eu un cuisinier, je ne saurais même pas me faire des pâtes. Je n'ai jamais eu ni l'occasion ni le temps d'apprendre.

— Alors, les pâtes, c'est un peu basique, mais je suis sûr que tu seras vite experte. Je serais heureux de t'enseigner ce que je sais, même si ce n'est franchement pas beaucoup.

— Marché conclu.

Doc se rendit compte de ce qu'il venait de dire avec un temps de retard. Comment pourrait-il lui enseigner quoi que ce soit avec les milliers de kilomètres qui les séparaient ?

— Je suis sûre que tu as plein de choses à faire, je vais te laisser, dit Ember.

Doc voulut protester, dire que rien n'était plus important qu'elle, qu'il était en train de fixer son jardin d'un air absent avant qu'elle n'appelle, mais il pressa les lèvres. Il ne voulait pas paraître désespéré, même s'il l'était.

— Fais attention à toi, dit-il à la place.

— Ça marche.

— Je suis fier de toi pour avoir tenu tête à tes parents sur ce que tu voulais faire de ta vie.

— Merci. Moi aussi. On se parle bientôt.

— À plus tard.

— À plus tard, oui.

Doc raccrocha. Ils avaient continué à ne jamais se faire d'adieu plus définitif que ça, même au téléphone.

Il regarda dans le vide pendant quelques minutes après avoir raccroché. Il aurait pu aller faire quelques travaux dans sa maison, mais à l'instant, il ne pouvait penser qu'à Ember et à quel point elle lui manquait. C'était super de lui parler, mais ce n'était pas pareil que lorsqu'il était avec elle en vrai.

Le pire, c'est qu'il ne voyait aucun moyen d'être avec elle à part si elle déménageait au Texas. Et il ne demanderait pas d'elle ce sacrifice. Toute sa vie était en Californie. Il ne doutait pas qu'elle se réconcilierait avec ses parents et ses amis. Ils seraient incapables de rester trop longtemps en colère contre elle, elle était tellement gentille.

Qu'est-ce que ça faisait d'eux, alors ? Ils devraient se contenter de discuter au téléphone, et d'une visite rapide de temps à autre, quand ils auraient le temps ? Ce n'était pas le genre de relation qu'il voulait. Il voulait ce qu'avaient ses amis. Quelqu'un qui soit là pour l'accueillir quand il rentrait de mission. Ce n'était pas juste, pour n'importe quelle femme ; les dangers qu'ils encourraient et la fréquence de leurs missions rendaient la vie commune difficile. Lui et son équipe avaient eu la chance de ne pas devoir changer de base trop souvent, mais c'était une énième difficulté pour les femmes et les enfants de militaires... changer de travail, d'école, de ville.

Doc se leva en soupirant. Il ne pouvait pas se permettre de se morfondre sur son canapé toute la soirée. Il avait besoin de s'occuper, à la fois son corps et son esprit. Il ignora volontairement le sentiment que sa maison était encore plus calme que dans son souvenir. Le rire d'Ember résonna dans sa tête, et il ne put s'empêcher de souhaiter que les choses aient été autrement.

*
**

 Ember raccrocha et se laissa retomber sur le lit. Elle avait pris une chambre d'hôtel pour échapper un peu à la désapprobation de ses parents. Mais il était grand temps qu'elle reprenne le contrôle de sa propre vie. L'attaque à Séoul l'avait changée. L'expérience avait été épouvantable, mais avait aussi marqué un tournant dans son existence. Elle avait lutté pour la justice, sans vaciller. Faire face à la camionnette qui dévalait la rue l'avait terrifiée, mais elle avait tenu tête au danger et persévéré.

Elle savait que c'était une de ses balles qui avait tué le conducteur, même sans la confession de Craig ou de son équipe. Elle avait regardé l'homme droit dans les yeux avant de tirer, et l'avait vu s'affaisser juste avant que Craig ne la pousse sur le côté.

Elle aurait dû ressentir des remords à l'idée d'avoir pris une vie… mais ce n'était pas le cas. Il aurait tué d'autres gens. En l'éliminant, elle les avait sauvés. Elle en était fière.

Elle voulait faire plus encore. Aider plus que ça, ne pas être juste une jolie fille sur Instagram. Et le premier pas dans cette direction, elle l'avait pris quand elle avait changé ses mots de passe.

Elle n'exagérait pas en décrivant à Craig les réactions de ses managers. Elle savait aussi qu'Alexis était directement allé se plaindre auprès de ses parents. Aucun ne comprenait ses actions. Ils voulaient tous que les choses restent comme elles l'avaient été ces dix dernières années. Ils pensaient qu'elle devrait continuer à s'entraîner et à poster des photos d'elle retouchées, couvertes de filtres, posant avec les produits qu'on la payait pour vendre.

Tout ça, c'était fini.

Elle voulait faire ce qu'elle venait d'expliquer à Craig, partager des photos qui pourraient aider les gens portés disparus, ou lever le voile sur les injustices. D'abord, elle devait faire une annonce publique sur ses intentions. Sur ses actions à venir.

Elle n'avait rien publié depuis une semaine ; les dernières images sur son profil remontaient aux Jeux olympiques.

Ember savait qu'elle avait déjà perdu des abonnés, mais ça ne l'ennuyait pas. Si les gens qui n'étaient là que pour l'insulter ou la voir échouer s'en allaient, tant mieux.

Elle fit défiler les clichés envoyés par le photographe que ses parents avaient engagé après les JO. La plupart étaient difficiles à regarder, la faisaient se souvenir de la douleur qu'elle ressentait alors. Mais dès la seconde où elle tomba sur la photo parfaite, elle sut que c'était celle qu'elle voulait poster avec son annonce.

Le cliché avait été pris quand elle était allée féliciter ses concurrentes. Le photographe avait capturé le moment où Ember avait serré dans ses bras Wang Wei, l'athlète chinoise qui avait obtenu la médaille de bronze. Elles avaient été rejointes par Chloe Esposito, une participante australienne, et Mariana Arceo, une Mexicaine. Elles n'étaient pas rivales à ce moment-là, mais seulement des femmes qui exprimaient leur soutien à d'autres femmes.

Elle cliqua sur l'image et la chargea sur son compte Instagram. Il lui avait fallu quelques recherches pour comprendre le fonctionnement du réseau, mais elle avait l'impression de bien s'en sortir. Prenant son temps, Ember publia enfin un long message sincère à l'attention de ses abonnés.

Je sais que beaucoup d'entre vous se sont sûrement demandé où j'avais pu disparaître cette semaine, et pour y faire quoi. Eh bien, je réfléchissais à ma vie et à mes accomplissements.

À tous ceux qui m'ont soutenue ces dernières années : merci. Je sais que ma performance aux Jeux olympiques était décevante ; elle l'était pour moi aussi. Mais j'ai appris beaucoup sur moi-même. J'ai appris qu'il n'y a pas que la victoire, dans la vie. Est-ce que j'aurais aimé franchir en premier la ligne d'arrivée, et porter la médaille d'or autour du cou ? Bien sûr. Mais arriver en quin-zième place aux Jeux olympiques, c'est loin d'être une honte. Ce que ne savent pas la plupart d'entre vous, c'est que je me suis déboîté l'épaule la veille du deuxième jour de compétition. Est-ce une excuse ? Non. Cela explique simplement mon score inhabituel en natation. Mais je n'ai pas abandonné pour autant. Je n'ai pas fait un caprice en disant que la vie était injuste et en exigeant une deuxième chance : j'ai fait de mon mieux. Et je suis fière du résultat.

J'aime beaucoup la photo qui accompagne ce message. Elle est magnifique. Quatre femmes de différents milieux, de différents pays. Quatre femmes qui parlent trois langues différentes, ensemble et solidaires. Quatre femmes qui se soutiennent et qui s'aiment. C'est ce que je souhaite au monde... d'arrêter d'accorder de l'importance à la couleur de peau, au pays d'origine, aux revenus et à la religion. Rien de tout cela n'a d'influence sur notre valeur en tant qu'êtres humains.

Dans cet esprit, je compte effectuer quelques changements dans ma vie... et dans la gestion de ce compte. Vous y verrez moins d'images de moi. Moins de publicité pour divers produits de beauté. Je veux partager avec vous ce qui est important. Je veux changer les choses. Être quelqu'un qui se bat pour la justice, sans reculer en disant « il n'y a rien que je puisse faire » quand quelque chose se passe. Quelqu'un qui se bat pour ceux qui ne peuvent pas se battre eux-mêmes.

J'ai officiellement pris ma retraite des compétitions de pentathlon moderne. Cela ne signifie pas que j'abandonne ce sport ; au contraire, je voudrais aider d'autres à trouver leur bonheur dans cette discipline, à pousser leur corps jusqu'à ses limites. Je voudrais donner à des enfants qui n'auraient peut-être jamais eu cette chance l'occasion de faire de l'escrime, de la natation, de l'équitation, de la course et du tir.

J'espère que vous me suivrez dans cette aventure, que vous serez à mes côtés pour cette nouvelle vie dans laquelle je m'efforcerai de rendre le monde meilleur. Merci à tous de votre soutien. Cela signifie tellement pour moi.

Sincèrement,

Ember Maxwell.

#changerleschoses #pentathlonmoderne #diversité #aimerlesautres #faireladifférence #lovenothate #respect #blacklove #asianlove #womenlove #hispaniclove #pride #loveislove #portésdisparus #nouveaudépart

Ember se redressa et relut son message. Son cœur battait la chamade. Elle n'était pas sûre de s'être bien exprimée. Samer, Harris, Alexis ou Betty auraient certainement pu créer un post bien plus éloquent, mais ce qu'elle avait écrit venait du cœur. Elle savait aussi que les hashtags étaient importants, mais n'avait aucune idée de la pertinence de ses choix.

Elle ne pouvait pas réfléchir trop longtemps à ce qu'elle avait écrit. Avant de pouvoir se rétracter, Ember appuya sur le bouton de publication. En un instant, la photo et son message étaient publiés sur ses comptes Facebook, Twitter et Instagram, tout d'un coup.

Les réponses ne se firent pas attendre.

On t'aime, Ember

Je te soutiendrai toute ma vie !

Moi aussi, je veux aider.

J'adore !

You go girl !

Néanmoins, au milieu des commentaires positifs, certains étaient plus violents.

Tu n'es qu'une perdante qui se cherche des excuses.
On s'en fout, de ta bonne conscience !
Le pouvoir aux Blancs !
Fuck you !

Refermant son ordinateur, Ember le posa près d'elle et se rallongea sur le lit, fixant le plafond. Elle ne comprendrait jamais comment les gens pouvaient être aussi... cruels. Comment le devenaient-ils ? Elle ne savait pas comment ils s'en sortaient dans la vie avec autant de rage en eux.

Mais à partir de ce moment-là, Ember ferait de son mieux pour se concentrer sur les points positifs de sa vie. Sur les gens qui étaient gentils, qui voulaient sincèrement aider les autres. Elle savait qu'elle rencontrerait des difficultés, mais elle avait de bonnes intentions.

Ses pensées se tournèrent vers Craig.

Est-ce qu'elle était folle d'envisager sérieusement de déménager au Texas ?

Peut-être... mais elle s'en fichait. Lui parler était la meilleure partie de sa journée. Il l'aimait exactement comme elle était. C'était ce qu'elle voulait. Ce dont elle avait besoin. Elle avait besoin de quelqu'un qui ne la voit pas comme Ember Maxwell, mais comme elle-même. Em.

Elle ne savait pas s'il valait mieux lui dire qu'elle arrivait ou non. Qu'elle avait déjà commencé à prendre quelques mesures. D'un côté, s'il ne voulait pas d'elle, ce serait mieux de le savoir avant d'avoir voyagé jusqu'au Texas. Mais elle était quasiment certaine que son arrivée serait une bonne surprise. Sinon... elle finirait bien par trouver un endroit où s'installer. Rien ne pourrait l'empêcher de vivre la vie qu'elle voulait.

Même après tout ce qui s'était passé ce jour-là, Ember

était heureuse. Et impatiente pour son avenir, pour la première fois depuis longtemps. Elle avait beaucoup de travail devant elle. Elle devait chercher des personnes portées disparues, voir si elle pouvait créer quelques connexions... Elle avait rencontré Ed Smart, un jour. Elle le contacterait pour voir s'il pouvait l'aider. Il était un infatigable défenseur de la cause des personnes disparues depuis que sa fille avait été kidnappée puis retrouvée vivante.

Elle devait encore trouver un appartement au Texas, emballer et déménager ses affaires. Elle devrait trouver un agent immobilier... et parler à son avocat. Elle voulait contacter son comptable et s'assurer que ses parents seraient pris en charge, leurs actifs protégés.

Souriante, elle se leva et se dirigea vers le bureau, tirant vers elle le bloc-notes et un stylo. Elle déboucha le stylo et commença à rédiger une liste de tout ce qu'elle avait encore à faire. La liste n'en finissait pas, mais à chaque nouvelle ligne, le sourire d'Ember grandissait. Aussi effrayante qu'elle fût, l'aventure promettait d'être excitante.

Alex regardait son écran d'un air furieux, relisant le dernier post d'Ember Maxwell.

Salope !

Elle tournait le dos à tous ceux qui avaient fait d'elle une star.

Elle voulait devenir une *bonne samaritaine* ? C'était à vomir !

Ember sous-entendait qu'elle comptait quitter la Californie ; nouvelle gifle.

Alex avait toujours l'intention de la faire payer pour avoir déçu les attentes de tout le monde. Elle ne pourrait pas se cacher.

Alex avait prévu de surfer sur la vague de popularité

d'Ember. La victoire avait été si proche ! Avec Ember comme camarade d'entraînement, Alex savait que les Jeux olympiques n'étaient pas loin. Le plan était de se rapprocher encore plus d'elle... jusqu'à ce qu'Ember soit sa meilleure amie. En espérant qu'un peu de sa célébrité et de sa fortune, sans parler de ses capacités sportives, retomberait sur Alex.

Et elle avait tout gâché !

Aider les *enfants* ? Qu'est-ce qu'on s'en foutait !

Les personnes portées disparues ? Pareil ! Elles étaient sûrement mortes, de toute façon.

Et Alex n'en avait rien à foutre des questions de couleur de peau. Ce qui était important, c'était d'utiliser les personnes les mieux placées pour arriver au sommet, peu importe leur ethnie. Tous ceux qui pouvaient l'aider étaient ses proies, destinées à être exploitées jusqu'au bout de leur utilité.

Et tous les avantages qu'il y avait à s'approcher d'Ember Maxwell n'existaient plus.

Alex ne pouvait pas simplement l'oublier et passer à autre chose. Il n'avait pas d'autre *chose* à laquelle passer. Pas encore. Ember avait été au sommet. Son ticket vers une vie meilleure. Vers l'argent et la célébrité. Et elle avait jeté tout ça aux orties, comme si ce n'était rien pour elle. Comme si *Alex* n'était rien pour elle.

Qu'elle aille se faire foutre.

Ember regretterait le jour où elle avait tourné le dos au monde... et à Alex.

CHAPITRE NEUF

— Putain, les mecs, vous auriez dû voir la tête de Logan quand il a ouvert ce colis, leur raconta Oz quelques jours plus tard. Une fois de plus, ils étaient à la base, à discuter des affaires internationales. Grover était plus silencieux qu'à son habitude, et ils savaient tous qu'il était frustré que leur commandant n'ait pas immédiatement approuvé sa demande de les envoyer en Afghanistan à la recherche de la contractuelle disparue, Sierra Clarkson.

— Il a envoyé quoi ? demanda Trigger.

— Alors, déjà, une lettre écrite à la main par Shin-Soo Choo lui-même, disant à Logan à quel point il était impressionné par sa passion pour le baseball. Il explique que lui n'a commencé que tardivement, et que tout est possible quand on est déterminé et qu'on travaille dur. Je jure que Logan a déjà lu cette lettre des centaines de fois, dit Oz.

— Dis donc, comment il sait autant de choses sur Logan ? s'interrogea Brain.

Oz jeta un regard à Doc.

— J'imagine que Doc l'a dit à Ember, qui l'a dit à Shin-Soo.

Doc sourit. Son ami avait vu juste. Au cours d'un de

leurs premiers appels après leur retour de Corée, elle avait demandé plus d'informations sur Logan. Elle n'avait pas oublié sa promesse de contacter Shin-Soo pour lui demander d'envoyer quelques cadeaux au petit.

— Ce qui me rappelle qu'il me faudrait son adresse pour que Logan lui envoie ses remerciements, ajouta Oz.

— Bien sûr, répondit Doc.

— Retour au colis. Qu'est-ce qu'il y avait d'autre, dedans ? demanda Lucky.

— Qu'est-ce qu'il n'y avait *pas*, surtout, répliqua Oz. Deux balles de baseball et un gant signés, des photos avec autographes, et des cartes à jouer de l'équipe entière. Une tenue complète, pile à la bonne taille, d'ailleurs. Et en plus de tout ça, un vêtement de nouveau-né pour Amalia et un T-shirt pour Bria. Je n'ai jamais vu Logan à la fois si surexcité et si bouleversé. Il a dormi dans son maillot hier et il avait super hâte d'aller à son entraînement aujourd'hui pour pouvoir se vanter de tous ces cadeaux.

Doc était heureux pour son ami et pour Logan. Le petit et sa sœur avaient traversé de dures épreuves, et ne méritaient que le meilleur.

— J'ai vu le post Instagram d'Ember, dit Brain.

— Ah bon ? Depuis quand tu es sur Instagram ? demanda Lucky.

— Je ne suis pas sur Instagram. Mais son message est affiché sur tous les réseaux, c'est difficile de passer à côté, rétorqua Brain.

En effet. Doc ne pouvait pas se représenter ce que ça devait être, de voir ses mots scrutés et analysés comme l'avaient été ceux d'Ember. Elle l'impressionnait ; son message venait du cœur, ça se voyait.

Bien sûr, certains pensaient que ce n'était qu'une stratégie, un moyen d'attirer l'attention sur elle, mais ils avaient tort. Au contraire, elle voulait attirer l'attention sur ceux qui en avaient le plus besoin, pas sur elle-même.

Il n'avait pas eu de ses nouvelles depuis deux jours… et à vrai dire, il commençait à s'inquiéter, même s'il faisait de son mieux pour ne pas être ce genre de mec. Le genre à toujours traîner autour d'elle, à la harceler. Aux dernières nouvelles, elle avait vu ses comptables et avait réglé tout ce qui touchait à ses finances. Ses parents seraient à l'abri, en termes d'argent, pour le restant de leur vie… et elle aussi.

Elle lui avait dit qu'elle avait pleuré en recevant la *Silver Star* qu'il lui avait envoyée, mais dans l'ensemble, elle semblait heureuse. Par un effet pervers, Doc en était presque triste. Il aurait voulu être avec elle, à l'encourager et la voir s'épanouir. Mais il ne pouvait qu'écouter ce qu'elle lui racontait et lui dire à quel point elle s'en sortait bien. Ce n'était pas pareil que de l'accompagner dans tous les changements qu'elle traversait.

C'est pourquoi, après une longue réflexion la veille au soir, il avait décidé qu'il ne pouvait pas continuer comme ça. Que cette relation longue distance entre eux ne fonctionnerait pas. Il avait cru en être capable, mais c'était trop dur. La brusque volte-face ne disait rien de bon sur lui, mais elle méritait quelqu'un qui soit là pour elle quand elle en avait besoin, et ce n'était pas Doc. Pas tant qu'il serait à l'autre bout du pays.

Peut-être que la pause de ces deux derniers jours était une bonne chose. Que ça rendrait les choses plus faciles quand il devrait s'éloigner d'elle. Il était certain qu'elle pourrait se débrouiller seule. Elle n'avait pas besoin de lui.

Il couperait peu à peu le contact, jusqu'à ce qu'elle se souvienne à peine de son existence. Elle était tellement occupée… elle s'en sortirait.

En comparaison, cesser tout contact avec elle *tuerait* Doc. Il chérissait leurs conversations et elle lui manquait terriblement, alors que ça ne faisait que deux jours. Elle s'en sortirait peut-être mieux sans lui, mais l'inverse était faux.

Mais il ferait ce qui valait le mieux pour elle, peu importe la douleur que ça lui causait.

Doc se concentra à nouveau sur son équipe. Il vivrait pour ses amis et leurs familles. Il ferait tout ce qu'il pouvait pour aider Grover à découvrir ce qui était arrivé à Sierra, même s'ils n'étaient jamais envoyés sur place pour s'en occuper. Peut-être qu'il achèterait une deuxième maison, pourquoi pas. Il n'avait pas fini les travaux sur sa première, mais d'en avoir deux à retaper l'occuperait, et l'empêcherait de trop penser à Ember.

La journée s'écoula lentement, et Doc ne pouvait s'empêcher de vérifier à chaque pause qu'il n'avait pas d'appel manqué ou de message d'Ember. Rien. Il voulait la contacter et demander si tout allait bien, si *elle* allait bien, la supplier de le rassurer en lui disant qu'elle n'était pas morte dans un fossé quelque part.

Oui. Prendre ses distances allait être *super simple.*

Au terme de leurs réunions, il semblait de plus en plus inévitable qu'ils finissent en effet par aller en Afghanistan enquêter sur la disparition des contractuels. Shahzada n'avait pas revendiqué d'enlèvements, mais c'était quand même le scénario le plus probable. Un commando de marine était sur place pour l'instant, pour repérer les planques et récupérer des informations. Quand ils auraient fait leur rapport, les Deltas pourraient être envoyés pour vider leurs cachettes dans les montagnes. La mission serait extrêmement dangereuse, mais ils étaient tous absolument déterminés à y aller.

Si Shahzada détenait des citoyens américains, ou de n'importe quelle autre nationalité, ils voulaient les trouver et les libérer. Et leur intérêt dans cette affaire était encore plus grand maintenant que Sierra se trouvait potentiellement parmi ces otages. Il était évident que Grover tenait à elle. Ils avaient tous taquiné leur ami à son sujet au cours de l'année passée, mais personne n'avait su alors qu'elle était en danger.

Ils se sentaient peut-être un peu coupables de ne pas s'être plus inquiétés que ça de son silence, d'avoir pensé qu'elle n'était juste pas intéressée. Ils auraient dû se douter que ce n'était pas le problème. Et Grover... il n'était pas le genre d'homme à avoir le coup de foudre, mais ça y ressemblait de plus en plus ; seulement, il avait gardé ses sentiments pour lui.

— Gillian veut organiser une crémaillère de bébé pour Oz et Riley, les prévint Trigger tandis qu'ils se dirigeaient vers le parking.

— C'est quoi ça encore ? fit Lefty.

— Mais si, comme une pendaison de crémaillère, mais pour un bébé.

— C'est pas la peine, dit Oz avec un grand sourire. Mais je sais bien que nos femmes ne laissent jamais passer une chance de traîner ensemble.

— Gillian n'en a pas marre d'organiser des événements comme ça alors que c'est déjà son boulot ? demanda Lucky.

— Nope. Je lui ai dit la même chose. Elle m'a répondu que c'était complètement différent d'organiser une fête pour ses amis, plutôt que pour ses clients, qu'elle ne connaît pas. Déjà, elle sait que personne ne jugera ses idées, et qu'on sera surtout tous contents d'être ensemble.

— Ça, c'est vrai, approuva Brain. J'ai toujours espéré que ma future partenaire s'entendrait bien avec vos femmes à tous, les gars, et l'amitié qu'Aspen a développée avec les autres est solide. Ça me fait me sentir mieux, quand on est en mission.

Les autres acquiescèrent.

Alors qu'ils quittaient l'immeuble pour s'aventurer dans la chaleur de l'air texan, Doc ne put s'empêcher de se demander ce que les femmes de ses amis penseraient d'Ember. Elle était gentille et charismatique. Il ne pensait pas qu'elle aurait du mal à se faire des amis, même si elle avait été trop occupée à s'entraîner ces dernières années pour avoir l'occasion de créer de vrais liens. Il avait l'intuition qu'Ember saisirait l'opportunité d'avoir un « cercle d'amies », de femmes qui n'étaient pas ses rivales. Il savait sans l'ombre d'un doute que Gillian, Kinley, Aspen, Riley et Devyn l'accueilleraient volontiers. Sa réputation les intimiderait peut-être au début, mais une fois qu'elles auraient appris à la connaître, elles se rendraient vite compte qu'elle était incroyable.

Il secoua la tête. Ça n'arriverait jamais. Ember était en Californie, les autres vivaient au Texas.

— Ce week-end. Samedi, dit Trigger. Chez Oz. Gillian se sent un peu mal de réquisitionner votre maison sans vous en avoir parlé d'abord, mais vous pouvez nous virer quand vous voulez. Et elle s'est dit que ce serait plus facile pour vous, comme ça, vous n'aurez pas à trimballer toutes les affaires d'Amalia. Logan et Bria se sentiront aussi sûrement mieux chez eux.

— Pas de souci, répondit Oz. On a la place. Dis à Gillian de nous dire quoi apporter. Et que si elle dit « rien », elle va avoir des ennuis.

— T'en fais pas, elle a retenu la leçon. La dernière fois qu'elle a voulu tout faire elle-même, vous en avez tous fait trop, à arriver avec plein de boissons et de nourriture dont on n'a pas su quoi faire, dit Trigger en riant.

— Grover ? demanda Lefty.

— Oui ?

— Tout va bien ?

Leur ami soupira.

— Non. Mais j'essaie de pas penser à ce que Sierra a pu subir, ou subit encore.

— Tu penses qu'elle est toujours en vie ? dit Lucky.

Doc grimaça. Il se doutait que Lucky n'avait pas voulu sonner aussi surpris, mais son incrédulité était évidente.

Doc et Ember se connaissait depuis à peine plus de temps que Grover avait connu Sierra, il ne dirait donc jamais à son ami que c'était ridicule de ressentir autant envers la jeune femme rousse au bout de si peu de temps. Quand on trouvait la personne parfaite... le temps n'avait pas d'importance, il en était la preuve.

— Je ne sais pas, dit Grover. Une partie de moi l'espère, et prie pour qu'elle le soit. Mais une autre partie sait que c'est égoïste de ma part, et que si elle est vraiment en vie, elle a dû vivre un enfer pendant un an.

— Tu te souviens de Kalee ? demanda Doc.

Ils se tournèrent tous vers lui.

— La femme qui avait été capturée par les rebelles du Timor oriental ? Elle est restée avec eux pendant un an, et quand elle est revenue aux États-Unis... elle allait bien. Enfin, je ne connais pas les détails, mais de ce que j'en sais, elle et Phantom sont très heureux. Tout ce que je dis, c'est qu'il ne faut pas perdre espoir, Grover. Les femmes sont des dures à cuire. Regarde Gillian et les autres. Tous les jours, on a la preuve de leur force, continua-t-il.

— Tu as raison. Merci, dit Grover, ses épaules se redressant légèrement.

Doc hocha la tête.

— T'en es où avec Ember ? lui demanda Brain.

Doc avait craint que quelqu'un pose la question. Il haussa les épaules.

— Nulle part. Elle habite en Californie, moi ici. Elle est célèbre, et moi je fais un boulot où la discrétion est primordiale.

— Vu tout ce qu'elle a publié sur Instagram ces derniers jours, je ne suis pas sûr qu'elle veuille encore vraiment de sa vie de star, fit remarquer Lefty.

— Reste que sa vie est à Los Angeles alors que la mienne est ici, répondit Doc avec un nouveau haussement d'épaules.

— Ne laisse pas tomber votre relation. On sait jamais ce qui peut arriver, conseilla Trigger.

Doc acquiesça, même s'il avait globalement déjà pris sa décision en ce qui les concernait, Ember et lui.

— À demain, les gars, dit Oz. Je retourne voir ma famille.

— Pareil pour moi, dit Brain avec un sourire.

— Ça fait du bien, hein ? commenta Lefty.

— D'avoir quelqu'un qui t'attend chez toi ? Oui, carrément, sourit Trigger.

Doc croisa le regard de Grover et ils échangèrent un sourire plein d'ironie. Eux n'en savaient rien, mais ils étaient heureux pour leurs coéquipiers.

— À demain, lança Brain en se dirigeant vers sa voiture.

Ils se dirent tous au revoir, et Doc fut soulagé que leur relation n'ait pas changé, même avec tous les bouleversements que connaissaient les vies de ses amis. Ils faisaient toujours l'effort de se voir en dehors du travail, et personne n'avait l'air d'être dérangé par le fait que ces rassemblements comprenaient généralement leurs femmes.

Doc soupira en démarrant sa Dodge Durango et roula en direction de l'entrée de la base. La route jusque chez lui n'était pas longue, et son téléphone sonna à mi-chemin. Il décrocha via le poste de conduite, s'attendant à entendre la voix d'un de ses collègues.

— Doc à l'appareil, dit-il.

— Hé.

Un seul mot. Cela suffit à faire s'épanouir un grand sourire sur le visage de Doc.

— Hé toi-même. Content d'avoir de tes nouvelles, Em.

— Oui, désolée, je ne me suis pas trop manifestée ces derniers temps.

— Pas de problème. J'imagine que tu as dû être bien occupée.

Doc tenta de s'obliger à garder une voix un peu distante, de se dire que ça rendrait les choses plus faciles si leurs conversations pouvaient être un peu superficielles. Mais il n'y parvenait pas. Il était trop heureux d'entendre sa voix.

— En effet. Il s'est passé plein de trucs, à vrai dire. Tu as le temps de discuter ?

— Absolument. Je rentre du boulot.

— OK, super.

— Alors, t'as fait quoi ?

— J'ai vu un avocat, et on s'est penché sur la paperasse nécessaire au lancement de ma future entreprise. Il me reste plein de papiers à signer, mais c'est déjà ça.

— Ouah, tu n'as pas perdu de temps, dis donc !

— Eh oui. Je suis si impatiente à l'idée de faire découvrir le pentathlon aux enfants. Je veux changer les choses, et je pense vraiment que c'est une bonne manière de le faire.

— J'adore l'idée. On sent l'excitation dans ta voix.

— J'ai aussi engagé quelques personnes pour m'aider.

— C'est super.

— Oui. J'ai eu de longues conversations avec les athlètes avec qui je m'entraînais. Je leur ai parlé de mes projets et je leur ai demandé s'ils voulaient m'y aider. Je leur ai proposé un salaire tout à fait compétitif, et l'autorisation de continuer à s'entraîner s'ils le souhaitaient.

— Alors, il y en a qui ont accepté ?

— Oui, Julio et Marie. Ils avaient l'air assez excités par toute l'histoire. Je compte chercher d'autres experts dans les diverses disciplines, en plus d'eux. Je devrais pouvoir trouver quelqu'un pour la partie natation, et il faudra que je travaille avec quelqu'un qui a des chevaux qui peuvent convenir à des enfants. Pour l'escrime, ça ne devrait pas être trop dur, je peux acheter l'équipement moi-même ; pareil pour les cibles et les pistolets laser. Et puis, on peut courir n'importe où.

Doc était heureux de l'énergie et de l'excitation qu'il entendait dans sa voix. Elle avait visiblement beaucoup réfléchi à ce qu'elle voulait, et il n'était pas surpris qu'elle en fasse une réalité.

— J'ai hâte d'en entendre plus, et de savoir ce qu'en penseront les enfants quand tu commenceras, dit-il.

Merde. Il était censé prendre ses distances, mais c'était impossible. L'enthousiasme d'Ember était contagieux.

Doc tourna dans sa rue et salua d'un geste de la main quelques-uns de ses voisins, assis sur leurs porches à profiter de l'air du soir. Il faisait encore chaud, mais pour ce coin du Texas, c'était assez agréable à cette heure de la soirée.

En voyant une BMW qu'il ne reconnaissait pas, garée sur le trottoir devant sa maison, il fronça les sourcils.

— Craig ?

— Oui ?

— Tu as l'air distrait, dit Ember.

— Désolé. J'allais me garer dans l'allée, mais il y a déjà une voiture que je connais pas.

— Ah oui ?

— Hmm. Je vais devoir te laisser et aller voir ce qui...

Doc s'interrompit brutalement quand quelqu'un se leva de la chaise sur son porche.

— *Ember* ? s'exclama-t-il avec stupéfaction.

— Surprise ! dit-elle, clairement nerveuse.

Doc entendit sa voix trembler sur ce simple mot, même à travers les enceintes de sa voiture.

Il ne se rappelait pas avoir garé sa voiture ou en être descendu.

Il marcha à grands pas vers sa porte d'entrée, dévisageant Ember des pieds à la tête. Elle était encore plus resplendissante que la dernière fois qu'il l'avait vue.

Elle portait un débardeur qui mettait en valeur ses courbes et ses bras musclés. Son short attirait le regard sur ses jambes puissantes.

Elle raccrocha et rangea son téléphone dans sa poche arrière.

— Salut, je... euh... j'ai oublié de préciser que je comptais monter ma nouvelle entreprise ici, au Texas. Si ça te va. Enfin... je pourrais faire ça n'importe où, mais je me suis dit que puisque toi, tu étais ici, et comme je voulais apprendre à mieux te connaître, ce serait un bon endroit pour me poser. Mais si c'est flippant ou quoi, je peux partir.

Elle ne s'arrêtait pas de parler, mais ces derniers mots firent enfin réagir Doc. Il lui sauta pratiquement dessus, l'attrapant et la serrant fort dans ses bras pour la faire tournoyer.

Elle rit, d'un rire insouciant et heureux que Doc ressentit jusqu'à la pointe de ses cheveux.

— Ne pars pas, réussit-il à articuler.

Lorsque ses pieds retrouvèrent la terre ferme, il se pencha sans même y penser. Il était si heureux de la voir, si heureux qu'elle soit là... et qu'elle compte apparemment rester.

Elle lui offrit ses lèvres sans se faire prier, et Doc plongea la langue dans sa bouche. Putain, ça lui avait manqué. Il n'avait pas cessé de faire des rêves érotiques depuis son retour de Corée, et l'embrasser était encore plus satisfaisant que dans son souvenir.

Lorsqu'elle se dégagea, ils avaient tous les deux le souffle court.

— J'avais un peu peur que quelqu'un appelle la police, admit-elle.

— Pas dans ce quartier, la rassura Doc. Je l'ai choisi en partie pour sa diversité. Mes voisins des deux côtés sont noirs. Une famille hispanique avec trois enfants habite en face, quelques familles blanches, un couple gay, une famille qui vient d'Israël, une autre d'Inde, une du Pakistan. C'est vraiment multiculturel, et les fêtes de quartiers sont top.

— J'adore.

— Moi aussi. Je n'arrive pas à croire que tu sois là. Tu dois être épuisée. Tu as conduit tout le chemin aujourd'hui ? Non, pas possible. Tu as faim ? Entre, laisse-moi te faire visiter, t'apporter quelque chose à boire et à manger.

— Tu es mignon quand tu t'agites, pouffa Ember. J'ai un peu faim, mais tu sais ce qu'il me faudrait vraiment ?

— Quoi ? Ce que tu veux.

— Ce que je veux ? Et si je te demandais du caviar et des truffes ?

— Je t'en trouverais, répondit Doc, entièrement sérieux.

— C'était une blague, dit-elle doucement.

— Pas pour moi, répliqua Doc.

Il la tenait toujours dans ses bras et n'en revenait pas de combien ça lui semblait naturel.

— J'ai besoin de verdure, dit Ember avec un petit sourire. J'ai mangé n'importe quoi sur la route, et je rêve d'une salade.

— T'as de la chance, j'ai fait les courses hier et j'ai tout ce qu'il faut pour en faire une.

Doc s'était mis en mouvement avant même d'avoir fini sa phrase. Il déverrouilla sa porte et lui fit signe d'entrer.

— La construction n'est pas tout à fait finie, dit-il, soudain un peu timide.

Il laissa retomber son bras tandis qu'Ember déambulait dans son espace, regardant autour d'elle avec curiosité.

— C'est magnifique, Craig, dit-elle au bout d'un moment.

Quelque chose en lui se détendit.

— Ce n'est pas immense, mais j'aime bien y faire les travaux.

Elle passa la main sur la rampe d'escalier en se tournant vers lui.

— C'est toi qui as fait tout ça ?

— Eh bien, la plupart de la menuiserie, oui. Je ne suis pas très fort en plomberie ou tout ce qui est électricité, donc j'ai appelé un professionnel pour s'occuper de ces parties-là, mais c'est moi qui ai choisi tout l'équipement, les couleurs, les sols, ce genre de choses. J'ai construit moi-même les placards de la cuisine parce que je n'ai rien trouvé qui me plaisait, en tous cas pas dans mes prix. Et j'ai fait les lattes et la rampe moi-même, aussi.

— C'est incroyable. Sérieusement, je suis impressionnée.

Doc haussa les épaules.

— Allez, viens, allons te nourrir, dit-il en lui prenant la main.

Il adorait la toucher, et il sentait qu'il saisirait chaque opportunité à l'avenir.

Il conduit Ember à un tabouret devant le bar qui partait du plan de travail au milieu de la cuisine. Elle s'assit en souriant et le regarda sortir du frigidaire tous les ingrédients nécessaires à la préparation d'une salade.

— Tu as besoin d'aide ?

— Nope, je gère. Tu peux te détendre. Alors... tu as un endroit où dormir, ce soir ? demanda-t-il avec toute la nonchalance dont il était capable.

Elle émit un drôle de son, et il releva les yeux avec inquiétude. Elle avait un sourire jusqu'aux oreilles et semblait se retenir de ne pas éclater de rire.

— Quoi ? fit-il, confus.

— Tu penses vraiment que je serais venue jusqu'ici sans avoir prévu de logement ? Ou que je serais juste partie du principe que je pourrais dormir chez toi ?

— Eh bien, euh... peut-être.

— Craig, je ne me le permettrai jamais. Je t'apprécie. Énormément. Et je ne serais pas là si je ne voulais pas voir où va nous mener cette relation. Mais je ne débarquerai jamais chez toi pour t'annoncer que je m'installe ici.

Doc ne savait pas s'il était soulagé ou déçu.

— En plus, j'ai hâte de vivre seule. J'ai habité avec mes

parents toute ma vie. Je suis impatiente de pouvoir aller faire mes courses et remplir mes placards comme je veux, de faire mes propres repas, de choisir ma propre déco. Je n'ai jamais pu faire tout ça, avant. Je sais que c'est un peu pathétique, mais j'ai tellement hâte !

— Ce n'est pas pathétique. Je trouve ça... adorable, la rassura Doc.

— Tout ce que je rêve d'être, dit Ember en levant les yeux au ciel. En tous cas, pour répondre à ta question, j'ai loué une chambre d'hôtel pour ce soir, et demain, j'ai rendez-vous avec le propriétaire de mon nouvel appartement.

— Tu en as déjà trouvé un ? Il est où ? Dans un bon quartier de la ville ? Tu as vérifié les avis d'abord ? l'interrogea Doc, enchaînant les questions.

— Oui à la plupart des questions, affirma Ember avec un rire. Il n'est pas loin de la base militaire. Et si jamais il ne me plaît pas après tout, je trouverai un autre endroit quand je connaîtrai un peu mieux la ville. Je voulais être assez proche du bâtiment que j'ai acheté pour en faire le gymnase, et le propriétaire m'a assuré que la sécurité était optimale.

— Attends, tu as déjà acheté un bâtiment ? demanda Doc, dont la tête commençait à tourner.

— Yep, dit Ember, l'air résolument fière d'elle.

— Mince alors, marmonna Doc.

— Eh, c'est qu'une fois que je suis décidée, je ne perds pas de temps.

— Je vois ça.

— Mais Craig... sérieusement, si tu n'es pas heureux de me voir, et que tu cherchais juste un coup d'un soir pendant les JO... Je ne suis pas obligée de rester. Je peux tout aussi facilement descendre jusqu'à Austin. Même si je suis curieuse de voir jusqu'où on peut aller, tous les deux... je suis vraiment venue pour les affaires.

À nouveau, Doc bougea avant que son cerveau n'ait

compris ce qu'il faisait. Il se tint près d'elle et attrapa tendrement sa tête entre ses mains.

— Ma dernière relation sérieuse était il y a un an. Et c'était elle la plus investie de nous deux. J'ai détesté te laisser, en Corée. Je n'aurais jamais cru que quelqu'un me manquerait autant que tu m'as manqué. J'ai détesté ne pas pouvoir être avec toi quand tu es rentrée. Après ton message sur Instagram, j'aurais tellement voulu pouvoir te tenir dans mes bras et te dire à quel point j'étais fier. Je ne cherchais pas juste un coup d'un soir, et ce n'est toujours pas le cas. Je suis si heureux et si soulagé que tu sois là. Je n'arrive pas à y croire. Et je veux tout savoir de toi. Tout. Je veux qu'on aille courir ensemble, et t'emmener au stand de tir. Je veux que tu apprennes à connaître mes amis et leurs femmes, je veux passer mes soirées et mes week-ends avec toi, à ne rien faire ou à travailler avec toi et tes futurs élèves. Une partie de moi est impressionnée par tout ce que tu as réussi à faire en si peu de temps, l'autre partie boude parce que tu n'as visiblement pas du tout besoin de moi. Tu es incroyable, Em, et je veux faire partie de ta vie autant que tu me le permettras.

Elle avait les yeux remplis de larmes à la fin de son discours, et Doc ne put résister : il se pencha pour l'embrasser à nouveau. Il sentit ses mains se glisser sous sa chemise, et frissonna lorsque ses ongles griffèrent légèrement la peau dans le bas de son dos.

— J'ai déjà des contacts pour tout l'aspect business, mais je n'ai pas encore d'amis. Je n'ai jamais vraiment eu de chance avec ça, par le passé. Les gens veulent m'approcher soit en espérant que je puisse les aider, soit parce qu'ils espèrent devenir célèbres à leur tour.

— Gillian et les autres n'en ont rien à foutre de ce genre de chose, lui assura Doc.

— J'ai hâte de les rencontrer. Tu m'as tellement parlé d'elles que j'ai déjà l'impression de les connaître.

— Je suis content que tu dises ça, parce que justement,

on a prévu de se retrouver chez Oz samedi pour fêter la naissance de sa fille. Tu pourras rencontrer Logan, et je te préviens, tu auras un ami pour la vie une fois qu'il saura que c'est toi qui as demandé à Shin-Soo de lui envoyer tous ces cadeaux.

— Peut-être qu'il vaudrait mieux attendre de voir comment ça se passe entre nous, dit Ember en se mordant la lèvre inférieure.

— Tout ira bien entre nous, affirma Doc.

— Tu n'en sais rien.

— Si. Tu veux savoir comment ?

— Oui.

— Parce que je n'ai jamais ressenti ça pour personne. Ces deux derniers jours ont été un enfer. Ça me manquait tellement de te parler que j'avais pris la décision de m'éloigner, d'essayer de te laisser partir, parce que je savais que si on se rapprochait encore je ne pourrais plus supporter d'être loin de toi physiquement. Mais tu es là. Tu es venue. Tu as pris ta décision... et j'ai pris la mienne.

— Je te trouve un peu autoritaire, dit-elle avec un début de sourire.

— Ça fait partie du boulot, dit Doc en haussant les épaules. Je suis un soldat de la Delta Force, Em. J'ai l'habitude de devoir prendre des décisions sur des questions de vie ou de mort en un claquement de doigts.

— Ce n'est pas une question de vie ou de mort, dit-elle.

— Si, ça l'est. Sans toi, je ne sais pas si on pourrait vraiment appeler ça une vie.

Doc n'avait jamais été aussi honnête avec une femme jusqu'alors. Surtout pas aussi tôt dans leur relation. Mais le soulagement qui l'avait envahi quand il s'était garé et qu'il l'avait vue sur son porche était indicible. Il comprenait qu'elle veuille vivre seule, et respectait sa décision. Mais il n'allait pas pour autant renoncer à la voir tous les jours.

— Ouah ! Je crois que c'est la chose la plus gentille qu'on m'ait jamais dite, dit doucement Ember.

— Ce ne sera pas facile d'être avec moi, la prévint Doc. Je suis têtu et obstiné. Je suis aussi très protecteur. Mais je comprends ton besoin de t'en sortir seule. Je serai à tes côtés pour te soutenir quand et comme tu veux. À vrai dire, j'aime que tu sois indépendante, parce que tu auras *besoin* de l'être quand je serai en mission. Je ne pourrai pas te dire où je vais ni pour combien de temps. Ce n'est pas facile d'être en couple avec un militaire, et encore moins avec un soldat des forces spéciales. Mais je te promets de ne pas te tromper. Ça me retourne l'estomac rien que d'y penser. Ça ne va pas être facile, mais je sais que je peux te rendre heureuse, si tu m'en donnes la chance.

— Merde, Craig, tu me fais pleurer, dit Ember en essuyant une larme.

Doc écarta sa main et essuya l'humidité sur ses joues.

— J'espère que ce sont des larmes de joie, parce que je ne supporterais pas l'idée de te blesser.

— Oui, le rassura-t-elle. Je n'ai ni besoin ni envie d'un homme qui décide de ma vie. J'ai déjà bien assez connu ça. Je veux que tu soutiennes mes rêves et mes ambitions, que tu sois là quand j'ai besoin de toi, pour rire avec moi, ou regarder des films ringards. Pour m'aider à sortir de cette bulle dans laquelle j'ai été enfermée toute ma vie.

— Je serai là, répondit immédiatement Doc.

— Qu'est-ce que tu aurais fait si je t'avais dit que je n'avais pas d'endroit où dormir ? demanda Ember en souriant.

— Je t'aurais informée que j'avais trois chambres disponibles, et que tu pouvais choisir ta préférée, sourit-il en retour.

— Sérieusement ?

— Yep.

— On est sur la même longueur d'onde, alors ?

— Pour ce qui est de notre relation ? Tout à fait, la rassura Doc. Les gars vont être super contents d'apprendre que tu es là.

— Ils me connaissent à peine, protesta Ember.

— Ils savent tout ce qu'ils ont besoin de savoir.

— C'est-à-dire ?

— Que tu étais là pour me couvrir. Que tu t'es tenue près de moi sans paniquer quand les choses sont devenues difficiles. Pour eux, ça veut dire beaucoup. Et puis, tu es magnifique et super célèbre, ça aide aussi, ajouta-t-il après un temps.

Ember rit et le poussa gentiment.

— Si tu le dis. Allez, finis ma salade, soldat.

Doc adorait la voir si heureuse. Elle semblait cent fois plus détendue qu'en Corée. C'était la vraie Ember, et la voir s'épanouir était merveilleux. Il était aussi tout à fait heureux de faire ce qu'elle lui ordonnait. Elle n'en savait rien, mais il aurait fait tout ce qu'elle lui demandait.

⁎⁎

Ember ne se souvenait pas avoir déjà passé une meilleure soirée. Après avoir mangé la délicieuse salade que Craig lui avait préparée et visité la maison, ils s'étaient assis sur son canapé et avaient parlé pendant des heures.

Elle l'avait informé de tous les développements depuis son retour des JO. Il en savait déjà beaucoup, mais il avait voulu connaître les moindres détails. Il avait froncé les sourcils à son récit détaillant la réaction de ses parents à l'annonce de sa démission et de sa reprise en main de ses réseaux sociaux. Il avait ri quand elle avait raconté la conversation de plusieurs heures qu'elle avait eue avec Samer, qui avait tenté de lui expliquer les choses à faire et à ne pas faire sur ses propres comptes.

Elle lui avait parlé de sa réunion au gymnase avec les

hommes et femmes aux côtés desquels elle s'était entraînée pendant des années, et du soutien qu'ils avaient globalement exprimé. Ils évoquèrent les cinglés d'Instagram qui n'avaient rien de mieux à faire que de cracher leur haine sous forme de commentaires terriblement violents. Elle lui avait même dit à quel point elle avait été soulagée de perdre un million d'abonnés après avoir posté son message sincère. Si ces gens n'étaient là que pour voir les photos parfaites et les sponsors, bon débarras. Elle préférait largement interagir avec ceux qui voulaient vraiment faire du monde un endroit meilleur.

Au bout de plusieurs bâillements de sa part, Craig avait décrété qu'ils en resteraient là pour ce soir et qu'elle devait aller à l'hôtel dormir un peu. Elle était fatiguée, mais elle avait détesté partir. Même s'ils ne s'étaient pas dit au revoir dans la seconde, puisque Craig avait insisté pour la suivre en voiture et l'accompagner à l'intérieur. Il faisait sombre, et il avait dit qu'il n'allait pas tenter le sort.

Il se retrouvait donc à tirer une de ses valises derrière lui tandis qu'elle trimballait l'autre.

— C'est ça, la partie protecteur ? lui demanda-t-elle dans l'ascenseur qui montait vers sa chambre.

— Yep.

— Et si je te dis que je me débrouille et que ce n'est pas la peine de me suivre ?

— Je te répondrais « tant pis pour toi ». Je suis comme ça, Em. Je ne suis pas du genre à laisser ma copine conduire jusqu'à un hôtel dans une ville qu'elle découvre à peine, au milieu de la nuit, seule. Vraiment pas. Si ça te refroidit, c'est le moment de le dire.

Ember s'avança vers lui, en plein dans son espace vital, et embrassa le dessous de sa mâchoire.

— Je ne me plains pas. Je me posais la question, dit-elle.

Craig se détendit.

— Il y a beaucoup de choses desquelles je ne me mêlerai

pas et te laisserai faire à ta guise. Tout déchirer en affaires. Gérer tes réseaux sociaux. Engager tes employés et décider de ta vie. Mais ta sécurité ? Je ne ferai pas de compromis.

— Et ça me convient tout à fait, dit-elle, posant sa main sur sa nuque avant de le tirer vers elle.

Ils s'embrassaient toujours quand les portes de l'ascenseur s'ouvrirent.

Ils sortirent de l'ascenseur en trébuchant avec ses bagages, et Ember posa sa tête sur l'épaule de Craig, son bras libre lui entourant la taille, tandis qu'ils remontaient le couloir. Lorsqu'elle se tourna pour lui faire face, elle eut la brève impression d'être de retour dans leur résidence en Corée.

— Qu'est-ce qui te fait sourire ? lui demanda Craig.

— Une impression de déjà-vu. Debout devant la porte, refusant de te dire adieu.

— Jamais d'adieu, tu te souviens ?

Elle acquiesça.

— Tu as rendez-vous avec le propriétaire de ta résidence demain matin, c'est ça ? demanda-t-il.

— Oui, à huit heures. Généralement, je commence par m'entraîner, le matin, mais j'ai hâte de pouvoir faire la grasse matinée demain, donc je ferai ma paresseuse. Après, je m'accorderai avec les déménageurs sur notre point de rendez-vous pour après-demain. Puis je visiterai le bâtiment qui doit me servir de gymnase pour voir ce qu'il faudrait faire avant qu'il soit en l'état. J'ai aussi une réunion avec un avocat pour finaliser les papiers dont j'ai besoin pour que mon entreprise soit officiellement située au Texas, puis quelques entretiens avec des entraîneurs potentiels. Il faut aussi que je vérifie que les appartements que j'ai trouvés pour Marie et Julio sont acceptables, puisqu'ils arrivent dimanche. Ah, et j'ai aussi prévu un rendez-vous avec la directrice des scouts de Killeen, pour discuter d'un potentiel partenariat. Elle pourra m'aider à décider quels enfants conviendraient au programme. À terme, j'aimerais rencontrer aussi des directeurs d'écoles, et quelqu'un des services de protection de l'enfance.

— Enfin, Em, tu n'as pas besoin de faire tout ça demain !

— Je sais, mais c'est que j'ai tellement hâte de m'y mettre. Il faut aussi que je commande certains équipements, que je trouve une équipe de ménage, et un bon terrain pour courir et tirer, et que j'organise la sécurité, que je rencontre quelques ranchers du coin pour demander si je peux emprunter leurs chevaux, et voir le gérant de la piscine pour parler des horaires dédiés. Oh, et emménager, aller faire les courses, et enfin, décorer mon appartement, ajouta-t-elle en souriant.

— Je suis fatigué rien qu'à écouter ta liste. Tu auras fait quelques trucs d'ici le dîner de demain ?

— Bien sûr.

— Je peux passer te récupérer ici pour qu'on dîne chez moi, si tu veux.

— Je peux venir moi-même.

— Je sais. Et je voulais d'ailleurs te dire que ta BMW est superbe. Mais fais-moi plaisir et laisse-moi te récupérer en rentrant du boulot ?

Ember ne pouvait s'empêcher d'être heureuse qu'il semble si impatient de passer du temps avec elle.

— D'accord, répondit-elle.

— Je t'enverrai un message pour m'assurer que tu as fini tous tes rendez-vous avant de partir. Tu as envie de manger quelque chose en particulier ?

— Ce que tu veux. Ne te dérange pas pour moi.

— Je sens que je me dérangerais carrément pour toi, Em. Tes affaires sont censées arriver vers quelle heure, vendredi ?

— Je ne sais pas trop. Sûrement dans la matinée.

— Je demanderai au commandant Robinson si on peut dégager un peu de temps pour venir t'aider à emménager.

— Oh, ça ira. J'ai engagé les déménageurs pour quelques heures, et je n'ai pas tant d'affaires que ça.

— Em, il n'y a pas moyen que je ne t'aide *pas* à emménager. Les gars penseront la même chose. Et si les filles ne travaillent pas, elles viendront aider aussi. Même si leur idée de l'aide consiste plus à boire du vin en nous regardant travailler, comme elles sont mignonnes, on les laisse faire.

Ember pouffa, et fut saisie d'une envie viscérale. Elle voulait faire partie du clan de cet homme. Elle le voulait plus qu'elle n'avait voulu une médaille olympique.

— D'accord. Merci.

— Pas la peine de me remercier. Si Gillian est là, tu pourras lui demander ce qu'il faut qu'on apporte à la fête de samedi. En général, elle essaie de dire qu'elle s'occupe de tout, mais c'est n'importe quoi. On veut tous participer. Dis-lui que si elle ne te répond pas, on engagera des clowns pour venir distraire Logan et Bria.

— Ce serait mal ?

— Chérie... des *clowns*. Bien sûr que ce serait mal.

Elle eut un rire.

— OK. C'est noté, je poserai la question.

Elle était heureuse qu'il ait dit « on ». Demande à Gillian ce qu'il faut qu'« on » apporte. Être associée à cet homme était enivrant.

— Bon, je vais partir tant que j'en suis encore capable.

Le désir était visible dans ses yeux. Ember n'avait jamais été une personne particulièrement sexuelle, n'avait jamais ressenti le *besoin* de coucher avec quelqu'un. Mais avec lui, elle devait faire un effort pour se retenir d'arracher sa chemise et de s'enrouler autour de lui comme autour d'une barre de strip-tease.

— Et si tu continues à me regarder comme ça, je ne vais *jamais* pouvoir partir, lâcha-t-il d'une voix lourde de désir.

— Comme ça comment ? demanda-t-elle d'un air

innocent, jouant avec les boutons de la chemise qu'il avait mise en rentrant chez lui.

Elle aimait beaucoup le voir en uniforme militaire, mais elle adorait aussi quand il était habillé en civil comme ça. Sa chemise blanche faisait ressortir sa peau bronzée et le bleu de ses yeux.

— Comme si tu voulais me dévorer tout entier, gronda-t-il.

Ember passa la langue sur ses lèvres et vit ses narines se dilater. Putain, qu'est-ce qu'elle aimait savoir que l'effet qu'elle avait sur lui était comparable à celui qu'il avait sur elle.

— Tu penses qu'on va tenir combien de temps ?

Il ne prétendit pas l'avoir mal comprise.

— Avant de finir au lit ? Pas longtemps, si tu continues à me regarder comme ça.

Pendant un instant, Ember songea à l'attirer dans sa chambre. Mais un bâillement surgit de nulle part, la surprenant.

Craig eut un rire.

— On aura tout le temps pour explorer cette étincelle entre nous plus tard. Tu as une grosse journée qui t'attend demain, et je sais que ces deux jours de voyage ont dû te fatiguer.

Il l'attira vers lui et embrassa son front, gardant ses lèvres sur sa peau un long moment. Il recula ensuite en mettant les mains dans ses poches, comme pour se retenir de tendre à nouveau le bras vers elle.

— Dors bien.

— Toi aussi.

— On se voit demain.

— OK.

— Bonne chance pour tous tes rendez-vous, même si on dirait bien que tu n'en auras pas besoin.

— En effet, dit Ember avec un grand sourire.

— Putain, ce que j'aime ta confiance en toi. À plus tard, Em.

— À plus tard.

Elle appréciait le fait qu'il prenne soin de ne pas lui dire au revoir. C'était idiot et inutile, mais elle n'arrivait pas à le dire non plus.

Elle attendit d'avoir refermé la porte pour fermer les yeux et poser la main sur son cœur. Elle affichait un grand sourire, qu'elle n'aurait pas pu retenir même si elle l'avait voulu. Sa vie s'améliorait de jour en jour, et quand elle pensait à son avenir, elle se sentait bien.

CHAPITRE DIX

Le vendredi matin, Doc était venu récupérer Ember à l'hôtel pour qu'ils fassent ensemble une longue et agréable course à pied. Elle s'était plainte avec bonne humeur de la chaleur, élevée même à six heures du matin, et il l'avait taquinée sur son comportement de gamine. En rentrant à l'hôtel, ils s'étaient embrassés longuement devant la porte de sa chambre, avant de se donner rendez-vous dans son nouvel appartement à 8 h 30. Le commandant Robinson avait accordé la matinée à l'équipe, mais ils devaient tous être de retour à la base après le déjeuner pour reprendre les discussions sur la situation en Afghanistan.

Elle avait choisi une bonne résidence. Doc se tenait prêt à la pousser à déménager s'il estimait que son appartement n'était pas parmi les plus sécurisés du coin, mais ce ne serait pas la peine. Elle avait bien fait ses recherches. Des caméras de surveillance veillaient sur les parkings et sur l'ensemble du complexe, qui contenait aussi une piscine et une salle de sport, le tout constamment éclairé.

Il savait tout ça parce qu'il avait fait le tour complet de la résidence la veille après avoir déposé Ember, histoire de vérifier.

Il ne pouvait empêcher son cœur de se serrer en pensant qu'elle emménagerait dans cet appartement, et pas chez lui. Elle avait sûrement déjà payé l'équivalent de deux mois de loyer en caution, sans parler des frais d'entretien mensuels que prévoyait le complexe. Cela semblait... parti pour durer. Au moins à court terme. Après tout, personne ne dépenserait autant d'argent pour finir par emménager avec *lui* quelques mois plus tard.

Le seul fait de penser qu'elle emménagerait était délirant. Non ? S'il avait demandé à Brain, ou Oz, ou Lucky, ou n'importe lequel des gars, ils lui auraient répondu que non, pas du tout. Mais il savait qu'à part eux, tout le monde serait d'accord.

Seulement, lui et Ember étaient si *bien* ensemble. Il ne pouvait s'imaginer vivre loin d'elle pour quelques mois, encore moins des années. La pensée de devoir la raccompagner et la laisser seule toutes les nuits, pendant des mois, ne le réjouissait pas.

— Eh, la Terre à Craig ! lança Ember alors qu'elle se dirigeait vers lui.

Doc se rendit compte qu'il se tenait debout près de sa voiture à contempler son appartement depuis si longtemps qu'elle était parvenue à l'approcher sans qu'il ne s'en rende compte.

— Hey, lui dit-il, se redressant en ouvrant les bras.

Ember s'y blottit sans hésitation, ce qui lui fit du bien.

— Tu sens bon, dit Doc en inspirant profondément.

— Merci. C'est ça, de prendre une douche, plaisanta-t-elle.

Doc se dégagea juste assez pour pouvoir regarder la femme qu'il tenait dans ses bras. Elle portait un débardeur violet et un short militaire kaki, avec les chaussures qu'elle portait déjà pendant leur course. Ses cheveux étaient rassemblés en une queue de cheval basse, et une casquette était accrochée à un passant de son short. Elle était prête à se mettre au travail ; un éclair de désir le parcourut, sortant de nulle part. Il la voulait. Terriblement. Vite. Lentement. Maintenant.

Ember le regarda de ses grands yeux chocolat et déglutit, comme si elle savait exactement vers où s'étaient tournées ses pensées. Doc se passa la langue sur les lèvres, et elle l'imita. Faisant monter la tension, il se pencha lentement vers elle.

— Le camion n'est pas encore là ? fit quelqu'un d'une voix forte.

Doc se figea, fixant les lèvres d'Ember d'un regard plein de désir et de frustration.

Elle sourit.

— Tes amis ont un super sens du timing, remarqua-t-elle doucement.

— Putain, grommela Doc.

Le petit rire qui échappa à Ember était insouciant et heureux, et Doc voulait pouvoir l'écouter tous les jours de sa vie. Il se tourna pour saluer Trigger avec un long soupir.

— Hé, fit-il avec un geste du menton.

— Hé. Je suis content de te revoir, Ember. Bienvenue au Texas, dit Trigger.

— Merci, répondit-elle.

— Gillian n'a pas pu venir, désolé. Elle avait un rendez-vous avec un nouveau client ce matin, qu'elle n'a pas pu déplacer.

— Aucun souci. J'ai hâte de la rencontrer demain.

— Elle aussi. Elle est surexcitée à l'idée de la fête, mais attention à toi ; elle et les autres femmes risquent de bien te cuisiner. Je l'ai entendue parler au téléphone avec Kinley, elles ont une liste de gens célèbres et elles veulent savoir si tu les as déjà rencontrés, dit Trigger en accompagnant son sourire d'un clin d'œil.

Doc se raidit, avant de se détendre lorsqu'Ember se contenta de rire.

— J'ai peur qu'elles soient déçues. Enfin, j'ai passé la majeure partie de mon temps à m'entraîner, pas à aller aux soirées d'Hollywood.

— Elles ne seront pas déçues, lui assura Trigger. Crois-moi, elles sont impatientes de te rencontrer. Et j'espère que ça ne te dérange pas, mais Doc nous a expliqué un peu ce que tu prévois de faire dans notre petite ville, et j'en ai parlé à Gillian. Elle est super motivée pour organiser des collectes de fonds et faire passer le mot pour t'aider à trouver des enfants qui pourraient vouloir participer.

— Ouah ! Remercie-la de ma part.

— Tu pourras le faire toi-même demain, dit Trigger en souriant.

— Yo ! On s'y met, ou quoi ? demanda Lefty en s'approchant.

Il était accompagné de Brain et Aspen, qui portait leur fils contre sa poitrine. Le petit Chance était installé dans un objet à l'apparence complexe, dont les bretelles entouraient de toutes parts le corps de sa mère.

— Salut, je suis Aspen. Je suis si heureuse de te rencontrer ! fit-elle en tendant la main à Ember.

Doc laissa tomber son bras autour de la taille d'Ember et regarda les deux femmes se saluer.

— J'ai beaucoup entendu parler de toi, fit savoir Ember avec naturel.

— Ne crois pas un mot qui sort de leur bouche, répondit Aspen en souriant. Ils ne disent que des conneries.

— Ne jure pas, Aspen, la reprit Brain.

Elle leva les yeux au ciel.

— Chance a genre, deux secondes. Je ne pense pas qu'il risque de commencer à répéter les gros mots de sa mère tout de suite, dit-elle à son mari, avant de se tourner vers Ember.

— Mon mari, qui est un peu plus intelligent que la moyenne, a peur que Chance commence à s'exprimer à trois mois. Vraiment, je sais qu'il espère lui avoir transmis son savoir d'expert en langues étrangères, mais là, c'est quand même un peu trop, chuchota-t-elle d'un ton dramatique.

Doc sourit. Brain était *réellement* parano à l'idée que le premier mot de son fils soit une injure. Pour sa part, Doc pensait que ce serait plus probablement un obscur terme russe ou quelque chose du genre qu'il aurait appris de son père.

— Je suis en retard ? demanda Lefty. Content de te voir, Ember.

— Tu n'es pas en retard, on attend encore le camion. Et merci, répondit Ember.

— Kins travaille ce matin, donc elle n'est pas venue, mais elle tient à faire savoir que ce n'est pas des hippopotames enragés en vadrouille qui l'empêcheront de venir demain, déclara Lefty, ce qui fit rire Ember.

Oz, Lucky et Grover arrivèrent ensuite et se joignirent au groupe. Logan accompagnait son oncle, et Devyn était là aussi.

— J'espère que personne ne m'en veut d'avoir amené Slugger ce matin. Riley, Bria et Amalia passent la matinée entre filles. Et Riley voudrait travailler sur un livre qu'elle a reçu hier soir et qu'elle doit corriger, dit Oz.

— Ça ne fera pas de mal d'avoir une paire de mains en plus, répondit Ember.

Elle s'accroupit pour saluer Logan.

— Il paraît que tu es un sacré joueur de baseball, lui dit-elle.

Logan rougit et regarda ses pieds pendant un instant. Il sembla parvenir à rassembler son courage, releva la tête vers Ember... avant de pratiquement se jeter sur elle.

Ember écarquilla les yeux et attrapa le garçon, le serrant dans ses bras avec un grand sourire.

— Merci beaucoup d'avoir demandé à Shin-Soo d'envoyer le colis ! C'était super ! J'étais trop content ! Tous mes amis sont *trop* jaloux, j'ai même eu un gant qu'il a vraiment porté, c'est incroyable ! Il est trop grand pour moi, mais Oncle Oz dit que ma main fera la bonne taille un jour. J'ai trop hâte ! J'ai accroché les images et les posters dans ma chambre, et je vais mettre une des balles signées dans une de ces boîtes en plastique pour ne jamais, jamais l'abîmer.

Le sourire d'Ember s'élargit encore et Logan finit par la relâcher.

— C'était un plaisir. J'étais heureuse de pouvoir parler à mon ami pour lui demander de t'envoyer tout ça.

— Un jour, je serai célèbre, et moi aussi j'enverrai des colis comme ça à *mes* fans. Parce que je sais combien c'était important pour moi, alors je veux faire pareil pour les autres.

— C'est une excellente idée. Tu as bien confiance en toi, c'est essentiel. Tu sais que c'est la première étape pour devenir un champion, hein ? Croire en soi-même ?

— C'est ce que dit Oncle Oz, acquiesça Logan.

— Ton oncle est un homme très intelligent.

— Pas autant que Brain, mais c'est pas grave, dit Logan d'un air tout à fait sérieux, faisant rire tout le groupe.

Ember se releva, et Devyn s'avança à son tour.

— Salut, je suis Devyn, enchantée. Félicitations pour ta participation aux JO ! C'était impressionnant.

— Merci, sourit Ember.

C'était encore quelque chose que Doc adorait chez Ember. Elle n'écartait pas d'un geste les félicitations de Devyn, ne bafouillait pas en disant qu'elle n'avait pas été à la hauteur, qu'elle n'était arrivée « que » quinzième. Elle avait été sélectionnée pour faire partie de l'équipe nationale, ce qui en disait long sur ses capacités.

— Ember, fit Lucky en lui tendant la main.

Ember la serra, ainsi que celle de Grover.

— Merci d'être venus m'aider, dit-elle au petit groupe. J'ai eu beau dire à Craig que ce n'était rien de bien spectaculaire et que je n'avais pas grand-chose, il a insisté.

— Et il a bien fait. C'est un peu notre truc. Aider les gens à emménager, puis à déménager à nouveau peu après, plaisanta Trigger.

Doc lui lança un regard noir, mais cela fit sourire les autres.

— Je ne comprends pas, dit Ember en jetant à Doc un œil interrogateur.

— Il plaisante, lui dit-il.

— En fait, pas vraiment, répliqua Aspen avec un sourire narquois. On a l'impression que dès qu'on aide quelqu'un à emménager, on se retrouve immédiatement à les aider à nouveau. À emménager avec leur homme, cette fois, ou dans une maison plus grande... peu importe.

— Est-ce qu'on pourrait changer de sujet, s'il vous plaît ? supplia Doc avec un grognement.

À ce moment-là, un grand camion de déménagement entra dans le parking, mettant un terme à la conversation, au grand soulagement de Doc.

— Pas grand-chose ? fit Grover en levant un sourcil. C'est beaucoup, pour pas grand-chose.

— Tout n'est pas à moi, les rassura Ember. Quand quelqu'un n'a pas de quoi remplir un camion entier, ils y mettent les affaires de plusieurs personnes, pour économiser de l'argent et des voyages à travers le pays. J'étais stupéfaite quand le camion est arrivé chez moi en Californie, je n'avais absolument pas de quoi le remplir. Puis j'ai été soulagée quand ils m'ont expliqué que mes affaires seraient à l'arrière et qu'elles seraient déchargées en premier.

Pendant que tout le monde était occupé à regarder le chauffeur du camion faire sa manœuvre pour se rapprocher le plus possible de l'entrée par laquelle ils monteraient les affaires d'Ember, Doc se pencha vers elle.

— Tout va bien ?

— Bien sûr. Pourquoi ?

— Je vérifie.

— Alors comme ça... tu penses qu'on remet ça bientôt ? lui demanda-t-elle avec un petit sourire.

Doc émit un grognement.

— Ignore-les, répondit-il.

— Je suis curieuse, maintenant. J'en déduis qu'il n'est pas inhabituel pour toi et tes amis de franchir très vite toutes les étapes d'une relation ?

— Il faut que tu comprennes... dans notre boulot, on voit des trucs vraiment pas jolis. On a vu des amis mourir et laisser leurs familles seules. On a vu des soldats tromper leurs femmes et se foutre que tout le monde le sache. Putain, on a même vu des femmes tromper leurs maris soldats, surtout dans les forces spéciales. On a vu la mort, et une destruction telle que ce qui s'est passé en Corée n'était qu'une promenade de santé, Em. Donc quand on trouve quelqu'un qui est prêt à accepter notre boulot, nos manies, à vouloir être avec nous malgré tout ça... on s'y accroche de toutes nos forces. Je ne suis pas en train de dire qu'on va se marier et avoir beaucoup d'enfants, mais de manière générale, dans l'équipe, on ne plaisante pas avec nos vies, parce qu'on sait à quel point elles peuvent être brèves. Et si ça veut dire qu'on doit demander aux femmes qu'on aime d'emménager avec nous plus vite que ce qui est censé être normal, pour pouvoir passer le plus de temps possible avec elles, c'est ce qu'on fera.

Doc retint sa respiration en attendant la réponse d'Ember.

Elle leva une main pour la placer sur son visage.

— Je comprends, dit-elle doucement.

— Je sais que tu avais hâte de vivre seule, et c'est quelque chose que j'admire. Je ne te pousserai pas à faire quoi que ce soit si tu n'es pas prête, mais j'espère *vraiment* que tu es prête à ce que je sois là... souvent.

— Je suis prête, répondit-elle sans hésiter. Je ne serais pas ici, au Texas, si je ne nous voyais pas être ensemble sur le long terme. Je n'ai jamais fait une chose pareille. Je n'ai jamais traversé le pays et projeté de me poser dans une ville dans laquelle je n'avais jamais mis les pieds. Je suis impatiente d'avoir mon propre appartement, mais ça ne veut pas dire que je ne veux pas t'y voir.

— Putain, tant mieux, marmonna Doc.

Ember sourit.

— Eh, vous deux, vous comptez venir nous aider à savoir où on va et ce qui se met où ? appela Lucky.

Doc tourna la tête et vit que son équipe avait déjà aidé le chauffeur et les déménageurs qu'Ember avait engagés à ouvrir l'arrière du camion.

— Va rejoindre Devyn et Aspen, dit-il à Ember.

— Je peux aider, protesta-t-elle.

— Je le sais bien, mais on est déjà six, avec les déménageurs en plus. Ce sera fini en un rien de temps... et je sais que Devyn et Aspen meurent d'envie de te parler.

— Il est un peu tôt pour boire du vin, mais il se peut que j'aie de quoi faire des mimosas en haut, dit Ember.

— Parfait, sourit Doc.

Il se pencha pour l'embrasser. Le baiser fut bref, mais il adorait la manière dont ses lèvres s'accrochèrent aux siennes lorsqu'il recula.

— Quand on aura fini, tu voudras venir déjeuner avec nous ?

— Absolument.

Il se détourna, prêt à partir, mais Ember posa la main sur son bras.

— Craig ?

— Oui ?

— Est-ce que Grover va bien ? Il est très silencieux.

— Il s'inquiète pour Sierra.

Et Doc était inquiet pour lui. Grover n'était pas lui-même. Il était évident que toute l'affaire de la contractuelle disparue lui pesait.

— J'ai regardé d'où venaient mes abonnés, hier soir, et de ce que je vois, environ quarante mille vivent au Moyen-Orient. Je sais que ce n'est pas gagné, mais j'aimerais bien poster quelque chose sur Sierra. Est-ce que vous avez une photo que je pourrais utiliser ?

— Je t'en enverrai une, lui assura Doc, prenant une nouvelle fois conscience du fait qu'Ember était bien loin de la garce riche, gâtée et égocentrique que certains l'accusaient d'être.

— Allez, on bouge ! leur cria Lefty.

Doc ne put s'empêcher d'embrasser la tempe d'Ember avant de se diriger vers le camion.

Trois heures plus tard, Ember était assise au milieu d'une longue table rectangulaire dans un restaurant de grillades. Logan avait de la sauce barbecue plein la figure, sur les mains et quasiment jusqu'aux coudes, mais personne n'avait l'air de s'en soucier.

Plus important encore, elle n'avait vu personne prendre de photos ou de vidéos d'elle en douce. C'était un réel soulagement de pouvoir être incognito ici. Ember savait qu'on la reconnaîtrait sûrement plus souvent une fois qu'elle aurait lancé son entreprise, mais en attendant, c'était le paradis.

La matinée avait été animée et amusante. Ember ne savait même pas que déménager pouvait être une activité *amusante*, pourtant ç'avait été le cas. Les gars étaient hilarants et bienveillants, et elle adorait qu'ils encouragent Logan, qu'ils le fassent sentir qu'il faisait bien partie de l'équipe.

Devyn et Aspen étaient aussi charmantes qu'accueillantes. Aspen l'avait même laissée porter son bébé, et lorsque Craig était entré dans la pièce et l'avait vue avec le petit Chance dans les bras, elle aurait pu jurer que ses ovaires avaient failli exploser devant son regard. Il y avait dans ses yeux un mélange de désir, d'envie et de tendresse. Il n'avait rien dit, mais elle savait qu'elle n'oublierait jamais ce regard.

Maintenant, ils déjeunaient ensemble avant de devoir retourner au travail. Ember devait encore signer quelques papiers avec l'avocat qu'elle avait rencontré la veille, et vérifier que tout était en ordre pour le vol de Marie et Julio.

À part ça, elle voulait aussi se pincer pour s'assurer que tout cela était vraiment en train d'arriver.

Il y a encore peu, elle était déprimée, à se demander ce qu'elle allait faire de sa vie. Et voilà qu'elle était au Texas, avec son propre appartement, un homme qu'elle aimait de tout son cœur, prête à lancer sa propre entreprise.

Alors qu'elle se faisait une note mentale d'aller consulter les cours en ligne proposés par la fac pour obtenir son diplôme, le regard d'Ember tomba sur Craig, de l'autre côté de la table.

Elle était assise entre Logan, qui avait insisté pour être près d'elle, et Devyn. Craig, Trigger et Lefty étaient assis en face. Grover avait décliné l'invitation à déjeuner, disant qu'il retournait à la base pour voir si de nouveaux rapports étaient arrivés durant la matinée.

Aspen et Brain étaient assis à une extrémité de la table, Brain tenant leur fils contre sa poitrine tout en mangeant de l'autre main. Tout le monde riait et souriait, sans compter les calories ou se soucier de qui pouvait les observer. L'ambiance était à l'opposé exact de sa vie en Californie, et Ember était plus heureuse qu'elle ne l'avait été depuis des années.

— Quand est-ce que tu viendras me voir jouer, Em ? demanda Logan.

— Logan, c'est malpoli, le reprit Oz avec douceur.

— Il n'y a pas de mal, s'empressa de dire Ember.

Elle aimait que le petit garçon ait adopté le surnom que lui donnait Craig. Elle aimait être Em, et pas Ember Maxwell.

— Ça me ferait vraiment plaisir. C'est quand, ton prochain match ?

Logan regarda son oncle.

— Je crois que c'est le week-end prochain, Slugger, mais c'est pas moi, le pro de l'emploi du temps, c'est Ri, dit Oz avec un petit rire.

— C'est vrai qu'elle s'occupe de tout, acquiesça Logan en hochant la tête. Les heures de biberon d'Amalia, les rendez-vous chez le docteur, les activités et les jeux de Bria, mes trucs de baseball. Sans elle, on serait tout le temps en retard et on manquerait plein de choses.

Oz rit encore plus fort.

— Il n'a pas tort. Ri gère toute l'organisation. Je ne sais pas ce que je ferais sans elle.

Il se tourna vers Logan.

— En revanche, peu importe ce qu'en dit Em, c'est malpoli d'exiger comme ça que quelqu'un vienne te voir jouer. C'est plus poli de dire que tu adores jouer au baseball, et ensuite d'inviter quelqu'un à venir voir un match s'ils le veulent.

— Mais c'est ce que j'ai fait ! insista Logan d'un air confus.

— Il est pas vraiment subtil, remarqua doucement Devyn à côté d'elle.

— Et puis, ce serait pas trop cool pour Em de dire qu'elle m'avait vu jouer quand j'étais petit, une fois que je serai célèbre ? Je suis sûr que si elle me prenait en photo aujourd'hui, ça vaudrait des millions quand je serai grand et que je serai une star.

— Il manque pas de confiance en lui, non plus, commenta Devyn.

Ember ne put s'empêcher de rire.

— Je serais honorée de venir te voir jouer, Logan. Et je prendrai des tas de photos, que je vendrai pour financer ma retraite quand je serai une vieille dame aux cheveux gris. D'accord ?

— D'accord ! répondit joyeusement Logan. Tu me montreras les photos, aussi ? Je pourrais en avoir une ?

— Bien sûr.

Tandis que Logan se tournait vers son oncle pour lui expliquer qu'Ember le prendrait en photo, alors même qu'Oz, assis juste à côté, avait entendu toute la conversation, Devyn se pencha à nouveau vers elle.

— Il n'a aucune image de quand il était petit. Soit sa mère n'en prenait pas, soit elle ne les a pas gardées. Comme tout le monde prend des photos de sa nouvelle petite sœur, Riley pense qu'il se sent mis à l'écart.

Le cœur d'Ember se brisa en pensant au jeune garçon et à sa sœur, Bria.

— J'en prendrai tellement qu'il en aura marre, promit-elle.

Devyn la dévisagea un moment.

— Tu sais, je ne savais pas quoi penser de toi, au début. Quand on a entendu que Doc t'appréciait, je suis allée voir ton compte Instagram… pour m'assurer que tu étais assez bien pour lui, tu vois.

Ember eut un sourire narquois.

— J'admets que j'étais sceptique. On trouvait surtout des trucs qui avaient l'air très superficiels… mais après, j'ai compris que ton profil n'était en gros qu'une manière de monétiser ton nom, ce qui est assez malin. Ce n'est pas parce que moi, je n'aime pas prendre des seflies et mettre beaucoup de maquillage que c'est une mauvaise décision marketing. Ensuite, plus je lisais d'articles sur le pentathlon moderne et à quel point c'est difficile, à quel point les athlètes doivent s'entraîner dur pour être bons dans chaque sport, plus j'étais impressionnée. Maintenant que je t'ai rencontrée, je me sens mal de t'avoir jugée comme ça. J'ai aussi pleuré en lisant la lettre que tu as publiée sur ton profil. J'ai vu que c'était ça, la vraie *toi*. Sois toi-même : Em. Elle est tellement plus sympa que cette fausse Ember Maxwell.

— Merci. J'adore être Em.

Les deux femmes échangèrent un sourire.

— J'ai une question, par contre, continua Ember.

— Vas-y.

— Combien de temps ça t'a pris, à toi, d'emménager avec Lucky ?

Toute la tablée éclata de rire. Lucky se pencha en posant les coudes sur la table, souriant d'un air satisfait et laissant Devyn se charger de la conversation.

— Plus longtemps que les autres, mais surtout parce que j'étais la petite sœur insolente de son ami. En fait, on dirait qu'on prend plus de temps que les autres pour *tout*.

— Que veux-tu dire ? demanda Ember.

Devyn eut un geste en direction de Brain et Chance.

— Le mariage. Les enfants. Ce genre de choses.

— Oh, vous n'êtes pas mariés ?

Ember avait donc eu tort en supposant que c'était le cas.

— Nope. J'aime Lucky, et il m'aime, et on a tout à fait prévu de passer le reste de nos vies ensemble. Mais un mariage en vitesse à la mairie, ou un saut rapide à Las Vegas, ça ne passerait jamais auprès de ma famille. Donc, comme aucun de nous n'est prêt pour la fiesta géante au fin fond du Missouri que mes parents aimeraient, on se contente d'être installés ensemble pour l'instant.

Ember regarda Devyn, puis Lucky, puis à nouveau Devyn.

— Euh... mais alors, quand les gars parlent de vous,

pourquoi est-ce qu'ils disent « nos femmes », et pas « nos femmes et copines » ?

À la surprise d'Ember, le visage de Devyn vira au rouge écarlate.

— Eh bien… commença-t-elle en regardant Lucky comme s'il pourrait la sortir de là.

— Je suis désolée, c'était impoli de ma part, dit Ember, mortifiée à l'idée d'avoir embarrassé son amie.

— Pas du tout, la rassura Craig avec un sourire.

Il jeta un œil à Lucky.

— Je t'avais dit que ce serait impossible de garder le secret, ajouta-t-il à l'adresse de celui-ci.

Lucky soupira.

— OK. Bon… en vérité, Devyn et moi *sommes* mariés. Je voulais qu'elle profite des avantages auxquels elle a droit en tant que femme de soldat, et qu'elle puisse avoir le soutien nécessaire s'il m'arrivait quelque chose. Mais on ne l'a pas encore dit à sa famille. Ou à qui que ce soit en dehors de l'équipe, à vrai dire. On n'est pas pressés de faire face à la fiesta que ses parents voudraient, donc on fait semblant de vivre dans le péché pour l'instant.

Logan fronça les sourcils.

— Ça veut dire quoi, vivre dans le péché ? demanda-t-il à son oncle.

— On en parle plus tard, répondit Oz.

Ember se tourna vers Devyn.

— Ouah. Je suis désolée de ne pas avoir lâché l'affaire…

— Ce n'est rien. J'avais dit à Lucky que j'étais nulle pour garder un secret.

— Mais du coup, vous n'êtes pas *vraiment* plus lents que les autres, dit Ember avec un grand sourire.

Tout le monde rit à nouveau, et le moment parut encore une fois irréel à Ember. Elle aimait cette sensation. Elle l'aimait beaucoup.

— Bon. Non, on n'est pas plus lents. Mais je promets que

je ne suis pas encore enceinte. Pour *ça*, on attend encore un peu.

Bébé Chance poussa à ce moment-là une plainte stridente. Ember sursauta et Devyn eut un rire.

— Ce petit a de bons poumons, ça c'est sûr, dit-elle.

Peu après, tout le monde se prépara à partir. Ember fut surprise quand Devyn la serra dans ses bras.

Aspen s'approcha pour la serrer dans ses bras à son tour, mais elle semblait distraite. On voyait qu'elle avait hâte d'être dans la voiture et de pouvoir s'occuper de ce qui perturbait tellement Chance.

— C'était sympa de te rencontrer. On se voit demain chez Oz et Riley !

Logan aussi lui fit un câlin.

— N'oublie pas ! Tu as promis de venir à mon match et de prendre plein de photos ! On en aura besoin quand je serai grand pour les présentations sur ma jeunesse et tout ça.

Ember ne put s'empêcher de rire.

— Ça marche. Tu peux compter sur moi.

Logan la regarda droit dans les yeux.

— Je sais. Parce que tu es la petite amie de Doc.

Il se tourna ensuite et partit en courant vers son oncle, qui l'attendait à la porte.

— Il a raison, tu sais, dit Craig en passant le bras autour de sa taille pour la guider vers la sortie.

Ember adorait le fait qu'il semble toujours vouloir la toucher lorsqu'ils étaient ensemble. Lui tenir la main, toucher son genou, son dos... peu importe où ils étaient et qui était autour, il gardait toujours une forme de contact.

Elle se rendit compte alors du peu de contact humain qu'elle avait eu par le passé. Ses parents n'étaient pas du genre à exprimer de l'affection, et elle n'avait jamais eu des amies qui l'auraient serrée dans leurs bras comme Devyn et

Aspen, ou même Logan. Encore une chose qu'elle aimait beaucoup.

Elle dit au revoir aux autres, et se retrouva enfin seule avec Craig dans sa Durango. Il la raccompagnait à son appartement, où elle s'attellerait à sa longue liste de tâches du jour tandis qu'il retournerait à la base.

— Je suis désolé de ne t'avoir rien dit sur Devyn et Lucky.

— Pourquoi ? Si c'est un secret que l'équipe est censée garder, tu n'avais aucune raison de m'en parler.

— Même, je me sens mal. Mais j'aime que tu sois tellement intelligente que tu t'en sois rendu compte toute seule. Désolé si Devyn t'a offensée, par contre, dit Craig en conduisant.

— Je ne le suis pas, répondit immédiatement Ember. Tout ce qui était sur mon compte Instagram était *vraiment* superficiel et faux. Mais je suis en train de changer tout ça, et si je perds des abonnés, tant pis. Ça fait du bien de pouvoir à nouveau contrôler cet aspect de ma vie... et d'utiliser mon réseau pour quelque chose qui en vaut la peine.

Craig sourit.

— Quoi ? lui demanda-t-elle.

— Je pensais plus à sa remarque sur le fait que tu n'étais pas assez bien pour moi.

— Eh bien, je me demande si ce n'est pas vrai.

— Non, rétorqua immédiatement Doc à voix basse.

Il prit une inspiration.

— Pardon. Mais je ne veux pas que tu penses ça, jamais. On va bien ensemble. Je pense que nos différences nous permettent de mieux nous entendre. En plus, on a bien plus en commun que ce qu'on pourrait croire au premier abord.

— Je suis d'accord, dit doucement Ember.

Elle aussi avait fait partie des gens qui pensaient qu'ils étaient trop différents, quand ils s'étaient rencontrés, mais *tout le monde* était bien plus que son apparence extérieure.

Ils passèrent le reste du trajet dans un silence confortable, et Ember ne put s'empêcher d'être déçue lorsque Craig s'arrêta devant l'entrée de son immeuble.

— C'est dommage que Gillian n'ait pas été là aujourd'hui, je lui aurais demandé ce qu'il fallait apporter demain, dit Ember.

— Tant pis. On se débrouillera.

— J'aime beaucoup tes amis. Ils sont vraiment gentils.

— Oui, acquiesça Craig. Et maintenant, ce sont *nos* amis. Quand tu seras installée, ils t'aideront aussi pour n'importe quoi dont tu aurais besoin pour ton gymnase.

Ember hocha la tête. Il lui faudrait un peu de temps pour s'habituer à avoir des gens sur qui compter et avec qui partager sa passion.

— Pas la peine de cuisiner pour ce soir, lui dit Craig. Je pensais m'arrêter nous prendre à manger en rentrant... si ça te va. Je me disais que je pourrais venir passer la soirée avec toi. C'est ta première nuit dans ton appartement, on devrait fêter ça.

— J'adorerais, répondit Ember, pensant à tout ce qu'elle pourrait trouver comme manière de fêter ça avec Craig.

— Et ne me regarde pas comme ça, ajouta-t-il en riant. Je te ferais savoir que je ne suis pas ce genre de mec.

Au tour d'Ember d'éclater de rire.

— Je ne pense pas avoir déjà ri autant que depuis que je t'ai rencontré, lui dit-elle.

— Tant mieux.

Il se pencha pour lui embrasser la tempe.

— Allez. Va travailler. Je sais que ta liste de tâches du jour fait au moins deux pages.

— Tu me connais bien, dit-elle avec un sourire.

— Je fais de mon mieux, répondit-il avec sérieux. Allez. Vas-y. Je t'envoie un message en quittant la base.

Ember hocha la tête et descendit de la voiture. Elle fit une pause avant de fermer la portière.

— Craig ?

— Oui, Em ?

— Je suis heureuse.

Le sourire qui traversa son visage était si beau qu'Ember eut envie de pleurer.

— Moi aussi. À plus tard.

— À plus tard, répéta Ember en fermant la portière.

Craig lui fit un signe du menton avant de démarrer et de partir.

⁂

Une dizaine d'heures plus tard, Ember était assise sur le canapé de son propre appartement, le ventre rempli du délicieux repas mexicain que lui avait apporté Craig. Il avait aussi pris un gâteau double chocolat, son préféré. Cela faisait des années qu'elle ne s'était pas autorisé quelque chose d'aussi décadent, ce qui ne rendait le tout que plus délicieux.

Le gâteau portait l'inscription « joyeux anniversaire », et Craig avait rougi en disant que c'était le seul qu'ils avaient. Peu importe l'inscription, ou le fait que le glaçage soit effacé d'un côté où le gâteau s'était abîmé contre la boîte. Tout ce qui importait, c'était que Craig ait voulu faire de sa première soirée chez elle une occasion spéciale.

Il avait aussi acheté un pack de six canettes de Ziegenbock, une bière apparemment brassée à Houston et vendue seulement au Texas. Elle n'était pas très amatrice de bière, mais elle en apprécia le goût après une journée longue et fatigante.

Plus tôt dans la journée, Ember avait longuement réfléchi à ce qu'elle publierait sur ses réseaux, consciente qu'elle devait faire attention à ne pas poster quoi que ce soit qui pourrait indiquer l'endroit où elle avait déménagé. Elle profitait encore de son anonymat. Elle s'était donc contentée de prendre une photo artistique du parking du gymnase qu'elle avait acheté. Quelques mauvaises herbes à l'aspect triste poussaient dans les fissures du béton. Mais elle savait que bientôt, les mauvaises herbes seraient parties, remplacées par les nombreuses voitures qui viendraient remplir le parking. Comme légende, elle écrivit : *Il y a de la beauté partout... surtout quand on sait qu'on s'apprête à changer les choses.*

— On sera sûrement déployés dans les semaines à venir, dit soudain Craig.

Ember se tourna vers lui. Il était assis à côté d'elle sur le canapé entouré de cartons. Elle n'avait pas eu le temps de brancher la télé. L'appartement était en désordre, mais ça ne la dérangeait pas. Sa journée avait été productive, et elle préférait largement être assise là avec Craig que de ranger ses affaires.

— C'est... une bonne nouvelle, non ?

— Une bonne nouvelle ? demanda Craig en haussant un sourcil.

— Oui. Je sais que tu ne peux pas me dire où vous irez ou pour quoi faire, mais tu as laissé entendre suffisamment de choses sur Sierra ces jours-ci, et sur l'inquiétude générale sur la situation en Afghanistan, avec les contractuels disparus. Je n'ai pas de diplôme d'études supérieures, mais je suis capable de faire quelques déductions. Ah, ça me rappelle : merci de m'avoir envoyé la photo, d'ailleurs. Je la posterai demain, avant la fête chez Riley et Oz.

— Désolé. J'ai trop l'habitude d'éviter les questions sur les actions de mon équipe. Tu as raison. Pendant nos réunions, la tension est palpable, et la patience de Grover ne tient plus qu'à un fil. Aucun de nous ne lui en veut. On s'inquiète juste à l'idée qu'il ne prenne de décision impulsive.

— Comme quoi ?

— Aucune idée. Ce que je sais...

Craig la regarda droit dans les yeux, et Ember ne put détourner le regard.

— ... c'est que si c'était *toi* qui étais en danger, je ferais n'importe quoi pour te venir en aide. Peu importe les risques.

— Craig, murmura Ember.

— Je ne peux pas expliquer comment je sais que c'est toi, la bonne personne. Les gens ne croient pas au coup de foudre, mais dès l'instant où je t'ai vue, j'ai eu comme un déclic.

Ember avala sa salive.

— Est-ce que je t'aime ? Je ne sais pas. C'est nul, mais c'est vrai. J'ai déjà pensé être amoureux avant, mais rien de ce que je ressens pour toi n'est comparable. Alors peut-être que *ça*, c'est de l'amour, et que tout ce que j'ai pu ressentir avant n'était que de l'affection. Tout ce que je sais, c'est que je pense à toi tout le temps. Je suis fier de toi, je veux raconter à tous ceux que je rencontre à quel point tu es exceptionnelle. J'ai toujours hâte de te parler, et rien que de recevoir un message de ta part me fait sourire comme un taré psychotique. Je n'arrête pas de penser à toutes les choses que j'aimerais faire avec toi. T'emmener danser, même si je ne sais pas danser du tout. T'emmener au champ de tir. Au cinéma. Même notre jogging de ce matin m'a paru plus facile, avec toi. Et chaque jour qui passe, je me sens un peu plus proche de toi. C'est super flippant, si tu veux tout savoir.

Ember lui offrit un sourire vacillant.

— Je sais, approuva-t-elle.

— Ça me va de voir au jour le jour, mais sache que pas une seule journée ne se passe sans que je pense à toi. Sans que j'espère de pas tout gâcher en disant ou en faisant quelque chose de mal. J'étais prêt à m'éloigner de toi, avant que tu n'arrives ici. Je savais que j'en mourrais si on devait n'être qu'amis. Ou se contenter de parler au téléphone et se voir seulement de temps en temps. Et penser que tu rencontrerais peut-être quelqu'un d'autre ? Ça a failli me détruire. Ce qui est complètement dingue, je le vois bien, puisqu'on *était* seulement amis.

— Je ne sais pas si on a déjà été seulement amis, dit doucement Ember.

— Toi aussi, tu ressens ça.

Ce n'était pas une question.

Mais elle en apporta la confirmation tout de même.

— Je le ressens aussi. C'est pour ça que j'ai emménagé ici. Je ne voulais pas non plus d'une relation longue distance. Je me suis sentie comme poussée à venir, à être près de toi. Je pense que c'est plus que de la chance, tout ce qui arrive. Que le gymnase ait été disponible. Et cet appartement. Et que Julio et Marie soient venus m'aider. Les choses se déroulent à merveille pour une raison, Craig. J'en suis convaincue.

— Moi aussi.

— Bon, alors... comment ça se passe, quand vous êtes déployés ? Est-ce que tu auras juste disparu un jour, ou vous êtes prévenus en avance ?

— Je ne disparaîtrai jamais comme ça, répondit Craig avec sérieux. Parfois, on ne nous prévient qu'avec quelques heures d'avance, mais on nous laisse toujours le temps de rentrer chez nous vérifier que nos familles sont bien installées avant de partir. Parfois, on sait quelques jours voire une semaine à l'avance. Cette fois, j'espère qu'on aura au moins une journée ou deux pour se préparer.

Ember hocha la tête.

— D'accord. Est-ce qu'on peut communiquer pendant que tu seras parti ? Tu pourras recevoir les mails, et ce genre de choses ?

— En général, non.

— C'est dommage, mais je comprends.

— Ce ne sera pas facile, d'être avec moi, lui rappela Craig.

— Avec moi non plus, rétorqua Ember. Attends qu'on aille quelque part et que les gens me reconnaissent. C'est un peu la folie, parfois. En plus, je risque de passer beaucoup de temps au gymnase. J'ai besoin que le projet fonctionne, et la meilleure manière de m'en assurer est d'être sur place pour superviser. Pour aider, pour entraîner les enfants. C'est ce dont j'ai le plus hâte. Oui, donc, ça va être dur quand tu ne seras pas là, mais il y aura aussi bien assez de soirées où je serai trop occupée pour faire ça… s'asseoir ensemble sur le canapé et discuter. Ça ne te dérange pas ?

— Non, répondit immédiatement Craig. Je…

Il s'interrompit et ne reprit pas.

— Tu quoi ? demanda Ember.

— Je suis submergé d'émotions. Je ne sais pas comment on en est arrivés là. Bien sûr, j'en suis heureux, c'est juste que j'ai peur parfois que tout ça ne soit qu'une illusion, vouée à disparaître soudainement dans un nuage de fumée.

— Pareil pour moi, acquiesça Ember avec un soupir.

Elle était soulagée de ne pas être la seule à se sentir ainsi.

Craig jeta un œil à sa montre et grimaça.

— Il est 22 h 30. Je suis sûr que tu as déjà plein de choses de prévues pour demain, avant que je vienne te chercher pour aller chez Oz.

Ember hocha la tête.

— Oui. Je voulais aller nager, puis vérifier que les appartements prévus pour Julio et Marie seront prêts la semaine prochaine, comme promis, et en payer les cautions. Après, j'ai rendez-vous avec un monsieur qui dit avoir de l'équipement d'escrime que je pourrais lui racheter. Et il faudrait que je m'arrête au supermarché en rentrant pour voir ce que je pourrais apporter à la fête.

— Je t'accompagnerai à ce rendez-vous, ce n'est pas

prudent d'y aller toute seule. Et je peux me charger d'aller au supermarché, tu peux enlever ça de ta liste. Je m'inviterai bien aussi à venir nager avec toi, mais c'est peut-être un peu trop, dit Craig en souriant.

— Un de ces jours, je serai assez courageuse pour te proposer de passer la nuit ici, dit soudain Ember avec précipitation.

— Et j'accepterai, répondit Craig avec un sourire tendre. Même une invitation à passer la nuit ici, sur le canapé, pendant que tu dors dans ton lit. Ne te méprends pas, je te veux, Em. Mais mon désir pour toi n'est pas plus fort que mon besoin d'être simplement *avec* toi. Près de toi. À tes côtés. Tu comprends ?

Elle comprenait.

— Oui.

— Parfait.

Craig se releva et lui tendit la main. Ember l'attrapa et il l'aida à se redresser. Il garda sa main dans la sienne jusqu'à la porte d'entrée.

— Je t'aiderai à remplacer ces serrures, un de ces jours, dit-il avec un regard à la chaîne fragile de la porte. On ajoutera un verrou, aussi. Ça n'arrêtera pas quelqu'un de vraiment déterminé à entrer s'il en a vraiment envie, mais ça le ralentirait.

Ember ne discuta pas. Il était un peu perturbant pour elle de passer de la maison de ses parents, avec son système de sécurité dernier cri, à cet appartement qui n'avait qu'un seul verrou et une chaîne. Elle avait acheté une de ces cales qu'on pouvait glisser sous la porte et qui émettait un bruit strident si quelqu'un essayait d'entrer, mais elle se sentirait mieux avec de meilleurs verrous.

Craig se tourna vers elle et, sans un mot, Ember se mit sur la pointe des pieds. Elle l'embrassa longuement, sensuellement, laissant ses mains se promener sur son corps. Lorsqu'il se dégagea enfin, avec un grognement, elle se rendit compte qu'elle était accrochée à son cul comme si elle comptait ne jamais le lâcher.

— Joyeuse première nuit dans ton nouvel appart, dit doucement Craig.

— Merci.

— Appelle-moi si tu as besoin de quoi que ce soit.

— D'accord.

— Et dis-moi à quelle heure tu dois retrouver ce gars demain. Je viendrai te chercher et on ira ensemble. OK ?

— On a rendez-vous à 9 h 30. J'ai vérifié l'adresse, ce n'est pas très loin.

— Bien. Combien de temps ça devrait prendre, tu le sais ? On aura le temps de rentrer se changer avant d'aller chez Oz ?

Encore ce pronom. Elle adorait ça.

— Je pense, oui.

— Parfait. On se voit demain matin, alors. Dors bien, dit Craig en serrant sa main dans la sienne.

— Toi aussi.

— Aucune chance, dit-elle avec un grand sourire.

Il ouvrit la porte, et Ember sourit à son tour en le regardant partir dans le couloir. Elle ne dormirait pas bien non plus, et ce serait de sa faute à lui. Elle voulait Craig. Elle le voulait désespérément. Mais elle voyait bien qu'il comprenait qu'elle avait besoin de passer sa première nuit chez elle toute seule. Besoin d'apprécier pleinement sa solitude, pour la première fois de sa vie.

Mais demain ? Elle serait prête à faire avancer encore cette relation qui progressait à la vitesse de l'éclair. Elle voulait voir de plus près le membre long et dur qu'elle avait senti contre son ventre quelques minutes plus tôt. Elle voulait ses mains calleuses contre sa peau. Elle voulait passer la nuit dans son lit, ou l'avoir dans le sien, peu importait. Tout ce qu'elle savait, c'est que s'ils ne faisaient pas l'amour très vite, elle allait exploser.

Souriante, Ember ferma sa porte à clé et installa la cale de sécurité dessous. Elle éteignit les lumières et se dirigea vers sa chambre. Devyn et Aspen l'avaient aidée à faire le lit ce matin, pour qu'il soit prêt quand elle irait se coucher. Elle devait encore acheter quelques objets comme un tapis de salle de bain et un rideau de douche, ce qui expliquait en partie qu'elle décide d'aller nager tôt le lendemain ; elle pourrait se doucher à la piscine. Elle avait hâte de pouvoir décorer son appartement, mais elle ne pouvait s'empêcher de penser à la maison de Craig, qui elle aussi avait besoin de quelques touches finales. Des tapis, des images sur les murs, des coussins.

Ember se changea et s'installa sous la couette. Attrapant son portable, elle se rendit sur son compte Instagram. Maintenant qu'elle postait ses propres photos, elle tenait bien plus à voir ce qu'en pensaient ses abonnés. Les publications étaient plus personnelles, avaient plus de sens pour elle, et elle voulait que tous puissent voir la beauté de son nouveau monde.

La plupart des commentaires étaient positifs, lui souhaitaient bonne chance et expliquaient à quel point ils aimaient la symbolique de l'image du parking vide qu'elle avait postée. Mais certains, inévitablement, étaient furieux, haineux, disaient qu'ils espéraient que son entreprise coulerait, que le gymnase prendrait feu.

Tu vas échouer, salope. Et ça nous fera bien rire.

Même en cherchant, t'aurais pas trouvé un pire bâtiment.

Tu as marché sur tous ceux qui t'entouraient pour en arriver là. Tu ne mérites pas d'être heureuse.

Ça me rend malade de te voir étaler ta richesse.

Un bon nègre est un nègre mort.

Ce mot lui coupa le souffle de surprise et de peur. Il était difficile de croire qu'à leur époque, certains continuaient à détester les autres à cause de la couleur de leur peau. Mais bon, il était vrai qu'il n'y avait pas si longtemps que les noirs n'avaient aucun droit et étaient considérés comme de simples marchandises.

Essayant d'écarter de son esprit les commentaires haineux, Ember continua sa lecture, cherchant les messages positifs et ignorant les autres.

J'adore ce que tu fais.
Tu changes vraiment les choses.
J'ai hâte de voir le résultat !
Cette image est superbe.
Je suis heureuse de rencontrer la vraie Ember.

Ce dernier commentaire la fit sourire. Elle aussi, elle était heureuse de rencontrer la vraie Ember. Jusqu'ici, elle était contente de ce qu'elle avait appris. Éteignant son portable, elle le rangea dans sa petite table de nuit. Elle voulait se concentrer sur ce qu'il y avait de bon dans le monde, pas sur la haine. Mais ce n'était pas facile quand on faisait défiler ses réseaux sociaux, c'était sûr.

Se faisant une note mentale de ne plus jamais regarder les commentaires sur son compte juste avant de se coucher, Ember s'efforça de penser à ses nouveaux amis du jour et à ceux qu'elle rencontrerait le lendemain.

Et demain soir... eh bien, avec un peu de chance, elle ne dirait pas au revoir à Craig sur le pas de sa porte. Soit il resterait, soit il l'inviterait à passer la nuit chez lui. La dernière réflexion qu'elle se fit avant de s'endormir fut de penser à emporter de quoi passer la nuit, au cas où.

*⁎
⁎⁎

Alex fronça les sourcils en regardant la dernière photo publiée sur le compte d'Ember. Elle ne répondait plus aux commentaires, en plus. Ce qui ne faisait que prouver à quel point elle ne faisait attention qu'à elle-même. La garce faisait semblant de se préoccuper des autres, alors qu'elle ne faisait qu'utiliser son nouveau projet comme un énième coup de pub.

Oh, il était évident qu'elle irait jusqu'au bout. Acheter un local, engager des gens pour travailler avec elle. Mais la motivation derrière cette nouvelle volonté d'Ember d'aider les plus défavorisés semblait hypocrite au mieux.

Après son échec retentissant aux Jeux olympiques, cet élan de charité n'était qu'une façon de détourner l'attention du fait qu'elle n'était qu'une *perdante*.

En plus de ça, c'était tellement putain d'injuste qu'elle puisse monter son entreprise aussi rapidement ! Elle n'avait qu'à faire miroiter son argent et boum ! Tout le monde en voulait. C'était à vomir... et une raison de plus de la détester.

Alex s'assurerait qu'elle n'exploite plus jamais personne. Pas comme elle avait exploité tant de gens à Los Angeles. Tous ceux qui avaient déjà travaillé pour elle n'avaient été que les marches de l'escalier qui l'avait conduite à la gloire. Les entraîneurs, les coiffeurs, les stylistes, les photographes, les autres athlètes, les managers... même ses propres parents. Elle prenait et prenait, sans rien donner en retour, et laissait tomber ceux dont elle n'avait plus l'usage.

Alex en était malade !

Ember Maxwell n'est qu'une sale manipulatrice, et elle ne peut pas se contenter de partir en laissant toute cette destruction derrière elle.

Elle ne peut pas abandonner les autres sans un regard. C'est pas cool.

C'est pas juste !

Les sourcils toujours froncés, Alex prit plusieurs grandes

inspirations, s'efforçant de faire taire les voix. Elles étaient de plus en plus bruyantes, parlaient toutes en même temps, délibérément confuses.

Après une dernière inspiration, Alex retourna à son plan.

Il était temps d'en finir avec cette garce.

Elle ne verrait rien venir. Il n'y aurait pas d'avertissement. Aucune raison de s'inquiéter, d'engager des gardes du corps. Non. Alex arrivait. Et d'ici une semaine, l'existence d'Ember ne serait plus qu'un mauvais souvenir.

Fini, les plans pour exploiter de pauvres enfants. Fini, d'utiliser tous ceux qui l'entouraient pour se mettre en valeur. Fini, d'étaler ses privilèges.

Alex ferait ce qui devait être fait.

Et tout le monde oublierait Ember Maxwell, car elle n'était rien de plus qu'une salope, avide de richesse et de gloire.

Alex se détendit enfin, avec un sourire. Bientôt. Dans une semaine, tout irait mieux. Ember serait morte, et le monde serait à nouveau en ordre.

CHAPITRE ONZE

La perspective de la fête rendait Ember aussi anxieuse qu'enthousiaste. Elle s'était levée tôt, comme à son habitude, et était partie nager. Son épaule avait bien guéri et elle ne ressentait plus qu'un tiraillement par moments. Les maîtres-nageurs étaient aimables et les quelques autres nageurs qu'elle avait croisés lui avaient à peine jeté un coup d'œil, ce qui était un changement bienvenu.

Ensuite, elle avait eu un peu de temps à perdre, et elle en avait profité pour préparer des muffins aux myrtilles. Elle avait acheté une préparation toute faite, mais elle tenait à apporter quelque chose à la petite fête des amis de Craig. Elle était nerveuse. Elle voulait que les autres femmes l'apprécient, tout en étant consciente qu'elle devrait pour cela certainement défaire les préconceptions qu'elles pourraient avoir sur Ember Maxwell et son arrivée dans leur cercle. À leur place, elle serait tout aussi méfiante.

Craig était arrivé à 9 h 15 et ils étaient partis rencontrer l'homme qui avait des équipements d'escrime d'occasion à lui proposer. Ce qu'il avait conviendrait parfaitement, du moins pour l'instant. Ember savait qu'elle devrait se procurer de plus petits uniformes et plus d'épées, l'arme qu'on utilisait au pentathlon moderne, mais c'était un bon début. Le vendeur s'occupait d'un studio d'escrime dans sa jeunesse, mais était maintenant à la retraite et heureux de lui vendre ce qui lui restait.

Craig était ensuite repassé chez lui se changer et attraper au passage une quantité impressionnante de nourriture. Quand il avait dit qu'il s'occuperait d'apporter à manger, Ember ne s'était pas doutée qu'il achèterait la moitié du magasin. En comparaison, ses deux douzaines de muffins, à l'arrière de la Durango, semblaient vaguement pathétiques.

— Qu'y a-t-il ? demanda Craig alors qu'ils étaient enfin en chemin vers la maison d'Oz et Riley.

— Rien.

— Em, dis-moi, dit-il fermement.

— Enfin, je ne m'étais pas imaginé tout ce que tu apporterais. Sinon, je n'aurais pas pris la peine de préparer des muffins. Ils sont ridicules. Tout de travers, de tailles différentes. Je suis sûre qu'il y en a dont l'intérieur n'est pas assez cuit. Je les laisserai dans la voiture, et je les jetterai en rentrant.

— Regarde-moi.

Ember soupira et se tourna vers Craig. Il était incroyablement beau ce jour-là, comme à son habitude. Il portait un short militaire beige qui lui arrivait aux genoux, un T-shirt bleu foncé qui faisait ressortir le bleu de ses yeux et une paire de claquettes. Il lui semblait aussi étrange qu'intime de voir ses pieds nus. Elle était habituée à le voir en rangers, pantalons et chemises à manches longues. Il semblait insensible à la chaleur texane. Le voir habillé comme ça, aussi simplement, était... agréable. Comme s'il avait baissé sa garde pour lui laisser apercevoir le vrai Craig.

— Pendant que tu ne regardais pas, j'ai volé un de tes muffins. Il était délicieux, et je ne dis pas ça par politesse. C'est ta première rencontre avec des gens qui seront toujours là pour toi, du moins je l'espère ; tu crois vraiment que je te laisserai être embarrassée ? La réponse est non. Alors, même si ce n'était sûrement pas cool de ma part, j'ai pris un de tes muffins parce que d'une part j'avais faim et qu'ils avaient l'air bons, et d'autre part parce que je voulais m'assurer qu'ils l'étaient… mais juste parce que tu m'as dit que tu n'avais jamais eu l'occasion d'apprendre à cuisiner. Tu es en colère ?

— Non.

Sa réponse fut immédiate et sincère. Elle-même avait goûté un muffin pour cette raison. Si jamais elle s'était trompée en ajoutant les ingrédients, la dernière chose dont elle avait envie était que quelqu'un recrache son dessert après l'avoir goûté. Elle en serait mortifiée. Donc, non, elle n'était pas en colère contre Craig, qui n'avait fait que prendre soin d'elle, avait voulu lui épargner de l'embarras.

— Merci de me l'avoir dit, continua-t-elle.

— Pas de secrets entre nous, dit-il.

Il fronça le nez.

— C'est idiot de dire ça, vu mon travail, mais disons pas de secrets en ce qui nous concerne. Si je te propose quelque chose dont tu n'as pas envie, dis-le. Ça vaut quand on est à la maison, mais aussi à l'extérieur : ce qu'on regarde à la télé, les positions sexuelles, les activités bénévoles, mes activités à la base… tout.

Ember eut un sourire en coin.

— Les positions sexuelles ?

— Oui, bon, on ne sait jamais, on a peut-être des notions très différentes de ce qu'on aime au lit, dit Craig en lui rendant son sourire.

Cela refroidit un peu Ember.

— Et si on n'est pas compatibles ?

— On l'est, répondit Craig sans hésiter.

— Tu n'en sais rien, rétorqua Ember, sans trop savoir pourquoi elle insistait comme ça.

— Ember, quoi que tu veuilles faire ou non, je suis partant.

— Ah oui ? Et si je te dis que je suis une dominatrice et que je veux avoir le contrôle total de ce qui se passe dans la chambre, ça t'irait ? Si je voulais t'attacher et te fouetter ? demanda-t-elle, sourcils froncés.

— Tu n'es pas dominatrice et tu n'as aucune envie de tout ça, dit Craig avec un rire.

— Mais tu n'en sais rien, répéta-t-elle.

— Em, je le sais. Et je ne suis pas en train de parler d'expériences qui pourraient nous blesser, l'un ou l'autre. Si tu veux tenter du bondage léger et des fessées, ça me va. Que tu m'attaches ou que ce soit *moi* qui t'attache. Si tu veux qu'on regarde ensemble des films érotiques ou du porno, pareil, ça me va. C'est excitant de tenter de nouvelles choses. Ça peut aussi être gênant, mais je suis prêt à subir ça parce que je sais que quoi qu'il arrive, on le fait ensemble.

— Je n'arrive pas à croire qu'on discute de tout ça avant même de s'être vus nus, marmonna Ember.

Elle jeta un œil à Craig et vit qu'il souriait.

— Quoi ?

— J'aime ça, c'est tout, répondit-il, croisant son regard un instant avant de reporter son attention sur la route. Être ouvert et honnête. Je n'ai jamais eu de relation comme celle-ci. J'ai toujours dû jouer à lire dans l'esprit de mes copines ce qu'elles voulaient, ce qu'elles pensaient. Avec toi... tu ne me laisses jamais douter. Et je n'ai pas peur non plus de te dire ce que *moi* je pense, ou ce que je veux.

Ember sourit à son tour. Elle comprenait tout à fait ce qu'il voulait dire. Elle avait passé tellement de temps dans sa vie à se cacher derrière un sourire factice, sans jamais oser exprimer ses vrais sentiments, qu'il était rafraîchissant d'être avec lui, c'était si... simple.

— Et pour boucler la boucle... tes muffins sont putain de délicieux. J'en aurais bien pris plus d'un seul, mais tu aurais remarqué. Les gens qu'on va voir aujourd'hui n'ont rien à faire qu'un muffin soit de travers ou pas trop cuit, ce qu'ils ne sont même pas. Pour tout dire, les filles les aimeraient sûrement même plus s'il restait de la pâte crue au centre. Ce sont de bonnes personnes, Em, et je sais que tu te sentiras chez toi avec eux.

— Je l'espère.

— C'est certain, dit Craig avec fermeté.

Ember décida alors de se détendre et d'être elle-même. Elle avait passé trop de sa vie à essayer d'être quelqu'un qu'elle n'était pas, et elle ne voulait pas commencer à construire une amitié avec ces femmes sans être complètement authentique.

Ils se garèrent dans l'allée, derrière une Jeep Grand Cherokee et une Chevy Blazer. Craig attrapa la plupart des sacs de nourriture qu'il avait achetés et Ember prit sa boîte de muffins. Ils s'avancèrent jusqu'à la porte, qui s'ouvrit avant même qu'ils ne frappent.

— Salut ! s'écria Logan. Tu as apporté ton appareil photo, Em ? Je pensais qu'on pourrait prendre quelques photos de moi dans mon jardin.

— Logan, réprimanda Oz en arrivant derrière son neveu. Ne sois pas impoli.

Le jeune garçon leva la tête vers son oncle.

— Pardon, s'excusa-t-il.

— Pas à moi, dis pardon à Ember.

— Pardon, répéta Logan, se tournant consciencieusement vers Ember.

— Ce n'est pas grave. Et ne t'inquiète pas, la fonction caméra de mon téléphone est plutôt pas mal. J'adorerais te prendre en photo avec le T-shirt que t'a offert Shin-Soo, comme ça, je pourrais lui envoyer.

Logan écarquilla les yeux.

— Pour de vrai ? Alors, il faut que je me change !

Il partit en courant dans la maison, bousculant son oncle au passage.

Ember eut un rire.

— Désolé, il est un peu... enthousiaste quand on lui parle de baseball, dit Oz.

— Pas de souci. Je suis heureuse de faire ça pour lui, et je sais que Shin-Soo sera content d'avoir les photos.

— Ne restez pas dans la porte, dit une femme derrière Oz, qui sourit et s'écarta pour passer un bras autour de sa taille.

— Voici Riley... et Amalia.

Le bébé était adorable, comme tous les bébés.

— Enchantée, dit Ember en souriant.

— De même. J'ai beaucoup entendu parler de toi, et je dois dire que tu es encore plus jolie en personne, dit Riley.

À ce moment-là, une petite fille aux cheveux roux et aux grands yeux noisette apparut à côté de Riley et dévisagea Ember. Elle semblait avoir sept ou huit ans.

— Coucou, dit doucement Ember.

Au lieu de répondre, Bria tira sur la chemise de Riley, qui se pencha vers elle.

— Oui, ma chérie ?

— On dirait la princesse Tiana.

Riley se redressa en souriant.

— C'est vrai, n'est-ce pas ? dit-elle à la petite. Bria, voici Ember, l'amie de Doc. Ember, voici Bria. C'est la nièce d'Oz et ma fille, et aussi la grande sœur d'Amalia.

Ember avait entendu parler des circonstances qui avaient amené Bria et Logan à venir vivre avec Riley et Oz, et elle ne put s'empêcher de ressentir immédiatement de l'affection pour la petite fille. Qu'elle trouve qu'Ember ressemble à une princesse Disney n'en était que plus attendrissant.

Oz prit la boîte que tenait Ember, qui lui donna sans discuter.

— On attend encore que les autres arrivent, mais Bria, peut-être que tu pourrais faire visiter la maison à Ember ?

— Tu veux voir ma chambre ? lui demanda timidement la petite.

— J'adorerais, répondit Ember.

Elle fut choquée que Bria se détache de Riley pour venir attraper sa main. Les expressions stupéfaites de Riley et d'Oz lui confirmèrent que ce n'était pas dans ses habitudes.

— J'ai plein de poupées Barbie, on pourrait y jouer !

— Pas tout de suite, Bria. Peut-être plus tard, lui dit gentiment Riley. Ember est venue jouer avec les adultes. Carrie arrive tout à l'heure, tu pourras jouer aux Barbie avec elle.

Bria fit la moue, et Ember tenta de l'apaiser.

— Je serais ravie de voir tes Barbie avant que ton amie arrive, dit-elle rapidement.

Souriant à nouveau, Bria tira le bras d'Ember pour l'amener dans la maison. Elle se laissa conduire au premier étage jusqu'à sa chambre, où elle passa une dizaine de minutes à admirer la collection de poupées Barbie de la petite et à passer en revue tous ses objets préférés. La pièce était grande et aérée, et Ember devina que c'était fait exprès, que Riley et Oz voulaient s'assurer qu'elle ne se sentirait jamais enfermée. Après tout ce que Bria avait enduré, ils s'en étaient sortis à merveille pour faire de sa chambre un refuge.

Elles quittèrent finalement la chambre et Bria lui montra les autres pièces. La maison était immense et comportait six chambres. Craig avait dit à Ember que Riley et Oz voulaient une grande famille, et elle ne serait pas surprise que Riley se retrouve vite à nouveau enceinte.

Bria abandonna Ember une fois qu'elle fut fatiguée de jouer les guides, elle redescendit donc toute seule. Dès que Craig la vit, il se dirigea vers elle.

— Tout va bien ? demanda-t-il.

— Bien sûr. Bria est adorable. Et cette maison est immense.

— Ouaip. Je te l'avais dit. Viens, tout le monde est arrivé et Gillian a déjà lancé la machine à margarita.

— La machine à margarita ? Ce n'est pas qu'un mixeur ? demanda Ember.

— Chut, dit Craig en souriant. C'est Trigger qui est chargé des boissons... c'est lui qu'elle appelle la « machine à margarita ».

Ember ne put s'empêcher de rire à ces mots.

Craig se pencha pour embrasser sa tempe, avant de mêler ses doigts aux siens et de partir en direction de la cuisine. La pièce était vaste, pleine d'appareils dernier cri et de comptoirs en marbre, mais avec tous les gens qui s'y tenaient, il n'y avait plus un centimètre d'espace libre.

Il la mena vers une femme qui faisait à peu près sa taille, aux cheveux blonds et aux yeux verts.

— Gillian, voici Ember. Ember, Gillian.

— Hey ! s'exclama joyeusement Gillian. Enchantée. Tu veux un verre ?

— Euh... avec plaisir, répondit Ember.

— Super. Walker ?

En riant, Trigger lui tendit un verre d'où dépassait une paille.

Gillian l'attrapa, se pencha pour déposer un baiser sur ses lèvres, et passa le verre à Ember.

— J'espère que tu aimes quand c'est fort.

Ember ne put s'en empêcher, elle jeta un œil à Craig et pressa son biceps avant de prendre le verre.

— Plus c'est fort, mieux c'est.

Gillian renversa la tête en arrière en riant, avant de pousser Craig.

— Toi et les autres, vous pouvez sortir. Ne t'inquiète pas, ta copine est entre de bonnes mains.

— C'est bien ça qui m'effraie, marmonna Craig.

Il se pencha et, à la surprise d'Ember, l'embrassa sur la bouche. Pas pour un baiser rapide et chaste, non. Il y mit la langue et l'attira vers lui d'une main posée sur sa nuque en l'embrassant profondément. Lorsqu'il recula, il la regarda un long moment avant de lui faire un petit sourire.

— Amuse-toi bien, dit-il.

Ember passa la langue sur ses lèvres et le regarda rejoindre les autres hommes dans la pièce d'à côté. Elle ne savait pas s'ils comptaient faire un barbecue, un concours de tir dans le jardin, ou quelques bras de fer, mais vu la testostérone qui faisait presque vibrer l'air autour d'eux, aucune de ces options ne l'aurait surprise.

Une femme qu'elle ne connaissait pas s'éventa le visage d'une main.

— Ouah, c'était sexy.

— N'est-ce pas ? Je te l'avais dit, commenta Aspen en souriant.

— Dit quoi ? demanda Ember.

— Que vous étiez chauds bouillants, tous les deux. Rien que d'être près de vous hier m'a suffi pour le voir, même sans baiser.

Ember avait la forte impression d'être en train de rougir, et elle était soulagée que les autres ne le remarquent sûrement pas.

— Je suis Kinley, dit la jeune femme aux cheveux noirs, un peu plus petite qu'Ember, en lui tendant la main.

Ember la serra, changeant son verre de main.

— Enchantée.

Dans le silence qui suivit, elle prit une gorgée de margarita... et faillit s'étouffer. On sentait plus la tequila que tout le reste.

— Je t'avais dit que c'était fort, dit Gillian en souriant. De ce que j'en sais, aucune de nous n'est enceinte, et nos hommes ne vont pas tarder à partir, alors autant qu'on se lâche. Bria s'occupe de Chance, Oz d'Amalia... aucune excuse pour ne pas s'amuser un peu.

Les autres femmes approuvèrent, et Ember se détendit un peu. Elle n'était pas une grande buveuse. Son programme d'entraînement ne lui avait jamais vraiment laissé le temps de sortir dans les bars, et s'entraîner un jour de gueule de bois n'était pas une expérience très amusante. En plus, elle n'avait jamais eu de groupe d'amis avec qui sortir. Elle avait attendu la fête d'aujourd'hui avec impatience, comme de pouvoir se détendre et s'amuser. Malgré ça, elle se fit une note mentale d'y aller doucement sur les margaritas. Elle finirait par comater au sol si elle buvait trop de ces boissons un peu fortes d'un coup.

Une heure plus tard, Ember était assise sur la grande terrasse arrière avec les autres femmes. Il y avait un plateau d'apéritif sur la table devant elles, et toutes avaient un verre à la main. Lucky et Grover faisaient du catch avec Logan, pendant que Trigger et Craig surveillaient Bria et son amie qui jouaient sur les balançoires dans un coin du jardin. Lefty et Brain étaient au barbecue, où ils préparaient des hamburgers, des hot-dogs pour les enfants, et des brochettes.

— Vous en savez plus sur Sierra ? demanda Devyn à voix basse.

— Non, répondit Gillian.

— J'ai juste entendu son nom au passage, dit Riley.

Les autres secouèrent la tête.

— J'en ai parlé à mon frère l'autre jour, et il est *vraiment* inquiet, expliqua Devyn.

— Ton frère ? demanda Ember.

— Oui. Grover.

— Tu es la sœur de Grover ? s'exclama Ember, surprise.

Devyn sourit.

— Oui. J'ai déménagé à Killeen parce qu'il était ici, et qu'on a toujours été proches. Bla bla bla... et maintenant je suis mariée à Lucky, et la femme la plus heureuse du monde.

— Devyn ! s'écria Gillian.

— Quoi ?

— Je pensais que c'était un secret.

— C'était le cas. Mais Ember l'a un peu deviné. Enfin, c'était plutôt les gars, à force de parler de leurs « femmes » au lieu de dire « copines », même juste pour me désigner moi.

Gillian secoua la tête en levant les yeux au ciel.

— Je trouve ça super, dit Ember en souriant.

— Merci. Bref, retour à Sierra. Fred m'a dit qu'il pensait qu'elle l'avait juste ignoré. Il en était triste. Apparemment, quelque chose en elle l'a vraiment marqué. Et vous savez comment ils sont... s'ils trouvent une femme qui les intrigue, c'est terminé.

Oui, Ember le savait, et elle en était plus que reconnaissante. Elle ne put s'empêcher de jeter un regard à Craig. Il poussait Bria sur sa balançoire, et elle adorait la patience et la douceur dont il faisait preuve.

— En tout cas, il s'inquiétait déjà pour elle avec toutes ces disparitions en Afghanistan, celles qui ont bien l'air d'être des enlèvements maintenant, mais il ne pouvait rien y faire. Et puis il a reçu cette lettre, et ça l'a vraiment secoué.

— Je n'en reviens pas qu'elle se soit perdue dans le courrier pendant un an, dit Kinley en secouant la tête. C'est vraiment pas de chance.

— Oui.

— En parlant de ça, dit Ember en sortant son portable de sa poche. J'ai été si occupée que j'ai oublié de poster sa photo.

— Poster sa photo ? demanda Riley.

— Oui, sur mon compte Instagram. Je ne sais pas si ça changera quoi que ce soit, mais peut-être qu'en rendant sa disparition publique, on pourra aider.

— Je suis allée voir ton compte, dit Aspen en se penchant vers elle.

Ember s'efforça de rester détendue. Elle commençait à avoir l'habitude que les gens lui disent ça. Et en plus, elle aurait fait la même chose à la place de n'importe laquelle de ces femmes.

— Ah oui ?

— Oui. Je dois dire que... je te préfère comme ça, dit Aspen en désignant de la tête la tenue d'Ember.

Elle avait décidé de rester simple, puisque l'événement du jour n'était qu'une petite fête avec les amis de Craig. Elle ne voulait pas avoir l'air d'en faire trop, et elle était désormais plus à l'aise dans ses habits plus confortables. De toute façon, il faisait bien trop chaud pour s'habiller chic. Elle portait un short en jean, un débardeur, et des claquettes avec de grandes fleurs sur le dessus. Elle les avait vues au supermarché en faisant ses courses l'autre jour et elle n'avait pas pu résister. Sa mère ferait une crise cardiaque si elle les voyait. Elle avait toujours soûlé Ember pour qu'elle ne porte que des habits de marque dès qu'elle sortait de chez elle, au cas où quelqu'un la prendrait en photo.

— Moi aussi, répondit-elle honnêtement à Aspen.

Quelques minutes s'écoulèrent, le temps qu'Ember rédige un message. Les autres discutèrent entre elles tandis qu'elle se concentrait sur son téléphone.

— Qu'est-ce que tu vas dire ? lui demanda Devyn au bout d'un moment.

— Qu'est-ce que vous dites de ça ?

J'espère que vous passez tous un excellent week-end. Pour ma part, je passe du temps avec de nouveaux amis, à transpirer dans la chaleur en écoutant les enfants rire, et je m'apprête à manger un repas gras, mais oh, si délicieux. Mais tout le monde n'a pas ma chance. Certains ont faim, ou peur, ou sont victimes de violences. Je voulais prendre un moment aujourd'hui pour parler de l'amie d'un ami, qui est peut-être en danger. Son nom est Sierra, et elle a été vue pour la dernière fois dans une base militaire en Afghanistan, où elle travaillait en tant que contractuelle.

Vous vous demandez peut-être pourquoi je partage cette information, alors que je suis ici, au Texas. Vous êtes peut-être en Californie. Ou à New York. À Paris, ou en Afrique du Sud. Bien loin de l'Afghanistan. La raison est que personne n'a eu de nouvelles de Sierra depuis longtemps. Elle pourrait se trouver n'importe où.

L'avez-vous vue ? Avez-vous entendu quoi que ce soit sur une petite jeune femme rousse aux yeux verts, détenue contre son gré ? Voici une photo de Sierra. Si vous savez quelque chose sur sa situation, merci de commenter ou d'appeler la police locale. Vous pourriez sauver la vie de Sierra avec un simple appel.

Les femmes qui l'entouraient restèrent silencieuses lorsqu'Ember eut fini de lire ce qu'elle avait tapé.

— C'est trop ? demanda-t-elle.

— Non ! s'exclama Riley.

— Pas du tout, renchérit Devyn en reniflant.

— Je trouve ça incroyable, que tu utilises ton réseau pour aider les autres, lui dit Kinley.

Ember secoua la tête.

— Parfois j'ai l'impression que c'est trop peu, et trop tard. Vous avez toutes vu les conneries superficielles qui ont été publiées sur ce compte pendant des années. Je me sens déconnectée de la plupart des gens parce que j'ai été élevée à Beverly Hills, avec plus d'argent que je ne pourrais jamais désirer ou dépenser ; j'existais dans ma propre petite bulle. Tout le monde n'a pas eu cette chance. Il est temps que je me salisse les mains, pour ainsi dire. Que j'utilise mon privilège pour faire le bien et pas pour mon profit égoïste. C'est le principe de mon gymnase, le Modern Kid.

— C'est comme ça que tu vas l'appeler ? J'adore, dit Aspen.

— Oui, c'est un jeu de mots sur le pentathlon moderne.

Je voulais que ça fasse référence aux enfants, mais que ça reste mignon, expliqua timidement Ember.

— C'est parfait. Et... même s'il y a peu de chance que quelqu'un, au Moyen-Orient, tombe sur la photo de Sierra et se souvienne l'avoir vue, c'est toujours mieux que rien, je trouve, dit Devyn.

— Moi aussi, approuva Ember en appuyant sur le bouton qui publierait la photo.

Elle reposa son portable et prit une longue gorgée de sa boisson.

— En parlant de tes réseaux... comment ça se fait qu'il y ait autant de petits cons ? demanda Riley.

— N'est-ce pas ? Si quelqu'un publie un message heureux, pourquoi est-ce qu'il y a toujours des gens pour le rabaisser ?

— Et si quelqu'un dit quelque chose sur son propre compte, pourquoi les gens estiment qu'ils peuvent aller y manifester leur mécontentement, violemment en général ? lança Kinley.

— Exactement ! Et pourquoi autant de *dick pics* ? demanda Devyn.

Ember faillit s'étouffer avec la gorgée qu'elle était en train d'avaler.

— J'imagine que tu en reçois des tonnes, dit Aspen en souriant.

Ember hocha la tête.

— En fait, je ne les avais jamais vues moi-même, puisque mes parents avaient engagé des managers pour s'occuper de mes réseaux. Mais depuis que j'ai repris le contrôle, je suis choquée par le nombre de mecs que ça ne gêne pas de prendre en photo leur paquet et de m'envoyer le tout.

— Je suis sûre que c'est même pas le leur, commenta Riley. Ils doivent juste regarder un porno, prendre une capture d'écran, et envoyer *ça*.

— C'est pas faux, dit Gillian. Sûrement parce qu'ils ont de petits bites.

Elles éclatèrent de rire.

Ember se détendit dans son fauteuil, un grand sourire sur son visage. Elle adorait ça. Rire et plaisanter avec des gens sans devoir surveiller le moindre mot par peur qu'il soit repris et déformé par tout internet dès le lendemain.

— Tu n'es pas inquiète de tous les tarés qui commentent tes publications, Ember ? demanda Riley à voix basse. Je veux dire, j'ai déjà travaillé avec des auteurs qui ont fait face à des situations assez tendues. J'ai entendu parler d'une femme qui s'était retrouvée face à un gars qui avait débarqué chez elle avec un énorme bouquet de fleurs. Elle et son mari ont été si terrifiés qu'ils ont déménagé et ont quasiment arrêté de poster sur les réseaux.

Ember reprit une gorgée de sa boisson. Elle était un peu pompette, mais loin d'être soûle. Pour l'instant. Elle était juste assez désinhibée pour se permettre d'être honnête.

— Parfois, ça m'arrive, oui. Avant, comme je le disais, je ne gérais pas mes propres comptes, donc je n'en savais rien. Mais de temps en temps, je recevais quand même un courrier super flippant et on renforçait un peu la sécurité. Mais je ne peux pas avoir peur toute ma vie. Je ne vivrai pas comme ça.

— Walker deviendrait fou si on me menaçait, sur internet ou par courrier, dit Gillian.

— C'est vrai, Gage m'enfermerait à double tour dans la maison et ne me laisserait pas en sortir jusqu'à être certain que la menace soit passée. Surtout après tout ce qui m'est arrivé. Même quand j'étais sur mes gardes, ça n'a pas été suffisant, soupira Kinley.

— Et tu as dû te cacher pour t'en sortir, ajouta Aspen. Le programme de protection des témoins, ça a dû être affreux.

— C'était pas très marrant, acquiesça Kinley. Gage me manquait tellement.

— J'ai engagé des vigiles pour le gymnase. Pas pour moi, mais pour les enfants. Je sais que d'avoir une entreprise centrée sur les enfants les rend vulnérables aux prédateurs. Je suis plus inquiète pour eux que pour moi.

— Mais j'ai lu certains des commentaires sous tes publications, insista Devyn. Ce ne sont pas les enfants qui sont en danger, c'est toi.

Elle sortit son téléphone de sa poche et cliqua dessus plusieurs fois.

— Par exemple, sur ce que tu viens de publier à propos de Sierra. La plupart des gens disent à quel point c'est horrible qu'elle ait disparu. Mais quelques commentaires semblent s'attaquer à toi, directement. Comme celui-là : *Peut-être que quelqu'un viendra te kidnapper et comme ça on sera débarrassé de tes publications.* Ou lui : *On s'en fout, salope.* Oh, et celui de ce mec, Alex, est assez malpoli : *Pourquoi tu fais semblant de t'intéresser aux autres ? On sait tous que tu es égoïste et narcissique et que tu ne te préoccupes que de toi-même.* Je ne sais si j'arriverais à gérer tant de haine à mon égard. Qu'en pense Doc ?

Ember haussa les épaules.

— Ça fait partie du boulot. Je sais que tout le monde ne peut pas m'aimer, je ne peux rien y faire. Et je refuse de les laisser me faire peur. Ou me forcer à vivre dans une bulle. J'ai fait ça pendant des années, et j'aime trop le monde extérieur pour y retourner.

— Mais ce genre de haine ciblée ? J'en serais incapable, dit Kinley.

Ember posa lentement son verre et croisa le regard des autres femmes, une par une.

— Je suis noire, finit-elle par lâcher. Les gens me détestent à cause de ma couleur de peau. Je suis riche, aussi, et jolie. Alors ils me détestent pour ça. Ils n'ont pas besoin de me connaître pour décider de me détester. Pour penser que je ne mérite pas les mêmes droits qu'eux. C'est ridicule, et c'est délirant. Est-ce que ça m'atteint, les gens qui disent qu'ils espèrent que je vais mourir ? Bien sûr. Mais si je laisse l'opinion des autres affecter ma vie, ce ne serait plus une vie du tout. Je suis sûre que plein de gens pensent que je ne devrais pas être en couple avec Craig. Qui n'aiment pas les mariages mixtes. Est-ce que je devrais le quitter pour autant ?

— Non.

— Certainement pas.

— L'amour, c'est l'amour.

Ember appréciait le soutien de ses amies.

— Exactement, continua-t-elle. Je ne peux pas vivre dans la terreur. Est-ce que ça veut dire que je vais me contenter de sortir avec le sourire, sans faire attention à rien ? Non. Je serai sur mes gardes, et je ferai ce que je peux pour me protéger et protéger ceux que j'aime. Laissez ces lâches se cacher derrière leurs écrans, leurs faux comptes et leurs commentaires méchants. Les gens qui comptent à mes yeux sont les enfants dont j'espère rendre la vie meilleure. Mes voisins et mes amis, ma famille. Craig et sa famille militaire.

— Mince, dit Riley en essuyant une larme. Maudites hormones de grossesse.

Elles se mirent toutes à rire, brisant la tension de l'air.

— J'adore que tu sois aussi courageuse, mais ça ne veut pas dire que je ne suis pas inquiète de toute cette haine, reprit Devyn. Encore une fois, est-ce que Doc est au courant que des gens menacent de te kidnapper sur les réseaux ? Qu'ils t'insultent et espèrent que tu meures ?

Ember ouvrait la bouche pour répondre, lorsqu'une voix basse se fit entendre derrière elle.

— Quelqu'un menace de te kidnapper ?

Merde. Ember se retourna vers Craig, accompagné de Trigger.

— Ils disent souvent ça, répondit-elle, tentant de calmer le jeu.

— Elle vient de poster un message à propos de Sierra, expliqua obligeamment Kinley. Et quelqu'un a commenté qu'il espérait qu'elle aussi disparaîtrait.

— Et un certain Alex a commenté plusieurs fois, même depuis mon dernier passage, ajouta Devyn, toujours penchée sur son téléphone. Il est d'accord avec le premier mec et espère que quelqu'un t'effacera de la surface de la Terre.

Elle cliqua encore sur son écran.

— Et là, regarde… sur ton compte Facebook, cet Alex a posté plusieurs gifs d'armes contre la tête de gens sous une de tes publications.

— Il faut qu'on parle, dit Craig en tendant le bras vers Ember.

Elle se laissa relever et le suivit dans la maison sans dire un mot. Elle ne voulait vraiment pas s'occuper de ça maintenant, mais on aurait dit qu'elle n'avait pas le choix. Elle n'en voulait pas aux filles. Elles s'inquiétaient pour elle, ce qui lui faisait du bien, à vrai dire.

Trigger les suivit, et les autres étaient déjà à l'intérieur. Prise par sa conversation avec les femmes, elle ne s'en était pas rendu compte.

— Qu'y a-t-il ? demanda Lefty en les voyant entrer.

Craig conduisit Ember jusqu'au canapé, et, quand elle fut assise, se mit à faire les cent pas devant elle.

— Ember reçoit des menaces de mort.

— Quoi ?

— Putain !

— De la part de qui ?

L'inquiétude des autres hommes fut immédiate et sincère.

— Ce n'est rien, dit Ember, essayant de les calmer.

Mais Craig avait déjà sorti son portable et faisait défiler son compte. Merde. Ça n'annonçait rien de bon.

— Elle a posté cette photo de Sierra, dit Craig à ses amis.

— Merci, fit Grover, la voix pleine de gratitude.

Ember hocha la tête.

— On dirait que chaque photo qu'elle publie qui n'est pas superficielle, ou un placement de produit, reçoit de plus en plus de commentaires mauvais.

— Peut-être que tu devrais arrêter de poster pendant un moment, suggéra Trigger.

— Non, dit Ember d'un ton définitif. Écoutez, je sais que ça vous inquiète, mais vraiment, ce n'est rien d'inhabituel. Descends jusqu'aux publications d'avant les JO. De l'époque où j'étais dans cette stupide émission de télé-réalité. Des gens m'ont toujours détestée et me détesteront toujours. Ils inventeront des excuses s'il le faut, juste pour me détester encore plus.

C'était comme si elle n'avait pas parlé.

— Peut-être qu'on pourrait analyser les commentaires et cibler ceux qui envoient le plus de menaces, proposa Lefty.

— Oui, voir si c'est de pis en pis ou si le niveau de violence reste le même, enchaîna Brain.

— Tracer l'adresse IP, lança Oz.

— Je ne serais pas surpris que ceux qui postent ce genre de choses le fassent depuis des comptes anonymes, non plus, dit Lucky.

— Mince, elle a dit qu'elle était au Texas... pas de position exacte, mais il va falloir qu'on fasse gaffe, commenta Trigger.

— Et le courrier ou les cadeaux ? Est-ce que tu as déjà reçu des menaces par là ? demanda Grover.

— Oui, ça en ferait un crime punissable, approuva Craig. On pourrait soumettre ça et voir si ça permet de porter plainte.

— On devrait pouvoir faire correspondre les cadeaux aux commentaires en lignes, suggéra Brain.

Ember s'extirpa du canapé et leva les mains.

— Stop ! ordonna-t-elle.

Les sept hommes se tournèrent vers elle d'un air surpris.

— Je comprends que vous vouliez m'aider. Mais, comme je le disais aux filles dehors, je ne vivrai pas dans la terreur, je ne peux pas. Que vous aimiez ça ou non, je suis célèbre. Ce n'est pas quelque chose que j'ai forcément voulu, mais je ne peux pas retourner en arrière et changer le passé. Je suis convaincue que ceux qui ne m'aiment pas finiront par se désabonner de mon compte et par me laisser tranquille. Ils iront détester quelqu'un d'autre. Si je m'affolais chaque fois que quelqu'un disait ne pas m'aimer, je ne pourrais pas fonctionner.

— Dire qu'ils veulent que tu meures ou qu'ils vont te kidnapper, ce n'est pas juste dire qu'ils ne t'aiment pas, fit remarquer Craig.

— Je sais. Et même si je déteste ça, je sais qu'ils verseront ce vitriol sur toi aussi, dès qu'ils apprendront qu'on sort ensemble. Mais je me fiche d'eux. Il n'y a que toi qui importes, dit Ember, le regard fixé sur Craig.

— Pour moi, il n'y a que *toi* qui importes, c'est pour ça que je ne peux pas juste ignorer ces menaces.

Ils se dévisagèrent un long moment, jusqu'à ce que Trigger finisse par s'exprimer.

— Si on disait ça : tu nous laisses mener notre petite enquête. Voir ce qu'on peut découvrir. Si les gens qui te crachent à la figure font ça à d'autres, ça rend la menace moins crédible. On contactera tes anciens managers pour leur demander s'ils sont au courant de schémas types éventuels. On parlera aussi à tes parents du courrier que tu as pu recevoir. Si quelqu'un a envoyé des cadeaux un peu trop extravagants ou des messages de menaces, on s'en occupe, on passe l'affaire au FBI. Mais laisse-nous t'aider à rester en sécurité, Ember.

Elle regarda tous les hommes un par un, faisant le tour de la pièce. Elle les connaissait à peine. Ils la connaissaient encore moins. Pourquoi étaient-ils si préoccupés par sa situation ?

— Pourquoi ? demanda-t-elle doucement.

— Parce que tu es avec Doc, dit Trigger.

— Et super badass, ajouta Lefty.

— Et tu ne mérites pas ça. Ni toi ni personne, argumenta Brain.

— Et tu fais partie de la famille, maintenant, dit Oz.

— Et *personne* ne touche à la famille, approuva Lucky.

— Tu as un grand cœur, termina Grover. Peu de gens se soucieraient d'une inconnue disparue de l'autre côté de la planète.

Ember avait envie de pleurer. L'avait-on déjà acceptée comme ça ?

La réponse était simple. Non.

— D'accord, murmura-t-elle. Mais commencez par parler à Samer. C'était le manager qui m'a le plus soutenue quand j'ai dit que je voulais reprendre le contrôle de mes comptes. Alexis était le plus énervé, donc ce ne serait sûrement pas une bonne idée de le contacter.

— Alexis ? demanda Trigger avec intérêt. Il pourrait commenter sous le pseudo d'Alex parce qu'il t'en veut de l'avoir privé de son travail. On se penchera sur la question.

Il se tourna ensuite vers ses amis, leur distribuant des tâches pour trouver de plus amples informations sur les gens qui s'étaient montrés si cruels en ligne.

Craig l'attira dans ses bras et la serra contre lui. Ils ne dirent rien, Ember se contentant de s'imprégner de son affection.

C'est Grover qui attrapa son verre pour le lui tendre.

— Je te recommande fortement de reprendre un peu de ça, dit-il avec un petit sourire. Tu risques d'en avoir besoin pour supporter notre prise en charge de ta sécurité.

Ember eut un rire et saisit le verre qu'il lui tendait.

— Merci. Et oui, j'ai l'impression que vous allez faire passer mes parents pour des amateurs.

— Ça, c'est certain, répondit Grover avec un clin d'œil.

— Vous avez fini de prendre le contrôle de la vie d'Ember ? demanda Devyn en passant la tête par la porte.

— Pour l'instant, répondit Lucky en riant.

— Tant mieux, parce que nous, on a faim, Logan s'ennuie, Bria veut commencer par le dessert, Riley et Aspen doivent donner la tétée aux petits, et on est à court de margaritas.

Ils éclatèrent tous de rire.

— Dans ce cas, je vous en prie, entrez ! dit Oz.

Quelques instants plus tard, Ember était entourée par ses nouvelles amies. Chacune des femmes la serra dans ses bras et lui dit de faire confiance aux hommes, et que tout irait bien. Logan lui demanda pour la millième fois si elle pourrait le prendre en photo après le repas, et Bria lui donna un pissenlit qu'elle avait cueilli dans le jardin.

Les menaces ne représentaient rien de nouveau pour elle, et Ember était déterminée à ne pas laisser l'inquiétude des autres la faire paniquer. Elle allait profiter de la fête, de ses nouveaux amis, quoiqu'il se passe.

Inclinant son verre pour le finir, elle grimaça en sentant l'amertume de la tequila, avant de sourire quand Craig embrassa sa tempe et la débarrassa de son verre.

Oui, elle pouvait dire avec assurance qu'elle n'avait jamais été aussi heureuse.

Ember regarda Craig se diriger vers la cuisine, certainement pour lui apporter une nouvelle boisson une fois que la « machine à margaritas » de Gillian, c'est-à-dire son mari, en aurait préparé une nouvelle tournée. Les muscles de son cul étaient visibles quand il marchait, et elle ne put empêcher une vague de désir de la submerger à nouveau.

Elle voulait Craig. Et ce soir, quand il la ramènerait chez elle, elle l'inviterait à entrer et le séduirait. Elle ne savait pas comment, mais elle trouverait quelque chose. Craig Wagner était fait pour elle, et elle allait enfin attraper son désir à deux mains et ne plus jamais le lâcher.

— Vas-y, ma grande, murmura Gillian près d'elle, l'ayant visiblement vu mater Craig.

— J'y compte bien, répliqua Ember avec un sourire.

Gillian passa son bras dans le sien et éclata de rire.

— Pour info, tu es exactement ce dont Doc a besoin, et je suis très heureuse pour vous.

— On compte pas s'échapper pour se marier ce soir non plus, dit Ember. Ne t'emballe pas.

— Oui, enfin, tu dis ça maintenant. Si j'en crois la manière dont tu mates son cul, après quelques verres de plus, tu le traîneras à la mairie avant qu'on ait le temps de cligner des yeux.

— La mairie, non. La chambre, sûrement.

— C'est un bon plan, je trouve, dit Gillian en riant.

— Je trouve aussi.

— Je t'aime bien, Ember Maxwell, dit Gillian.

— Je t'aime bien aussi, Gillian Nelson, répliqua Ember.

Elles échangèrent un regard.

— Allez, viens, allons nous soûler pour pouvoir baiser nos hommes correctement ce soir, dit Gillian en souriant.

Ember était tout à fait d'accord avec ce projet.

Elle prévoyait de faire voir des étoiles à Craig ce soir, quand il la raccompagnerait.

CHAPITRE DOUZE

Doc jeta un œil à Ember et sut qu'il souriait d'un air idiot. Il trouvait déjà qu'elle travaillait dur, qu'elle était passionnée, déterminée, belle, intelligente, et super forte. Maintenant, il pouvait ajouter qu'elle était aussi adorable.

Elle était ivre.

Bourrée.

Complètement arrachée.

Après avoir vidé toute la tequila disponible chez Oz, leurs femmes avaient décidé qu'elles voulaient sortir. Brain et Oz étaient restés pour surveiller les enfants, Grover était rentré chez lui, et Trigger, Lefty, Lucky et Doc avaient accompagné les six femmes jusqu'au bar pour veiller sur elles, tout en les laissant apprendre à connaître Ember au cours d'une soirée pleine de rires exubérants.

Le sourire de Doc ne le quittait plus. Il avait encouragé Ember à boire de l'eau pendant toute l'heure passée, dans l'espoir de minimiser l'inévitable gueule de bois du lendemain, mais elle était toujours bourrée comme un coing.

Au début, les filles avaient dit à leurs hommes de s'asseoir à une autre table, mais à force que l'alcool coule, Gillian, Kinley, Devyn et Ember les avaient invités à les rejoindre. Aspen et Riley furent les premières à partir, certainement du fait de l'absence de leurs maris et parce que leurs enfants leur manquaient. Trigger et Gillian les avaient raccompagnées chez Oz.

Lefty et Kinley étaient partis peu après.

Puis Lucky et Devyn, laissant Ember et Doc seuls au bar. Quand Ember s'assit sur ses genoux et glissa la main sous son T-shirt, Doc mit le holà. Il adorait sentir ses mains sur son corps, mais ce n'était ni le lieu ni le moment. Il avait presque dû la porter jusqu'à son SUV, mais il était soulagé de constater qu'elle ne semblait pas risquer de vomir partout dans sa voiture.

— Craig ? l'appela-t-elle avec un petit sourire.

— Oui, Em ?

— J'adore *vraiment* tes amis.

— J'en suis ravi.

— Non, pour de vrai. Ils sont *tellement* sympas.

— C'est vrai, dit Doc en riant.

— Quand ce mec m'a prise en photo... Aspen est allée le voir direct et lui a ordonné de lui passer son téléphone. Et il a cru qu'elle le draguait ! Mais elle a juste effacé la photo qu'il venait de prendre. Et après, elle a agité le doigt devant sa figure et lui a dit à quel point il était impoli, et qu'il devait arrêter ça tout de suite s'il voulait qu'une fille lui accorde son attention un jour. C'était *top* ! raconta Ember en gloussant.

Doc la laissa babiller. Il était au bar. Il avait vu ce que faisait Aspen, et lui et Lucky s'étaient tenus juste derrière elle, s'assurant que le mec en face savait à quoi s'en tenir. Il avait compris, et Aspen était retournée auprès de ses amies en souriant comme le chat du Cheshire.

Elles avaient ensuite continué à danser et à rire, et à les observer, on n'aurait jamais deviné que l'une d'elles s'était ajoutée au groupe le jour même.

— Je suis content que tu aies passé une bonne soirée, chérie, dit Doc.

— C'était vraiment une bonne soirée. Et personne n'a débarqué avec une arme.

Doc fronça les sourcils, perplexe.

— Quoi ? Pourquoi tu dis ça ?

— Parce qu'on est au Texas. *Tout le monde* est armé. Je m'attendais à une fusillade.

— J'imagine que la moyenne des détenteurs d'arme à feu est plus haute que dans le reste du pays, oui, mais il n'y a pas de fusillades dans les bars publics, dit Doc en riant.

Ember fit la moue.

— C'est injuste. Je suis sûre que je tirerais mieux qu'eux.

— Oui, certainement, approuva Doc.

Il avait été personnellement témoin de son talent de tireuse en Corée.

— Mais ce n'est probablement pas une très bonne idée d'encourager les gens ivres à sortir leurs armes dans un bar bondé, continua-t-il.

— C'est vrai. Craig ?

— Toujours là, Em, répondit Doc, son sourire grandissant.

— Est-ce que tu crois que ta famille m'appréciera ? Ils seront surpris que tu sortes avec une femme noire ?

— Ils vont t'adorer. C'est sûr. Et pour être honnête, Mama Luisa sera surexcitée à l'idée que je sorte avec *quelqu'un*. Je crois qu'ils avaient renoncé à me voir me poser un jour.

— Tu te poses ?

— Ça oui.

— Avec moi ?

— Oui, chérie. Avec toi, rit Doc.

— Tant mieux. Parce que moi, je bouge plus. Tu seras triste, si mes parents ne sont pas aussi heureux que les tiens ?

— Parce que je suis blanc ? demanda Doc, réellement curieux.

Ember secoua la tête.

— Je pense que c'est surtout qu'ils sont snobs. Ils ont vécu à Beverly Hills trop longtemps. Ils voulaient que j'épouse quelqu'un de riche, quelqu'un de leur country club.

— Tu seras toujours plus riche que moi. Ça t'ennuie ?

Ember agita en l'air une main alourdie par l'alcool.

— Peuh, non ! Je préférerais vivre dans une cabane délabrée dans un quartier pourri de la ville, avec quelqu'un qui m'aime et que j'aime en retour, que d'être prisonnière dans une villa immense avec une super voiture et un million de dollars dans mon compte en banque, mais avec quelqu'un qui n'est avec moi qu'à cause de ce que je peux lui apporter.

— Tu as déjà un million de dollars dans ton compte en banque, lui rappela Doc.

— Oui, mais je n'ai pas la partie amour, fit Ember avec une nouvelle moue.

Doc s'engagea dans son allée et attendit que la porte du garage s'ouvre. Il y gara sa voiture et éteignit le moteur. Il n'était même pas certain qu'Ember se soit rendu compte qu'il ne l'avait pas ramenée chez elle. Il était hors de question qu'il la laisse seule dans son état. Ce n'était pas tout à fait la fin de soirée qu'il s'était représenté, mais il était avec Ember, il n'avait donc pas de quoi se plaindre.

Il tendit la main et la posa sur le côté de son cou. Ember pencha immédiatement la tête pour l'y appuyer.

— Tu l'as, la partie amour, dit-il doucement.

Elle eut l'air confuse un bref instant, avant de fermer les yeux et de laisser ses lèvres s'étirer en un léger sourire.

— Allez, rentrons avant que tu ne t'endormes dans ma voiture, reprit-il en caressant du pouce le dessous de sa mâchoire. Ne bouge pas, je fais le tour.

— OK. De toute façon, ta voiture tourne trop pour que je me relève, marmonna Ember, les yeux toujours fermés.

Doc sortit et contourna la voiture pour ouvrir sa portière. Ember sursauta, ce qui le fit rire.

— Allez, la Belle au bois dormant, on rentre. Tu peux marcher ?

— Bien sûr que je peux marcher ! fit-elle d'un ton indigné avant de trébucher.

Elle se serait étalée par terre sur le sol du garage si Doc ne l'avait pas rattrapée à temps. Cette fois, il ne la laissa même pas essayer ; il passa un bras derrière ses genoux et l'autre autour de son dos et la souleva dans les airs.

Ember enroula immédiatement les bras autour de son cou.

— J'aime bien, ça, dit-elle.

— Moi aussi, admit Doc.

Il eut un peu de mal à ouvrir la porte d'entrée, mais finit par réussir à entrer sans l'avoir lâchée.

Il avait atteint le bas de l'escalier lorsqu'il sentit les lèvres d'Ember se refermer autour de son lobe d'oreille. Il eut un frisson.

Putain... il avait les oreilles sensibles ! Il ne l'avait jamais remarqué, puisqu'aucune autre femme n'avait pris la peine de l'embrasser à cet endroit, mais Ember lui suçait l'oreille avec autant de ferveur que si ç'avait été sa queue. Le mordillant d'abord de ses dents, avant de sucer le petit morceau de chair d'une manière presque agressive.

— Em ?

— *Hmmm* ? marmonna-t-elle en réponse.

— Arrête.

Sa queue était dure comme du fer et pulsait dans son pantalon. En une demi-seconde, il était passé de légèrement excité, comme il l'était toujours près d'elle, à prêt à baiser. Il lui avait suffi de sentir sa bouche et c'en avait été fini de lui.

— Non, dit-elle, léchant le côté de son cou avant de revenir à son oreille.

Doc émit un grognement et resserra sa prise autour du corps d'Ember en montant l'escalier. Elle garda un bras autour de son cou tandis que l'autre descendait lui caresser la poitrine. Putain, ce qu'il aimait qu'elle le touche.

Il courut presque jusqu'à sa chambre et se pencha sur le lit, y laissant tomber Ember sur son dos au milieu des draps. Elle ne laissa pas sa chute l'interrompre, s'asseyant immédiatement, glissant les mains sous son T-shirt avant qu'il n'ait pu l'arrêter. Ses ongles écorchèrent légèrement son ventre, déclenchant en réponse une pulsation impatiente de son membre.

Elle le surprit à nouveau en se redressant sur les genoux avant de retirer son propre haut d'un coup de bras. Elle avait les cheveux ébouriffés, plus bouclés qu'il ne les avait jamais vus. Elle les avait lâchés ce soir-là, et il adorait leur volume. Elle était en meilleure forme que la plupart des femmes, mais son estomac était tout de même recouvert d'une petite couche de gras. Ses bras étaient fermes et musclés... mais Doc avait du mal à détacher les yeux de son ventre. Ses mains le démangeaient tellement il avait envie de l'y toucher. De sentir à quel point sa peau était douce et soyeuse. De laisser descendre sa bouche jusqu'à son entrejambe et de voir si elle avait aussi bon goût qu'il l'imaginait en rêve.

— Baise-moi, murmura-t-elle.

Les mots avaient à peine quitté sa bouche que les mains de Doc baissaient l'élastique de son pantalon.

Mais lorsqu'elle vacilla et faillit tomber, il se figea.

Ember voulut pousser ses mains hors du passage et achever de lui enlever ses vêtements, mais il résista. Il la voulait, la désirait plus que tout, mais il ne lui ferait pas l'amour pour la première fois alors qu'elle était ivre morte. Il n'était pas ce genre d'homme. Aussi difficile que ça lui soit, il avala péniblement sa salive et se détourna.

Se dirigeant jusqu'à son placard, Doc prit de grandes inspirations, s'efforçant de calmer un peu sa libido. Il attrapa un vieux T-shirt de l'armée et se tourna à nouveau vers Ember. Elle avait réussi à baisser son pantalon et tentait de défaire son soutien-gorge, sans succès. Elle était maladroite et ses mouvements manquaient de coordination, l'alcool faisant des ravages sur ses capacités motrices.

Putain, ce qu'elle était belle.

Tentant de son mieux d'ignorer l'étendue de peau lisse, il marcha vers elle.

— J'y arrive pas, geignit Ember avec une moue. Aide-moi ?

Doc savait qu'il aurait dû d'abord lui mettre le T-shirt, et ensuite seulement dégrafer son soutien-gorge… mais il ne put résister à la tentation d'avoir un aperçu de ses seins fermes, qui le taquinaient derrière le rideau du tissu. Il faisait de son mieux pour être un gentleman, mais c'était trop tentant, même pour lui. Il aurait voulu être irréprochable, mais il avait atteint ses limites.

Passant les bras dans son dos pour détacher son soutien-gorge, Doc sursauta quand Ember s'accrocha à son cou et commença à sucer.

— Merde, tu me fais un suçon ? marmonna-t-il, plaçant une main à l'arrière de sa tête, pour la soutenir plutôt que pour la repousser.

Elle émit un murmure affirmatif sans relever la tête. L'une de ses mains palpa sa queue, tandis que l'autre s'agrippait à son cul, figeant Doc sur place. Il n'avait jamais été aussi excité qu'il l'était à cet instant. Il aurait voulu pousser Ember sur son lit et la baiser avec force.

Elle pencha la tête et lui sourit, comme si elle était fière de la marque qu'elle avait laissée sur son cou. Ses mains ne se détachaient pas de son corps ; elle continuait à lui masser l'entrejambe, alors même qu'elle vacillait devant lui.

Ce fut ce vacillement qui remit enfin de l'ordre dans les pensées de Doc. Il pouvait sentir la tequila qu'elle avait bue, ce qui l'aida aussi à revenir au présent. Il n'allait pas profiter de l'état d'Ember. C'était hors de question. Lorsqu'ils feraient l'amour pour la première fois, elle serait sobre et complètement sûre que c'était ce qu'elle voulait. Parce qu'une fois qu'il l'aurait eue, ce serait fini. Elle l'aurait ruiné pour toute autre femme. Il le savait avec autant de certitude qu'il savait son propre nom.

Ignorant la façon dont elle le touchait, Doc parvint à détacher rapidement son soutien-gorge. Elle dut le lâcher pour enlever ses bretelles, et Doc resta là, à admirer ses seins. Putain. Elle était parfaite. Ses aréoles étaient plus sombres que sa peau, de la couleur d'une nuit sans lune. Ses tétons étaient de la même nuance, et pointaient pile dans sa direction.

Doc en salivait. Plus que tout, il voulait se pencher et y goûter. Mais il savait que s'il commençait, il ne pourrait plus s'arrêter. D'autant qu'Ember n'était pas vraiment en train de le repousser.

Elle se cambra et posa ses mains derrière elle, souriant alors qu'elle s'offrait à lui.

— Alors, ça te plaît ?

— Putain, j'adore, dit Doc en attrapant le T-shirt. Assieds-toi, Em.

Elle s'assit, et il passa rapidement le T-shirt par-dessus sa tête.

— Ton bras, ordonna-t-il.

Em fronça les sourcils, l'air confus, tandis qu'il l'habillait. Doc ignora son regard perplexe et tendit la main pour tirer les couvertures.

— Mets-toi là-dessous.

— Mais... je croyais qu'on allait faire l'amour ?

Doc l'installa sous les draps, et cette vision d'elle dans son lit fut presque aussi excitante que de la voir nue. Presque.

— Oui, mais pas ce soir.

— Pourquoi ? Je pensais... oh, merde... je ne t'excite pas ?

— Si, la rassura immédiatement Doc. Mais la première fois qu'on fera l'amour, tu ne seras pas ivre. Je veux que tu te souviennes de chaque seconde. On aura qu'une seule première fois, Em, et je veux que tu sois complètement sobre. Je veux que ta tête tourne à cause de tous les orgasmes que je te donnerai, pas à cause de la quantité d'alcool dans tes veines.

— Des orgasmes ? Au pluriel ? demanda-t-elle, le souffle court.

Doc eut un rire.

— Oui, chérie. Tu crois qu'un seul suffira ?

— Euh... oui ?

— Jamais de la vie. Je veux te voir jouir de ma bouche sur toi. Je veux te voir te toucher devant moi, pour apprendre ce que tu aimes. Et après, je te baiserai si fort, si profondément que tu ne seras plus jamais capable d'imaginer un autre homme en toi. Je veux te sentir jouir sur ma queue, et que ce soit ça qui m'envoie au septième ciel.

— Oui. Pitié, dit-elle, le désir visible dans ses yeux.

Doc secoua la tête. Elle était si adorable. Et elle était à lui, rien qu'à lui.

— Je devrais rentrer chez moi, soupira-t-elle.

Le cœur de Doc faillit s'arrêter de battre. Elle voulait partir ? Mais il vit ses paupières s'alourdir, et la manière dont elle semblait fondre dans ses draps.

Elle ne voulait pas partir ; elle essayait seulement de se montrer polie.

— Il est tard, lui dit-il doucement. Et tu es déjà couchée. Reste.

Il la ramènerait chez elle si elle insistait.

— OK.

— Je vais te chercher un verre d'eau et quelques cachets d'aspirine. J'ai le pressentiment que tu auras une bonne migraine demain matin. Tu ne bouges pas ?

Elle hocha la tête.

— Parfait.

— Craig ?

— Oui ?

— La plupart des hommes auraient pris ce que j'offrais.

Doc se doutait qu'elle avait raison.

— Sûrement.

— Tu es certain que tu ne veux rien faire ? Ça ne me dérange pas. Et je te veux vraiment.

— Je te veux aussi. Mais ce ne serait pas bien, pas tant que tu es dans cet état.

— J'ai pas fait exprès. J'étais nerveuse pour ce soir, et je me suis dit que quelques verres m'aideraient à me détendre.

— Je sais. C'est pas grave. Tu as le droit de t'amuser, Em.

— Mais je voulais vraiment voir ton pénis.

Doc éclata de rire.

— Mon pénis ? Seigneur, ma belle. N'appelle pas ça comme ça. Ça me rappelle trop de souvenirs de cours d'éducation sexuelle au collège, quand on nous montrait des schémas de pénis et de vagins.

— Pardon. Ton sexe. Ta queue. Cet énorme, gigantesque monstre dans ton caleçon.

Il adorait qu'elle le taquine.

— C'est mieux.

Elle soupira à nouveau.

— Ne me blesse pas, Craig. Je t'en prie, murmura-t-elle.

— Jamais. Comment est-ce que je pourrais blesser la meilleure chose qui me soit jamais arrivée ?

Elle sourit, puis se tourna sur le côté et se roula en boule.

Doc savait que s'il ne se dépêchait pas de lui apporter de

l'eau et des cachets, il n'en aurait plus jamais l'occasion. Il se pencha pour embrasser sa tempe.

— Je reviens.

— Je serai là, marmonna-t-elle.

Deux minutes et demie plus tard, Doc était de retour avec de l'eau, et parvint à réveiller suffisamment Ember pour lui faire boire la moitié du verre. Elle avala les cachets avant de se rallonger immédiatement et de fermer les yeux.

Doc resta assis près d'elle pendant une vingtaine de minutes, à la regarder dormir. C'était kitsch et probablement un peu flippant, mais il ne pouvait détacher ses yeux d'elle. Il avait passé une excellente journée. Elle s'était bien entendue avec les femmes de son cercle et tout le monde l'avait adorée. Il se doutait bien que ce serait le cas, mais il était soulagé de voir qu'il n'avait pas été simplement aveuglé par tout ce qu'était Ember Maxwell.

Il voulait rester là. Se glisser sous les draps et se lover contre elle. Sentir ses jambes nues se mêler aux siennes. Mais il savait qu'il serait plus prudent de dormir ailleurs.

— Bonne nuit, mon amour, murmura-t-il avant de se lever et de se diriger vers la salle de bain attenante. Il se changerait et passerait la nuit dans la chambre d'amis, de l'autre côté du couloir. Il serait suffisamment près pour pouvoir entendre si jamais Ember avait la nausée ou besoin de lui pour autre chose, mais assez loin pour lui laisser son intimité... et avec un peu de chance, pour reprendre le contrôle sur sa libido.

Ember se réveilla le lendemain matin et poussa un grognement. Sa tête la cognait et elle se sentait super mal. Quelques détails de la veille étaient flous dans sa mémoire, mais elle se souvenait clairement de ce qui s'était passé lors-qu'ils étaient arrivés chez Craig.

Elle s'était jetée sur lui, s'était presque entièrement déshabillée, alors que lui s'était comporté en pur gentleman et l'avait couchée dans son lit, *son lit à lui*, sans profiter d'elle.

Elle se souvenait aussi de ce qu'il avait dit vouloir lui faire, et cela lui fit serrer les cuisses et se tortiller sous le drap.

Elle voulait tout ça. Tout. Elle ne s'était jamais masturbée devant quelqu'un d'autre, mais pour Craig, elle avait l'impression qu'elle ferait tout ce qu'il voudrait.

Jetant un coup d'œil à l'horloge, elle vit qu'il était 7 h 30. Il y avait longtemps qu'elle ne s'était pas levée aussi tard. Elle n'était pas certaine de l'heure à laquelle ils étaient rentrés, mais ça devait être dans les deux heures après minuit.

Elle s'étira avant de s'asseoir et de se demander quoi faire. Elle avait mis son sac à l'arrière de la voiture de Craig, mais elle ne l'avait pas pris avec elle en entrant. Après un regard à la pièce, elle cligna des yeux d'étonnement en voyant son sac posé par terre près de la porte de la salle de bain. Craig avait dû sortir le chercher à un moment pour le lui apporter.

Mince. Il était incroyable. Attentif, observateur et gentil à la fois. Et son corps, putain. Ember se souvenait de la sensation de sa queue en érection sous sa main la veille. Elle sourit en pensant à son air horrifié lorsqu'elle l'avait quali-fiée de « pénis ».

Ember ne pouvait nier qu'elle était un peu embarassée de tout ce qui s'était passé, mais elle était heureuse d'ap-prendre que Craig n'était pas le genre d'homme à profiter de son état d'ébriété. Sa vie à Hollywwod ne l'avait pas habi-tuée à ce comportement, ça non.

Ember s'extirpa du lit et se dirigea vers la salle de bain. Elle attrapa son sac au passage et décida que Craig avait fait une erreur en lui prêtant son T-shirt. Il ne le récupérerait jamais. Il était doux et usé, ayant visiblement beaucoup servi. Et maintenant, il était à elle.

Vingt minutes plus tard, Ember était vêtue d'une paire de jeans et d'un haut vert pâle au col rond. Le cœur battant la chamade, elle descendit les escaliers. Craig lui avait dit être du matin, et il n'avait pas menti. Il était assis à la table de la cuisine, une tasse de café et une assiette vide près de lui.

Dès l'instant où il la vit, il se leva et vint vers elle. Il posa ses mains de chaque côté de sa tête, la pencha en arrière, et étudia son visage avec attention.

— Comment tu te sens ? demanda-t-il doucement.

Ember haussa les épaules en levant les mains pour attraper ses poignets.

— Bien. J'ai une petite migraine et je me sens un peu nauséeuse, mais vu ce que j'ai bu, je trouve que je m'en sors plutôt bien.

— Désolé, j'ai déjà mangé, je me suis dit qu'il valait mieux cuisiner avant que tu te lèves, au cas où tu te sentirais mal. Tu peux manger ? Qu'est-ce que tu dis de commencer par un toast ?

D'autres femmes auraient pu s'énerver que leur homme ne les attende pas pour manger, mais son raisonnement était une preuve de son attention.

— Va pour un toast. Et du café, ce serait super.

— Assieds-toi, je t'apporte ça.

Il l'embrassa rapidement sur les lèvres avant de l'accompagner jusqu'à la chaise qu'il venait de libérer. Pendant qu'Ember attendait que le pain grille. Craig lui apporta un verre d'eau et de nouveaux cachets d'aspirine.

— Il vaut mieux rester hydratée aujourd'hui, tu te sentiras mieux plus vite. Si tu y arrives, bois tout ça, et après le café. D'accord ?

Ember avait l'habitude qu'on prenne soin d'elle. Ses

parents avaient engagé un cuisinier à domicile qui lui apportait ses repas trois fois par jour. Mais elle ne s'était jamais sentie aussi bien entourée que lorsque Craig lui apporta deux toasts et une tasse de café.

Elle grignota son pain grillé nature, heureuse de voir qu'elle semblait pouvoir le digérer.

— Je suis désolée, pour hier soir, dit-elle au bout d'un moment.

— Pour quoi ?

— Euh... bah... de m'être soûlée. C'était pas prévu.

— Je sais, tu me l'as dit.

— Ah. Bon. Alors, je suis désolée que tu aies dû prendre soin de moi. Je suis sûre que je m'en serais très bien sortie si tu m'avais déposée chez moi, comme ça tu n'aurais pas eu besoin de jouer les baby-sitters.

— Em, il était hors de question que je te laisse seule dans ton état. Tu aurais pu vomir dans ton sommeil et t'étouffer. Ou arrêter de respirer.

— Merci, alors, de t'être occupé de moi. Mais désolée d'avoir été aussi... agressive. Sexuellement parlant.

— Ne t'excuse pas pour ça, dit Craig avec un grand sourire.

Il pencha la tête et tâta du doigt une marque sombre sur son cou.

— Je me rappelle même pas la dernière fois qu'on m'a fait un suçon. Les gars vont pas me lâcher.

Ember laissa tomber sa tête dans ses mains.

— Mince. Désolée.

— Non, non. Quand je pense à la manière dont tu m'as sucé le cou... C'était hyper sexy, Em. Et, juste en passant... j'ai droit à une compensation. J'ai réfléchi à tous les endroits où je voulais laisser des traces, ce matin.

Ember ne savait pas quoi répondre à ça. Certains pensaient qu'on ne voyait pas les suçons sur une peau noire, mais c'était faux. On les voyait moins, oui, mais on les voyait.

Et maintenant elle n'arrivait plus à penser à autre chose qu'aux endroits que Craig pouvait avoir en tête.

— Alors merci d'avoir été si... honorable, hier soir. J'étais assez odieuse.

— Tu te souviens de ce que j'ai dit à propos de notre première fois ensemble ?

Ember sentit le sang lui monter au visage.

— Oui.

Craig hocha la tête.

— Parfait. J'avais peur que ça ne se perde dans le brouillard de l'alcool. Te laisser seule, à moitié nue dans mon lit, c'est la chose la plus difficile que j'ai jamais faite, Em. Mais comprends-le bien, je ne profiterai *jamais* de toi. Ni de ta richesse. Ni de ta célébrité. Ni de ton état, que ce soit à cause de l'alcool ou pour une autre raison. Je te protégerai de tout, même de moi et de ma libido, si nécessaire. Quand tu es avec moi, tu es en sécurité. C'est tout.

Ember avait envie de pleurer, mais elle résista.

— Merci.

— Et pour info ? Tes seins ? Putain, ma belle. Tu as failli m'achever en te cambrant comme ça.

— Euh... oups ? gloussa Ember.

— Non, non. J'en ai rêvé après. Et c'était un putain de bon rêve, sourit Craig.

— J'aimerais ne pas devoir récupérer Julio et Marie à l'aéroport aujourd'hui. Maintenant que je suis sobre, je voudrais retourner direct dans ton lit et te faire faire toutes ces choses dont tu m'as parlé hier soir.

— À quelle heure arrive leur avion, déjà ?

— Midi, à Austin. J'ai payé les cautions de leurs appartements, mais leurs affaires ne sont pas censées arriver avant quelques jours. Je comptais les emmener déjeuner, leur faire visiter Killeen et le gymnase, et ensuite les amener à leur hôtel.

— Tu dois vraiment bien t'entendre avec eux, commenta Craig.

Ember s'efforça d'arrêter de penser au sexe pour pouvoir avoir une conversation normale.

— Oui et non. Julio, je le connais depuis quelques années. Il a commencé à s'entraîner dans mon gymnase en Californie il y a quatre ans. C'était l'expert local en escrime, et je me suis beaucoup améliorée grâce à lui. Il a pas loin de trente ans et...

— Et quoi ? demanda Craig.

Ember haussa les épaules.

— C'est tout... Je ne sais pas grand-chose sur lui. Je l'ai vu deux fois par semaine pendant quatre ans, et je ne connais que son âge. Et seulement parce que les participants sont regroupés par tranche d'âge dans certaines compétitions.

— Tu veux que je mène une petite enquête sur lui ?

— Tu pourrais ?

— Pas moi personnellement, mais je connais des gens, dit-il d'un ton mystérieux.

Ember secoua la tête.

— Non, je suis sûre qu'il est OK. J'imagine qu'il est célibataire, parce que je ne pense pas qu'il aurait accepté de déménager au Texas pour m'aider sinon. Je crois qu'il est Californien de souche, donc je ne sais pas pourquoi il a accepté. J'étais si heureuse d'avoir de l'aide que je ne me suis pas penchée sur ses motivations.

— Tu devrais, peut-être, suggéra Craig.

— Oui, je me renseignerai.

— Et Marie ?

— Je ne la connais que depuis deux ans, mais quand j'ai parlé de déménager au Texas en rentrant des Jeux olympiques, et de ce que je voulais y faire, c'est elle qui a demandé si j'aurais besoin d'aide. Je n'y avais même pas réfléchi, mais c'était une bonne idée. Amener avec moi des gens que je connaissais me semblait bien plus simple que de devoir chercher ici des gens qui connaissaient assez bien le pentathlon, au moins pour le début.

— Et aucun des deux ne semble t'en vouloir de ton succès, de ta richesse ou de ta célébrité ?

— Non, bien sûr que non.

— Hmmmm.

— Ça veut dire quoi, ce « hmmmm » ?

— Seulement qu'il me paraît étrange qu'ils aient tous les deux accepté de quitter tout ce qu'ils connaissaient pour emménager ici, dans un endroit qu'ils n'ont jamais vu. Je me demande quels sont leurs objectifs.

— Est-ce qu'ils doivent forcément avoir un objectif ? Ils ne peuvent pas juste vouloir un changement de rythme ou de décor... et peut-être avoir un effet positif sur le monde ? demanda Ember, un peu frustrée.

— Bien sûr que si. Je ne voulais pas te vexer. Mais mon boulot, c'est de prendre soin de toi. De m'assurer que personne ne cherche à profiter de toi ou à faire quoi que ce soit qui pourrait finir par te nuire. *Tout le monde* est suspect à mes yeux, je ne m'en excuserai pas. Mon passé m'a déjà prouvé que même la personne la plus apparemment innocente pouvait te mener à ta perte.

Ember dévisagea Craig pendant un long moment. Ses questions la faisaient se sentir un peu stupide. Elle aurait sûrement dû mieux se renseigner avant d'engager spontanément Julio et Marie. Ses parents l'avaient qualifiée de « naïve » avant son déménagement, et ils avaient certainement raison. Mais elle devait admettre qu'elle appréciait le fait que Craig essayait de veiller sur elle. Personne n'avait fait de son bien-être une priorité, avant.

— Je suis désolée que tu aies appris ça de cette manière, finit-elle par dire. Et même si ce que tu dis m'a mise mal à l'aise, tes arguments étaient bons. Mais je connais Julio et Marie. On s'est entraînés, on a transpiré ensemble, pendant des années. Ils étaient tous les deux déçus de ne pas être sélectionnés pour l'équipe olympique, mais je crois qu'ils savaient que ce ne serait pas facile. Avec seulement deux places pour chaque genre dans l'équipe, la sélection est vraiment intense. Et ils ont tous les deux des faiblesses dans une discipline. La natation pour Julio, et le tir pour Marie. Je pense qu'ils ont saisi l'occasion de m'aider parce que les quatre années avant les prochains JO vont être longues. Et ils vieillissent, tous les deux, tout comme moi. Donc c'est peut-être juste qu'on a tous besoin de vivre notre vie et de réfléchir à ce qui suit.

Craig hocha la tête.

— Ça se tient. Mais, avec ta permission, j'aimerais quand même vérifier leurs antécédents. Voir avec qui ils traînaient en Californie, s'ils ont un casier judiciaire, l'état de leurs finances, ce genre de chose. Je sais que tu aimerais n'être qu'une femme d'affaires comme une autre, mais tu restes Ember Maxwell. Tu es belle, riche et célèbre, et il y aura toujours des gens pour vouloir profiter de ça. De toi.

— Je n'aime pas l'idée de fouiller dans leur vie privée, risqua Ember.

— S'ils n'ont rien à cacher, ils n'en sauront jamais rien, rétorqua Craig.

— Moi, je saurais, dit doucement Ember, avant de soupirer. Enfin, je comprends, reprit-elle. C'est vrai que j'aimerais être normale. Mais j'ai grandi de manière privilégiée, et il faut que j'assume. D'accord. Mène ton enquête. Mais si tu trouves quoi que ce soit, je veux le savoir immédiatement.

— Deal, répondit instantanément Craig. Du coup, tu devrais rentrer vers cinq heures ?

Il fallut un moment à Ember pour revenir à leur conversation d'origine.

— Oui, à peu près.

— Et qu'est-ce que tu as prévu lundi ?

— En gros, la même chose. Entraînements, rendez-vous, aider Julio et Marie à s'installer, et discuter avec une dame qui possède un terrain en bordure de Killeen, qui conviendrait parfaitement pour la course à pied. Si ça se passe bien, je prendrais un créneau avec Julio et Marie pour qu'on y aille ensemble, voir ce qu'ils en pensent. Selon le déroulement de ma réunion avec l'Association pour la Jeunesse, je pourrais même donner mon premier cours dès mercredi.

— Mercredi ? Sérieux ? Déjà ?

Ember haussa les épaules, un peu embarrassée.

— À quoi bon avoir de l'argent si ce n'est pas pour l'utiliser ? Je dépense sans compter pour mettre les choses en route le plus vite possible. Et le bâtiment était déjà en bon état à la base. Tout ne sera pas prêt, mais assez pour qu'on puisse utiliser l'espace.

— Tout se met en place, pour toi, hein ? demanda Craig en souriant.

— C'est incroyable, mais oui. Je n'aurais jamais rêvé que ça puisse aller aussi vite.

— Eh bien, avec une PDG aussi motivée et enthousiaste, tout est possible.

C'était vrai. Ember savait qu'elle avait un peu fait une fixette sur son programme et sur l'avancement des choses, mais c'était important pour elle. Elle était impatiente de partager son amour du pentathlon moderne avec ces enfants qui n'auraient autrement jamais eu l'occasion d'en faire l'expérience.

— Et si je nous préparais un dîner, alors ?

— Ce n'est pas la peine de t'occuper de moi tout le temps, Craig, dit Ember en fronçant les sourcils. Je ne vais pas mourir de faim si tu me laisses seule.

— Je sais, mais j'en ai envie. Je veux que tu reviennes ici ce soir. Je veux que tu restes dormir encore une fois, pour pouvoir te montrer à quel point tu es incroyable. Pour pouvoir faire toutes ces choses que je t'ai promises hier soir.

Ember déglutit.

— Est-ce que tu nous prévois un créneau juste pour qu'on couche ensemble ?

— Si tu veux le dire comme ça, oui, répondit-il avec un grand sourire. Entre ton emploi du temps et le mien, j'ai comme l'impression qu'on va devoir se fixer des horaires réservés plus souvent qu'on aimerait.

C'était vrai.

— Donc... je vais devoir penser aux trois orgasmes que tu vas me donner toute la journée ?

— Ouaip. Et moi, je vais devoir penser à la sensation de ta chatte entourant ma queue. Et aux tétons que tu m'as montrés hier, à quel point je peux les rendre durs.

— Merde, fit Ember. Ça, c'était pas juste.

Craig bougea si vite qu'elle n'eut pas le moindre espoir de lui échapper. Il la tira hors de sa chaise pour l'installer sur ses genoux et ses lèvres étaient contre les siennes avant qu'elle n'ait pu dire le moindre mot.

Sa bouche avait le goût du café et du bacon, et Ember poussa un gémissement tandis qu'il la dévorait. À la différence de ses autres baisers, cette fois, ses mains exploraient son corps. D'un bras, il la serrait contre lui pour l'empêcher de tomber, mais l'autre s'était glissée sous son T-shirt et caressait un de ses seins.

Ember se tortilla sur ses genoux, sentant son érection sous son cul. Cela faisait du bien de savoir qu'elle pouvait l'exciter comme ça, si rapidement, d'autant qu'elle-même avait l'impression d'être passée de zéro à cent en un millième de seconde.

— Craig, gémit-elle lorsqu'elle releva la tête pour respirer.

Il ne répondit pas, se contentant de tirer sur le haut de son T-shirt et de coller sa bouche à la courbe du haut de son sein. Elle le sentit en sucer la peau et ne put retenir un nouveau gémissement.

Il releva la tête au bout d'une minute et lui fit un grand sourire en croisant son regard.

— Est-ce que tu viens de me faire un suçon ? demanda-t-elle.

— Yep, dit-il sans la moindre trace de regret. Mais à un endroit que je suis le seul à voir. Je ne veux pas qu'on puisse te regarder et penser au sexe. Enfin, pas plus qu'on ne le fait en voyant à quel point tu es magnifique. Et ce soir, je trouverai plein d'autres endroits à marquer.

— Tu es létal, tu le sais ?

— Je n'ai jamais aussi désespérément voulu faire l'amour à quelqu'un, dit Craig avec sérieux. Je te jure que si je ne suis pas en toi le plus vite possible, je vais en mourir.

Ember ne put s'empêcher de sourire.

— C'est un peu dramatique, non ? demanda-t-elle.

— Non.

— Est-ce qu'il faut que je passe acheter des préservatifs ? ajouta-t-elle d'un air un peu timide.

Elle savait que les adultes parlaient de ce genre de choses, mais c'était plus difficile qu'elle pensait.

Craig lui sourit tendrement.

— Non, je m'en occupe.

— Merci.

Il secoua la tête.

— Tu n'as pas besoin de me remercier de prendre soin de toi. C'est avec plaisir.

— Qu'est-ce que tu vas faire aujourd'hui, pendant que je serai avec Julio et Marie ?

— Je vais faire les courses, demander aux gars si tout le monde est bien rentré, et dans un état correct, vérifier que Grover n'a pas décidé de partir tout seul en Afghanistan, acheter des préservatifs, et laver mes draps.

Ember avait la tête qui tournait.

— Laver les draps ?

— Oui. Je veux que notre première fois soit parfaite. Et il n'y a rien de mieux à mes yeux que de te prendre sur des draps frais et propres.

— OK.

Ember aimait le fait qu'il ait pensé à un tel détail.

Non, elle adorait ça.

— Est-ce qu'il y a vraiment une possibilité que Grover s'en aille sans vous ?

Craig soupira.

— J'aimerais dire que non, mais je ne l'ai jamais vu aussi impliqué dans une mission.

— Je vérifierai sur mon compte Instagram que personne n'a mentionné Sierra.

— Je sais que tu étais heureuse de gérer tes propres comptes, mais tu devrais peut-être réfléchir à engager à nouveau quelqu'un.

Ember ouvrit la bouche pour manifester son désaccord, mais Craig continua avant qu'elle puisse parler.

— Je ne parle pas de quelqu'un qui en prendrait le contrôle, mais qui pourrait répondre aux publications et te tenir informée de ce qui est inquiétant ou que tu devrais savoir. Tu n'auras pas le temps de suivre tout ce qui se passe une fois le gymnase ouvert. Tu pourrais dire à cette personne quoi poster et tout ça, sans avoir à lire tous ces commentaires horribles.

Ember réfléchit un moment à sa suggestion. Ce n'était pas une mauvaise idée. Elle n'était pas complètement emballée par tous les aspects de ses réseaux sociaux. Elle pensait qu'elle le serait, mais en s'en occupant, elle s'était rendu compte du temps que ça prenait. Et Samer s'était montré extrêmement utile en répondant à toutes ses questions, même après qu'elle l'avait plus ou moins viré. Peut-être qu'elle pourrait voir s'il accepterait de travailler pour elle, et pas pour ses parents.

— J'y réfléchirai, dit-elle à Craig.

— Parfait, répondit-il.

Il l'embrassa une dernière fois passionnément avant de se relever, la redressant au passage.

Ember posa les pieds par terre et il l'aida à se stabiliser.

— Il nous reste un peu de temps avant que tu doives partir à Austin. Tu veux qu'on aille acheter des trucs pour ton nouvel appartement ? Je pourrais t'accompagner et t'aider à déballer tes cartons, à installer tes affaires... si tu veux.

— J'adorerais, dit Ember avec un grand sourire.

Elle n'avait pas eu le temps d'acheter tout ce qu'elle voulait, il lui manquait des tapis de bain, des coussins et ce genre de petites choses. Et avec Craig à ses côtés, tout serait bien plus amusant. Elle appréciait aussi le fait que, même s'il était évident qu'elle passerait à nouveau la nuit chez lui ce soir-là, il ne lui mettait pas la pression pour qu'elle quitte déjà son appartement.

C'était idiot, mais même si elle devait passer la plupart de son temps libre chez Craig, elle aimait l'idée d'avoir son propre appartement, d'avoir son indépendance. Elle pourrait avoir un petit ami et être indépendante. Elle avait même hâte. Craig serait déployé un jour ou l'autre, et il y aurait aussi des moments où elle aurait besoin d'être seule. Elle ne prévoyait pas de garder son appartement pour toujours non plus, et elle voulait bien sûr que les choses progressent avec Craig... mais pour l'instant, elle avait besoin de son propre espace. Elle ne voulait pas échanger une forme de dépendance, comme la vie avec ses parents, contre une autre, en emménageant directement avec un homme.

— Pourquoi est-ce que tu n'irais pas préparer tes affaires ? Laisse ici tout ce que tu veux utiliser lundi. Tu pourras prendre ce dont tu as besoin pour ce soir quand on aura fait les courses et aménagé ton appartement. Je vais faire la vaisselle, et on peut y aller.

— Tu fais la vaisselle ? le taquina Ember.

— Yep. Je passe l'aspirateur, aussi, et la serpillière, et je fais la lessive.

— Ciel, je vais m'évanouir, plaisanta Ember.

C'était une blague, mais aussi un peu sérieux.

— Adorable, murmura Craig avant de la pousser légèrement vers les escaliers.

— Allez, va, avant que je décide de ne pas attendre ce soir, continua-t-il.

Ember s'arrêta et posa la main sur son menton, dans une posture de profonde réflexion.

Craig eut un rire.

— Vas-y. Aie pitié de moi.

Elle s'en alla, le sourire aux lèvres.

CHAPITRE TREIZE

La journée avait semblé durer mille ans. Doc n'arrêtait pas de regarder sa montre, espérant que le temps passait plus vite qu'il n'en avait l'impression. Ember lui envoyait régulièrement des SMS de mise à jour qui le faisaient sourire.

Dis donc, cet aéroport est minuscule comparé à celui de L. A. !

J'ai trouvé une place près de l'escalier ! Un miracle.

Récupéré Julio et Marie, on revient à Killeen.

Ils ont adoré le gymnase ! Je me sens mieux.

Merci de m'avoir recommandé le restau mexicain ! C'était délicieux.

Je leur ai un peu parlé de leurs raisons de déménager au Texas, je te raconte tout à l'heure.

Les appartements sont OK, ils emménagent vendredi.

Est-ce que c'est moi ou cette journée passe vraiment lentement ? :)

Déposé J et M à l'hôtel. Je compte louer une voiture en attendant que la sienne et celle de M soient apportées de Californie.

On a besoin de quelque chose ? Je peux passer au supermarché.

Je suis plus que prête, Craig. À tout de suite.

Il était ravi qu'elle attende leur nuit ensemble avec autant d'impatience que lui. Il avait fait le lit, nettoyé la salle de bain, passé l'aspirateur, rangé des boîtes de préservatifs dans trois endroits différents de sa maison... il en faisait trop, mais il ne voulait vraiment pas avoir à s'arrêter pour en chercher si les choses allaient trop loin ailleurs que dans la chambre.

Pour le dîner, il avait décidé de faire des poivrons verts farcis, qui étaient simples à préparer et qu'il avait déjà mis au four. Ils seraient prêts à l'arrivée d'Ember. Ce serait un bon dîner, s'il pouvait se retenir de lui sauter dessus dès l'instant où elle franchirait le seuil de la porte.

Souriant, Doc ne put s'empêcher de se demander si ça n'allait pas plutôt être *Ember* qui lui sauterait dessus. Il aimait le fait qu'elle n'hésitait pas à lui dire ce qu'elle voulait, son indépendance. Sa façon de travailler dur pour faire de son rêve une réalité. Il avait autrefois cru qu'il voulait une femme que ça ne dérangerait pas de passer la plupart de son temps à la maison... mais ç'avait été une pensée idiote.

Ember était parfaite. Elle avait de l'ambition et refusait de le laisser prendre toutes les décisions. Elle aimait faire ses propres choix, au moins concernant sa vie à elle, et il approuvait totalement. Il la laisserait aussi volontiers prendre le contrôle au lit, mais pas ce soir. Ce soir, c'était *lui* qui prenait les décisions. Il allait lui montrer combien il tenait à elle, combien il l'adorait.

— Chéri ! Je suis rentrée ! lança-t-elle d'un ton rieur en entrant dans la maison.

Doc avait déverrouillé sa porte d'entrée en recevant son dernier message, l'invitant à entrer directement quand elle arriverait. Son cœur ne souhaitait rien de plus que d'entendre ces mots et de savoir que c'était vrai, qu'elle rentrait *chez eux*, mais il attendrait. Une femme comme Ember n'aimerait pas qu'on la pousse à prendre une décision, quelle qu'elle soit. Elle profitait de la liberté de pouvoir faire ses propres choix pour la première fois de sa vie. Il avait clairement établi qu'elle était la bienvenue chez lui quand elle voulait, mais quand elle sentirait du plus profond de son âme que c'était ici qu'elle se sentait chez elle, ce serait sa décision.

Ce qui ne voulait pas dire que Doc n'essaierait pas de la convaincre. Il avait déjà prévu de lui donner une clé.

Il se dirigea vers Ember en souriant, les bras ouverts. À sa grande surprise, elle lui sauta au cou quand il fut assez proche.

Riant, il l'attrapa au vol et la fit tourner.

— Tu as passé une bonne journée ? lui demanda-t-il.

— Oui. Une loooongue journée, par contre. La prochaine fois que tu te sens de me faire miroiter une nuit de débauche... évite.

— C'était très long et très *dur* pour moi aussi, la taquina Doc.

Ember leva les yeux au ciel.

— Oh merde, c'était nul, comme blague.

— Tu as faim ? demanda-t-il, alors qu'il ne désirait rien de plus que de lui enlever son T-shirt et d'enfouir son visage entre ses jambes immédiatement.

— De nourriture ? Pas vraiment. Mais ça sent super bon, et je ne voudrais pas gâcher ton dîner.

Doc envisagea brièvement d'entrer dans la cuisine, d'éteindre le four et de revenir porter Ember jusqu'au premier étage comme il l'avait fait la veille, mais il se força à laisser retomber ses bras. Il désirait Ember, mais il voulait aussi lui offrir une nuit parfaite, dont elle se souviendrait toute sa vie.

— C'est comme si on avait échangé nos rôles traditionnels, dit-il en lui prenant la main pour l'amener à la cuisine. Tu es le gagne-pain, qui rentre à la maison après une longue journée de travail, et moi je consacre mon temps aux tâches ménagères, à m'assurer qu'un dîner chaud t'attend quand tu passes la porte.

Ember posa la main sur son bras.

— Tu ne t'attends pas à ce que je sois ce genre de femme, hein ?

— Non, pas du tout ! s'exclama Doc. Je veux que tu sois toi-même. Si pour ça, il faut que je gère la cuisine et le ménage, soit. Je veux que tu sois heureuse, Em.

— Je le suis. Je sais que ma vie a connu beaucoup de changements radicaux ces derniers temps, et que mes parents, ainsi que le reste du monde d'ailleurs, pensent que je me suis précipitée dans cette aventure sans réfléchir, mais ça fait si longtemps que je voulais faire quelque chose comme ça. Je voulais rendre aux autres, être plus qu'une jolie fille sur internet. Je suis nulle en tâches ménagères, et je risque de travailler beaucoup, au point que tu devras me forcer à prendre des jours de repos. Mais j'essaierai de mon mieux de faire ma part.

Doc l'embrassa.

— Je ne te demande rien de plus. J'ai fait des poivrons farcis. Si tu aimes, je t'apprendrai la recette.

— Super.

— Tu veux m'aider à préparer la salade ?

— Bien sûr. Dis-moi ce que je dois faire.

— On va commencer par la laitue. Tu détaches les feuilles, je les coupe.

— Oui, chef ! lança malicieusement Ember.

Ils travaillèrent ainsi côte à côte, et Doc apprécia chaque seconde. Elle lui raconta sa journée plus en détail, expliquant que Julio et Marie semblaient heureux d'être au Texas.

— Je leur ai demandé pourquoi ils avaient accepté mon offre, et Julio m'a dit que sa sœur s'était retrouvée mêlée à des histoires de gang et avait été tuée. Je ne savais pas du tout. Je pensais qu'il avait eu une éducation classique de la classe moyenne. Bref, il a dit qu'il serait heureux de pouvoir aider des enfants à rester loin de ce genre de vie. Il avait un professeur à l'école primaire qui l'avait intéressé à l'escrime, ce qui a évolué en amour pour le pentathlon. Il m'a dit que ça lui avait sauvé la vie, littéralement.

— C'est super, dit Doc.

Et ça l'était. Mais... il ne pouvait s'empêcher de se demander s'il n'y avait pas autre chose. Il fallait qu'il parle à Trigger et qu'ils voient s'ils pouvaient contacter leur vieil ami Tex pour vérifier les antécédents de Julio. S'il n'était pas disponible, il y avait toujours une femme à San Antonio qui était proche de Ghost et de son équipe de Deltas, et qui travaillait parfois avec Tex. Elle pourrait certainement s'en occuper tout aussi facilement. Si besoin, Doc ferait appel aux faveurs qu'on lui devait pour protéger Ember.

— Et Marie ? la relança-t-il.

Ember haussa les épaules.

— Elle n'avait pas de passé difficile comme Julio. Elle a juste dit qu'elle était contente de quitter la Californie et de découvrir un peu le monde. Apparemment, elle ne s'entend pas très bien avec sa famille. Je pense qu'elle est surtout un peu agitée et perdue depuis les JO. Elle n'est plus elle-même depuis mon retour, je crois que c'est parce qu'elle s'est rendu compte d'un coup que ses chances d'être sélectionnée étaient très minces. Ça lui fera du bien de s'éloigner de sa routine californienne. Des deux, je pense que Julio restera plus longtemps, mais ça me va. Je ne m'attends pas à ce qu'ils travaillent pour moi toute leur vie.

— C'est une bonne attitude, approuva Doc. Même si tu payes leur loyer, quand même, ce qui n'est pas rien.

— Je ne paye pas leur loyer. J'ai trouvé leurs appartements et j'ai payé la caution, mais ils savent que c'est à eux de prendre en charge le reste.

— Ah, bien. J'avais mal compris, alors.

— J'y ai pensé, mais c'était comme si j'achetais leur

loyauté. Je veux qu'ils restent parce qu'ils croient vraiment en ce qu'ils font et sont passionnés. Je ne veux pas qu'ils profitent juste de mon argent.

— C'est bien vu de ta part.

— Surtout pour quelqu'un qui n'a pas de diplôme, dit-elle avec une pointe d'autodérision.

— Non, c'est bien vu de la part d'une femme d'affaires, la corrigea Doc. Je connais plein d'officiers diplômés qui sont bêtes comme leurs pieds. Et plein de soldats qui sont des putains de génies, sans avoir d'autre diplôme que le bac. Ne te rabaisse pas, Em. Tu vas faire de ton rêve une réalité, et les enfants du coin s'en porteront mieux.

— Merci, répondit-elle doucement.

— De rien. Bon, tu préfères les concombres avec les graines ou sans ?

— Avec. Tu as des croûtons ?

— Est-ce que c'est vraiment une salade s'il n'y a pas de croûtons ?

Ember eut un rire.

— Avec toi comme cuisinier, je vais être gâtée.

— Tant mieux, dit Doc en se penchant pour l'embrasser rapidement.

Plus longtemps, et il n'arriverait plus à se contrôler. Il avait déjà un début d'érection, qui ne l'avait pas quitté de la journée, en prévision de ce qui allait suivre.

— J'ai aussi réfléchi à ta suggestion et j'envisage de demander à Samer s'il accepterait de venir travailler pour moi. Je n'avais pas pris la pleine mesure du temps nécessaire pour s'occuper de mes réseaux sociaux. En plus, je n'aime vraiment pas lire les commentaires. Je me dis que si je peux le convaincre de s'en occuper, ça libérera du temps pour d'autres choses. Qu'en penses-tu ?

— Je pense que c'est une excellente idée, dit Doc avec honnêteté. Tant que tu es sûre qu'il comprend qu'il n'a rien le droit de poster sans avoir eu ton accord au préalable. Tu ne veux pas qu'il recommence à publier des photos de toi, si ?

— Oh, ça non. Mais je ne pense pas qu'il le ferait. Alexis, par contre... il se remettrait sûrement à faire exactement comme avant.

Doc se fit une note mentale de demander à Tex de se renseigner aussi sur cet Alexis. Le nom était trop suspect pour l'ignorer. Si le fameux Alex qui postait des commentaires haineux sur les réseaux d'Ember était en fait Alexis... Tex le découvrirait, et s'assurerait qu'il ne la harcèle plus jamais.

Le dîner fut détendu, malgré la tension palpable dans l'air, qui faisait frémir Doc d'impatience. Après avoir mangé, ils mirent la vaisselle dans la machine et nettoyèrent la cuisine. Il était trop tôt pour aller au lit, mais Doc n'arrivait pas à penser à autre chose.

Il se tourna vers Ember pour suggérer une activité qui ferait passer le temps jusqu'à ce qu'il puisse l'emmener dans la chambre, et laissa échapper une exclamation de surprise en lui rentrant dedans, Ember se tenant juste derrière lui.

— Merde, pardon, dit-il.

Ember passa les bras derrière son cou et se serra contre lui, de la poitrine aux genoux.

— C'est bon, tu m'as nourrie, Craig. Je ne peux plus attendre. Peut-être que cela fait de moi une salope, mais je ne pense qu'à te sentir en moi.

Et en un instant, Doc perdit la bataille qu'il avait menée toute la soirée contre son érection.

— Tu n'es pas une salope, dit-il fermement. J'y ai pensé toute la journée.

La gardant près de lui, il commença à les tourner vers l'escalier. Il ne pouvait supporter de s'éloigner d'elle. Il baissa la tête pour l'embrasser. Ils se cognèrent dans le mur, à une chaise, et faillirent trébucher sur la première marche, mais il refusa de détacher sa bouche de la sienne. Leur baiser se fit de plus en plus éperdu au fur et à mesure de leur ascension. Quand les mains d'Ember commencèrent à triturer son T-shirt, Doc ne s'arrêta que le temps de le passer par-dessus sa tête.

Les mains d'Ember trouvèrent sa peau immédiatement, massant et caressant les muscles de sa poitrine. Elle s'attarda sur ses tétons et il émit un grognement sourd. Putain, il ne savait pas que cette partie de son corps était si sensible. Sûrement parce que personne ne s'était donné la peine de vérifier.

Leurs dents s'entrechoquèrent dans leur baiser, ni l'un ni l'autre ne s'inquiétant d'un manque de finesse. Les mains de Doc descendirent jusqu'au jean d'Ember et elle faillit tomber lorsqu'il les baissa de ses hanches. Ils étaient presque à la chambre, mais il le remarqua à peine. Toute l'attention de Doc était concentrée sur la tache humide entre les jambes d'Ember, sur sa culotte. Il en avait l'eau à la bouche.

Ember enleva son T-shirt elle-même, avant de jeter son dévolu sur la braguette du pantalon de Doc. Il savait que la seconde où elle toucherait sa queue, il perdrait tout contrôle... enfin, le peu qui lui restait.

Veillant à ne pas la blesser, il se pencha au niveau de son ventre, avant de la soulever et de la jeter sur son épaule.

Ember gloussa, et il sentit ses mains sur son dos, auquel elle s'accrochait pour tenir. Il savait que sa position devait être inconfortable, mais en quelques secondes, il avait atteint le bord de son lit. Il se baissa pour la lâcher au-dessus du matelas, provoquant un nouveau gloussement quand elle rebondit dessus.

Doc devenait presque fou à l'idée de pouvoir enfin la goûter. Il s'agenouilla sur le sol près de son lit et attrapa brusquement ses hanches, la tirant avec force jusqu'au bord du matelas. Il écarta ses jambes et se pencha pour humer l'odeur de son désir.

— Putain, Em, tu es irrésistible.

— Craig...

Ce fut tout ce qu'elle dit avant que Doc n'écarte d'une main le tissu de sa culotte et se mette au travail. Il passa la langue sur son intimité, se délectant de son goût acidulé, avant de s'emparer de son clitoris.

Il était incapable de prendre son temps. Il voulait qu'elle le désire aussi désespérément qu'il la désirait. Et la dernière chose dont il avait envie, c'était de la blesser lorsqu'il la pénétrerait. Il voulait qu'elle mouille à en être trempée. Lorsqu'il enlèverait son propre pantalon, il ne serait plus capable de patience.

— Merde, Craig, murmura Ember.

Il sentit ses mains lui caresser la tête, mais toute son attention était fixée entre ses jambes. Il utilisa un doigt pour caresser les plis de l'entrée de son corps, sa bouche toujours sur son clitoris. Elle se tortilla à son contact et il lui fallut toute sa concentration pour garder ses lèvres sur le petit paquet de nerfs.

Les cuisses d'Ember se serrèrent autour de sa tête, et il en attrapa une de sa main libre, s'assurant qu'elles restaient assez écartées. Il n'avait qu'un but en tête : la faire jouir. Il voulait faire ça pour elle. Lui donner ce plaisir ultime.

Doc aurait voulu avoir la patience de lui enlever sa culotte avant de commencer son cunnilingus, mais il était trop tard pour cela. Bien trop tard. Il ne relèverait plus la tête de cette récompense, c'était hors de question.

Les sons humides que produisait son doigt en allant et venant dans son corps se faisaient de plus en plus bruyants, à la grande satisfaction de Doc. Il n'avait jamais désiré une femme avec autant de force. Sa queue dégoulinait déjà de gouttes de liquide pré-éjaculatoire, et il était certain qu'il exploserait dès la seconde où il aurait pénétré le corps d'Ember.

Doc leva les yeux sans interrompre sa tâche. Son

adorable petit ventre était parcouru de frissons à chacune de ses inspirations, et ses seins tremblaient alors qu'elle se tordait contre lui. Il n'avait pas eu le temps de retirer son soutien-gorge avant de l'attaquer, mais il n'arrivait pas à en être déçu. Elle était si sexy. Perdue dans le plaisir qu'il lui procurait, portant toujours sa culotte, s'accrochant à lui comme si elle ne le lâcherait plus jamais.

— Là, juste là, encore, oui, Craig, oui !

Fermant les yeux, Craig se perdit à son tour dans le goût, l'odeur et la sensation de la femme qu'il léchait. Ember poussait ses hanches contre son doigt et sa bouche, un mouvement désespéré pour atteindre l'orgasme.

— Craig, je t'en prie !

C'était assez. Ça s'arrêtait là. Jamais cette femme n'aurait besoin de le supplier pour *quoi que ce soit*.

Utilisant sa langue comme un piston, il se concentra sur son clitoris, y donnant une succession de petits coups rapides. Il tourna sa main pour ajouter un deuxième doigt au premier, pénétrant au plus profond de son corps. Elle eut un sursaut brusque à la sensation, avant de se figer complètement lorsqu'il toucha cet endroit spongieux si spécial. Souriant, il replia ses doigts et le caressa tandis qu'il continuait d'attaquer son clitoris.

En l'espace de quelques secondes, elle criait et se cambrait de manière incontrôlable. Il n'arrivait plus à garder sa bouche en place avec tous ses mouvements ; il déplaça donc son autre main entre ses jambes et manipula son clitoris du pouce tout en continuant de masser son point G.

Ember perdue dans les affres de l'orgasme était la vision la plus sexy qu'il lui ait été donné de voir. Le dos courbé, elle s'accrochait à ses épaules comme si elle se briserait en mille morceaux si elle les lâchait, et l'image de son plaisir qui s'écoulait hors de son corps, recouvrant ses doigts, serait à jamais gravée dans son esprit.

Alors que son orgasme retombait, Doc se releva. Il arracha sa culotte, la glissant le long de ses jambes.

— Assieds-toi, ordonna-t-il d'une voix basse.

Ember ne bougea pas, et Doc fut incapable de retenir le sourire satisfait qui traversa son visage. Il l'aida à s'asseoir et détacha son soutien-gorge avant de la guider vers le centre du lit. Il ne put s'empêcher de s'arrêter pour la contempler un moment.

Après quoi elle réduisit son dernier fragment de contrôle en miettes lorsqu'elle écarta lentement les jambes et y glissa sa main, se doigtant délicatement.

Assez. Il était à bout.

*
**

Ember pouvait à peine bouger ou réfléchir. Craig l'avait bluffée. Elle avait déjà eu quantité d'orgasmes auparavant, ainsi que des relations sexuelles qu'elle avait estimées plutôt agréables. Mais ce qu'il venait de faire ? Alors ça, c'était nouveau.

Il l'avait dévorée comme un homme affamé face à un festin de roi. Et n'en avait pas été embarrassé pour un sou. Elle adorait cette assurance. Clairement, il savait comment satisfaire une femme. Elle n'avait jamais eu d'orgasme causé par son point G, et le résultat l'avait laissée toute molle et essorée.

Mais à la vision de Craig, debout près du lit, la regardant comme si elle était son cadeau de Noël et son cadeau d'anniversaire, tout à la fois ? Elle était prête pour la prochaine étape.

Elle ne ressentit ni embarras ni hésitation en écartant les jambes pour le provoquer. Elle vit son contrôle sur lui-même céder d'un coup. En une seconde, il était passé de l'amant qui admire le corps de sa partenaire à un prédateur concentré sur sa proie. Elle le regarda baisser en même temps son pantalon et son caleçon.

Elle n'eut qu'un aperçu de son membre long et épais avant qu'il ne la chevauche. Ember ne put retenir un gémissement. Cet homme la voulait, elle. Son Em. Pas à cause de ce qu'elle pouvait faire pour lui, pour sa carrière. Mais grâce à leur connexion.

— Je ne vais pas pouvoir être tendre, articula-t-il d'une voix rauque.

— Je ne veux pas que tu le sois.

Il se pencha pour fouiller dans le tiroir de la table de nuit. Ember se redressa juste assez pour pouvoir coller sa bouche à la peau charnue près de son téton. Elle suça. Avec force. Ce n'était pas sa faute ; quand il s'était penché, sa poitrine s'était retrouvée juste là, devant son visage. Elle ne pouvait pas résister. Elle sentit une de ses mains soutenir l'arrière de sa tête, la maintenant contre lui tandis qu'elle s'efforçait de laisser une marque sur son homme.

Il les décala vers le centre du lit, mais elle ne détacha pas la bouche de sa peau. Ember ne s'en lassait pas.

Lorsqu'elle finit par le relâcher pour se rallonger, elle vit qu'elle avait accompli sa mission. Il aurait un beau bleu sur la poitrine, et elle ne se sentait pas le moins du monde coupable.

— Heureuse ? demanda-t-il d'une voix traînante.

Ember releva la tête pour croiser son regard.

— Oui, répondit-elle.

Il baissa les yeux vers sa poitrine avant de revenir à Ember.

— Ça risque de ne pas partir avant un moment, remarqua-t-il.

— Oui. Et dès que tu le verras, tu te souviendras de ça. De *moi*.

— Oh, putain, oui, dit Craig d'une voix dure.

Il attrapa à nouveau ses hanches et la rapprocha de lui.

Ember adorait sa manière de la traiter sans ménagements. Il ne la blessait pas, pas le moins du monde. Elle ne voulait pas qu'on la traite comme si elle était faite de porcelaine fragile. Elle voulait tout de lui. Sa passion, son enthousiasme, son impatience.

Elle écarta encore plus les jambes, comme une invitation. Baissant les yeux, elle vit Craig attraper sa queue. Il y avait déjà enfilé un préservatif, sûrement pendant qu'elle lui faisait le suçon. Il lui frappa légèrement le clitoris de sa queue, et elle poussa une exclamation. Il fit ensuite glisser son membre le long de son intimité moite.

— Arrête de jouer et baise-moi, geignit-elle.

— Je voulais que tu te masturbes devant moi, que tu me montres ce que tu aimes, mais je ne suis pas sûr de pouvoir supporter ça maintenant. J'ai trop envie de toi.

— Ça me va, sourit-elle.

— Après ça, c'est fini, dit Craig avec sérieux. Dès l'instant où je pénètre dans cette chaleur torride, tu es à moi. Compris ?

— Oui ! s'exclama Ember. Et toi à moi. Pas d'autre femme, Craig, je suis sérieuse. Si tu envisages même un instant de baiser quelqu'un d'autre, je vais péter les plombs.

— Pourquoi est-ce que je voudrais quelqu'un d'autre alors que j'ai ça, bordel ? demanda-t-il, caressant son corps d'une main.

Il agrippa un de ses seins avec force, en tordit le téton avant de continuer sa descente. Il posa la main sur son ventre et sourit.

— J'adore ce petit ventre, dit-il.

Ember leva les yeux au ciel.

— Tu n'es pas censé parler des défauts d'une femme quand tu couches avec, dit-elle d'une voix haletante.

— Des défauts ? Seigneur, ma belle, c'est le contraire d'un défaut. C'est super sexy. Tu as muscle sur muscle, tu pourrais facilement me renverser sur le lit, mais ça ? C'est tout moelleux et sexy. Ça me rapelle que tu es une femme... et je ne peux pas m'empêcher d'imaginer une petite Ember à l'intérieur, en train de grandir, protégée et nourrie par ton corps.

Un gémissement s'échappa des lèvres d'Ember. Putain. Il parlait d'enfants. Elle n'y avait jamais trop réfléchi, trop occupée par sa carrière d'athlète. Mais maintenant ? La pensée de porter les enfants de Craig la remplissait d'un besoin soudain et irrésistible.

Ce qui était dingue. Elle n'était pas prête à être mère. Non, elle avait encore trop de choses à faire. Mais un jour ? Oui... elle en avait envie.

— Baise-moi, ordonna-t-elle.

— À vos ordres, madame, dit Craig en souriant.

Son sourire disparut quand il baissa le regard entre ses jambes. Agressif comme il venait de l'être, Ember fut surprise quand plaça délicatement son gland tout contre son sexe moite et l'y enfonça d'à peine un centimètre.

— Craig ! s'exclama-t-elle, frustrée.

— Une seconde, implora-t-il, dents serrées, en se laissant tomber au-dessus d'elle.

Ses mains étaient posées sur le matelas près des épaules d'Ember, sa tête penchée. Seule l'extrémité de sa queue était en elle, et Ember en voulait plus, le voulait en entier.

Elle se tortilla et leva les hanches, parvenant à absorber un peu plus de son membre.

— Putain, jura-t-il, avant de plonger toute sa longueur dans son corps d'une poussée brutale et rapide.

Ember ferma les yeux et poussa un cri.

— Merde, je t'ai fait mal ? demanda Craig, au bord de la panique.

— Non, le rassura-t-elle. C'est un peu désagréable parce que ça fait un moment, mais c'est si bon de te sentir en moi.

Craig se tint complètement immobile le temps qu'elle s'habitue à sa présence dans son corps. Lorsque la faible douleur s'estompa, elle ouvrit les yeux pour le regarder. La mâchoire de Craig était serrée, ses yeux pleins d'inquiétude et de désir. Levant la main jusqu'à son visage, Ember caressa doucement sa joue.

— Je vais bien, murmura-t-elle.

— Tu es sûre ?

— Certaine.

— Je vais pas tenir longtemps, l'informa Craig. J'ai failli jouir dès le moment où je t'ai pénétrée en entier. À partir du moment où je commence à bouger, j'en aurais fini assez vite.

— Pas grave, fit Ember avec un sourire satisfait.

— Tu aimes ça, constata-t-il.

— Et pourquoi pas ? Mon homme est tellement submergé de plaisir qu'il ne peut pas se retenir. C'est le meilleur compliment qu'on puisse faire.

— Je croyais que les femmes préféraient que leurs hommes puissent tenir longtemps.

— Pas moi, dit Ember, sans une seconde trouver étrange le fait qu'ils aient cette conversation tandis qu'il était enfoui en elle.

Elle se sentait connectée à lui, d'une manière qu'elle n'avait jamais connue avec quiconque.

— Donner des coups de hanches pendant une demi-heure ? C'était super désagréable. Je préfère largement une bonne baise rapide, où on jouit tous les deux, que de te sentir entrer et sortir pendant une heure.

— Bon à savoir, dit Craig avec un rire. Et c'est tant mieux. Parce que je sens que je ne pourrais pas m'empêcher de me décharger direct en te pénétrant. Je m'assurerai que tu prends ton pied, par contre, Em. Avant et après.

— Tu avais parlé de me donner trois orgasmes, en effet... J'ai peut-être mal calculé, mais j'ai l'impression d'en être à un seul, le taquina-t-elle.

— Un seul ? Moi, j'ai l'impression que tu en as eu deux, tout à l'heure, qui se sont enchaînés, fanfaronna-t-il.

Il n'avait peut-être pas tort... mais Ember ne l'admettrait jamais.

Elle se rendit compte tout à coup qu'elle *s'amusait*. Le sexe n'avait jamais été amusant pour elle. Intense, satisfaisant, ennuyeux, inachevé, ça oui. Mais jamais amusant.

— Tu es prête ? demanda Craig.

Ember hocha la tête.

— Accroche-toi, poursuivit-il.

— À quoi ?

— À moi, répondit Craig du tac au tac.

Ember s'accrocha fermement à ses biceps, et il bougea. Il commença par se retirer lentement avant d'enfoncer à nouveau sa queue d'un mouvement sec. Son bassin était pressé contre le clitoris d'Ember lorsqu'il était entièrement en elle, et elle laissa échapper un gémissement.

Soudain, il se mit à bouger vite et durement, comme il l'avait prévenue. Ember tenta d'aider, de soulever des hanches pour mieux accompagner ses mouvements, mais il était trop agressif pour ça. Elle ne pouvait pas faire autrement que se contenter de rester là et de subir son assaut. Et elle *adorait* ça.

Comme il l'avait prévu, il ne lui fallut pas longtemps pour se retrouver au bord de l'orgasme. Fascinée, Ember vit les veines de son front et de son cou ressortir. Il poussa encore quelques fois, avant de passer la main sous son cul pour lui écarter les fesses, ce qui lui donna assez d'espace pour s'enfoncer encore d'une fraction de centimètre et la fit gémir à nouveau. Une seconde plus tard, il émit un grognement, et Ember aurait pu jurer qu'elle le sentait pulser à l'intérieur de son corps alors qu'il jouissait.

Il fallut un certain temps à son corps pour se détendre. Mais il la surprit entièrement en se redressant, laissant sa queue enfouie en elle. Il attrapa son cul pour le poser sur ses propres cuisses, jusqu'à ce que seules les omoplates d'Ember soient encore sur le lit, son dos cambré.

Il ne lui demanda pas la permission, ne demanda pas si elle était prête. Il se contenta d'amener sa main jusqu'à son clitoris et d'en triturer durement la chair sensible et enflée.

— Craig ! s'exclama Ember.

Il ne s'arrêta pas ; pas qu'elle en ait envie, d'ailleurs. Ses muscles internes se serrèrent autour de sa queue à nouveau au repos, mais il ne se retira pas. Cela faisait du bien de sentir quelque chose en elle alors qu'elle fonçait vers un nouvel orgasme.

— C'est ça, Em. Je peux te sentir sur ma queue... c'est incroyable.

Elle aurait voulu répondre, mais elle parvenait à peine à respirer, encore moins à parler.

Il augmenta la pression sur son clitoris et Ember trouva son plaisir à nouveau. L'orgasme ne fut pas aussi intense que le premier, mais n'en était pas moins satisfaisant.

Elle sentit les mains de Craig lui parcourir la poitrine et le ventre pour la calmer.

Ember ouvrit les yeux et regarda l'homme qui avait changé sa vie.

— Ouah.

Il sourit, créant des rides autour de ses yeux.

— Oui, ouah.

Elle le sentit quitter son corps et fronça le nez, suscitant un rire de sa part.

— Et encore, pense à moi. Il fait froid, dehors.

Ember le contempla un instant, avant de laisser échapper un gloussement. Il se contenta de sourire tandis qu'elle essayait de reprendre le contrôle d'elle-même. Elle se sentait plus légère qu'elle ne l'avait été depuis des années.

Craig bougea alors, la déplaçant un peu, sans retirer les draps ni la couverture. Quand elle tendit la main, il secoua la tête.

— Laisse, ordonna-t-il.

Levant un sourcil interrogateur, Ember hocha la tête.

— Il faut que je m'occupe de ça, expliqua-t-il en désignant son sexe du menton. Ember ne put s'empêcher d'y jeter un œil. Son érection était partie, mais même au repos et recouvert d'un préservatif usagé, il était impressionnant.

— Reste là et ne bouge pas.

— OK, acquiesça Ember.

Leurs regards se croisèrent brièvement, et Craig trouva apparemment ce qu'il cherchait dans le sien, puisqu'il hocha la tête avant de partir vers la salle de bain. Ember profita de la vue, admirant son cul, qui était une œuvre d'art. Elle était tout à fait consciente du travail qu'il fallait pour obtenir des fesses musclées comme ça. Les heures passées à faire du sport, le régime strict et la décision de prendre soin de son corps. Craig était un athlète d'élite, comme elle... et elle adorait ça.

Peu après, Craig revint avec à la main un gant de toilette. Inconsciemment, elle écarta un peu les jambes à son approche, pensant que c'était là qu'il comptait la nettoyer, mais il la surprit en passant plutôt le tissu chaud sur sa poitrine.

— Je ne vais pas laver tout de suite ces merveilleux fluides, l'informa-t-il. Je n'en ai pas fini avec toi.

Ember le regarda, étonnée.

— Ah bon ?

— J'avais dit trois, et je ne mens jamais.

— Euh... c'est encore un peu tôt pour moi, admit Ember.

Elle aimait les orgasmes autant que n'importe quelle femme, mais elle n'avait pas couché avec un homme depuis un moment, ce qui faisait qu'elle était un peu endolorie. Elle était un chouïa inquiète à l'idée de faire l'amour à nouveau aussi vite.

— Il est encore tôt, dit Craig. J'étais trop impatient pour t'accorder l'attention que tu mérites. L'accorder à ces tétons, par exemple, ajouta-t-il d'un ton presque nonchalant en passant le gant sur ces bourgeons qui durcirent à la sensation.

— Ils me supplient de les toucher, les lécher, les sucer, ce que je pourrais sûrement faire pendant une heure. Ensuite, je voudrais explorer un peu plus ta chatte. Là aussi, j'étais trop pressé pour lui rendre hommage correctement. Et puis, un massage du dos et de la nuque, ce serait pas mal. Une fois que j'aurais examiné chaque centimètre de ton magnifique corps, *là* je pourrais vérifier si ce premier orgasme était juste un coup de chance ou si je peux retrouver ton point G.

— Craig, protesta Ember.

— Oui ? répondit-il sans interrompre le mouvement paresseux du gant sur sa poitrine.

Si quelqu'un lui avait dit, un mois plus tôt, qu'elle serait allongée dans le lit de l'homme le plus incroyable au monde, à être vénérée comme une déesse, elle aurait éclaté de rire.

— Une fois que tu auras à nouveau joui pour moi, je réchaufferai ce gant et je te nettoierai. Et après, on ira dormir. Tu veux venir courir avec les gars et moi demain matin ?

Cela aurait dû lui paraître étrange de discuter de leur programme du lendemain comme ça, alors qu'il était assis, entièrement nu, à côté d'elle, à caresser ses seins à l'aide d'un gant et à la regarder comme s'il ne désirait rien de plus que de la dévorer toute entière.

— Euh... oui, pourquoi pas.

— Super. Essaie juste de ne pas contrarier Trigger. Il adore ajouter des poids à nos sacs à dos si quelqu'un fait une remarque, pour dire que la course sera facile ou ce genre de chose.

Ember sourit en pensant que Trigger lui rappelait certains de ses anciens entraîneurs.

Toute pensée des amis de Craig et de leur programme

du lendemain s'envola lorsqu'il se pencha pour lécher son téton, qui durcit immédiatement.

Il sourit.

— Putain, c'est magnifique, dit-il, avant de se pencher à nouveau...

Une heure et demie plus tard, Ember formait une masse molle sur le lit de Craig. Elle était littéralement trop satisfaite et épuisée pour bouger. Craig avait tenu toutes ses promesses. Il avait chéri chaque centimètre de son corps et lui avait fait des choses dont elle n'avait jamais osé rêver. Il ne l'avait pas pénétré une deuxième fois, mais il lui avait donné un troisième, puis un quatrième orgasme. Elle l'avait remercié en le masturbant jusqu'à ce qu'il jouisse sur leurs mains mêlées. Elle aurait voulu le sucer aussi, mais il lui avait dit que ce soir, c'était elle qui était à l'honneur.

Il les avait tous les deux nettoyés et enfin recouvert des draps, la prenant dans ses bras. Il était encore relativement tôt, mais Ember s'en fichait. Elle était épuisée... et heureuse.

Elle et Craig étaient nus. La sensation de son corps près du sien était réconfortante ; elle se sentait aimée, ainsi entourée. Baissant les yeux, elle ne put les détacher de leurs mains. Ses doigts étaient entrelacés aux siens, et le contraste de leurs peaux la fit sourire.

Au premier regard, on aurait dit qu'ils n'avaient rien en commun. Mince, elle-même en avait été convaincue, au début. Mais maintenant, elle ne pourrait s'imaginer être avec quelqu'un d'autre. Plus jamais.

— Craig ? murmura-t-elle.

— Oui, mon amour ?

Ember eut un frisson en entendant le terme affectueux.

— Je suis si heureuse.

Il embrassa sa nuque avant de répondre.

— Moi aussi.

— Mais j'ai peur, aussi, ajouta-t-elle.

— De quoi ?

— Que ça ne dure pas. Que ça te nuise d'être avec moi. Que tu t'enfuies quand tu verras à quel point ma vie devient folle quand les gens me reconnaissent. Que mon gymnase soit un échec. Que je déçoive tout le monde, que…

— Chut, l'interrompit Craig, resserrant ses bras autour d'elle. Ça va durer. Si ça doit nuire à quelqu'un, ce sera à toi, d'être avec un blanc comme moi. Je ne m'enfuirai pas, quoi qu'il arrive. Ton gymnase sera *le* gymnase où les gens voudront envoyer leurs enfants, riches, pauvres, blancs, noirs, violets ou verts. Tu ne vas décevoir personne. Tu vas changer les choses, et je suis fier d'être à tes côtés pour voir ça.

— Comment tu fais pour toujours savoir quoi dire ? demanda doucement Ember.

— Je ne sais jamais quoi dire. Un jour, je dirai n'importe quoi. Et ça t'énervera. Toi, ou d'autres. Tu auras envie de me dégager et de me dire d'aller me faire foutre. Peut-être que tu me jetteras des trucs à la figure, passionnée comme tu es. Mais j'espère que tu n'oublieras jamais à quel point tu comptes pour moi, ni que je traverserais l'enfer pour te protéger de tous les dangers. Pas que tu aies besoin de moi pour te protéger, tu le fais très bien toute seule.

— OK, arrête de parler.

Dans son dos, Craig eut un rire.

— Tu vois, regarde. Je t'agace déjà.

— Non, insista-t-elle. Mais il y a une limite à la tendresse que je peux supporter d'un coup. Et tu as atteint ton quota.

— D'accord, chérie. J'arrête. Juste une dernière chose.

Heureusement qu'Ember se tenait prête, parce que ses mots firent trembler son monde.

— Je t'aime. Je sais que c'est tôt dans notre relation, et que les gens diraient que ce n'est que du désir, pas de l'amour. Mais ils auraient tort. Je te vois, Em. La femme que tu gardes enfermée loin du monde, pour te protéger. Tu n'as pas à la garder loin de moi, parce que je la vois. Être avec

moi ne sera pas facile. Honnêtement, mon travail est difficile. Il a tendance à briser les relations, à les réduire en
poussière. Mais je sais que ça peut marcher, je l'ai vu avec
d'autres équipes des forces spéciales et avec la mienne. Je
veux ce qu'on a. Je te veux, toi, Em. Et je ferai tout ce qui est
en mon pouvoir pour que tu m'aimes aussi.

Ember déglutit avec peine. Elle se retourna dans les bras
de Craig, fixant du regard le suçon qu'elle lui avait fait plus
tôt dans la soirée. Il lui avait rendu la pareille, mais à l'intérieur de la cuisse, pour que personne ne puisse le voir et
qu'elle n'en soit pas embarrassée. Tout ce qu'il avait fait
depuis leur rencontre, il l'avait fait pour son bien-être à elle.
Elle se sentait... précieuse.

— Je peux gérer, toi et ton travail, lui dit-elle doucement.
Je peux gérer tout ça. Parce que je t'aime, moi aussi.

Craig la serra un peu plus fort dans ses bras et elle le
sentit embrasser le sommet de sa tête.

— Ça va fonctionner entre nous, dit-il à voix basse.

Ember soupira de contentement. Oui, ça marcherait.
Elle ferait n'importe quoi pour s'en assurer.

CHAPITRE QUATORZE

Le lundi suivant fut aussi rempli d'activités que le quotidien d'Ember l'était en Californie à l'époque où elle s'entraînait pour les Jeux olympiques. Le matin, elle était partie courir avec Craig et son équipe et avait tellement aimé qu'elle avait prévu d'aller faire de la muscu avec lui aussi le mardi et le mercredi. Elle n'aurait pas dû être surprise de l'intensité de l'entraînement des Deltas, et pourtant. La séance l'avait épuisée, mais la fit se sentir pleine d'énergie, et il était exaltant pour elle de s'entraîner pour le plaisir et non parce que c'était ce qu'on attendait d'elle.

Le soir, après une journée pleine de rendez-vous, Craig était venu chez elle lui apprendre à préparer du poulet à la *parmigiana*. Ils avaient ri en parlant de leurs journées respectives. Ember devait rencontrer le jeudi suivant la propriétaire du terrain qu'elle envisageait de consacrer à la course et au tir, une fois que Julio et Marie auraient emménagé dans leurs appartements. Le déménagement était à l'origine prévu pour le vendredi, mais les logements seraient finalement disponibles un jour avant la date prévue. Elle voulait avoir l'opinion de ses collègues sur le terrain, ils se rendraient donc au rendez-vous après avoir récupéré leurs clés.

Elle avait aussi vu le directeur de l'Association pour la Jeunesse, et avait pris les mesures nécessaires pour donner son premier cours ce mercredi, une perspective qui la rendait à la fois impatiente et nerveuse, mais surtout prête à passer à l'acte. Seuls quatre garçons et deux filles étaient censés venir, mais c'était déjà bien. C'était un début. Et si ces enfants-là s'amusaient, Ember espérait que cela lancerait un mouvement et que les gens se passeraient le mot sur ce nouveau gymnase super, le Modern Kid.

Craig avait passé la nuit chez elle. Ils avaient fait l'amour tendrement, en prenant leur temps, un moment on ne peut plus différent de leur première fois. Ember n'arrivait pas à décider ce qu'elle préférait. Les deux fois avaient été également délicieuses.

Le mardi matin, elle se leva tôt et accompagna Craig à l'entraînement des Deltas. Ils commencèrent par une partie musculation, avant de passer à des sprints, jusqu'à ce qu'Ember ait l'impression que son cœur allait lui sortir de la poitrine tellement il battait vite. Elle tenta de courir en portant sur le dos un de leurs sacs et abandonna presque immédiatement. Son respect pour ces hommes n'en fut que plus grand ; elle était fière d'être leur amie.

Après l'entraînement, tandis qu'ils étaient tous assis à parler de tout et de rien, Trigger relança le sujet des menaces qu'elle avait reçues sur ses réseaux sociaux.

— J'ai parlé à tes parents hier, dit-il.

Ember écarquilla les yeux de stupeur, se faisant la réflexion qu'elle devait ressembler à un de ces personnages de dessins animés dont les globes oculaires ressortaient de leurs orbites.

— Pardon ??

— J'ai parlé à tes parents hier, répéta Trigger sereinement.

— Ouah. OK. Alors, comment ça s'est passé ?

— Au début, ils étaient très méfiants. Ta mère avait même l'air plutôt amère. Mais quand j'ai expliqué qu'on menait une enquête sur des menaces assez sérieuses qu'on t'avait envoyées en ligne, elle s'est calmée et a dit qu'ils feraient tout ce qu'ils pouvaient pour aider. Ils t'aiment, Ember. Je sais que ça n'a pas été facile entre vous ces derniers temps, mais dès qu'ils ont entendu que tu étais peut-être en danger, ils se sont pliés en quatre pour nous donner les informations dont on avait besoin.

— Je sais bien. Moi, aussi, je les aime. Je suis sûre que les choses s'amélioreront. Il faut seulement qu'ils acceptent que le pentathlon ne soit plus mon rêve. Vous avez découvert quelque chose ?

— Plutôt mourir que d'être célèbre, c'est ça que j'ai découvert, marmonna Trigger d'un ton plein de dégoût, avant de reprendre d'une voix plus forte. Je leur ai demandé s'ils avaient déjà remarqué un schéma type, comme des cadeaux ou menaces envoyés par une même personne. Sur le coup, rien ne les a particulièrement interpellés, parce qu'ils avaient engagé quelqu'un pour gérer ton courrier.

— Il m'arrivait de jeter un œil, lui dit Ember.

— C'est ce qu'a dit ta mère. Tu n'as jamais rien remarqué de particulier ?

Ember sentit Craig se rapprocher un peu d'elle. Sa cuisse toucha la sienne alors qu'ils étaient assis sur le banc de musculation. Elle appréciait son soutien, et le fait qu'il ne soit pas intervenu pour s'emparer de la conversation à sa place.

— Eh bien, je recevais tout le temps des lettres d'une personne en particulier. Je crois qu'il s'appelait Pat, enfin, si c'était bien un homme. J'imagine que Pat pourrait être le surnom d'une Patricia. En tous cas, il ou elle ne m'envoyait que des choses sympas, que des messages de soutien.

— Quelqu'un d'autre ? demanda Brain.

Ember ferma les yeux, passant en revue les derniers mois.

— J'ai reçu quelques cadeaux juste avant les Jeux olympiques. Quelqu'un m'avait envoyé des cartes décorées main, une couverture brodée, et un drapeau américain avec mon nom au point de croix dessus. Que des cadeaux attentionnés. J'en reçois assez souvent.

— Tu réponds à tes fans ? voulut savoir Oz.

Ember secoua la tête.

— Non. Ils reçoivent des photos présignées, ce genre de choses, mais jamais de message personnalisé.

— Ça a peut-être énervé quelqu'un, quelqu'un qui aurait voulu de la reconnaissance pour ses cadeaux et qui n'en aurait pas reçu, commenta Lucky.

— Et les lettres moins sympas ? Tu devais en recevoir aussi, dit Grover.

— Oui, mais je n'y faisais pas vraiment attention. Si je commençais à lire une lettre et que je voyais qu'elle était méchante, je m'arrêtais tout de suite.

— Sa mère m'a dit qu'ils avaient reçu des piles de lettres après les JO, qu'elle les lirait pour voir si plusieurs provenaient de la même personne ou s'il y en avait qui étaient particulièrement menaçantes, dit Trigger.

— Est-ce qu'on devrait demander à une équipe du SEAL sur place de s'en occuper ? On sait tous que Rocco et ses gars, ou Wolf et les siens seraient heureux d'aller jusqu'à Beverly Hills et de se prendre une journée pour trier le courrier, suggéra Craig.

Ember lui jeta un regard. Elle ne connaissait pas les gens dont il parlait, mais elle ne doutait pas, s'il leur faisait confiance, qu'ils seraient plus que capables de déterminer qui pouvait représenter une réelle menace.

— On devrait d'abord attendre de voir ce que peut nous dire la mère d'Ember. Elle sait que c'est une affaire sérieuse, surtout depuis qu'elle est allée regarder les commentaires pour elle-même, répondit Trigger.

— Ember, tu te souviens du nom de la personne qui avait envoyé ces derniers cadeaux ? demanda Brain.

— Alors... maintenant que j'y pense... je crois que son nom était Alex, dit doucement Ember.

— Comme la personne qui laisse ces commentaires haineux sur ton profil, fit Brain en baissant les yeux vers le portable qu'il tenait dans sa main.

— Alex est un nom assez commun, ce n'est pas forcément la même personne, releva Oz.

— Mais peut-être que si, et qu'il est énervé qu'Ember ne se soit pas montrée reconnaissante de ses cadeaux, contra Brain.

— Il nous faudrait le timbre, et voir s'il n'y avait pas une adresse de retour ou un nom de famille, dit Lucky.

— Je m'en occupe. Je suis censé parler à Deborah cet après-midi, dit Trigger.

— Tu appelles ma mère par son prénom ? s'exclama Ember, stupéfaite.

Sa mère avait tendance à préférer être appelée Mme Maxwell par les gens qu'elle ne connaissait pas.

Trigger eut un grand sourire.

— Yep. Cedric aussi.

— Merde alors. Mon père aussi ? Je suis dans un univers parallèle, c'est pas possible, marmonna Ember en secouant la tête.

— Je dois admettre que leur comportement après les JO ne m'avait pas trop plu, dit Trigger. Mais maintenant qu'ils ont compris qu'on avait tous à cœur de te protéger, ils ont changé de ton.

Ember parcourut la pièce du regard, observant les hommes assis avec elle.

— Pourquoi est-ce que vous prenez ça aussi à cœur, d'ailleurs ? Des gens m'ont toujours détestée, et ça ne s'arrêtera pas. C'est un des aspects de la vie d'influenceuse. Je ne dis pas que j'aime ça, bien sûr, mais je ne le prends pas personnellement. Pourquoi vous prenez quelques commentaires avec autant de sérieux ? Surtout que le nombre d'Alex dans le monde doit être astronomique.

— C'est pas normal, de t'insulter et de souhaiter ta mort, c'est complètement dingue, dit Lucky.

— Et ce gars qui disait qu'il espérait qu'on te kidnappe et qu'on te torture ? C'est une menace directe, ajouta Brain.

Lefty se pencha en avant.

— Personne ne menace ceux qu'on aime. *Personne*. On sait tous que la vie peut être vraiment infernale, et si on peut épargner ça à ceux qui nous entourent, c'est ce qu'on fait, dit-il.

Ember avala sa salive pour retenir l'émotion qui la submergeait. Elle était au courant de ce qu'avait traversé Kinley, la femme de Lefty. Elle hocha la tête.

— Après tout ce qui est arrivé à ceux qu'on aime, on ne laissera pas la situation dégénérer. Si on peut tuer cette affaire dans l'œuf, on le fera, dit Craig.

— Et je vous suis reconnaissante de ce soutien. Mais je ne peux pas passer ma vie à m'inquiéter de tout. Ça me rendrait parano, et je finirais par me terrer dans mon appartement sans plus jamais en sortir, leur dit-elle honnêtement.

— C'est bien pour ça qu'on est là, la rassura Grover. Pour te protéger, pour que tu n'aies à t'inquiéter de rien.

— Merci. Du fond du cœur, leur dit Ember.

— De rien. En attendant, sois prudente, lui conseilla Brain. Dis à Doc où tu vas et quand tu penses avoir fini. Si tu dois te rendre quelque part seule, mets un chapeau et rends-toi le moins reconnaissable possible. Je ne dis pas que ça fonctionnera, mais ça ne servirait à rien d'afficher le fait qu'Ember Maxwell est dans la place... enfin, tu vois ce que je veux dire.

Ember hocha la tête.

— Je vois tout à fait. Et j'ai déjà décidé de ne plus poster de selfies ou de photos de moi sur Insta. C'est super narcissique, de toute façon. Je préfère largement être plus artistique, ou poster des photos d'autres gens.

Les hommes hochèrent tous la tête.

— Parfait. Tu as engagé des vigiles pour le gymnase ? demanda Oz.

— Oui. Ils commencent demain. Je veux être sûre que c'est un espace où les enfants peuvent être en sécurité.

— Et toi, aussi, ajouta Craig.

Ember haussa les épaules.

— Oui. Moi aussi.

— Ils savent qui tu es ? vérifia Lefty.

— Oui, ils sont au courant.

— Bien. Peut-être que je passerai demain discuter un peu avec ceux qui bossent, dit Craig.

Ember faillit lever les yeux au ciel devant son comportement trop protecteur, bien qu'elle l'appréciât secrètement.

— Tu as prévu quoi, aujourd'hui ? s'informa Brain.

Craig poussa un grognement, ce qui fit rire Ember.

— Elle va être occupée du moment où elle retourne chez elle jusqu'à ce que je la force à s'asseoir une seconde ce soir, expliqua Craig à ses amis.

— Pas du genre à paresser, hein ? fit Trigger.

— Pas du tout, répondit Craig à sa place.

— Tu crois que tu aurais le temps de passer voir Riley ? demanda Oz.

— Pourquoi, elle ne va pas bien ? s'inquiéta immédiatement Ember.

Elle venait de rencontrer Riley, mais elle l'adorait déjà.

— Non, ça va, mais je crois qu'elle est un peu débordée par son nouveau rôle de mère, et avec Logan et Bria qui sont là pour l'été. On est en réunion toute la journée aujourd'hui, donc je ne pourrais pas rentrer pour lui permettre de se reposer un peu, dit Oz.

— Bien sûr, je passerai, lui assura Ember.

Elle déplacerait quelques-uns de ses rendez-vous pour avoir le temps d'aller voir Riley.

— Tu aurais dû nous en parler plus tôt. Je peux demander à Aspen d'y aller avec Chance, proposa Brain.

— Gillian a rendez-vous avec un nouveau client potentiel aujourd'hui, mais je suis sûr qu'elle pourrait aussi passer plus tard, ajouta Trigger.

— Merci, les gars. Je sais que vos femmes laisseraient tout tomber pour passer chez nous, mais Riley n'aime pas s'imposer, dit Oz.

— Elle n'impose rien du tout, dit Lefty en secouant la tête. Elles sont plus amies que jamais, toutes. J'en parlerai à Kinley. Je suis sûr qu'elle serait ravie de préparer un programme qui leur permette d'alterner leurs visites et de venir aider... tout en faisant passer ça pour des visites spontanées, au cas où Riley décide d'être têtue.

Ember était si reconnaissante d'être arrivée par miracle dans ce groupe d'amis ; elle ne parvenait même pas à mettre de mots sur ce sentiment.

— Je ferai un saut chez vous quand les épées et les tenues d'escrime seront livrées. Le gars à qui je les ai achetées était assez sympa pour proposer de me les déposer. Je peux demander à Julio de s'occuper de la designer qui doit venir aujourd'hui commencer à redécorer les vestiaires, et Marie peut gérer le paysagiste. Ça me laisserait une heure et demie pour aller voir Riley, ça ira ?

— Ce serait super, merci, dit Oz, la voix pleine de gratitude.

Craig se pencha vers elle pour lui embrasser la tempe, avant de se lever.

— Je sais qu'on s'amuse bien ici, mais Ember a un rendez-vous dans une heure et il faut encore qu'elle repasse chez elle se doucher avant de partir au Modern Kid.

Ils se levèrent tous et sortirent de la salle de musculation. Ember prit soin de tous les remercier un par un, puis elle se dirigea avec Craig vers la Durango. Il lui ouvrit la portière et la referma quand elle fut installée. Il la conduisit ensuite à son appartement et la raccompagna jusqu'à la porte.

— Tu veux entrer ? demanda-t-elle doucement.

— J'adorerais, admit-il. J'aimerais te lécher jusqu'à ce que tu jouisses sur ma langue, puis te baiser vite et fort.

Ember se sentit mouiller immédiatement à ces mots.

— Mais il te reste moins d'une heure pour te préparer, et je sais que si j'entre, on sera tous les deux en retard.

C'était nul, mais il avait raison.

Craig leva lentement la main jusqu'à sa nuque et l'attira contre lui. Ember se laissa faire avec joie. Il l'embrassa longtemps et passionnément, jusqu'à ce qu'elle ait l'impression qu'elle allait exploser.

Il se recula enfin, la gardant près de lui.

— Je ne sais pas s'il sortira quelque chose de nos recherches sur ces menaces, mais sois encore plus vigilante que d'habitude, OK ?

— OK.

— Comme on n'a aucune idée de qui sont ces connards, ni de l'endroit où ils se trouvent, j'apprécierais que tu ne te déplaces pas toute seule pendant un moment.

— Je ferai de mon mieux.

— Je ne suis pas en train d'essayer d'être un connard qui veut te contrôler, lui dit-il. Je t'aime et je ne supporte pas la pensée que quelqu'un te menace. Et ne t'y trompe pas, ces commentaires sont bel et bien des menaces.

— Je sais. Je déteste penser que quelqu'un voudrait sérieusement me blesser. Mais si ça continue, ou si ça empire, je ne suis pas opposée à l'idée de supprimer intégralement tous mes comptes. Oui, je veux faire de mon mieux et partager des choses comme la disparition de Sierra, pour me rendre utile, mais si les gens me détestent au point de vouloir ma mort... ça n'en vaut pas la peine.

Craig prit une grande inspiration et ferma les yeux un moment, comme si ses mots l'avaient touché.

— Craig ?

— Grâce à ça, je me sens mieux, lui avoua-t-il. Mais je ne pense pas qu'on en soit encore à ce stade. Attendons que ta mère ait trié le courrier de son côté, et que Trigger continue à vérifier les commentaires. Beth, une femme que Brain a contactée, lui fournira les renseignements sur les adresses IP et leurs positions, et on verra s'il y a de quoi s'inquiéter. Si c'est le cas, on s'en occupe. On ira voir la police, ou le FBI, vu que c'est eux qui gèrent les menaces en ligne. S'il s'avère que ce ne sont que des préados qui s'y croient ou des femmes jalouses, on verra quoi faire.

— Merci.

— Ne me remercie pas. Contente-toi de rester sur tes gardes.

— Je ferai attention.

— OK, je m'en vais, cette fois. Si je ne pars pas maintenant, je n'y arriverai jamais.

— Je t'aime, dit Ember, timidement.

Les mots sonnaient juste, mais c'était un peu étrange de les prononcer si tôt dans leur relation.

— Je t'aime aussi. On se voit ce soir quand tu rentres. Tu veux venir chez moi, ou que je vienne ici ?

Ember adorait que la question porte sur l'endroit, et non sur la possibilité qu'ils se voient.

— Je viendrai chez toi.

— Ça marche. À tout à l'heure.

— À tout à l'heure.

Ember le suivit des yeux jusqu'à ce que sa voiture disparaisse, avant de fermer la porte en soupirant. Craig l'avait aidé à y installer un verrou, et après l'avoir soigneusement tourné, elle se dirigea vers la salle de bain. La journée allait être longue, mais elle avait hâte de s'y mettre. Les petites rénovations du gymnase, les discussions avec Julio et Marie sur ce qu'ils voulaient faire avec les enfants le lendemain, et la visite à Riley... elle consacrerait du temps à son travail et à ses amis. Cela paraissait trivial, mais Ember était plus heureuse que jamais.

Alex lança un regard noir à Ember, qui déambulait dans le gymnase. C'était rageant, de la voir si heureuse, si insouciante ! Comment osait-elle se montrer en public après son échec spectaculaire aux Jeux olympiques ? Quelle honte ! Et elle pensait qu'elle pourrait ouvrir un gymnase pour entraîner des enfants au pentathlon ? Quelle vaste blague !

Ember était bien la dernière personne qui pourrait en entraîner d'autres. Elle avait eu sa chance, et elle l'avait gâchée. C'en était assez de cette putain de mascarade.

C'était à Alex d'y mettre fin.

D'effacer ce sourire minaudant du visage satisfait d'Ember une bonne fois pour toutes.

Elle aurait dû faire plus attention, être plus reconnaissante de tous les cadeaux qu'elle avait reçus, remercier ceux qui lui avaient permis d'atteindre le sommet. Au lieu de quoi, elle avait utilisé son visage et son argent pour profiter de tout le monde. Tout ça pour quoi ? Pour finir par n'être qu'une sale *perdante*.

Il était temps. Temps de l'empêcher de manipuler les gens à penser qu'elle était spéciale. Et Alex savait exactement comment s'y prendre. Pas aujourd'hui, mais bientôt. Ember saurait ce que ça faisait, d'être impuissante. D'être jetée sur le côté, comme si elle ne valait rien. D'être à la merci de quelqu'un d'autre.

Alors, et alors seulement, Alex aurait sa vengeance.

Alex avait pris soin de ne laisser à Ember aucun indice,

aucun signe de ce qui était à venir, ce qui aurait été profondément stupide. Cela aurait rendu ce nouveau copain d'Ember encore plus méfiant...

Encore quelque chose qui énervait Alex : il était injuste qu'Ember puisse être aussi heureuse. Elle aurait dû être stressée par cette stupide entreprise, mais elle était là, souriante, l'air plus heureux que jamais, avec ce connard qui la traitait comme si elle était une princesse ! La dernière chose dont avait besoin Alex, c'était une autre paire d'yeux qui surveillaient la précieuse Ember Maxwell. Son petit ami pourrait tout gâcher.

Non... son plan fonctionnerait. Alex devait juste faire preuve de patience. Encore quelques jours, et Ember ne serait plus.

Un sourire sincère surgit sur le visage d'Alex. Le destin d'Ember était scellé. Bientôt, elle serait morte, incapable de profiter des autres. Et Alex avait hâte.

CHAPITRE QUINZE

Doc passa la main dans ses cheveux, frustré. Si sa relation avec Ember se déroulait au mieux, ce n'était pas le cas de son travail ces jours-ci, et de loin. Le commando chargé d'explorer les grottes à proximité de leur base en Afghanistan n'avait rien découvert et avait donc été envoyé ailleurs, sur une autre mission. Obtenir des informations de la part du général de la base était plus ardu que de s'arracher une dent. Trigger et les autres ne savaient pas s'il craignait d'avoir des ennuis en leur en disant trop sur les contractuels disparus ou s'il ne les prenait pas au sérieux parce qu'ils ne faisaient pas partie de ses soldats.

Ça ne plaisait pas à Grover. Ça ne plaisait pas à Trigger. Ça ne plaisait pas non plus au commandant Robinson. La situation était impossible, et sans renseignements avérés, ils ne pouvaient rien faire. Ils ne pouvaient pas vraiment se rendre en Afghanistan si personne n'admettait qu'il y avait un problème. Mais depuis que Grover avait reçu cette lettre de Sierra, il était plus certain que jamais qu'elle avait été enlevée.

Doc était tout à fait d'accord. Lui, et le reste de l'équipe. Mais ils n'avaient pas d'autre choix que d'attendre sagement d'avoir plus de preuves que Shahzada était derrière ces disparitions.

Avec Ember, néanmoins, tout se passait incroyablement bien. Tout semblait à sa place, avec elle. Tout semblait naturel. Faire l'amour n'avait jamais été aussi satisfaisant, et il avait constamment envie d'elle. Doc savait qu'il détesterait passer la nuit sans elle, et il redoutait d'être déployé pour cette raison. Il s'était habitué à l'avoir dans ses bras, et il ne pouvait nier la satisfaction qu'il ressentait chaque fois qu'elle le marquait. Les gars s'en étaient donné à cœur joie ce matin-là quand il avait enlevé son T-shirt et vu les suçons qu'elle lui avait fait, mais il s'en fichait. Elle avait eu raison en disant qu'il penserait à elle dès qu'il les apercevrait.

Il avait prévu quelque chose de spécial pour ce soir-là. Il avait acheté des cupcakes qui épelaient le mot « Félicitations » et avait fait le nécessaire pour qu'on leur prépare un repas. Aujourd'hui, c'était l'inauguration du Modern Kid et il avait hâte de pouvoir célébrer avec elle. Il détestait ne pouvoir y être, mais elle l'avait rassuré, lui disant que ce n'était pas grave. Quand toutes les rénovations seraient finies, et qu'elle aurait plus de clients, elle organiserait une grande fête pour célébrer officiellement l'ouverture du gymnase. Pour l'instant, elle était heureuse de passer la première journée au calme, avec seulement les quelques enfants qui s'étaient inscrits.

Il était trois heures de l'après-midi et l'équipe avait déjà passé quatre fois en revue les dernières nouvelles d'Afghanistan, à la recherche d'une piste qui justifierait leur envoi sur place pour s'occuper de Shahzada. Ils étaient fatigués et grincheux, inquiets pour tous les contractuels de la région, qui servaient leur pays à leur manière.

Doc était ravi de pouvoir les lancer sur un autre sujet.

— Tu as parlé aux parents d'Ember, aujourd'hui ? demanda-t-il à Trigger.

— Oui. Et ce qu'ils m'ont dit ne me rassure pas.

Doc se tendit.

— Quoi ?

— Sa mère m'a expliqué que plusieurs sacs de courrier n'avaient pas été vérifiés à cause des Jeux olympiques, et de tout ce qui s'était passé au retour d'Ember, puis à son départ. Rien ne lui a semblé étrange, au début. Beaucoup de lettres de félicitations, de cadeaux de fans, ainsi que les habituelles lettres plus négatives. Mais en les triant, elle et Cedric se sont aperçus que plusieurs lettres provenaient de la même personne. Un certain Alex. Le timbre venait de Los Angeles, rapporta Trigger.

— Merde. Encore Alex. Que disaient les lettres ? demanda Brain.

— La première datait d'avant les JO, et elle était beaucoup trop enthousiaste, à dire comme Ember était incroyable et à quel point il était fier d'elle. Après, son ton a changé. Les lettres étaient plus critiques, plus agressives. La dernière en date faisait cinq pages, couvertes d'un monologue accusatoire comme quoi elle n'avait pas fait assez d'efforts, elle avait déçu tous ses fans et...

La voix de Trigger dérailla.

— Et quoi ? pressa Doc.

— Il la menaçait. Disait qu'il savait qu'elle avait quitté Los Angeles et qu'elle ne pourrait pas se cacher, que le karma la rattraperait.

— Qu'est-ce qu'il en a à faire, ce mec ? Est-ce que la mère d'Ember t'a parlé d'une rupture ? Cet Alex est un de ses ex, peut-être, suggéra Lucky.

Trigger secoua la tête.

— Non. Elle n'a pas été en couple depuis quelques années.

— Donc toute cette haine, juste parce qu'un gars a décidé qu'il la connaissait et qu'ils avaient une connexion spéciale en voyant ses publications ? demanda Brain.

— Tu oublies qu'il lui envoie des cadeaux depuis des

mois. S'il pensait qu'ils avaient une connexion, le fait que la performance d'Ember aux JO n'était pas celle qu'il espérait, puis qu'elle déménage et transforme radicalement la gestion de ses réseaux, ça a pu le pousser à bout.

— On dirait que le déclencheur était son résultat aux JO, remarqua Doc.

— Et Beth, qu'avait-elle à dire sur les vérifications d'antécédents et autres recherches sur les connards qui laissent ces commentaires sous les publications d'Ember ? demanda Lefty à Brain.

— Je l'ai eue au téléphone hier soir, et aujourd'hui à la pause, je comptais vous en parler quand on aurait une seconde. Elle n'a pas encore fait de recherches sur Julio ou Marie, puisqu'on a décidé que les adresses IP étaient la priorité, elle s'est penchée là-dessus. Et après la publication d'Ember sur l'ouverture de son gymnase, elle s'est pris une nouvelle vague de commentaires haineux, ce qui a rajouté du boulot à Beth. Elle a jeté un œil aux pires commentaires pour en tracer les adresses IP, y compris ceux de cet Alex. Je ne comprendrais jamais comment les gens peuvent être aussi horribles. Pourquoi ils peuvent pas juste laisser les autres être heureux ? En tous cas, Beth m'a dit hier que les adresses IP renvoyaient un peu partout dans le monde : Seattle, Birmingham, Dallas... mais aussi ici, à Killeen, dit Brain en secouant la tête.

Doc se redressa dans son siège.

— C'est inquiétant, non ?

— Absolument, confirma Brain. J'ai demandé à Beth de se concentrer sur les menaces qui viennent de Killeen, de trouver des positions exactes et des noms, si possible, pour qu'on puisse chercher des infos sur ces gens. Mais ça n'amoindrit pas pour autant les menaces qui viennent d'endehors du Texas. On sait tous que quelqu'un de suffisamment remonté saura parvenir jusqu'ici pour blesser Ember, peu importe d'où.

Doc soupira. Il comprenait où son ami voulait en venir. Il n'était pas surprenant que certains habitants de Killeen ressentent le besoin d'évacuer leur colère par l'intermédiaire d'un clavier d'ordinateur. Mais la cible de cette méchanceté n'était pas n'importe qui, c'était Ember. La femme qu'il aimait.

— Est-ce qu'on a les adresses de ceux qui ont posté des commentaires depuis la ville ? demanda-t-il.

— On en a quelques-unes, oui. Il en manque. Pour les noms, c'est plus difficile, puisque ça pourrait être n'importe quelle personne qui habiterait là, pas forcément l'utilisateur du réseau.

— Un Alex parmi eux ? demanda Oz.

— Non. C'est la première chose qu'elle a vérifiée, répondit Brain.

— Et à LA ? enchaîna Doc.

— Elle n'en est pas encore là. Rien que ce qu'elle a trouvé pour l'instant, ça lui a pris presque toute la nuit. Par contre, c'est bien ce qu'elle compte faire en prochain, ça et les vérifications d'antécédents de Julio, Marie, et les anciens managers d'Ember, surtout Alexis, mais aussi les autres employés des Maxwell en Californie.

Doc serra les lèvres. Cette information n'allait pas plaire à Ember. Il attendrait de savoir ce qu'avait découvert Beth avant de lui en parler. Avec un peu de chance, ce serait pour lui dire que personne n'était suspect.

— Tu veux mon avis ? demanda Lefty.

Doc hocha la tête immédiatement.

— Bien sûr.

— Garde à l'esprit que je te dis ça en tant qu'un homme dont la femme a été enlevée et a frôlé la mort... à ta place, j'engagerais des gardes du corps pour Ember. Elle a vécu à Beverly Hills, protégée par les murs de sa villa, donc je pense qu'elle est encore un peu naïve. Je sais qu'elle tient à son indépendance, mais je crois qu'elle ne sait pas complètement à quoi s'attendre de la part de quelqu'un qui pourrait lui vouloir du mal.

Doc eut un nouveau hochement de tête.

— Elle ne va pas aimer.

Lefty haussa les épaules, son regard intense toujours fixé sur Doc.

— Peut-être pas, mais crois-moi, l'alternative est inacceptable.

— Je lui en parlerai. Aujourd'hui, c'était l'ouverture de son gymnase, et même s'il n'y avait pas beaucoup d'enfants, je sais qu'elle était aussi nerveuse qu'excitée. Elle m'a envoyé quelques messages, et tout a l'air de bien se passer.

— Aucun problème ? demanda Grover.

Doc fut heureux de voir que son ami participait à la conversation. Il n'avait pas dit grand-chose de la journée, à part pour exprimer sa frustration sur la situation en Afghanistan.

— Apparemment, Julio était d'une sale humeur ce matin. Ember a dû lui faire une remarque, lui dire de faire un peu attention à ce qui se passait autour.

— Et comment il a réagi ? demanda Lucky.

— Il n'était pas très content.

— Je demanderai à Beth de finir ses recherches d'ici ce soir, dit Trigger.

— J'apprécie, fit Doc. Mais elle m'a envoyé un nouveau message pendant la dernière pause, en disant qu'il allait mieux, que s'occuper des enfants semblait avoir dissipé ses idées noires, quelle que soit leur cause.

Il jeta un coup d'œil à sa montre.

— Encore une heure avant que les parents viennent récupérer leurs enfants. Elle voulait discuter avec Julio et Marie après ça, avoir leur avis sur la manière dont s'était déroulée la journée, avant de rentrer.

— Les vigiles restent jusqu'à ce qu'elle s'en aille, hein ? s'assura Lucky.

— Oui. Et je sais qu'elle compte aussi installer un système de sécurité. C'était prévu, mais ils ont dû décaler, je ne sais pas pourquoi.

— C'est rendu compliqué par le fait que la plupart des activités ont lieu ailleurs, c'est ça ? À part l'escrime, remarqua Brain.

— C'est ça. Dans le gymnase, il y aura de quoi faire de l'escrime et de la musculation. Elle essaie de travailler avec la municipalité et l'Association pour les Jeunes locale pour pouvoir avoir accès à la piscine. Elle voudrait aussi acheter des chevaux qui soient compatibles avec les enfants, et pour la course, ça pourrait être n'importe où, mais elle doit aller se renseigner sur un terrain avec Julio et Marie demain, pour voir s'ils peuvent y installer un itinéraire et une station de tir.

— C'est bien qu'elle n'y aille pas seule, commenta Lefty.

— Je lui ai demandé de ne pas se déplacer seule jusqu'à ce qu'on ait une meilleure idée du sérieux des menaces, dit Doc à ses amis.

— Si tu as besoin d'aide pour quoi que ce soit, n'hésite pas à nous en parler, dit Trigger.

— Je sais. Merci à vous.

— Et je suis sûr que Ghost et son équipe t'aideraient aussi.

Doc hocha la tête.

— Oui, je compte lui en parler bientôt.

— Ne le prends pas mal, mais est-ce que ça en vaut vraiment la peine, de sortir avec une star ? demanda Grover.

Doc n'hésita pas un instant.

— Oui. J'admets qu'au début, je n'avais aucune idée de ce que ça donnerait. On la reconnaît instantanément, et moi, je suis dans une profession où on s'efforce de passer inaperçu. Mais à vrai dire, quand on est en public, personne ne fait attention à moi. Et Ember n'est pas obsédée par sa célébrité ni par son apparence. Je ne l'ai jamais vue porter de maquillage depuis qu'elle est ici. Elle se consacre entièrement à son gymnase.

— Pour ce que ça vaut… c'est la star la plus cool que je connaisse, dit Brain en souriant.

— Tu ne connais aucune autre star, répliqua Oz en levant les yeux au ciel.

— Oui, ce qui fait d'elle la star la plus cool que je connaisse, insista Brain.

— Elle compte continuer à s'entraîner avec nous ? demanda Lucky.

— Je l'espère, dit Doc. Elle dit que ça lui plaît beaucoup. Que c'est sympa de pouvoir s'entraîner sans un coach à impressionner ou un athlète à la recherche d'une faille à exploiter.

— C'est vrai, acquiesça Lefty.

— Tu la remercieras de ma part d'avoir rendu visite à Riley, hier ? demanda Oz.

— Bien sûr. Je crois que ça lui a fait du bien, à elle aussi. Elle m'a dit qu'elles s'étaient bien amusées, à parler de tout et de rien. Elles ont déjà prévu de se revoir bientôt, dit Doc.

— Bria m'a dit hier qu'elle voulait devenir pentathlète, dit Oz en souriant. Logan est trop amoureux du baseball, mais je pense qu'Ember a réussi à convertir sa sœur.

— Super, dit Doc, souriant à son tour.

Trigger consulta sa montre.

— Je sais pas vous, les gars, mais je n'en peux plus. Je suis prêt à m'arrêter là pour aujourd'hui, et à rentrer voir ce qu'a fait ma femme de sa journée.

Les autres approuvèrent, mais Grover arrêta Doc avant qu'il n'ait le temps de sortir de la pièce. Après avoir dit au revoir aux autres, il se tourna vers son ami.

— Qu'est-ce qui se passe ?

— Je voulais juste que tu saches que si tu as besoin d'aide pour veiller sur Ember, je suis là. Il faut que je m'occupe, ces jours-ci, et comme les autres ont déjà leurs femmes et leurs familles, je serais heureux de me porter volontaire.

Doc posa la main sur l'épaule de son ami.

— Merci, Grover, ça me touche beaucoup.

— Je ne voudrais pas qu'elle disparaisse comme Sierra. Je sais que c'est bizarre d'être aussi inquiet pour cette femme, mais je ne peux pas m'en empêcher. Il y avait quelque chose entre nous quand on s'est rencontrés, et c'est une torture de ne pas savoir où elle est.

— Tu n'as pas à m'en convaincre, lui dit Doc sincèrement. Je suis bien la dernière personne qui pourrait te juger d'être attiré par quelqu'un que tu n'as vu qu'une poignée de fois. En dehors de notre cercle, personne ne pourrait concevoir que je passe aussi vite de célibataire à vouloir être avec Ember dès que j'ai une seconde de libre, surtout en l'espace de quelques jours. Ils penseraient sûrement que je l'utilise pour une raison idiote, mais ce n'est pas du tout le cas. Elle est différente de toutes les femmes que j'ai rencontrées, et je ne peux pas m'imaginer ce qui m'arriverait si elle disparaissait sans laisser de trace.

Grover hocha la tête.

— Je sais que j'ai été un peu absent ces derniers temps, mais pour info, j'aime beaucoup Ember. Elle est bien pour toi.

— J'espère que je suis bien pour elle aussi, dit Doc avec un petit rire.

— Tu l'es.

— Merci. Et ne t'inquiète pas, je n'hésiterai pas à faire appel à toi.

— Parfait.

— Grover ?

— Oui ?

Doc hésita, réfléchissant à ce qu'il voulait demander à son ami... avant de prendre une décision.

— Tu crois vraiment qu'elle est encore en vie ?

— Oui. Et je sais que c'est délirant, qu'elle a disparu depuis trop longtemps, mais quelque chose me dit qu'elle est encore là, quelque part. À attendre que quelqu'un la retrouve. Et c'est ça qui me fait le plus mal. Là, dit Grover, posant la main sur son cœur. Je n'arrête pas de penser à ce qu'elle a pu endurer pendant toute cette année. Ça me rend malade.

— On va tout faire pour la retrouver, lui dit Doc. Et tu as raison, la plupart des gens penseraient sûrement qu'elle est morte et enterrée dans une grotte quelque part dans les montagnes afghanes, mais on a tous déjà assisté à des trucs proches du miracle. Si tu crois qu'elle est vivante, alors elle l'est. Je te soutiendrai du mieux possible, et je parlerai à Trigger pour voir s'il peut mettre la pression au commandant, si on peut faire plus que ce qu'on fait déjà... c'est-à-dire surtout attendre les informations au compte-gouttes qui nous parviennent de là-bas.

— J'ai envie d'aller en Afghanistan voir ce qui se passe moi-même, admit Grover à voix basse.

Doc ne laissa pas sa surprise se voir sur son visage.

— Je pensais que c'était ce que voulait Trigger.

— Il essaie de convaincre le commandant de nous envoyer tous. Je veux y aller seul, clarifia Grover.

— Je ne suis pas sûr que ce soit une bonne idée. On travaille en équipe, dit doucement Doc.

— Je sais, mais on serait moins discrets à sept. Une fois qu'on commence la mission, on peut se fondre dans le décor, mais en arrivant ? Tout le monde sait à peu près qui nous sommes et pourquoi on est là. Si j'y vais seul, je pourrais parler aux contractuels, enfin à ceux qui restent, avoir leur avis. En apprendre plus sur Shahzada et sur l'implication dont on le soupçonne. Peut-être même que j'arriverais à approcher le général et à voir si je peux me faire une meilleure idée de lui que ce qu'on perçoit à partir de ses rapports et de ses mails. J'en ai *besoin*, Doc.

— Combien de temps ?

— Une semaine, peut-être. Pas plus. Je verrais quels renseignements je peux récolter, et si je pense que ça vaut le coup d'avoir plus de gars sur place pour secouer les arbres jusqu'à ce que Shahzada tombe de celui dans lequel il se cache, vous pourriez me rejoindre.

Doc devait admettre que son plan avait du sens.

— Tu en as parlé à Trigger ?

— Je vais le faire, mais j'espérais que tu pourrais lui en toucher un mot aussi... lui dire que tu me soutiens.

— Pas de problème, lui dit Doc.

— Merci. Et, Doc ? Je suis vraiment heureux pour toi et Ember.

— Merci.

Grover lui fit un signe du menton et les deux hommes sortirent de la salle de conférence, s'engageant dans le couloir. Doc sortit son portable et envoya un SMS rapide à Ember, vérifiant que tout allait bien. Il devait encore passer récupérer leur dîner, et après, il espérait avoir le temps de tout mettre en place chez lui avant qu'elle n'arrive.

Ember : C'était super ! On attend encore un parent, après je me mets en route. Tu as fini pour aujourd'hui ?

Doc : Je m'apprête à partir.

Ember : Parfait. Tu veux que je passe chercher quoi que ce soit ?

Doc : Nope. Envoie-moi un message quand tu pars, et assure-toi qu'un vigile t'accompagne jusqu'à ta voiture.

Ember : Tu as découvert quelque chose d'inquiétant ?

Doc : Pas spécialement. On en parle plus tard.

Ember : OK.

Doc : Fais attention à toi. Je t'aime.

Ember : Ça marche. Je t'aime aussi. À plus tard.

Doc : À plus tard.

Doc remit son portable dans sa poche et s'efforça d'ignorer les picotements qui lui parcouraient la nuque. Il lui arrivait de ressentir cette sensation lorsqu'ils étaient en mission et que quelque chose clochait. En général, c'était juste avant que tout parte en vrille.

Mais Ember allait bien. Il allait bien. Pour autant qu'il le sache, tous les membres de son équipe allaient bien. Il était sûrement un peu trop sensible à cause des menaces qui pesaient sur Ember. Les mots qu'on lui adressait étaient pleins de haine et de poison, et il n'arrivait pas à les chasser de son esprit. Il venait de trouver Ember ; il ne pouvait pas la perdre.

Secouant la tête pour dissiper son malaise, Doc se concentra sur la mini-célébration qu'il avait prévue pour ce soir. Il était fier de tous les accomplissements d'Ember dans cette courte période. Elle avait travaillé d'arrache-pied, et il était certain que son gymnase aurait beaucoup de succès, mais qu'il serait aussi une nouveauté qui bénéficierait à leur communauté. Donner à des enfants qui n'en auraient autrement jamais eu l'occasion une chance de faire de l'équitation, de la natation, de l'escrime ou même du tir était une idée ambitieuse et généreuse, d'autant que c'était elle qui prenait en charge tous les frais. Doc n'avait pas encore pris le temps de parler d'argent avec elle, mais il savait qu'elle en avait largement assez pour couvrir toutes les dépenses liées à son entreprise pour un bon moment.

En montant dans sa voiture, Doc se sentait plus léger, et il savait que c'était parce qu'il verrait bientôt Ember. Il adorait son travail et ses amis, mais il y avait quelque chose d'incroyablement réconfortant dans le fait d'avoir une partenaire, quelqu'un à qui se confier, avec qui partager ses peurs et ses espoirs, sans jugement. Ses amis ne le jugeaient pas, bien sûr, pas du tout, mais il savait qu'il aurait toujours le soutien sans faille d'Ember. Tout comme elle aurait le sien.

*
**

Ember ne pouvait s'arrêter de sourire. Non seulement tout s'était bien passé aujourd'hui, mais en plus Craig l'avait surprise avec un dîner incroyable, et du gâteau ! Enfin, des cupcakes, mais entre nous, c'était juste un gâteau sous forme de mini-gâteaux qu'on pouvait avaler en une bouchée.

Elle était maintenant assise sur le canapé, dans les bras de Craig, et venait de lui raconter ce qui s'était passé avec les adorables enfants qu'elle avait rencontrés et comment s'était déroulé l'ouverture du gymnase.

— Tu as conscience que ça ne va pas être facile pour toi de laisser tes employés s'occuper de donner des cours, hein ? la taquina Craig.

Ember eut un rire.

— Oui, je sais. Julio et Marie ont été super, mais je n'ai pas pu m'empêcher de les rejoindre.

— C'était quoi, ce qui tracassait Julio, à ton avis ?

Ember soupira.

— Honnêtement ? Je pense qu'il avait le mal du pays.

— Le mal du pays ? répéta Craig avec un reniflement moqueur.

— Oui. C'est la première fois qu'il quitte la Californie, et tu ne peux pas nier que le Texas, c'est vraiment différent du reste du pays, avec le patois local et tout. Et les gens sont très amicaux, quand on vient de Californie, où on trouve surtout des connards, ça fait un choc.

Le rire de Craig se propagea dans son corps. Il lui entourait la poitrine de ses bras, et elle était appuyée contre lui comme sur le dossier d'un fauteuil. Ils n'avaient pas eu besoin d'allumer la télévision, pressée qu'elle était de lui raconter sa journée en détail.

— C'est vrai que la plupart des Texans sont plutôt

chaleureux, admit Craig. Tu penses que Julio pourrait t'en vouloir, d'une manière ou d'une autre ?

Ember tourna la tête pour regarder Craig dans les yeux.

— Qu'est-ce que tu veux vraiment savoir ?

Elle le vit soupirer.

— La femme qui traque les adresses IP de ces commentaires a vu que certains avaient été postés depuis Killeen. Julio est arrivé récemment, mais ta dernière publication a reçu plusieurs menaces, et il était déjà ici à ce moment-là.

— Tu penses que *Julio* pourrait être l'auteur des lettres et commentaires d'insultes que j'ai reçus ?

Craig ne détourna pas le regard, ce qu'Ember apprécia.

— Je ne sais pas qui est derrière tout ça. Sur les réseaux, c'est facile de créer un faux compte et de se choisir un faux nom, et ainsi d'envoyer des menaces. Les gens ont l'impression que ça les met hors de portée.

— Ce n'est pas Julio, dit Ember avec fermeté. On s'entraîne ensemble depuis des années, je pense que j'aurais senti de la rancœur s'il en avait à mon égard.

— Aussi, vu qu'on a pas de secrets... Beth va vérifier les antécédents des vigiles que tu as engagés pour le gymnase, en plus d'Alexis, Samer et d'autres anciens employés de tes parents.

Ember se repositionna contre la poitrine de Craig, appréciant son honnêteté.

— Tu crois vraiment que c'est nécessaire ? demanda-t-elle.

— Oui.

Ember s'était doutée de sa réponse.

— Je sais que tu voudrais vivre une vie la plus normale possible, mais tu n'es *pas* une personne normale. Tu es Ember Maxwell. Le fait que tu aies pu avancer comme tu l'as fait ces derniers temps sans que la presse te tombe dessus est un vrai miracle. Même si j'adore que tu veuilles faire le bien autour de toi, c'est naïf de penser qu'il n'y aura pas des gens pour souhaiter ton échec, qu'il n'y aura pas des gens pour t'en vouloir d'être riche et belle.

— Et noire, ajouta Ember.

— Oui, ça aussi. Être avec moi ne doit pas améliorer ta situation non plus.

Elle se retourna à nouveau pour lui faire face.

— Comment ça ?

— On sait tous les deux que certains ne croient pas aux relations mixtes comme la nôtre. Qu'ils pensent qu'on devrait se marier entre blancs, entre noirs, entre Asiatiques. C'est complètement tordu, mais certaines personnes n'arrivent pas à concevoir que nous sommes tous seulement des êtres humains. Ils ne font attention qu'à l'apparence au lieu de s'intéresser à ce qui est à l'intérieur.

— Eh bien, ces gens-là peuvent aller se faire foutre, dit Ember d'un ton fâché en se calant à nouveau contre lui.

Elle attrapa ses bras pour resserrer sa prise autour d'elle.

— J'ai été élevée dans un environnement privilégié, dans le monde construit pour les blancs de Beverly Hills, mais je suis bien consciente du racisme, et de la discrimination. J'en ai fait l'expérience moi-même. Ça ne veut pas dire que je ne vois pas la bonté des gens. Je pense qu'il y a plus de bonnes personnes, qui sont sincèrement gentilles et croient que l'amour n'a pas de couleur, que d'imbéciles qui refusent d'accepter que la différence ne signifie pas une valeur moindre. Est-ce que je pense qu'il reste des problèmes dans notre société ? Bien sûr. Mais je crois aussi sincèrement qu'il y a plus de bons policiers que de mauvais, plus de gens qui acceptent leurs enfants gay, lesbiennes ou trans que de gens qui les rejettent. Plus de gens qui n'hésitent pas à se dresser contre l'injustice que de gens qui détournent le regard en faisant semblant que tout va bien. Je sais que certains veulent me voir échouer, se sont réjouis que je ne remporte pas de médaille aux Jeux olympiques, et disent que c'est parce que je suis noire, que j'ai eu ce que je méritais, que je n'ai même pas le droit de concourir dans un sport de blancs. Eh bien, qu'ils aillent se faire voir !

Ember savait que sa diatribe virait au monologue, mais était incapable de s'arrêter. Elle bougea pour se mettre à califourchon sur les genoux de Craig, lui faisant face.

— Et s'ils me veulent du mal à cause de la personne que j'aime, tant pis. Je me mettrais plus tôt sur le toit de la Maison-Blanche pour crier que je t'aime que de laisser quelqu'un me dire que notre amour n'est pas naturel. Ou que je crache sur mon héritage. J'aime être noire, j'en suis fière. Pour rien au monde je ne voudrais être blanche.

Elle prit le visage de Craig entre ses mains et se pencha.

— Je sais que tu penses que je ne prends pas ces commentaires et ces menaces au sérieux, mais ce n'est pas parce que je ne suis pas inquiète ; c'est juste qu'ils ne font plus vraiment effet. Il y aura toujours des gens qui me détestent, pour une raison ou une autre. Je ne peux pas laisser leurs problèmes affecter ma vie. Je dois vivre et agir d'une manière qui me permette de dormir la nuit la conscience tranquille. Aider les enfants les plus défavorisés, c'est ça qui me fait tenir. Voilà. J'ai fini, termina-t-elle en soufflant.

Craig sourit et attrapa ses mains l'une après l'autre pour en embrasser les paumes.

— Non, attends, je n'ai pas fini, reprit-elle soudain. Encore une chose. Si tu veux fouiller le passé de tous mes employés, ça me va. Pas parce que je pense qu'ils tentent secrètement de saboter mon entreprise, mais parce que ce serait stupide de ma part d'écarter complètement cette possibilité. Tu as raison, je suis Ember Maxwell. Peut-être que je n'ai jamais voulu être célèbre, mais je le suis, et je ne peux rien y faire. J'accepte que tu fasses ces recherches parce que ça veut dire que tu tiens à moi, que tu es là pour moi... et ça, ça fait du bien.

— Je *suis* là pour toi, acquiesça Craig. N'oublie pas de

rester sur tes gardes pour autant. Fais attention à ton environnement. Tu as raison, il y a des gens qui aimeraient te voir échouer, ou qui recherchent la célébrité eux-mêmes et pensent l'obtenir... en tuant Ember Maxwell, la star.

Ember hocha la tête d'un air sombre.

— Je serai vigilante.

— C'est tout ce que je te demande.

— Je pourrai voir les infos que déniche Beth sur mes employés ?

— Bien sûr, répondit Craig sans hésiter. Je ne veux pas te cacher quoi que ce soit. Il s'avère que je crois sincèrement que plus on en sait, mieux ça vaut. Et s'ils n'ont rien à cacher, tout ira bien.

— Craig ?

— Oui ?

— Merci pour cette mini-célébration.

— De rien, répondit-il avec un grand sourire.

— Je n'arrive même pas à me souvenir de la dernière fois que quelqu'un s'est donné du mal pour faire ce que tu as fait ce soir.

— Tu peux t'attendre à ce que ça arrive souvent. J'adore te voir aussi lumineuse, aussi heureuse.

Ember tritura le bouton supérieur de la chemise qu'il avait enfilée en rentrant du travail. Elle l'ouvrit, et le vit avaler sa salive. Elle se pencha en avant, un petit sourire au coin de lèvres, et lécha le creux de sa gorge qu'elle venait de découvrir.

— C'est fini, ma célébration ? Ou est-ce que tu as d'autres surprises à me proposer ? demanda-t-elle malicieusement.

Craig se leva brusquement, sans dire un mot, et Ember poussa une exclamation de surprise en tombant sur le canapé. Elle se mit à rire quand il la souleva dans ses bras et partit en direction des escaliers.

— Peut-être que plus tard, genre dans dix ans, je résisterai à tes provocations... mais pour l'instant, j'en suis incapable, lui dit-il.

Ember enroula ses bras autour de son cou et pencha la tête pour mordiller son lobe d'oreille. Elle savait l'effet que cela produisait sur lui, et espérait le pousser à bout. Elle voulait qu'il la prenne, vite et avec force. Ensuite, peut-être qu'elle aurait l'occasion de le sucer. Il affirmait qu'il ne supporterait pas de sentir sa bouche sur lui, qu'il exploserait trop vite, mais cette fois, après avoir eu un premier orgasme, il la laisserait peut-être jouer un peu. La soirée était en son honneur, après tout.

— Est-ce que je devrais avoir peur de ce que tu prévois ? demanda Craig en passant la porte de sa chambre.

— Oh, non, répliqua-t-elle. Tu devrais avoir hâte.

— Le ciel me vienne en aide, dit Craig en souriant, déposant ses jambes sur le sol de manière à ce qu'elle se tienne debout près du lit.

— Déshabille-toi, ma belle, ordonna-t-il.

Et elle s'exécuta.

Des heures plus tard, alors qu'Ember fermait les yeux, pleine de contentement, elle ne put s'empêcher d'avoir pitié de tous les gens intolérants dans ce monde qui étaient peut-être passés à côté de leur âme sœur simplement parce qu'ils étaient incapables d'aller au-delà des apparences.

— Je t'aime, murmura-t-elle contre la poitrine nue de Craig.

— Je t'aime aussi. Maintenant, dors.

Souriant à son ton autoritaire, mais l'aimant d'autant plus de faire autant attention à son bien-être, elle se plia à sa demande. Elle dormit. Profondément, en sachant qu'elle était aimée.

CHAPITRE SEIZE

— Salut ! Comment s'est passée l'installation ? demanda Ember à Julio et Marie lorsqu'ils arrivèrent le lendemain, après le déjeuner. Ils avaient tous les deux eu la matinée de libre pour commencer à emménager. Leurs meubles et cartons n'arriveraient pas avant le lendemain, mais c'était leur premier jour officiel de location.

— Bien. Je suis allé au supermarché dès la première heure ce matin m'acheter toutes les petites choses dont j'aurai forcément besoin, comme des produits de nettoyage, du papier toilette, des serviettes en papier, un rideau de douche, ce genre de choses, dit Julio.

— Super. Si tu as besoin d'idées pour décorer... ne me demande pas, plaisanta Ember.

— Ah bon, je croyais que tu étais amie avec des tas de gens comme ça ? T'as pas posté un truc de design d'intérieur sur ton Insta récemment ? demanda-t-il.

— Déjà, c'était pas moi, c'était mes managers. En plus, tu sais aussi bien que moi que la plupart des bêtises publiées sur mon compte n'étaient que de la pub, répondit Ember en riant.

Julio secoua la tête, mais il souriait.

— Je n'en reviens toujours pas que tu sois aussi différente de ce qu'on aurait cru à voir ton compte Instagram de ces dernières années.

— Oui, c'était que des conneries. Il faut attendre de connaître les gens personnellement avant de les juger. Enfin bref, je suis ravie que tout ait l'air en ordre dans ton appartement. Tu dors là-bas ce soir, ou encore à l'hôtel ?

— À l'hôtel. Je veux pouvoir profiter une dernière fois d'un petit-déjeuner cuisiné pour moi avant de devoir me débrouiller tout seul.

Ember se mit à rire. Elle savait que Julio n'était pas très bon cuisinier, qu'il détestait faire la cuisine, même. Elle avait comme l'impression que son futur serait fait de pizzas. Du moins, jusqu'à ce qu'il se trouve une petite amie. Il affirmait qu'il n'était pas prêt à se poser, mais il ne faisait pas mystère de son attraction pour les femmes... ni du fait qu'il comptait sur elles pour cuisiner.

— Et toi, Marie ? demanda Ember.

— Tout va bien ! s'exclama-t-elle gaiement.

Ember cligna des yeux, surprise. Pas devant la bonne humeur de Marie, mais devant tant d'enthousiasme, ce qui n'était pas dans ses habitudes.

— Tant mieux, dit Ember.

— Oui. Quand je me suis levée ce matin, j'étais d'excellente humeur, allez savoir pourquoi, dit Marie avec un nouveau sourire éclatant.

— C'est super !

— J'ai le pressentiment que cette journée va être incroyable.

— Je l'espère, dit Ember en souriant.

La bonne humeur de Marie était contagieuse, et elle était heureuse de la voir si enjouée.

— Et toi, ton appartement ?

— Impeccable. Mais c'était certain ; tu les avais validés pour Julio et moi, donc on se doutait qu'ils seraient parfaits.

— Tu comptes y dormir ce soir ?

— Absolument. J'ai hâte d'avoir mon propre chez-moi.

— Tu as ce qu'il te faut ? s'inquiéta Ember, craignant que Marie ne se retrouve à dormir à même le sol.

— Oui, pas de souci. Je gère.

— OK, si tu as besoin de quoi que ce soit, n'hésite pas.

— Ember Maxwell à la rescousse, dit Marie en souriant.

Ember ne savait pas trop comment prendre ce commentaire, mais son amie semblait être d'une telle bonne humeur qu'elle laissa passer.

— Eh oui, c'est tout moi. Bon, voilà le plan pour aujourd'hui. J'ai rendez-vous dans une demi-heure avec la directrice d'une école primaire du coin. Après, je reviens ici vous récupérer, et on ira voir ce champ que j'envisage pour la course à pied. Ça vous va ?

— Ça paraît pas mal. Qu'est-ce que tu veux qu'on fasse ici, en attendant ? demanda Julio.

— Si vous pouviez travailler sur la peinture, ce serait super, répondit Ember en fronçant le nez. Je sais que c'est pas très stimulant, mais une fois qu'on aura posé la première couche sur le mur du fond, je pourrais faire venir l'artiste que j'ai engagée pour venir y peindre le logo du gymnase.

— Pas de problème, dit Julio.

— Tip top, ajouta Marie.

— Merci, vous êtes super. Et si ça vous ennuie trop, pas de souci, vous pouvez aussi tester l'équipement d'escrime. Il faut qu'on soit sûr que tout est en ordre, que les enfants ne craignent rien.

— Ne t'inquiète pas pour nous, la rassura Marie en souriant. On s'occupe de tout. Va à ton rendez-vous, on se voit tout à l'heure.

— Merci. Je devrais revenir dans à peu près deux heures. Je vous enverrai un message si ça prend plus de temps.

Julio et Marie hochèrent la tête et partirent s'acquitter

de leurs tâches. Ember quitta le gymnase, soulagée de travailler avec des gens si enthousiastes et enjoués. Il y avait encore beaucoup de travail à faire, mais elle savait que le résultat en vaudrait la peine. Elle en était certaine.

Son rendez-vous avec la directrice se déroula de manière impeccable. Elle était ravie que ses élèves aient l'opportunité de pouvoir prendre part à un sport si unique dès la rentrée. Surtout à partir du moment où Ember lui dit que cela ne lui coûterait pas un sou. Elle expliqua qu'elle comptait trouver des sponsors chez les commerces locaux, mettre le nom de leurs enseignes sur son équipement et autres sortes de publicité, en échange de leur générosité. Ses parents et son métier d'influenceuse lui avaient beaucoup appris. Si elle pouvait utiliser son nom et sa célébrité pour que les gens donnent de l'argent et des équipements à son gymnase, toute la peine que s'étaient donnée ses parents vaudrait largement le coup.

Il était quinze heures passées lorsqu'elle retourna au gymnase récupérer Julio et Marie. Il leur arriverait sûrement de rester travailler jusque tard à l'avenir, mais pour l'instant, avant que le gymnase n'accueille des enfants tous les jours, elle essayait de libérer ses employés au plus tard à dix-sept heures. Le terrain qu'ils allaient voir n'était qu'à une dizaine de minutes de Killeen, ce qui était idéal. Elle préférait ne pas devoir emmener les enfants trop loin.

Ember espérait bien sûr que le terrain serait adapté à l'installation d'une piste de course et d'une station de tir. Mais plus que tout, elle réfléchissait à l'endroit où elle pourrait mettre ses chevaux si elle n'en trouvait pas dans une ferme déjà établie. Elle aurait besoin d'assez de place pour faire construire une grange et d'une piste de saut d'obstacles. Elle avait hâte de voir si cette parcelle conviendrait à tous ses projets.

— Hé, Ember, est-ce que ça te dérange si je m'arrête là pour aujourd'hui ? lui demanda Julio.

— Pourquoi ? Quelque chose ne va pas ? s'inquiéta Ember.

— Non, au contraire. J'ai reçu un coup de fil des déménageurs, qui disaient que mes affaires étaient arrivées plus tôt que prévu. Ils voulaient savoir s'ils pouvaient les déposer avant cinq heures. Comme je n'ai pas grand-chose, ils pensent qu'ils pourront s'en occuper assez vite.

— Oh, mais c'est super ! Bien sûr, vas-y vite !

— Merci. Je dors quand même à l'hôtel ce soir, si ça te va.

— Pourquoi ça ne m'irait pas ? demanda Ember, perplexe.

— Bah, parce que c'est toi qui payes, et que maintenant que mes affaires sont là, je pourrais passer la nuit dans mon appartement, répondit Julio.

— Ce n'est pas un problème. Il est trop tard pour annuler ta réservation, de toute façon. Et je n'aimerais pas que tu meures de faim sans ton petit-déjeuner demain matin.

Cela fit rire Julio.

— Merci, j'apprécie.

— Et toi, tes affaires ? demanda Ember à Marie. Elles sont arrivées ?

— Pas que je sache, sourit-elle, haussant les épaules. Mais ce n'est pas grave. Je suis sûre qu'elles arriveront demain.

Ember hocha la tête.

— OK, tu peux y aller, Julio. On se voit demain. Les enfants seront de retour, et on aura deux nouveaux élèves.

— Cool, dit-il. On pourra commencer l'escrime ?

— Bien sûr, dit Ember en riant. Je sais que tu meurs d'envie de leur faire tester ces épées.

— Je compte leur montrer un extrait de *Princess Bride* pour leur donner envie d'essayer, et puis on commencera avec les bases, dit Julio avec enthousiasme. Bon, allez, j'y vais. À demain !

— À demain ! lui lança Marie avec un signe de la main.

Accompagnée de Marie, Ember se dirigea vers sa BMW. Elle monta dans la voiture et entra l'adresse du terrain dans le GPS de son téléphone.

— Comment ça s'est passé aujourd'hui ? demanda-t-elle.

— Super. On n'a pas fini la peinture parce que Julio tenait absolument à tester l'équipement d'escrime, répondit-elle en souriant.

— Pourquoi est-ce que ça ne me surprend pas du tout ? fit Ember en secouant la tête.

Marie réagit par un rire presque hystérique... et Ember ne put s'empêcher de se demander ce qui pouvait bien lui passer par la tête, aujourd'hui. Elle semblait surexcitée. Mais bon, au moins elle n'était pas de mauvaise humeur comme l'avait été Julio la veille.

L'entrée du terrain était un peu délicate à trouver. Il fallut deux passages à Ember pour enfin repérer le chemin de terre qui partait de la petite route sur laquelle elles se trouvaient. Même à seulement dix minutes de Killeen, on se serait cru en pleine campagne.

Ember avait la tête qui tournait à force de réfléchir aux modifications qu'elle apporterait au terrain. Elle devrait en agrandir l'entrée, y mettre un panneau, sûrement des barrières, mais en avançant sur le chemin en direction du centre de la propriété, elle sut qu'il serait parfait.

La parcelle comprenait quelques collines, mais rien de trop extrême. Beaucoup d'arbres, mais pas assez pour qu'elle doive en couper pour installer la piste de course, qu'elle pourrait faire passer entre eux. Ember arrêta sa BMW et coupa le moteur avant d'en sortir rapidement, poussée par son excitation.

Elle entendait le chant des oiseaux, et à cet instant-là, elle avait l'impression d'être seule sur Terre. Fermant les yeux, Ember laissa son âme s'imprégner de la paix et du calme de la campagne. Pour elle qui avait passé sa vie dans une ville surpeuplée, il lui semblait presque impossible d'avoir l'occasion d'acheter un tel terrain. Elle ouvrit les yeux et avança un peu.

— Là, dit-elle à Marie, qui était descendue à son tour. On pourrait construire une espèce de petit vestiaire, où les enfants attendraient leur tour à l'abri du soleil.

Elle se tourna et pointa du doigt le côté droit du terrain.

— Je pense qu'on pourrait faire passer la course par là, continua-t-elle. D'abord entre ces deux grands arbres, puis à gauche, à travers le bosquet qu'on voit au fond, avant de revenir par ici. On pourrait mettre la station de tir près du vestiaire, pour ne pas avoir à transporter les cibles trop loin quand on devrait les installer. Qu'est-ce que tu en penses ?

Ember se tourna vers son amie, et fronça les sourcils, surprise. Un instant plus tôt, Marie était ravie. Mais là, son expression était sérieuse, sombre, presque... énervée.

— Quoi ? Qu'est-ce qui t'arrive ? demanda Ember.

— Je ne suis pas sûre que ce soit le meilleur endroit pour la station de tir. Je pense que ce serait mieux de la mettre là-bas, sur le versant de cette colline. On pourrait s'en servir comme décor pour les cibles.

Ember jeta un œil à la colline que désignait Marie.

— Je ne sais pas, dit-elle avec diplomatie. Je pensais qu'on pourrait plutôt mettre la grange et la piste de saut d'obstacles là-bas.

— On n'a qu'à tester, suggéra Marie. Il y a des cibles dans ta voiture, je les ai vues à l'arrière. On pourrait les installer, et voir si ça marche ?

Ember haussa les épaules.

— OK, pourquoi pas.

Ce n'était pas une mauvaise idée. Marie la suivit jusqu'à la voiture et se tint à côté tandis qu'Ember attrapait deux cibles. Elle était un peu agacée que Marie se contente de la regarder au lieu de proposer son aide, mais elle décida de passer outre.

Sa compagne finit par se pencher pour attraper deux pistolets laser, et elles se mirent ensuite en route vers la zone qu'avait indiquée Marie. Ember marchait rapidement, enjambant quelques broussailles qu'elle soupçonnait d'être des virevoltants. Elle n'en avait jamais vu en vrai ; on n'en trouvait pas roulant dans les rues de Beverly Hills, ça, c'était sûr.

Ember, perdue dans ses réflexions amusées sur son déménagement dans un endroit qui contenait de vrais virevoltants, se rendit soudain compte que Marie n'était plus à ses côtés.

Elle se tourna pour voir où elle était partie, et cligna des yeux de surprise.

Elle avait avancé plus vite ; Marie se tenait désormais un peu plus de dix mètres derrière elle... et pointait un des pistolets laser directement sur Ember.

— Marie ? fit Ember, stupéfaite.

Durant toutes leurs années d'entraînement, leurs coachs avaient souligné encore et encore combien il était important de ne jamais viser personne avec ces armes. Les lasers n'avaient pas l'effet de balles réelles, mais si on regardait la lumière directement quand quelqu'un appuyait sur la gâchette, c'était aveuglant. Chaque entraîneur qu'elle avait eu avait insisté sur les règles de sécurité, autant que si les pistolets laser avaient été de vraies armes.

Et comme Marie avait reçu le même entraînement, au moins ces deux dernières années, Ember n'avait aucune idée de ce qui lui passait par la tête.

Le son du coup de feu sembla presque obscène dans cette campagne tranquille.

Immédiatement, une sensation de douleur traversa la joue d'Ember, et elle fut projetée en arrière, lâchant les cibles dans sa chute. Elle tomba sur la terre dure, parmi les mauvaises herbes, se cognant la tête sur le sol au passage.

Un deuxième coup de feu résonna, tout aussi fort et inattendu que le premier. Un nuage de poussière apparut tout près d'Ember. Confuse, elle essaya de comprendre ce qui se passait.

Marie n'avait pas prononcé un seul mot. S'était contentée de calmement lui *tirer dessus*.

Alors que la douleur cuisante de sa joue parvenait à son cerveau, Ember se rendit compte que l'arme n'était pas un des pistolets laser qu'on utilisait au pentathlon. Elle était plus petite, et visiblement chargée de vraies balles.

Marie venait d'essayer de la tuer. En était encore capable. Ember n'avait aucune idée du nombre de balles que contenait son pistolet, mais il y en avait certainement plus de deux.

Entendant des pas qui s'approchaient, Ember ferma les yeux et fit de son mieux pour calmer sa respiration. Elle savait instinctivement que Marie lui tirerait à nouveau dessus si elle remarquait qu'Ember était encore en vie.

Merde, elle pourrait décider de le faire même si elle la croyait morte.

Ember sentait le sang dégouliner le long de son visage. Elle tenta désespérément de garder les yeux fermés et de relâcher ses muscles le plus possible, contre tous ses instincts. Elle aurait voulu se relever et se battre, mais Marie avait l'avantage.

Les pas s'arrêtèrent tout près d'elle, et Ember retint son souffle, s'efforçant de ne pas laisser sa poitrine se soulever trop et alerter Marie du fait qu'elle respirait encore.

— Salope ! entendit-elle Marie marmonner avant de donner un coup de pied violent dans les côtes d'Ember.

Il lui fallut toute sa concentration pour ne pas réagir. Une douleur aiguë irradiait de l'endroit où Marie l'avait frappée... mais son stratagème fonctionna. L'absence de réaction parvint à convaincre Marie que ses coups de feu avaient eu l'effet escompté.

Ember resta immobile, les yeux fermés, et écouta les pas de Marie s'éloigner. Au bout de quelques secondes de tension, elle entendit le moteur de sa voiture démarrer, puis disparaître au loin.

Non seulement Marie lui avait tiré dessus, mais elle avait aussi volé sa voiture et l'avait laissée pour morte.

Ember avait de gros ennuis. Elle devait se relever, chercher de l'aide. Mais son visage lui faisait horriblement mal, et la douleur dans ses côtes était lancinante. En plus de ça, elle ne parvenait pas à accepter le fait que *Marie* avait tenté de l'assassiner.

Ils s'étaient tous inquiétés d'une personne anonyme, sans visage, sur internet, alors que le vrai danger était à ses côtés pendant tout ce temps !

Ember tenta de soulever ses paupières, combattant la souffrance insoutenable que lui causait sa joue. *Je vais juste rester allongée un peu... rassembler mes forces...*

Ce fut sa dernière pensée avant de perdre connaissance.

Doc et le reste de son équipe sortaient à peine d'une session obligatoire sur le harcèlement sur leur lieu de travail lorsque son téléphone se mit à vibrer, lui signalant un appel entrant. Il ne reconnut pas le numéro, mais décrocha en voyant que l'appel provenait de San Antonio.

— Doc à l'appareil.

— Doc, ici Beth, l'amie de Tex.

— Bonjour, dit-il.

Elle ne s'embarrassa pas de plus de politesses.

— J'ai fini de vérifier les antécédents de ces gens sur lesquels tu voulais que je fasse des recherches.

Doc n'était pas rassuré par le ton de sa voix.

— Et ?

— Les vigiles sont OK. Rien d'inquiétant dans leurs profils. Samer, pareil. Je cherche encore des trucs sur cet Alexis dont tu semblais te méfier, mais on dirait que c'est juste un crétin de base. Julio McMillian est plutôt clean aussi. Il a été impliqué dans un incident quand il avait quinze ans, une entrée par effraction, mais on dirait que ça l'a fait suffisamment flipper pour qu'il ne recommence pas, et à part quelques excès de vitesse, il n'a pas eu d'autres mêlées avec la police. Il a quelques comptes sur les réseaux, rien d'alarmant. J'ai jeté un œil à ses messages, qui semblent tous normaux pour quelqu'un de son âge. J'ai aussi vérifié ses mails et hacké son ordinateur portable, et à l'exception de quelques sites porno et recherches Google pour le moins originales, il semble assez inoffensif.

Doc cligna des yeux.

— Merde alors, tu as fait tout ça depuis la dernière fois que tu as parlé à Brain ?

Il était un peu mal à l'aise devant la profondeur des recherches de Beth sur les employés et amis d'Ember, mais il ne pouvait nier qu'il était soulagé de ce qu'il entendait.

— Oui, dit-elle simplement, balayant d'un mot son incrédulité. Mais ce n'est pas pour ça que je t'appelle. C'est à propos de Marie Riggs.

— Qu'est-ce qui se passe ? Mets le haut-parleur, ordonna Trigger devant la détresse soudaine qui s'afficha sur le visage de Doc.

Les sept hommes se tenaient dans le couloir, devant la salle de conférence où avait eu lieu leur présentation. Tous les autres étaient partis, il ne restait plus qu'eux.

Doc éloigna le portable de son oreille et cliqua sur le bouton du haut-parleur.

— On t'écoute, dit-il à Beth. Qu'as-tu découvert sur Marie ?

— Déjà, est-ce que tu savais que ce n'était pas son vrai

nom ? Enfin, pas son vrai prénom ? Elle s'appelle Alexandria Marie Riggs. Elle est née à Los Angeles et a eu une enfance difficile. Je ne vais pas détailler ça maintenant, mais ce n'est clairement pas une manière agréable de commencer sa vie. Elle est passée d'un membre de la famille à un autre, aucun n'ayant pu vivre avec elle plus de deux ou trois ans, apparemment.

— Pourquoi ça ? voulut savoir Oz.

— D'après les notes de plusieurs docteurs et psychologues, elle a pas mal de problèmes. Trouble dissociatif de l'identité, c'est-à-dire ce qu'on désignait avant sous le nom de trouble de la personnalité multiple, trouble schizo-affectif, et trouble de la personnalité borderline, entre autres.

— Putain de merde, murmura Trigger.

— Oui. Dans l'ensemble, on dirait qu'elle n'était pas facile à vivre, même à dix ans. Donc on l'envoyait dans un nouveau foyer chaque fois. D'abord, ils l'accueillaient à bras ouverts, et puis au bout de quelques années passées à gérer ses crises, à essayer sans succès de la discipliner, ils l'envoyaient ailleurs. Quand elle a eu dix-huit ans, plus personne n'a voulu d'elle et c'est un de ses entraîneurs de natation qui l'a récupérée. Il lui a fait découvrir le pentathlon moderne et elle a adoré. Vous saviez qu'elle a trente-deux ans ?

— Ah bon ? Je pensais qu'elle avait dans les vingt-cinq ans, comme Ember, dit Doc.

— Non. On dirait qu'elle a repris le contrôle sur ses problèmes mentaux pendant quelques années, et qu'elle s'en sortait plutôt bien. Mais au bout d'un moment, son trouble borderline a empiré. Ou alors, elle a juste arrêté de prendre ses médicaments. Qui sait ? En tous cas, son humeur était de plus en plus instable, et elle a commencé à agir de manière très impulsive. Elle s'est fait virer de son appartement et a dû déménager dans un parc pour caravanes.

— Comment ça se fait qu'Ember n'ait jamais rien su de tout ça ? demanda Doc.

— J'imagine que Marie n'avait aucun mal à cacher cet aspect de sa personnalité, dit Beth. Mais attends, il y pire : le code postal que tu m'as envoyé, celui qui était sur ces cadeaux et ces lettres que recevait Ember en Californie ? C'est celui du parc pour caravanes où elle vivait. Bon, ça ne veut pas dire que c'était elle, mais quand j'ai vérifié l'adresse IP du Alex qui postait ces sales commentaires sous les publications d'Ember ? Eh bien, elle correspond à celle de l'hôtel où dort Marie. Je ne m'étais pas penchée sur l'hôtel plus tôt parce que je ne savais pas où elle logeait ; vous ne m'aviez pas dit, et je n'avais pas pensé à demander. Mais en vérifiant les adresses IP de Killeen, j'ai hacké leur réseau pour accéder au registre, et j'ai vu les noms de Marie et Julio. Si on ajoute cette info au reste, c'est assez inquiétant.

Doc secoua la tête. Non, Marie ne pouvait pas être derrière toutes ces lettres remplies de haine, ces commentaires... si ?

— Je pourrais te fournir encore plein d'autres preuves qui te rendraient encore plus méfiant, mais c'est le commentaire qu'elle a laissé sous une publication d'Ember il y a environ une heure et demie qui m'a poussée à attraper mon téléphone pour t'appeler immédiatement.

Doc se tendit, dans l'attente de ce qui allait suivre.

— Il était un peu perdu parmi les autres commentaires, mais ça disait, mot pour mot : « À partir d'aujourd'hui, nous n'aurons plus jamais à lire les stupides publications d'Ember... parce que je vais la tuer ».

Les hommes restèrent silencieux un instant.

— Envoie tout ce que tu as trouvé à Trigger. Je dois rejoindre Ember.

— Je fais ça tout de suite. Je croise les doigts, dit Beth avant de raccrocher.

Doc appuya immédiatement sur le nom d'Ember dans

ses contacts et attendit, les dents serrées, qu'elle réponde. Il tomba directement sur son répondeur.

— Merde, marmonna-t-il avant de se retourner et de partir dans le couloir.

Son équipe l'accompagna.

— Elle est censée être où, à l'instant ? demanda Lucky.

— Je ne sais pas exactement, mais elle devait emmener Julio et Marie visiter ce terrain qu'elle avait en tête pour la course à pied et le tir.

— Appelle Julio, ordonna Grover.

Doc s'exécuta, sans s'arrêter de marcher. Julio décrocha au bout de deux sonneries. Doc ne perdit pas de temps en politesses.

— Où est Ember ?

— Excusez-moi, qui êtes-vous ? demanda Julio.

— Doc. Où est-elle ? Vous êtes ensemble ?

— Non, les déménageurs sont arrivés plus tôt que prévu et elle m'a laissé partir avant pour installer mes affaires. Pourquoi ? Qu'est-ce qui se passe ?

— Est-ce que Marie est avec elle ?

— Oui, elles sont parties voir le terrain.

— Il y a combien de temps ?

— Un peu plus d'une heure, je crois ? Pourquoi ? Qu'est-ce qui se passe, putain ?

— Tu as eu de leurs nouvelles ?

Doc n'avait pas le temps de lui expliquer le danger que courrait peut-être Ember.

— Non.

— Merde. OK. Si tu en as, rappelle-moi immédiatement.

— D'accord. Elles sont en danger ? Qu'est-ce que je peux faire ?

Doc aimait bien Julio. Il ne le connaissait pas, mais il appréciait son inquiétude et la rapidité de sa proposition.

— Je pars pour le terrain en question. Je te tiens au courant.

— Tu veux que je vienne aussi ? demanda Julio.

Doc n'avait pas le temps d'entrer dans les détails de la situation, mais il ne voulait pas non plus qu'il se retrouve vulnérable, au cas où Marie décide de lui porter atteinte.

— Non, ne bouge pas. Et si jamais Marie passe chez toi, n'ouvre surtout pas la porte. Appelle-moi immédiatement.

Visiblement, Julio n'était pas dupe. L'avertissement de Doc suffit à lui faire comprendre que Marie était mêlée à ce qui se passait.

— Oh, mince. OK. Si je peux faire quoi que ce soit, dis-le-moi.

— Ça marche.

Doc raccrocha sans rien ajouter.

— Je conduis, lui dit Trigger.

Il ne protesta pas. Ce n'était pas une bonne idée de l'installer derrière un volant, à l'instant. Il se dirigèrent vers la voiture de Trigger, dans le parking, et Doc essaya à nouveau d'appeler Ember. Encore une fois, il n'eut droit qu'au répondeur.

— Putain, murmura-t-il en montant dans le siège passager de la Blazer de Trigger. Lefty et Brain s'installèrent à l'arrière, tandis que les autres rejoignaient l'Expedition d'Oz. Ils ne remirent pas en question la réaction de Doc, ni ne discutèrent du bien-fondé de tous l'accompagner ou non. C'était une évidence : si l'un des leurs était en danger, ils feraient face ensemble.

S'il te plaît, n'aie rien, pria Doc intérieurement, pendant que Trigger fonçait à toute vitesse vers la propriété.

Ember reprit conscience, et les souvenirs de ce que venait de faire Marie lui revinrent instantanément. Elle ne pouvait pas rester allongée là, sur le sol, en espérant que quelqu'un arrive. Et elle ne voulait pas prendre le risque d'être encore ici si Marie revenait s'assurer qu'elle l'avait bien tuée. Elle était déjà bien assez chanceuse de ne pas s'être fait tirer dessus à bout portant par précaution.

Son côté la lançait toujours furieusement, son visage aussi, mais Ember se força à s'asseoir en dépit de la douleur. Elle tenta de retrouver ses repères malgré le monde qui s'était mis à tourner. Elle se frotta le visage de l'épaule pour essuyer le sang qui coulait de son menton. Elle n'osait pas toucher sa joue, là où la balle l'avait touchée. Elle ignorait si la balle avait pénétré sa chair ou l'avait juste effleurée. Mais à l'instant, c'était le dernier de ses soucis.

En se mettant sur ses genoux dans le but de se relever, Ember sut immédiatement que ce ne serait pas une bonne idée. Sa tête tournait beaucoup trop pour qu'elle puisse marcher sans danger. Rien qu'en regardant l'endroit où avait été garée sa voiture, à une dizaine de mètres de là, elle faillit se rallonger sous le coup du désespoir.

Comment était-elle censée arriver jusqu'à la route si elle ne pouvait même pas marcher ?

Le visage de Craig traversa son esprit.

Elle n'allait pas abandonner. Pas alors qu'elle avait un homme aussi incroyable dans sa vie.

Ember n'avait *jamais* été du genre à abandonner, et ce n'était pas maintenant qu'elle allait s'y mettre. Elle se représenta tous les coachs qu'elle avait eus au fil des années, lui criant dessus, lui ordonnant de continuer, d'arrêter de se plaindre. D'aller plus vite. D'aller jusqu'au bout.

Tous ces kilomètres courus, les longueurs de piscine, les pompes, les abdos... Tout ça n'avait été qu'en préparation de ce moment précis. Pas pour les Jeux olympiques, mais pour qu'elle puisse se relever et chercher de l'aide.

Centimètre par centimètre, Ember s'éloigna en rampant de l'endroit où Marie lui avait tiré dessus, en direction du chemin de terre. Une fois qu'elle l'aurait atteint, il lui resterait encore presque deux kilomètres jusqu'à la route… elle y arriverait, même si ça lui prenait toute la nuit.

Alors qu'elle progressait lentement, Ember commença à s'énerver. Elle ne savait pas ce qu'était le problème de Marie, mais elle se promit qu'elle la ferait payer pour avoir tenté de la tuer, même si elle devait y passer sa vie.

Au bout d'un moment, elle tomba sur son portable, brisé en mille morceaux. Marie avait dû s'en occuper avant de partir. Elle fut prise d'une soudaine envie de pleurer, mais continua, ignorant les éraflures que les cailloux sur lesquels elle rampait infligeaient à ses genoux et ses mains.

Et puis Ember entendit quelque chose qui sonnait faux dans l'atmosphère calme et sereine.

Le son d'un moteur qui se rapprochait. Rapidement.

Elle paniqua, pensant que Marie était revenue l'achever. Ember parcourut les environs du regard, cherchant une cachette. Cette fois, l'autre femme s'assurerait de l'avoir réellement tuée. Malheureusement, les arbrisseaux typiques de ce coin du Texas n'étaient pas vraiment aptes à dissimuler une personne. Le mieux que pouvait faire Ember était de se cacher sous quelques virevoltants et prier très fort pour que Marie panique tellement en ne la voyant pas immédiatement qu'elle ne s'attarderait pas pour fouiller l'endroit avant de repartir.

Ember rampa le plus possible derrière un petit arbuste et s'efforça de recouvrir son corps de virevoltants.

Cette fois, elle ne ferma pas les yeux. Si Marie la trouvait, Ember était prête à se battre. Même si elle lui tirait encore dessus, elle jurait que Marie ne s'en sortirait pas indemne. Si elle pouvait lui griffer le visage ou la main, la blesser, même un tout petit peu, la police aurait des soupçons. Après tout, c'était la dernière personne à l'avoir vue. Ils devineraient ce qui s'était passé, c'était certain.

Retenant son souffle, Ember écouta le véhicule s'engager sur le terrain à une vitesse extrêmement dangereuse.

Elle entendit les pneus déraper dans la poussière, puis des portières claquer alors que les passagers descendaient.

Attendez, *des* portières ? Plus d'une seule ? Marie avait-elle amené des renforts ?

Ember vivait-elle vraiment ses derniers instants sur Terre ? C'était si injuste ! Elle avait encore tant de choses à faire !

— Ember ? appela une voix grave, une voix d'homme.

— Ember ? Tu es là ? fit une autre.

Il fallut une seconde à Ember pour comprendre ce qu'elle entendait, mais quand elle comprit, les larmes se mirent à couler sans même qu'elle ne s'en rende compte.

Craig était venu la sauver, comme il l'avait promis. Et son équipe était avec lui.

Elle se laissa submerger par une vague de soulagement un instant, avant de se remettre à paniquer.

Et s'ils partaient sans qu'elle ait pu attirer leur attention ? Il fallait qu'elle bouge ! Maintenant !

— Em ! appela à nouveau Doc. Il balaya le terrain du regard et son cœur se serra en ne voyant rien d'autre que l'herbe qui se pliait doucement sous la brise.

— Des traces de pneus, dit Brain avec un signe de tête en direction du chemin. Elles sont bien venues.

— Regardez... c'est un portable, je crois, dit Lefty en s'avançant vers des morceaux de plastique dispersés au sol.

— Et ça, c'est quoi ? demanda Grover en pointant du doigt un peu plus loin.

Ils partirent en courant jusqu'à trente mètres de là, où deux cibles laser, celles qu'on utilisait au pentathlon, gisaient sur le sol. Mais ce ne fut pas ce qui fit trembler le cœur de Doc dans sa poitrine.

Il y avait une petite flaque de sang, juste à côté des cibles.

— Merde, mumura Lucky.

Doc avala sa salive avec difficulté. Il ne put que secouer la tête, refusant d'y croire.

— Marie n'aurait jamais pu porter Ember à elle toute seule, affirma Trigger. Aucune trace n'indique qu'elle l'aurait traînée. Par contre… il y a une piste.

Il désigna des indentations dans le sol, qui s'éloignaient de la flaque de sang.

Après un coup d'œil aux marques, Doc partit immédiatement dans la direction qu'elles indiquaient. Il avait à peine fait cinq pas qu'un bruit lui fit relever la tête, détournant son attention du sol.

— Ember, murmura-t-il, restant figé l'espace d'un instant.

Il se mit à courir.

La femme qu'il aimait était à quatre pattes par terre, des brindilles dans les cheveux, son visage ravagé. Mais ses beaux yeux chocolat, fixés sur lui, brillaient d'un éclat vif.

— Craig, murmura-t-elle à son tour lorsqu'il fut assez proche.

Il ralentit en l'atteignant. Derrière lui, il entendait une voix parler au téléphone, demandant une ambulance et renseignant leur position exacte. Reconnaissant, une fois de plus, envers ses amis d'être à ses côtés et de lui permettre de se concentrer entièrement sur la femme qu'il aimait, il tomba à genoux devant elle.

— Em ! s'exclama-t-il, la voix pleine d'angoisse.

— C'était Marie, lui dit-elle sans hésiter. Elle n'a jamais été douée en tir. C'est pas comme ça qu'elle sera sélectionnée pour l'équipe nationale, encore moins les JO.

— Chut, ne dis rien. On sait. Beth a appelé avec les renseignements qu'on avait demandés, répondit Doc.

Il la prit dans ses bras et s'assit par terre, insensible aux pierres qui parsemaient le sol. Il ajusta Ember sur ses genoux et tourna sa tête face à lui.

— Oh, Em, ne put-il s'empêcher de soupirer.

La chair de sa joue était déchirée, et le sang n'arrêtait pas de couler de la plaie, dégoulinant le long de son visage, jusqu'au menton, et de là à son T-shirt.

— Je vais bien, marmonna-t-elle. C'est une blessure superficielle, comme on dit.

Un éclat de rire résonna près d'eux.

— On lui tire dessus et elle cite Monty Python. Si je n'étais pas follement amoureux de Kinley, je te demanderais en mariage sur-le-champ, plaisanta Lucky.

Trigger s'agenouilla près d'eux et leva la main, penchant délicatement la tête d'Ember pour examiner sa plaie.

— Ça a une sale tête, mais je pense que la balle n'a fait que t'effleurer.

— Tu as d'autres blessures ? s'inquiéta Doc.

— Non, murmura Ember. Pas vraiment. Elle m'a donné un coup de pied dans les côtes, mais son deuxième coup de feu m'a manquée.

La rage de Doc menaçait de le submerger. Il aurait voulu partir à la recherche de Marie et la tuer de ses propres mains. Littéralement. Il aurait pu lui tordre le cou sans ressentir une once de regret.

Comme si elle pouvait lire dans ses pensées, Ember posa sa main sur son bras et le serra doucement.

Baissant les yeux jusqu'aux traces de sang que le geste avait laissé sur sa peau, Doc eut encore plus de mal à contrôler sa colère. La paume d'Ember était en lambeaux, déchirée par son parcours à même le sol. Mais avant qu'il n'ait pu complètement péter les plombs, il sentit Ember s'affaisser, s'appuyant de tout son poids contre lui.

— Em ? demanda-t-il d'un ton pressant.

— Je vais bien, murmura-t-elle avant de fermer les yeux.

Je suis fatiguée, c'est tout. Et j'ai la tête qui tourne. Je vais juste fermer un peu les yeux.

Alarmé, Doc leva la tête vers Trigger. Avant qu'il ne puisse ordonner à Ember de rester éveillée, de continuer à lui parler, elle perdit connaissance.

Brain et Oz l'aidèrent à se relever, sans qu'il ne lâche Ember. Ils marchèrent à ses côtés jusqu'aux voitures pour le soutenir.

— L'ambulance arrive, dit Grover.

— On n'a pas le temps. On les rencontrera en chemin, dit Trigger.

Personne ne contesta. Doc s'installa à l'arrière du SUV de Trigger, incapable de détacher les yeux d'Ember. Il voulait savoir exactement ce qui s'était passé, mais plus que tout, il avait besoin qu'elle n'ait rien. Ils finiraient par avoir les détails, et Marie payerait pour ses actes, mais pour l'instant, toute sa concentration était fixée sur la femme qu'il tenait dans ses bras.

— Je t'aime, murmura-t-il dans son oreille tandis que Trigger démarrait la voiture.

Ember ne répondit pas. Elle était inconsciente dans ses bras, et Doc pria de toutes ses forces pendant le trajet qui les ramenait à la ville et aux soins dont avait besoin Ember.

CHAPITRE DIX-SEPT

Ember avait envie de crier. Mais comme crier lui aurait fait mal à la joue, elle dut se contenter de fusiller du regard l'homme qu'elle aimait.

Craig avait été incroyable ces deux derniers jours, mais il la rendait folle. Elle voulait quitter cet hôpital, là, maintenant, mais il avait convaincu le docteur de la garder une nuit de plus.

— Je vais *bien*, lui dit-elle. Je veux rentrer chez moi. Je déteste être ici. Il y a trop de bruit et je dors super mal. En plus, la nourriture est dégeu.

— Tu restes, répliqua Craig, que ses plaintes laissaient de marbre.

— J'ai plein de choses à faire ! insista Ember.

— Non, la seule chose que tu dois faire, c'est rester ici et guérir, dit Craig.

Il se pencha jusqu'à entrechoquer leurs fronts doucement.

— Encore une journée, Em. Après, je te ramène chez toi et je te cuisinerai ce que tu veux. En plus, le chirurgien-plasticien doit repasser te voir aujourd'hui.

Ember soupira. Comment pouvait-elle continuer de se plaindre devant son stress évident ? Quand elle s'était réveillée, elle avait vu la panique sur son visage. Et il avait refusé de quitter son chevet ces derniers jours. Même quand ses parents étaient arrivés, il n'avait pas bougé. Ni quand les membres de son équipe étaient venus lui parler, les uns après les autres.

Ce qui voulait dire qu'elle était au courant des dernières nouvelles concernant la recherche de la coupable.

Elle en était reconnaissante. Elle avait besoin de savoir ce qui se passait, où était Marie.

Marie avait publié une photo d'Ember, allongée sur le sol, le visage en sang et marqué par une plaie qu'on aurait cru fatale.

La presse était devenue folle, bien sûr, et Craig avait aussi géré *cette* crise durant les premières vingt-quatre heures qui avaient suivi l'incident. Depuis, un de ses amis, un certain Tex, avait pris le relais. Et lorsqu'Ember avait réussi à accéder au téléphone de Craig pendant qu'il dormait, elle avait constaté que Tex était parvenu à publier un message sur ses réseaux, disant qu'elle allait bien et que la photo faisait passer sa blessure pour pire qu'elle ne l'était.

Il avait même appelé Samer, qui avait fait un travail incroyable et avait calmé ses abonnés sur tous ses réseaux. Elle lui était reconnaissante de lui avoir épargné cette charge.

Ember savait qu'elle devrait certainement faire une déclaration officielle bientôt, mais pour l'instant, elle était heureuse de pouvoir laisser la situation entre les mains de Tex, qui était hautement efficace.

— OK, dit-elle à Craig.

Il ferma les yeux et soupira.

— Merci. Je sais que tu n'aimes pas être bloquée ici, mais je veux juste être certain que tu vas bien.

— Je vais bien, promit Ember. Le coup de pied de Marie ne m'a même pas cassé les côtes, je n'ai qu'un énorme bleu, et ma joue finira par guérir. Je me fiche d'avoir une cicatrice. L'époque de ma vie où je postais des photos retouchées de moi sur internet est révolue. Je veux seulement être moi-même. Et si ça veut dire arborer une cicatrice qui prouve que je suis plus forte que ceux qui me veulent du mal... eh bien, soit.

— Tu es bien plus clémente que moi, commenta Craig.

— Je ne suis pas clémente du tout. Je veux qu'on retrouve Marie et qu'elle paye pour ses actes, lui répondit fermement Ember.

À ce moment-là, la porte s'ouvrit pour laisser entrer Trigger, Oz, et Lucky. Étonnamment, Julio les accompagnait.

Craig se leva, sans pour autant quitter son chevet.

— Salut, dit-elle aux nouveaux arrivants.

Les trois Deltas ne lui sourirent pas.

— Que se passe-t-il ? demanda Ember.

— Marie a été retrouvée, l'informa Trigger.

Ember inspira brusquement.

— Ah bon ?

— Oui. Elle est morte, lâcha Trigger. Elle a été retrouvée dans une chambre de motel, au sud de Fort Worth. Ta voiture était garée dans le parking. Elle a pris un paquet de médocs et fait une overdose.

— Elle a laissé une lettre, ajouta Oz.

Ember ne savait pas si elle était plus soulagée que la femme qui avait tenté de la tuer soit morte, ou déçue de ne pas pouvoir lui demander *pourquoi*. Pourquoi Marie avait-elle voulu la tuer, après tout ce qu'Ember avait fait pour elle ?

— Beth s'est chargée d'analyser le contenu des lettres et autres cadeaux qu'elle t'avait envoyés, ainsi que de tous ses commentaires, et en ajoutant tout ça à cette dernière lettre, on arrive assez facilement à la conclusion que le trouble de personnalité de Marie a fini par avoir raison d'elle, expliqua Lucky.

— Je veux lire la lettre, dit Ember avec toute la fermeté dont elle était capable.

— C'est hors de question, protesta Craig.

— Si, contra Ember.

— Ce n'est pas une bonne idée, dit doucement Trigger. Elle fait dix pages et ne contient qu'un long monologue délirant.

— J'en ai besoin, insista Ember. Il faut que je sache si c'est de ma faute.

— Ce n'est pas ta faute, répondirent en même temps Trigger, Craig et Oz.

Ember secoua la tête, déterminée.

— J'apprécie votre soutien, mais vous venez de me rencontrer. Je connaissais Marie depuis *deux ans*. On s'entraînait ensemble. On en a vu de toutes les couleurs, avec nos coachs. Si j'ai dit ou fait quelque chose qui l'a poussée à me détester au lieu de m'idolâtrer, comme il paraît qu'elle le faisait, j'ai besoin de savoir, pour ne pas recommencer.

— Elle avait des problèmes, insista Craig. Tu ne lui as jamais rien dit ou fait qui justifie de vouloir te tuer.

— Tu ne peux pas le savoir, argumenta Ember, frustrée par la situation.

— Je peux la lire, moi, dit soudainement Julio, derrière les autres hommes.

Ils se tournèrent tous vers lui.

— Moi aussi, je te connais depuis longtemps, Ember. Plus longtemps que Marie, même. Je peux lire la lettre et te dire si elle contient quoi que ce soit qui ressemble à un fragment de vérité. Comme ça, tu n'aurais pas à faire face à sa méchanceté.

Ember faillit continuer à protester. Insister en disant qu'elle voulait lire le texte elle-même. Mais en vérité, au fond, elle savait qu'elle ne voulait pas affronter les mots pleins de haine dont Marie avait certainement rempli sa dernière lettre.

— Tu es sûr ? demanda Craig à Julio, devançant Ember.

— Oui, leur promit-il.

— Elle n'avait jamais pris de mesures pour apporter ses meubles ou ses affaires jusqu'ici, dit Trigger. Je pense que quand les affaires de Julio sont arrivées, elle s'est rendu compte qu'elle n'avait plus beaucoup de temps, et qu'on finirait par découvrir qu'elle n'avait rien. Je suis raisonnablement certain que si Julio était venu avec vous voir ce terrain, elle lui aurait tiré dessus aussi. Elle avait besoin d'aide, Ember, d'une aide que sa famille n'a jamais su lui apporter. Et elle était devenue très forte pour cacher aux autres son état instable. Elle n'avait aucun ami, et quand elle ne s'entraînait pas, elle passait son temps sur son ordinateur... ou à t'écrire des lettres.

Oz tendit son téléphone à Julio.

— Tiens. Lis-la, et soulage l'esprit d'Ember, lui dit-il.

Elle était incapable de se concentrer sur la discussion qu'avaient entamée les Deltas. Elle ne pouvait que fixer le visage de Julio tandis qu'il lisait la lettre de Marie. Cela lui prit dix minutes, mais il finit par baisser le téléphone d'Oz pour regarder Ember dans les yeux.

— Elle raconte que des conneries, gronda-t-il. Rien de ce qu'elle dit n'est vrai. *Rien.* Je te connais depuis des années, et je n'ai jamais, pas une fois, pensé ou vu ce dont elle se plaint. Tu as toujours été encourageante et généreuse, et quand tu as été sélectionnée pour les JO, tu es venue nous remercier tous un par un de t'avoir soutenue.

Julio se rapprocha du lit et attrapa sa main.

— Elle avait vraiment besoin d'aide, Ember, ajouta-t-il doucement. Je pense qu'il se trouvait juste que tu faisais une cible idéale sur laquelle déverser sa frustration. Marie et moi, on a pas mal parlé de nos objectifs et de nos rêves, ces dernières années. Ce qu'elle voulait le plus au monde, c'était aller aux JO, être célèbre et adorée. Elle était si heureuse de pouvoir s'entraîner avec toi. Le fait que tu n'aies pas remporté de médaille l'a rendue folle, je crois. Si *toi*, tu n'arrivais pas sur le podium, ça voulait dire qu'elle n'avait aucune chance. Quand tu as arrêté le pentathlon et déménagé, j'imagine que ça a été la goutte de trop. Mais encore une fois, c'est de *sa* faute, pas de la tienne.

Ember avait les lèvres qui tremblaient.

— Merci.

— De rien, répondit-il.

Ils se regardèrent un moment, et Ember fit de son mieux pour contrôler les émotions qui menaçaient de la submerger. Elle prit une grande inspiration.

— Parle-moi du gymnase. Comment se passent les rénovations ? Vous avez fini la peinture ? Et la fresque ? Est-ce que les gens que j'ai contactés pour y peindre le logo sont passés établir un devis ? Tu as réussi à gérer les enfants tout seul, ce matin ? Je trouverai quelqu'un pour t'aider le plus vite possible.

— C'est bon, fit Craig, ne laissant pas à Julio le temps de répondre. Le gymnase va bien. Julio s'occupe parfaitement de tout en ton absence. Tu seras de retour pour superviser le reste avant même de t'en rendre compte. Pour l'instant, contente-toi de te reposer et de guérir.

Cela fit rire les autres, et Ember décocha un sourire à son tour.

— D'accord. Mais si tu as besoin de quoi que ce soit, Julio, préviens Craig. Il peut bien gérer mes affaires en attendant de détacher ma laisse, dit-elle d'un ton narquois.

— En fait, ce sont surtout tes parents qui m'ont aidé, dit Julio.

— Ah bon ?

Ember était sceptique.

— Yep. Ils étaient là ce matin, pour accueillir les enfants, et ils se sont éclatés.

Ember avait du mal à imaginer ses parents jouer avec des enfants, mais au moins, ils connaissaient par cœur les mécanismes du pentathlon moderne.

— Je retourne au gymnase, vérifier que tout est en ordre avant de rentrer chez moi, ajouta Julio.

— Merci encore, lui dit Ember.

— Pas de problème. Sincèrement. Je te suis reconnaissant de m'avoir engagé. C'est un beau projet, et je suis fier d'en faire partie. Je suis désolé pour Marie. Pas qu'elle soit morte, mais qu'elle n'ait jamais su voir la personne incroyable que tu es vraiment.

Puis, sans un mot, il quitta la pièce.

— Sur ce, on va partir, nous aussi. Grover voudrait parler à l'équipe, dit Trigger.

— Il veut aller en Afghanistan tout seul, dit Craig.

— En effet. J'en conclus qu'il t'en a parlé ? demanda Trigger.

— Il a mentionné ce projet, oui. Je voulais t'en parler, mais je n'en ai pas eu l'occasion.

— T'en penses quoi ? voulut savoir Oz.

Craig soupira, et Ember fut à nouveau touchée de voir qu'ils s'exprimaient librement devant elle. Elle avait l'impression de faire réellement partie du groupe ; les visites de Gillian, Kinley, Aspen, Riley et Devyn au cours des derniers jours avaient eu le même effet. Elles avaient débarqué dès qu'Ember avait été autorisée à recevoir des visiteurs et avaient instauré une rotation qui avait fait passer sa convalescence à toute vitesse. Ember savait qu'elles prévoyaient de continuer leurs visites quand elle serait chez Craig, pour la distraire un peu, le temps qu'elle soit entièrement remise.

— Je pense que ce n'est pas une mauvaise idée, dit Craig à ses coéquipiers. La seule chose qui m'inquiète, c'est qu'il ne tente un truc s'il apprend quoi que ce soit sur Sierra, l'endroit où elle est retenue ou ce qui lui est arrivé.

— C'est ça qui m'inquiète aussi, acquiesça Trigger. Mais on n'a pas les infos dont on a besoin sur Shahzada, et on ne peut pas le traquer depuis le Texas. Si Grover était sur place pour parler aux gens en face à face et nous tenir au courant, ça pourrait tout changer.

— Il sait qu'on le soutient, dit Craig au chef de leur équipe. Si les choses partent en vrille, on sera là pour lui... et pour Sierra, et les autres contractuels disparus.

— Je suis d'accord. Bien. Je vous dirai ce qu'on peut espérer après en avoir parlé avec lui et le commandant Robinson.

— Ember devrait sortir demain matin. On sera chez moi, si vous avez besoin de quelque chose, dit Craig.

— Parfait. Je suis heureux de voir que tu vas bien, Ember, dit Trigger.

Les deux autres hochèrent la tête, et puis elle se retrouva à nouveau seule avec Craig.

— Pourquoi tu ne rentres pas t'offrir une vraie nuit de sommeil ? lui demanda-t-elle.

— Tu crois que j'arriverais à dormir sans te tenir dans mes bras ? Pas moyen, répondit Craig en secouant la tête.

Il tira à nouveau la chaise vers le côté du lit et s'assit, prenant la main d'Ember dans la sienne.

— Il va me falloir un moment pour oublier la vision de cette flaque de sang sur le sol.

— Je suis désolée, murmura Ember.

— Ne t'excuse pas. Je me suis seulement rendu compte à ce moment-là combien je t'aimais. Enfin, je sais que je l'ai déjà dit, mais j'ai été frappé par tout ce que j'aurais pu perdre. Tu es la seule qui compte à mes yeux, Ember. Je n'aimerai jamais une autre femme comme je t'aime, quoi qu'il arrive.

— Je ressens la même chose. Il me restait tellement de

choses à faire. Comme me marier, fonder une famille, et vivre toute ma vie à tes côtés, répondit Ember.

— Compte sur moi, lui dit Craig, embrassant le dos de sa main avec révérence.

Ember ferma les yeux, pleine de joie. Elle ne savait pas où la mènerait sa vie, mais elle savait que Craig serait avec elle. Que pouvait-elle demander de plus ?

ÉPILOGUE

— Plus fort, gémit Ember.

Doc lui faisait l'amour tendrement, cette fois.

— Non, répondit-il, les dents serrées.

Il savait qu'il était sûrement trop tôt pour faire ce genre de choses, mais il ne pouvait pas résister à Ember quand elle l'implorait comme ça. Elle lui avait dit qu'elle n'avait plus mal du tout, et quand elle avait commencé à se doigter, il avait cédé. Mais il le ferait à sa manière. Lentement, tendrement. Même si ça le tuait.

Baissant les yeux vers Ember, il dut retenir un sursaut à la vision de la cicatrice sur sa joue. Le chirurgien-plasticien avait fait un excellent travail de couture, mais il faudrait encore plusieurs mois avant qu'elle ne commence à s'effacer. Elle ne disparaîtrait sûrement jamais entièrement, mais Ember ne semblait pas s'en soucier le moins du monde.

Une semaine plus tôt, quand elle était enfin sortie de l'hôpital, elle lui avait dit qu'elle considérait sa cicatrice comme une marque de valeur. Elle avait fait face à la méchanceté humaine et avait survécu. Elle ne laisserait pas une simple cicatrice la déprimer alors qu'elle avait la chance d'être en vie.

Doc était parvenu à la retenir chez lui pendant une journée avant qu'elle n'insiste pour aller voir le gymnase. Elle était plus déterminée que jamais à ce que le Modern Kid soit un succès. Les vigiles qu'elle employait s'occupaient d'éloigner la presse, et le dernier scandale en date à Hollywood attirait l'attention des médias, remplaçant ce qui était arrivé à Ember. La frénésie médiatique avait eu ses avantages : le nombre d'enfants inscrits à ses cours avait déjà doublé. Elle finalisait actuellement l'achat du terrain sur lequel elle avait été attaquée. Doc n'aimait pas l'idée de savoir qu'elle y retournerait, mais le côté pratique d'Ember avait remporté cette bataille.

Les parents d'Ember étaient repartis la veille, et elle avait été aussi surprise que ravie devant leurs encouragements quant à son projet. Ils n'avaient pas vraiment soutenu ni son déménagement ni l'ouverture du gymnase, à l'origine, mais ils avaient changé d'avis après avoir vu tout ce qu'elle avait accompli en si peu de temps et rencontré les élèves.

Ses parents à lui, Mama Luisa et Jaime, prévoyaient de venir au Texas bientôt, pour rencontrer Ember, que cette visite rendait nerveuse. Doc ne doutait pas qu'ils l'adoreraient... comme la plupart des gens.

La décision d'engager Samer pour gérer ses réseaux sociaux avait été salutaire. Elle n'avait plus à s'inquiéter de devoir lire les commentaires injurieux, et Samer transmettait toutes les menaces potentielles à Doc. Il avait été tout aussi horrifié que les autres après ce qui lui était arrivé et avait promis de faire de son mieux pour la protéger.

Doc avait aussi parlé aux vigiles du gymnase. Il ne prendrait plus jamais sa sécurité pour acquise. Il avait retenu la leçon.

— Craig, si tu ne me laisses pas jouir de suite, je te frappe.

Doc eut un rire et se concentra à nouveau sur la femme

sous son corps. Il adorait le ton autoritaire qu'elle prenait au lit, qu'elle n'ait pas honte d'exiger son plaisir. Plaçant sa main entre leurs corps, il appuya sur son clitoris du pouce, comme elle l'aimait, avec des petits gestes rapides.

Il savait que lui-même était au bord de l'orgasme, mais plutôt mourir que de jouir avant elle.

— C'est ça, Em, doucement. Ne te blesse pas.

Elle l'ignora, donnant des coups de hanches du mieux qu'elle pouvait, malgré l'autre main de Doc qui la maintenant en place sur le lit. Lorsqu'elle atteint enfin son plaisir, Doc ne put s'empêcher de la suivre. Elle était si belle, et elle était à lui. Avant de pouvoir se contrôler, il avait explosé, remplissant son préservatif en pensant au jour où ce serait elle qu'il pourrait remplir de son sperme, au jour où ils pourraient faire des enfants.

— Oh, mon Dieu, Craig, oui ! gémit Ember.

Emporté par sa passion, il ne put décrocher un mot.

Lorsqu'il eut fini, Doc se retira doucement de son corps et se dirigea vers la salle de bain. Il voulait encore lui faire un cunni, la faire jouir à nouveau, mais il devait faire attention. C'était il n'y a pas si longtemps qu'on lui avait tiré dessus, qu'elle avait frôlé la mort. Il trempa d'eau chaude un gant de toilette et retourna dans la chambre nettoyer Ember. Il se faufila ensuite sous les draps, près d'elle, et la prit dans ses bras.

— Je t'aime, dit-il à voix basse.

— Je t'aime aussi, répondit-elle. J'ai l'impression de t'avoir toujours connu, mais si on regarde le calendrier, il s'est passé si peu de temps depuis les Jeux olympiques que j'en suis choquée.

— Je n'ai jamais été aussi heureux que maintenant. Je me fiche qu'il se soit écoulé une journée ou cinquante. Je t'aimerai toujours. Un jour, pas aujourd'hui, mais bientôt, je te demanderai de m'épouser.

— Et j'accepterai, répliqua-t-elle instantanément. Mais

je suis contente de l'état actuel des choses. Je pense que si le monde apprend qu'Ember Maxwell s'est fiancée, deux secondes après s'être fait tirer dessus, personne ne s'en remettrait.

— C'est vrai, dit Doc en riant.

— Les gens voudront des détails sur notre mariage, le prévint-elle.

— Ils auront droit à une photo de ton alliance, et à une photo du jour du mariage, mais c'est tout, répondit Doc.

— Je veux que tout le monde voie comme mon mari est beau, dit Ember avec une moue.

— C'est impossible, dit Doc avec une pointe de tristesse dans la voix.

— Je sais. Mais je voudrais quand même frimer un peu.

— On pourrait prendre une photo du moment où je verrai ta robe pour la première fois ? suggéra Doc comme compromis. La photo serait centrée sur toi, et on la prendrait dans mon dos, comme ça, je serai dessus, mais personne ne verrait mon visage.

Il ferait n'importe quoi pour la rendre heureuse. Même la laisser publier une photo de lui sur ses réseaux. Enfin, presque de lui.

— Marché conclu. Ce n'est pas bizarre qu'on parle de notre mariage alors qu'aucun de nous n'est encore prêt ? demanda Ember en riant.

— Non. Parce qu'on y arrivera. On le sait tous les deux. Tu n'as pas besoin de m'épouser pour profiter des avantages. Tu as largement assez d'argent pour te prendre en charge. Et si jamais il m'arrivait quelque chose, touchons du bois, mon équipe s'assurera qu'on s'occupe bien de toi. Alors on n'a pas vraiment besoin d'un mariage à la sauvette. Mais... je le redis... je te demanderai.

— Et, je le redis, j'accepterai, répéta Ember.

Doc resserra son étreinte. Il était plus satisfait que jamais.

Ils restèrent là, repus et comblés, baignant dans l'amour qu'ils éprouvaient l'un pour l'autre, jusqu'à ce que le téléphone de Doc, sur la table de nuit, se mette à vibrer.

Vu l'heure tardive, il tendit la main sans hésiter.

— Doc à l'appareil.

— C'est Trigger. On décolle au matin. Six heures. Sois là à cinq.

— Qu'est-ce qui se passe ? demanda Doc, que le ton de Trigger alarmait.

— Grover. Cet idiot n'est sur place que depuis quelques jours et il a déjà été capturé. On a une vidéo qui montre des partisans de Shahzada le suivre et le tabasser. L'armée l'a déjà classé comme prisonnier de guerre. On doit aller le chercher et le ramener ici.

— Merde. OK. Je serai là. Tiens-moi au courant si tu as d'autres nouvelles d'ici demain matin.

— OK. À plus tard.

— À plus.

Doc raccrocha.

— Que se passe-t-il ? demanda Ember.

— C'est Grover. Il a disparu.

— Disparu ? Mais... ça n'a pas de sens !

— Je suis bien d'accord, approuva Doc.

Grover était un excellent Delta. S'il avait été capturé, il y avait des chances que ce soit volontaire... Doc ne pouvait pas imaginer d'autre scénario dans lequel il se serait retrouvé prisonnier.

— Vous partez quand ?

— Au matin.

Au lieu d'être contrariée, Ember hocha la tête.

— Tu as des choses à préparer ce soir pour être prêt demain ? demanda-t-elle.

Sa réaction n'était qu'une raison parmi d'autres qui prouvait combien Doc avait eu de la chance de tomber sur elle. Il repoussa la couverture avec réticence. Il devait s'assurer d'avoir tout ce qu'il lui fallait et d'être prêt à partir. Ember le suivit, un peu plus lentement.

— Je déteste devoir te laisser ici, dit-il.

Ember haussa simplement les épaules.

— Grover a plus besoin de toi que moi, à l'instant. En plus, j'ai comme l'impression que c'était son plan depuis le début.

— Quel plan ?

— Son plan d'aller en Afghanistan, de retrouver Sierra, et de se laisser capturer pour que vous soyez déployés à votre tour.

Doc s'arrêta net et regarda la femme qu'il aimait. Il n'était pas surpris qu'ils soient sur la même longueur d'onde.

— Mais ne vous faites pas prendre aussi, d'accord ? Sinon, ce sera à moi d'aller jusqu'en Afghanistan pour vous ramener ici par la peau des fesses.

Doc ne put contenir son rire.

— Tu en serais capable, en plus.

Elle fit le tour du lit, entièrement nue, et Doc ne put faire autrement que de l'admirer. Elle était musclée et pleine de courbes en même temps, et il sentit sa queue pulser en réponse.

Elle le serra dans ses bras, avant de lever la tête pour le regarder dans les yeux.

— Je ferais n'importe quoi pour te ramener à la maison. Toi *et* ton équipe. Et leurs femmes. C'est notre famille, et je dépenserais tout mon argent jusqu'au dernier centime pour vous protéger s'il le fallait.

— Mon Dieu, ce que je t'aime.

— Je t'aime aussi. Allez, allons préparer tes affaires pour que tu aies quand même le temps de dormir un peu.

Ouaip. Elle était parfaite. Pragmatique et attentionnée.

Doc l'embrassa une dernière fois, longuement et passionnément, démontrant son amour sans un mot.

— Rien ne m'empêchera de revenir jusqu'à toi, murmura-t-il lorsqu'il releva la tête.

— Tant mieux, dit-elle doucement. Retrouve Grover, et Sierra, et revenez.

— On reviendra.

C'était une promesse qu'il n'eut aucun mal à faire.

Sierra était assise au fond de la grotte dans laquelle on l'avait jetée un mois plus tôt... ou deux mois ? Elle n'arrivait plus à tenir le compte des jours.

Ses ravisseurs avaient construit tout un complexe dans le versant de la montagne. Ils avaient même creusé des petites niches à l'intérieur des murs et fixé des barres en métal devant chacune d'elles. Parfois, les quatre niches contenaient des prisonniers, mais jusqu'à aujourd'hui, cela faisait quelque temps que Sierra était la seule. Elle préférait largement ça ; les gardes l'ignoraient quand il n'y avait qu'elle. Ils ne semblaient se souvenir de sa présence que lorsqu'ils capturaient un nouveau prisonnier, et c'est alors qu'ils venaient l'embêter.

Et vu les bruits de passage à tabac qui s'échappaient de l'alcôve qui côtoyait la sienne, les gardes se consacraient joyeusement au perfectionnement de leurs techniques de torture. Ils avaient traîné un nouveau prisonnier dans la grotte un peu plus tôt, mais elle ne l'avait pas bien vu. Sa tête tombait vers l'avant, et il était entouré par trop d'hommes.

Sierra craignait que leur attention ne se tourne vers elle quand ils en auraient fini avec le nouveau venu. Cela dit, vu le temps qu'ils avaient passé sur lui, elle se dit qu'elle pourrait peut-être s'en sortir, cette fois.

Restant parfaitement silencieuse pour ne pas attirer l'attention, elle fut soulagée d'entendre les trois hommes, accompagnés de ce connard de Shahzada lui-même, quitter la prison. Elle entendit Shahzada donner l'ordre que la vidéo qu'ils venaient de prendre soit envoyée à un maximum de stations.

Elle se sentait mal pour le nouveau prisonnier. Elle ne pensait pas que c'était un contractuel, cette fois ; eux n'avaient jamais été assez importants pour qu'on prenne la peine de les filmer quand on les tabassait.

Sierra se demandait toujours qui était le pauvre homme quand elle entendit un grognement de douleur provenir de sa cellule.

Elle rampa jusqu'à l'avant de sa cage et tendit l'oreille. Elle ne pouvait pas le voir, mais si elle s'allongeait sur le côté et passait son bras à travers les barreaux, et que la personne d'à côté en faisait de même, ils pouvaient se toucher la main.

Elle l'avait déjà fait, une fois, avec un autre captif. Elle lui avait tenu la main, essayant de son mieux de le réconforter alors qu'il agonisait. C'était un entrepreneur en construction atteint de diabète. Il n'avait pas ses médicaments, et après le passage à tabac qu'il avait subi, il savait qu'il n'en avait plus pour longtemps.

Sierra s'était sentie horriblement coupable au soulagement qui l'avait saisie lorsqu'il avait enfin rendu l'âme. Mais au moins, lui ne souffrait plus.

Elle souffrait encore.

— Il y a quelqu'un ? demanda doucement l'inconnu.

— Oui, répondit Sierra.

Sa voix se brisa ; il y avait tellement longtemps qu'elle n'avait pas parlé.

— Est-ce que vous connaissez une femme appelée Sierra Clarkson ? Elle a disparu il y a plus d'un an.

Sierra cligna des yeux, stupéfaite. L'homme parlait d'une voix indistincte, comme si son visage et sa bouche étaient enflés. On l'avait certainement frappé au visage encore et encore. Les hommes de Shahzada adoraient frapper au visage.

— Hé, vous êtes encore là ? Mon nom est Fred Groves, et je cherche Sierra Clarkson. Est-ce que vous avez vu une autre prisonnière ?

— *Grover* ?! s'exclama Sierra.

— Sierra ? répondit l'homme, d'un ton aussi choqué que le sien.

Sierra hocha la tête, sa gorge nouée l'empêchant de parler.

— Je savais que tu étais en vie ! Je le savais ! fit Grover. Mon équipe arrive, ils vont nous sortir de là. Tiens bon.

Sierra avait un million de questions à lui poser, mais elle en était incapable.

— D'accord, réussit-elle seulement à dire.

* *

Grover a retrouvé Sierra, mais pourront-ils s'en sortir tous les deux en un seul morceau ? Et s'ils s'en sortent, Sierra saura-t-elle reprendre le cours d'une vie normale ? Pour le savoir, découvrez *Un refuge pour Sierra!*

Si vous ne connaissez pas encore ma série *Hawaï : Soldats d'élite*, n'attendez plus ! :)
Le tome 1 est *Un paradis pour Élodie*, le tome 2 *Un paradis pour Lexie* et le tome 3 *Un paradis pour Kenna* .

DU MÊME AUTEUR

<u>Autres livres de Susan Stoker</u>

<u>Delta Force Deux</u>

Un refuge pour Gillian

Un refuge pour Kinley

Un refuge pour Aspen

Un refuge pour Jayme

Un refuge pour Riley

Un refuge pour Devyn

Un refuge pour Ember

Un refuge pour Sierra (1 Mai)

<u>Sauvetage à Eagle Point</u>

Un sauveteur pour Lilly

Un sauveteur pour Elsie

Un sauveteur pour Bristol

Un sauveteur pour Caryn (4 Avril)

Un sauveteur pour Finley

Un sauveteur pour Heather

Un sauveteur pour Khloe

<u>*Le Refuge*</u>

Un soutien pour Alaska

Un soutien pour Henley

Un soutien pour Reese (30 May)

Un soutien pour Cora

Un soutien pour Lara

Un soutien pour Maisy

Un soutien pour Ryleigh

Silverstone

Pour la confiance de Skylar (1 Juillet)

Pour la confiance de Taylor (1 Septembre)

Pour la confiance de Molly (1 Décembre)

Pour la confiance de Cassidy (1 Mars 2024)

Hawaï : Soldats d'élite

Un paradis pour Élodie

Un paradis pour Lexie

Un paradis pour Kenna

Un paradis pour Monica

Un paradis pour Carly

Un paradis pour Ashlyn

Un paradis pour Jodelle

Mercenaires Rebelles

Un Défenseur pour Allye

Un Défenseur pour Chloé

Un Défenseur pour Morgan

Un Défenseur pour Harlow

Un Défenseur pour Everly

Un Défenseur pour Zara

Un Défenseur pour Raven

Ace Sécurité

Au Secours de Grace

Au Secours d'Alexis

Au Secours de Bailey

Au Secours de Felicity

Au Secours de Sarah

Forces Très Spéciales Series

Un Protecteur Pour Caroline

Un Protecteur Pour Alabama

Un Protecteur Pour Fiona

Un Mari Pour Caroline

Un Protecteur Pour Summer

Un Protecteur Pour Cheyenne

Un Protecteur Pour Jessyka

Un Protecteur Pour Julie

Un Protecteur Pour Melody

Un Protecteur pour l'avenir

Un Protecteur Pour Les Enfants de Alabama

Un Protecteur Pour Kiera

Un Protecteur Pour Dakota

Forces Très Spéciales : L'Héritage

Un Sanctuaire pour Caite

Un Sanctuaire pour Brenae

Un Sanctuaire pour Sidney

Un Sanctuaire pour Piper

Un Sanctuaire pour Zoey

Un Sanctuaire pour Avery

Un Sanctuaire pour Kalee

Un Sanctuaire pour Jane

À PROPOS DE L'AUTEUR

Susan Stoker est une auteure de best-sellers aux classements du New York Times, de USA Today et du Wall Street Journal. Elle a notamment écrit les séries Badge of Honor: Texas Heroes, SEAL of Protection et Delta Force Heroes. Mariée à un sous-officier de l'armée américaine à la retraite, Susan a vécu dans tous les États-Unis, du Missouri jusqu'en Californie en passant par le Colorado, et elle habite actuellement sous le vaste ciel du Tennessee. Fervente adepte des fins heureuses, Susan aime écrire des romans où les sentiments laissent place au grand amour.

http://www.StokerAces.com

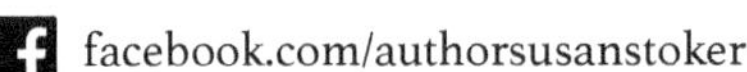 facebook.com/authorsusanstoker

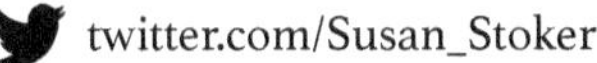 twitter.com/Susan_Stoker

 instagram.com/authorsusanstoker

goodreads.com/SusanStoker